W0203396

annabac
SUJETS & CORRIGÉS 2022

Tout le contrôle continu

Tle générale

Histoire-géographie
Jean-François Lecaillon • David Bédouret

Enseignement scientifique
Sonia Madani • Nadège Jeannin • Claire Grancher

Anglais
Jeanne-France Bignaux,
avec la collaboration de Ceri Deparis

Espagnol
Gaëlle Rolain

Avec la collaboration de Jean-Paul Berthelot,
Marc Cantaloube, Ludovic Dion, Alain Le Grand
et Martine Salmon

© Hatier, Paris août 2021
ISSN 1168-3775 ISBN 978-2-401-07804-8

Achevé d'imprimer par IPS en France
Dépôt légal 07804 8/01 - Août 2021

Hatier

SOMMAIRE GÉNÉRAL

Avec votre Annabac, préparez-vous aux évaluations de

Terminale dans les 4 matières de tronc commun !

Les sujets et les fiches classés par thème

Pour chaque matière, voici les ressources de votre Annabac.

Indiquez sur cette liste l'avancement de vos révisions.
☐ À retravailler encore ☒ Désormais ok !

Histoire

Fragilités des démocraties, totalitarisme et Seconde Guerre mondiale (1929-1945)

La multiplication des acteurs internationaux dans un monde bipolaire (1945-début des années 1970)

Les remises en cause économiques, politiques et sociales des années 1970 à 1991

Le monde, l'Europe et la France depuis les années 1990, entre coopérations et conflits

Géographie

Mers et océans : au cœur de la mondialisation

Dynamiques territoriales, coopérations et tensions dans la mondialisation

L'Union européenne dans la mondialisation : des dynamiques complexes

La France et ses régions dans l'Union européenne et dans la mondialisation : lignes de force et recomposition

Enseignement scientifique

Anglais

Fictions et réalités

Innovations scientifiques et responsabilité

Diversité et inclusion

Territoire et mémoire

- Coordination éditoriale : Grégoire Thorel, assisté de Pauline Huet et d'Hélène Wachtel
- Édition : Clémence Niérat et Stéphanie Mathé
- Graphisme : Dany Mourain et le studio Favre & Lhaïk
- Prépresse : Hatier et Nadine Aymard
- Illustration : Juliette Baily
- Cartes : Philippe Valentin
- Mise en page et schémas : STDI
- Iconographie : Hatier illustration

Pour compléter vos révisions, rendez-vous sur annabac.com !

- L'achat de cet Annabac vous permet de bénéficier d'un **accès GRATUIT*** à toutes les **ressources** d'annabac.com (fiches, vidéos, quiz, sujets corrigés...) et à ses **parcours de révision**.
- Pour profiter de cette offre, rendez-vous sur www.annabac.com dans la rubrique

J'ai acheté un ouvrage Hatier

* selon les conditions précisées sur le site

Histoire Géographie

INFOS et CONSEILS sur l'évaluation

Sujets d'histoire

Sujets de géographie

Le programme en 8 fiches MÉMO

1 Réussir l'évaluation en histoire-géographie

En histoire-géographie, l'évaluation de Terminale est similaire à celles de Première. Elle a lieu dans votre établissement.

A En quoi consiste l'évaluation ?

L'évaluation en histoire-géographie en Tle

DÉROULEMENT
- **Quand ? au 3e trimestre**
- **Durée : 2 heures**

STRUCTURE
1 • **Question problématisée**
2 • **Analyse de document(s) ou production graphique**
- **Barème : 20 points (10 points par partie)**

B Les différents types d'exercices

1. La réponse à la question problématisée

Vous devez montrer que vous maîtrisez des connaissances et savez les sélectionner et les classer, de manière à **répondre à la problématique**.

2. L'analyse de document(s)

Le ou les document(s) sont accompagnés d'une consigne suggérant une problématique. L'exercice permet d'évaluer votre capacité à **extraire et exploiter des informations** issues de documents de sources et de natures diverses.

3. La production graphique

- Dans le cas d'un **croquis**, vous devez le réaliser à partir d'un texte, élaboré pour l'exercice, qui présente une situation géographique. Un fond de carte est fourni.
- Dans le cas d'une **autre production graphique**, les consignes et les données servant à l'élaboration de cette production sont fournies avec l'exercice.

2 Réussir la question problématisée

Cet exercice se présente toujours sous la forme d'une question. En histoire comme en géographie, vous devez y répondre de façon organisée et hiérarchisée.

A Analyser le sujet

Question problématisée
- Repérer et définir les mots clés
- Déterminer les bornes chronologiques et/ou spatiales
- Déterminer ce que l'on vous demande : expliquer une évolution ? analyser une situation ?

B Mobiliser ses connaissances et dégager les enjeux

- Le sujet tient lieu de **problématique**. Pour n'oublier aucun aspect, interrogez-vous : quelles connaissances sont requises ? Que devez-vous démontrer ?
- Au brouillon, rassemblez les éléments de votre **cours** qui sont en lien avec le sujet : notions, mots clés, événements, acteurs, espaces, etc.

C Organiser sa réponse et rédiger le devoir

- Réfléchissez à la manière dont s'articulent les éléments rassemblés. Quel **plan** peut permettre de répondre à la question posée ?
- Quatre grands **types de plan** sont possibles, en deux ou trois parties :

1. **Le plan chronologique (en histoire) : deux ou trois grandes périodes.**
2. **Le plan thématique : domaines politique, économique, social, etc.**
3. **Le plan dialectique : réponse affirmative puis négative à la question.**
4. **Le plan analytique (fréquent en géographie) : faits, causes, conséquences.**

- Votre devoir comportera une **introduction** (reprenant la question posée), un **développement** (organisé selon votre plan) et une **conclusion**. Les parties doivent apparaître clairement.

> CONSEIL **Rédigez une première fois au brouillon l'introduction et la conclusion. Rédigez directement au propre le développement.**

3 Réussir l'analyse de document(s)

Cet exercice comporte un ou deux document(s) accompagnés d'une consigne, qui doit guider l'analyse que vous allez construire.

A Comprendre la consigne

- Commencez par repérer les **mots clés** et déterminer les **limites** (temporelles, spatiales) de l'étude.
- Reformulez ensuite la consigne sous forme interrogative pour en extraire une **problématique**.

B Présenter et exploiter le document

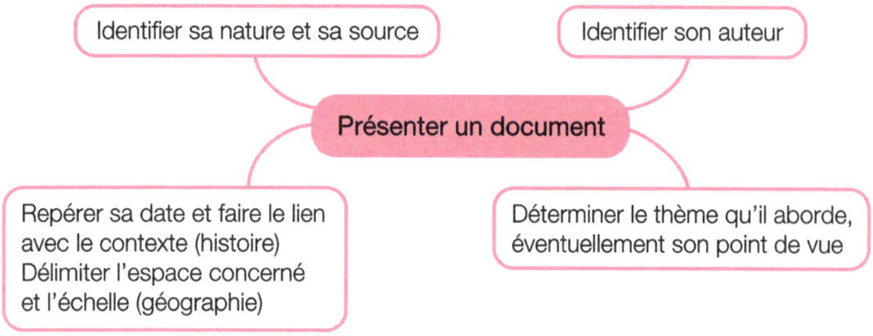

- Dans le document, relevez toutes les informations permettant de répondre à la consigne. Faites appel à vos **connaissances** pour les éclairer.
- Si vous avez affaire à deux documents, **confrontez** les informations extraites de chacun : se complètent-elles ou s'opposent-elles ?
- Repérez les mots et passages à **citer** ou à donner en **exemple**.

C Organiser sa réponse

- Faites le point sur les éléments rassemblés (informations issues des documents et connaissances) et ordonnez-les en **deux ou trois parties**.
- Dans une courte **introduction**, présentez le(s) document(s), formulez la problématique puis annoncez le plan.
- Rédigez votre analyse selon le plan choisi. En **conclusion**, répondez à la problématique de façon concise.

> CONSEIL **Soignez la rédaction et la présentation de votre copie. Sautez des lignes entre les différentes parties.**

4 Réussir la production graphique

En géographie, la production graphique demandée est souvent un croquis. Celui-ci propose une réponse cartographique à un sujet composé d'une consigne et d'un texte. Le fond de carte est fourni.

A Exploiter le texte

- Lisez le texte en détail : l'essentiel des informations nécessaires s'y trouve. Identifiez les **thèmes à représenter** et affectez-leur une couleur.
- Surlignez dans la couleur de chaque thème les **noms de lieux** et les **phénomènes géographiques** qui s'y rapportent, et listez-les au brouillon.

Exploiter le texte support de la production graphique

- Repérer la ou les notions centrales développées dans le texte
- Identifier les dynamiques spatiales (mondialisation, métropolisation…)
- Délimiter l'espace étudié

B Construire la légende

- Notez au brouillon les **connaissances** qui vous permettent de compléter les informations du texte, et de les placer correctement sur le croquis.
- **Ordonnez** les éléments relevés dans le texte selon un ordre logique. Le plan de la légende sera *a priori* différent de celui du texte.
- Choisissez pour chaque élément un **figuré** cohérent (surfacique, linéaire, ponctuel) et une couleur (chaude, froide, dégradée).

C Réaliser le croquis

- Réalisez le croquis directement au propre. Commencez par les éléments **surfaciques**. Poursuivez avec les figurés **linéaires**, puis **ponctuels**. Inscrivez ensuite la **nomenclature**.

> CONSEIL **Le soin apporté à la réalisation de votre croquis est essentiel. Veillez à la propreté des coloriages et des tracés, ainsi qu'à la bonne localisation des éléments. Écrivez les noms à l'horizontale, en script.**

- Terminez en indiquant un titre qui reflète l'enjeu principal du sujet.

1929 : une crise économique, sociale et politique

ANALYSE DE DOCUMENTS

1 heure
10 points

INTÉRÊT DU SUJET • La faillite en chaîne des entreprises précipite les démocraties dans le chômage de masse. La misère frappe des millions de citoyens privés de leurs revenus. Inquiétude et colère profitent aux partis extrêmes.

D'après les documents, montrez comment la crise boursière de 1929 a déstabilisé les démocraties.

DOCUMENT 1 Corrélation entre chômage et vote en faveur du NSDAP en Allemagne dans les années 1930

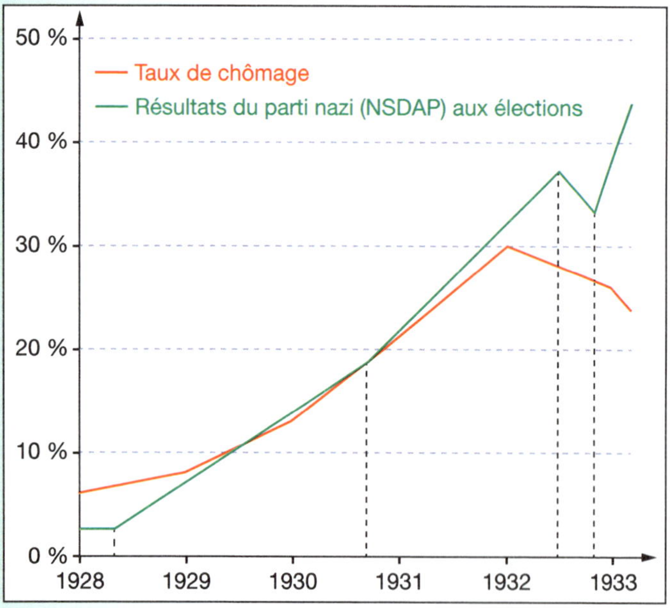

HISTOIRE

DOCUMENT 2 **Soupe populaire à Chicago pendant la Grande Dépression, novembre 1930**

ph © SVT/TT News Agency / akg-images

LES CLÉS DU SUJET

Comprendre la consigne

Le lien établi entre la « crise boursière » et la « déstabilisation des démocraties » invite à analyser les conséquences de la crise de 1929. Les documents proposent d'évoquer deux aspects : la crise économique et sociale d'une part (courbe du chômage et photo de la pauvreté aux États-Unis), la crise politique d'autre part (progression du NSDAP).

Présenter les documents

Les documents

Nature :
- Doc. 1 : un graphique (document didactique)
- Doc. 2 : une photographie (document témoin)

Auteurs :
- Doc. 1 : des historiens
- Doc. 2 : un photographe de presse

Date et contexte : années 1930 aux États-Unis et en Allemagne, période de chômage de masse. Le graphique bénéficie du recul historique

Thème : la pauvreté, facteur de radicalisation électorale

Organiser sa réponse

Pour montrer le lien de cause à effet entre la crise et la déstabilisation des démocraties, optez pour un **plan didactique** établissant le fait crise sociale, ses causes économiques et sa conséquence politique.

I. L'ampleur de la crise sociale	• Analysez le niveau du chômage en Allemagne et sa vitesse de progression. • Que représente la photo ? Quel type d'aide est offert ? Quel est le profil des personnes aidées ? • Reliez chômage et misère.
II. Le cercle vicieux de la crise économique	• Comment s'explique la montée brutale du chômage ? • Expliquez le « cercle vicieux » de la crise. Comment le chômage aggrave-t-il les difficultés des entreprises ? • Utilisez vos connaissances pour expliquer la diffusion de la crise.
III. Les effets électoraux	• Montrez le lien entre montée du chômage et vote en faveur du NSDAP. À partir de vos connaissances, citez des exemples comparables dans d'autres démocraties. • Expliquez ces réactions.

1 CORRIGÉ GUIDÉ

Les titres et les indications entre crochets ne doivent pas figurer sur la copie.

Introduction

[Contexte] Le 24 octobre 1929, un krach boursier bouleverse l'économie des États-Unis. La crise se généralise et se diffuse au monde entier. [Problématique] Comment déstabilise-t-elle les démocraties ? [Présentation des documents et annonce du plan] À partir d'une photographie montrant une distribution d'aide alimentaire dans les rues d'une grande ville américaine et d'un graphique permettant de comparer la montée du chômage en Allemagne avec le vote en faveur du parti nazi, nous évaluerons l'ampleur de la crise sociale [I], nous expliquerons les mécanismes économiques qui la provoquent [II], puis nous montrerons la menace politique que cette crise représente pour les démocraties [III].

▶ Le conseil de méthode

Pour bien exploiter des documents, reliez les informations qu'ils proposent. Le doc. 1 invite à confronter les deux courbes. Montrez comment celle du chômage explique celle des votes en faveur du NSDAP. Reliez aussi les informations du doc. 2 avec celles du doc.1 : le chômage (doc. 1) crée la misère (doc. 2), celle-ci (doc. 2) favorise le vote hostile (doc. 1).

I. L'ampleur de la crise sociale

1. L'exemple allemand (doc. 1)

- La crise des années 1930 provoque une montée en flèche du chômage. En Allemagne, il double entre 1928 et 1930 pour atteindre 15 % de la population active (doc. 1).

- Deux ans plus tard (en 1932), il touche 30 % des actifs issus de toutes les classes de la société. La pauvreté se généralise.

2. Une crise qui atteint toutes les démocraties

- Le même processus s'observe aux États-Unis et au Royaume-Uni ; il est moins brutal en France mais il inquiète les salariés.

- Beaucoup se retrouvent sans ressources. Dans les rues des grandes villes américaines (doc. 2), les victimes recourent aux services d'aide sociale et de distribution alimentaire. Dans la file d'attente du doc. 2 figurent aussi des hommes en costume.

- Les campagnes ne sont pas épargnées. Aux États-Unis, les plus pauvres migrent vers des régions moins touchées.

À NOTER
Le roman *Les Raisins de la colère* de John Steinbeck (1939) raconte la misère des métayers de l'Oklahoma contraints de migrer vers la Californie.

[Transition] Les démocraties sont donc asphyxiées par la crise sociale. Comment expliquer un tel désordre ?

II. Le cercle vicieux de la crise économique

1. Des ruines en cascade

- Ruinées par le krach et sans liquidités, les banques étant elles-mêmes atteintes, les entreprises font faillite et licencient leurs employés. Les cadres comme les ouvriers sont touchés.

- L'absence de ressources assèche la demande de consommation et fragilise les entreprises initialement moins exposées.

2. Des choix politiques aggravants

- Pour protéger le marché intérieur, les gouvernements taxent les importations ; pour relancer les exportations, ils dévaluent leur monnaie.

- Ces mesures contaminent les partenaires commerciaux. Ceux-ci se replient à leur tour derrière des mesures protectionnistes qui aggravent la crise.

[Transition] Pris dans un cercle vicieux où la crise des uns précipite celle des partenaires économiques, les gouvernements sont mis en cause. Comment la crise devient-elle politique ?

III. Les effets électoraux

1. La démocratie allemande balayée par la crise

- En 5 ans, le NSDAP passe de 3 à 37 % des voix. Cette progression fulgurante met ce parti en position de gouverner l'Allemagne.

- Le parti communiste connaît une progression moins forte mais il double ses scores, résultat qui témoigne du désarroi des électeurs. Séduits ou ne discernant pas d'alternative, ceux-ci votent pour les partis les plus radicaux.

À NOTER
Entre 1928 et 1932, le parti communiste allemand passe de 3,2 à 5,9 millions de voix.

2. L'alternance dans les démocraties menacées par les extrêmes

- Dans toutes les démocraties, les partis d'opposition profitent de la crise : démocrates de Roosevelt aux États-Unis (1933), conservateurs au Royaume-Uni (1935), Front populaire en France (1936) accèdent au pouvoir.

- Comme en Allemagne, les extrêmes progressent. En France, le PCF double le nombre de ses députés en 1936. Les ligues d'extrême-droite progressent et tentent de s'emparer du pouvoir par la force (6 février 1934).

Conclusion

[Réponse à la problématique] Le krach boursier de 1929 plonge les démocraties dans un désordre et une misère difficiles à contenir, les crises se nourrissant les unes les autres. Les démocraties doivent faire face à la poussée des partis extrémistes. [Ouverture] Quelles réformes peuvent-elles mettre en œuvre pour ne pas basculer dans l'autoritarisme ?

Le contrôle de la population par les régimes totalitaires

QUESTION PROBLÉMATISÉE

1 heure
10 points

INTÉRÊT DU SUJET • Quels moyens sont utilisés par les autorités soviétiques, fascistes ou nazies pour imposer leur ordre aux populations ? Comment participent-ils au caractère totalitaire de ces régimes ?

▶ Comment les régimes totalitaires contrôlent-ils leurs populations ?

LES CLÉS DU SUJET

Analyser le sujet

Le sujet

- **Régime totalitaire :** système à parti unique contrôlant toutes les activités politiques et sociales
- **Contrôlent :** renvoi aux moyens s'exerçant sur les personnes physiques et les esprits
- **Populations :** les citoyens en général ; les distinguer selon l'âge, le genre, l'origine ethnique
- **Comment :** toutes les formes d'institutions d'encadrement et de coercition
- **Bornes chronologiques :** implicites : de 1922 (naissance de l'URSS) à 1945 (fin de la Seconde Guerre mondiale)

Dégager les enjeux du sujet

• Le sujet concerne les **régimes totalitaires** dont il faut rappeler la définition. Puisez dans chacun des trois cas historiques les exemples susceptibles d'illustrer vos réponses. Ne réduisez surtout pas le devoir à l'étude d'un seul cas.

• La question porte sur le **contrôle** exercé par le parti au pouvoir. Recensez les moyens dont il dispose pour imposer sa loi. Le contrôle n'est pas à prendre uniquement de façon coercitive ; il peut également passer par la séduction. Mis en relation avec la notion de **totalitarisme**, le sujet invite à montrer que les régimes sont conformes à la définition.

Organiser la réponse

Le plan **thématique** s'impose. Bannissez tout plan par régime et évitez celui par type de population qui produirait des répétitions. Distinguez plutôt selon le type de méthode : institutionnelle, éducative, policière.

I. Le contrôle des institutions politiques	• Citez le nom des partis au pouvoir dans chaque pays. • Par quels moyens l'économie et les questions sociales sont-elles contrôlées ? • Quel sort est réservé aux leaders de l'opposition ?
II. Le contrôle par la séduction	• Quel est le rôle de la propagande ? Quelle image est donnée du leader du régime ? • Quelles institutions sont utilisées pour former la jeunesse ? En quoi sont-elles séduisantes ? • Quel est le rôle des parades militaires et des manifestations sportives ?
III. L'exercice quotidien de la terreur	• Le délit d'opinion est institué, la torture pratiquée par les polices politiques. Nommez-les. • Comment les opposants sont-ils intimidés ? Qu'évoquent « dékoulakisation » et « nuit de cristal » ? • Quel sort est réservé à ceux qui sont condamnés par la police du régime ? Qu'est-ce que le goulag ?

2 CORRIGÉ GUIDÉ

Les titres et les indications entre crochets ne doivent pas figurer sur la copie.

Introduction

▶ Le conseil de méthode

Commencez l'introduction par une accroche présentant les régimes qui illustreront votre devoir. Contentez-vous ensuite de reprendre la question de l'énoncé afin de poser la problématique sans risquer de la déformer. Annoncez le plan en vous appuyant sur l'idée principale de chaque partie.

[Accroche] Entre les deux guerres mondiales, trois régimes totalitaires se développent en Europe : soviétique en URSS (1922), fasciste en Italie (1926), nazi en Allemagne (1933). [Problématique] Comment ces régimes contrôlent-ils leurs populations ? [Annonce du plan] Après avoir monopolisé les moyens institutionnels pour établir leur dictature [I], ils combinent usage de la séduction [II] et exercice de la terreur [III].

I. Le contrôle des institutions politiques

1. Le monopole d'un parti unique

• Un régime totalitaire n'autorise qu'un seul parti, seul représentant du peuple : le parti communiste en URSS, le parti national fasciste en Italie, le NSDAP en Allemagne.

• Seul habilité à présenter des candidats aux élections, le parti contrôle les assemblées législatives et les institutions judiciaires.

2. Le monopole des organisations économiques et sociales

• Seul le syndicat officiel peut représenter les salariés et les employeurs. En Italie, la charte du travail soumet ces derniers aux décisions de l'État.

• En URSS, les nationalisations mettent l'économie sous tutelle. Organisme d'État, le Gosplan se charge de sa planification.

> **À NOTER**
> En Allemagne, le *Deutsche Arbeitsfront* (DAF) ou « Front allemand du travail » est la seule organisation des travailleurs et des employeurs autorisée.

3. La toute-puissance du chef

• Le chef (Duce, Führer ou secrétaire général du parti) n'a de compte à rendre à personne. Il décide de toutes les questions qui lui importent.

[Transition] Par le contrôle des institutions, les régimes totalitaires établissent leur dictature. Mais comment parviennent-ils à séduire l'opinion publique ?

II. Le contrôle par la séduction

1. Le conditionnement des esprits

• Les médias sont sous la surveillance d'un ministère de l'information et de la propagande. La censure se généralise.

• La liberté d'expression est limitée. Les livres qui déplaisent sont mis à l'index, parfois détruits lors d'autodafés.

2. L'embrigadement de la jeunesse

• L'école diffuse des programmes conformes à la seule idéologie du régime.

• Des organisations (Komsomols en URSS, Jeunesse hitlérienne en Allemagne, Balilla en Italie) encadrent les jeunes.

• La pratique du sport est mise au service du régime et de la formation militaire. En 1936, les Jeux olympiques sont ainsi utilisés par Hitler pour servir son prestige.

[Transition] Les régimes totalitaires contrôlent les populations en s'efforçant de les conditionner ; comment s'y prennent-ils face à ceux qui résistent à leurs efforts de séduction ?

III. L'exercice quotidien de la terreur

1. Délit d'opinion et police politique

• La loi permet d'incarcérer ceux qui font état d'une opinion indépendante. Les anciens partis sont interdits.

• Le régime dispose d'une police politique aux pouvoirs arbitraires : NKVD en URSS, OVRA en Italie, Gestapo en Allemagne. Elles opèrent dans le secret, ignorant l'État de droit.

2. La pratique de la violence policière

• Le régime n'hésite pas à utiliser la violence physique ou morale pour intimider les réfractaires.

• Campagnes de terreur et pogroms sont mis en œuvre contre les minorités. La dékoulakisation entraîne des millions de victimes en URSS. En Allemagne, durant la « nuit de cristal » (9-10 novembre 1938), les lieux de culte et les entreprises des Juifs sont saccagés.

MOT CLÉ
« Pogrom » est un mot russe qui désigne des agressions collectives contre les populations juives, accompagnées de pillages et de massacres.

3. L'élimination des réprouvés

• Assassinats politiques (Matteotti en 1924, Röhm en 1934), purges (grande terreur en URSS en 1936-1938) et disparitions sont monnaie courante.

• Des camps de travail ou de concentration sont mis en place (Dachau en Allemagne, îles Lipari en Italie, Sibérie en URSS), gérés par des administrations spécifiques comme le goulag.

Conclusion

[Réponse à la problématique] Les régimes totalitaires contrôlent leurs populations par l'élimination de tous les contre-pouvoirs. L'exercice de la dictature affecte la totalité des aspects de la vie des citoyens. [Ouverture] Le contrôle est tel que la remise en cause du système devient difficile. Est-elle seulement possible ?

La Seconde Guerre mondiale, une guerre d'anéantissement

ANALYSE DE DOCUMENTS

1 heure
10 points

INTÉRÊT DU SUJET • Ce conflit est source de violences physiques et morales sans précédents. Elles sont à l'origine de crimes de guerre et de crimes contre l'humanité. En marge des combats, la violence frappe aussi les populations civiles.

En vous appuyant sur les documents et sur vos connaissances, montrez comment les violences de la Seconde Guerre mondiale en font une guerre d'anéantissement.

DOCUMENT 1 **Hiroshima, août 1945**

ph © World History Archive / WHA / akg-images

DOCUMENT 2 **Rapport d'Heydrich, responsable pour la préparation de la « solution finale », 1942**

Désormais, à la place de l'émigration, la nouvelle solution avec l'aval préalable du Führer est l'évacuation des Juifs vers l'est. Ces actions sont toutefois à considérer uniquement comme des solutions transitoires, mais qui nous permettront d'acquérir des expériences pratiques qui seront très précieuses pour la solution finale à venir de la question juive [...] Les Juifs de l'Est devront être mobilisés pour le travail avec l'encadrement voulu. En grandes colonnes de travailleurs, séparés par sexe, les Juifs aptes au travail seront amenés à construire des routes dans ces territoires, ce qui sans doute permettra une diminution naturelle substantielle de leur nombre.

Pour finir, il faudra appliquer un traitement approprié à la totalité de ceux qui resteront car il s'agira évidemment des éléments les plus résistants, puisque issus d'une sélection naturelle, et qui seraient susceptibles d'être le germe d'une nouvelle souche juive, pour peu qu'on les laisse en liberté. [...]

LES CLÉS DU SUJET

Comprendre la consigne

• Le sujet porte sur les **violences** de la Seconde Guerre mondiale. Aucune limite n'est signifiée. Toutes les formes d'actes utilisant une force visant à contraindre ou à détruire doivent être abordées.

• Le lien entre ces violences et la notion d'**anéantissement** invite à montrer par des exemples variés le caractère destructeur du conflit, relevant de « crimes de guerre » et de « crimes contre l'humanité ».

• Les documents proposent des pistes mais la référence aux **connaissances personnelles** vous oblige à proposer d'autres cas. Veillez aussi à présenter des violences exercées par tous les belligérants.

Présenter les documents

Les documents

Nature :
- Doc. 1 : une photographie (document témoin)
- Doc. 2 : un rapport (document officiel)

Auteurs :
- Doc. 1 : un photographe de presse
- Doc. 2 : Heydrich, acteur important du régime nazi

Date et contexte :
- Doc. 1 : août 1945, moment décisif contre le Japon
- Doc. 2 : 1942, année tournant de la guerre

Thème : la violence des armes et des décisions politiques

Organiser sa réponse

Le sujet invite à décrire les violences de la guerre. L'**approche analytique** s'impose donc. Optez pour un **plan thématique** organisé autour des types de violences ou de crimes.

I. La violence des combats
- Comment la violence s'exerce-t-elle lors des affrontements ? Quels bilans traduisent la violence du conflit ?
- Quelles tactiques sont particulièrement meurtrières ? Quelles batailles illustrent la violence des combats ?
- En quoi la guerre du Pacifique est-elle violente ?

II. Les destructions de masse hors combats
- Quelle est la nature de la violence illustrée par le doc. 1 ? Comment s'exerce-t-elle ? À quelle échelle ?
- Pourquoi bombarder des villes ? Citez des exemples en Europe. Comment qualifier la violence qui s'exerce ?

III. Crimes contre l'humanité et crimes de guerre
- Que propose Heydrich (doc. 2) ? Pourquoi est-ce un crime « contre l'humanité » ?
- À l'aide de vos connaissances, donnez des exemples d'autres crimes de même nature.
- Qu'est-ce qu'un « crime de guerre » ? Citez des exemples de massacres.

3 CORRIGÉ GUIDÉ

Les titres et les indications entre crochets ne doivent pas figurer sur la copie.

Introduction

[Contexte] La Seconde Guerre mondiale génère des violences sans précédent. [Problématique] Permettent-elles de qualifier le conflit de guerre d'anéantissement ? [Présentation des documents et annonce du plan] À partir d'une photographie montrant les ruines d'Hiroshima après le bombardement nucléaire d'août 1945 et d'un extrait du rapport d'Heydrich, haut dignitaire nazi, concernant le sort à réserver aux Juifs (1942), nous évoquerons la violence des combats [I], les destructions de masse hors combats [II] ; puis, à partir de l'exemple de la « solution finale », nous montrerons que certaines violences constituent des « crimes de guerre » ou « contre l'humanité » [III].

I. La violence des combats

1. La violence des armes modernes

• La guerre est toujours un moment d'affrontements violents entre les adversaires. La puissance des armes automatiques et nucléaires amplifie la violence. Avec plus de 60 millions de morts, la Seconde Guerre mondiale atteint un sommet de brutalité meurtrière.

• Le *Blitzkrieg* amplifie la violence en combinant les armes. Des opérations d'envergure comme le débarquement en Normandie et des batailles sans merci (Stalingrad) augmentent les pertes.

MOT CLÉ
Le *Blitzkrieg* est une tactique militaire combinant la puissance de forces terrestres et aériennes ; elle désorganise l'ennemi par la terreur qu'elle suscite.

2. La violence de la guerre du Pacifique

• Dans le Pacifique, les batailles aéronavales laissent peu de chances aux combattants. La conquête des îles (telle Guadalcanal) nécessite des moyens d'une rare brutalité.

• Acculés, les Japonais luttent jusqu'à la mort plutôt que de se rendre. Les kamikazes sacrifient leur vie.

[Transition] La Seconde Guerre mondiale génère une violence à grande échelle, avec des moyens industriels destructeurs jamais vus. Mais la violence ne se limite pas aux champs de bataille.

II. Les destructions de masse hors combats

1. Des armes terrifiantes

• Les Américains larguent deux bombes atomiques en août 1945 (Hiroshima, Nagasaki) dont le souffle rase tous les bâtiments sur de vastes étendues (doc. 1). En quelques secondes, des milliers d'habitants sont exterminés.

• En 1944-1945, les Allemands ciblent des villes britanniques avec des armes moins efficaces (V1 et V2) mais tout aussi effrayantes.

2. La violence comme outil stratégique

- Les villes sont prises comme cibles pour pousser l'ennemi à capituler. Des villes allemandes comme Dresde subissent des bombardements systématiques.
- En périphérie des opérations militaires (Le Havre lors du débarquement en Normandie, par exemple), des villes sont écrasées sous les bombes.

[Transition] Les violences de la guerre sont stupéfiantes par leur nature et leur étendue. Des violences encore plus criminelles sont-elles possibles ?

> ▶ **Le conseil de méthode**
>
> Un document est une source d'information permettant de justifier un point de vue. Extrayez et citez les éléments susceptibles de montrer que vous n'inventez rien. Ici, « l'évacuation des Juifs vers l'est » n'est qu'un « moyen transitoire » avant un traitement plus « approprié » suggérant l'élimination. Le document peut aussi être utilisé comme aide-mémoire : il invite à proposer d'autres exemples du même type. La photo d'Hiroshima permet d'évoquer Nagasaki, voire les bombardements de Dresde ou du Havre.

III. Crimes contre l'humanité et crimes de guerre

1. Les crimes contre l'humanité

- En 1942, les dirigeants nazis décident la solution finale (doc. 2). « L'évacuation des Juifs vers l'est » est un « moyen transitoire » avant la mise en place d'un traitement plus « approprié » : l'extermination. Près de 6 millions de Juifs sont ainsi assassinés.
- Tziganes, opposants politiques, handicapés et personnes jugées déviantes sont aussi déportés dans des camps puis éliminés.

> **À NOTER**
>
> Un crime de guerre est une violation du droit de la guerre ; plus grave, un crime contre l'humanité est une violation des droits fondamentaux des individus.

2. Crimes de guerre et représailles

- Les civils qui s'arment et résistent sont exécutés sans procès. L'usage de la torture est fréquent.
- Les représailles s'exercent contre des innocents. Les habitants de Lidice (Tchécoslovaquie, 1942) ou d'Oradour-sur-Glane (France, 1944) sont ainsi massacrés par pure vengeance.

Conclusion

[Réponse à la problématique] La Seconde Guerre mondiale fait l'objet de violences physiques et psychiques sans précédent, dépassant le cadre des règles de la guerre. De grands procès les ont ensuite condamnées. [Ouverture] L'équilibre de la terreur de l'après-guerre pourra-t-il retenir ces violences ?

Les bases du nouvel ordre international

QUESTION PROBLÉMATISÉE

1 heure
10 points

INTÉRÊT DU SUJET • Après leur victoire, les États-Unis et l'URSS deviennent les puissances dominantes. Malgré la naissance de l'ONU, elles structurent le monde en deux blocs et tentent d'imposer leur modèle de société.

▶ Quelles sont les bases du nouvel ordre international au lendemain de la Seconde Guerre mondiale ?

LES CLÉS DU SUJET

Analyser le sujet

Le sujet

- **Bases :** fondations sur lesquelles reposent les affaires du monde
- **Nouvel :** mise en place d'institutions ou de situations inédites
- **Ordre international :** organisation des relations entre les États
- **Lendemains de la guerre :** de la fin de la guerre (1945) au début de la guerre froide (vers 1949)

Dégager les enjeux du sujet

• Le sujet porte sur « **l'ordre international** » issu de la guerre. Montrez ce qu'il a de « **nouveau** ». La présence du mot « **base** » invite cenpendant à présenter l'organisation du monde et non l'histoire de sa mise en place.
• L'étude des bases sans autre précision oblige à aborder tous les domaines : juridique, économique, militaire, politique, idéologique, voire culturel. L'importance de l'ordre bipolaire Est-Ouest ne doit pas vous conduire à ignorer les bases d'une différenciation Nord-Sud.

Organiser la réponse

Le sujet ne portant pas sur la mise en place du nouvel ordre, le respect de la chronologie n'est pas prioritaire. Optez pour un **plan analytique** en regroupant les domaines d'organisation par thème. Évitez le plan par bloc qui ne mettrait pas en évidence les relations entre eux.

I. Traumatismes et bipolarisation idéologique	• Quels traumatismes ont marqué les peuples ? Que signifie « l'équilibre de la terreur » ? • Sur quoi repose la bipolarisation idéologique ? Présentez le caractère principal de chaque modèle. • Quelle différence les rend incompatibles ?
II. Un nouvel ordre international	• Quelle organisation internationale est créée ? Quel est son but ? Quels principes et droits adopte-t-elle ? • Qu'est-ce que le multilatéralisme ? En quoi le droit de veto au Conseil de sécurité le met-il à mal ? • Présentez le système de Bretton Woods. En quoi est-il inégalitaire ? Comment réagit l'URSS ?
III. La bipolarisation politique et militaire	• Pourquoi l'année 1947 est-elle importante ? Quelle crise s'ensuit-elle ? • Sur quelle organisation militaire se fonde le bloc de l'Ouest ? Comment réagit l'URSS ? • Que se passe-t-il dans les colonies ? En quoi l'apparition de nouveaux États est-elle un enjeu ?

4 CORRIGÉ GUIDÉ

Les titres et les indications entre crochets ne doivent pas figurer sur la copie.

Introduction

[Accroche] En 1945, les États-Unis et l'URSS sortent vainqueurs de la Seconde Guerre mondiale. Le monde s'en trouve alors bouleversé. [Problématique] Sur quelles bases s'organise-t-il ? [Annonce du plan] Après avoir évalué l'état des esprits et les modèles de réorganisation possibles [I], nous présenterons le nouvel ordre mis en place [II] puis comment il redessine le monde sur les plans politique et militaire [III].

I. Traumatismes et bipolarisation idéologique

1. Les traumatismes issus de la guerre

• La guerre mondiale provoque deux grands traumatismes : Auschwitz (crime contre l'humanité) et Hiroshima (capacité autodestructrice de l'homme).

• Les peuples rêvent d'un ordre mondial pacifié ; mais le déséquilibre nucléaire en faveur des États-Unis suscite craintes et méfiances.

> **À NOTER**
> En 1945, seuls les États-Unis maîtrisent l'arme nucléaire. L'URSS y parvient en 1949, le Royaume-Uni en 1952, la France en 1960.

2. Deux idéologies incompatibles

• La guerre voit le triomphe des démocraties sur les régimes totalitaires de type fasciste.

• Cependant, les démocraties libérales (à l'ouest) et populaires (à l'est) proposent des modèles opposés : multipartisme contre modèle à parti unique ; économie de marché contre économie dirigée.

• Auréolée de sa victoire, l'URSS étend son influence et le communisme se répand dans le monde.

[Transition] Après la guerre, le désir de paix anime les peuples. Quels effets a-t-il sur le nouvel ordre mondial ?

> **▶ Le conseil de méthode**
> Les transitions servent de fil conducteur pour rappeler la question à laquelle vous répondez. Tout en restant brèves, elles doivent conclure la partie et introduire la suivante. Pour cela, reprenez les termes du sujet pour proposer un début de réponse (« le désir de paix anime les peuples ») et pour annoncer la partie qui suit (« quels effets sur le nouvel ordre mondial ? »).

II. Un nouvel ordre international

1. L'Organisation des Nations unies

• Le désir de paix suscite la mise en place d'une organisation capable de la préserver. La conférence de San Francisco (1945) fonde l'Organisation des Nations unies.

• Une assemblée réunit les représentants des États membres. Le multilatéralisme et le respect des droits de l'homme (1948) s'imposent.

> **MOT CLÉ**
> En relations internationales, le multilatéralisme est la coopération de plusieurs États en vue d'instaurer des règles communes.

2. L'inégalité entre les peuples

• La solidarité incite les plus riches à aider les plus pauvres. Les commissions économiques pour l'Asie (1947) et l'Amérique latine (1948) favorisent la coopération entre les puissances et les jeunes nations indépendantes.

• Le Conseil de sécurité doit préserver la paix. Sur 11 membres, cinq siègent en permanence. Ils disposent d'un droit de veto qui leur assure un avantage.

3. Un nouveau désordre économique

- Les accords de Bretton Woods (1944) créent un système financier qui favorise les échanges. Cependant, ce modèle repose sur le dollar et avantage les États-Unis.
- Les Soviétiques dénoncent ce système. La bipolarisation économique fractionne le monde en deux camps.

[Transition] L'espoir d'un monde de paix ne résiste pas aux intérêts des deux Grands. Comment les divergences se traduisent-elles sur les plans politique et militaire ?

III. La bipolarisation politique et militaire

1. La rupture de 1947

- Staline craint que les États-Unis profitent de leur monopole atomique pour imposer leur modèle.
- Les méfiances réciproques créent des tensions. En 1947, les deux Grands rompent toutes relations.

2. La bipolarisation militaire

- La guerre menace d'enflammer le monde lors de la crise de Berlin (1948). La rupture s'accentue avec la mise en place du « rideau de fer ».
- Les États-Unis créent une organisation militaire avec leurs alliés : l'Otan (1949). Moscou réplique par le pacte de Varsovie (1955).

MOT CLÉ
Le « rideau de fer » est le nom donné par Winston Churchill (1946) à la frontière devenue infranchissable entre les pays du bloc de l'Est et ceux du bloc de l'Ouest.

3. Les colonies, nouvel enjeu

- La guerre a favorisé l'accès à l'indépendance de nombreux pays en Asie (1943-1945). Les deux blocs s'efforcent de séduire les nouveaux États.
- Les guerres de Corée et d'Indochine sont l'occasion d'affrontements Est-Ouest. Les Soviétiques aident les peuples qui se réclament du communisme.
- La guerre civile reprend en Chine. Chaque camp est soutenu par l'un des Grands qui veut y établir son influence.

Conclusion

[Réponse à la problématique] Les traumatismes de la guerre suscitent un important désir de paix ; mais les intérêts des deux Grands créent un ordre mondial aussi déséquilibré que l'ancien et de nouvelles tensions apparaissent.

[Ouverture] Comment éviter que la guerre froide devienne chaude ?

La décolonisation : l'indépendance et ses limites

ANALYSE DE DOCUMENT

1 heure
10 points

INTÉRÊT DU SUJET • La décolonisation est un effet du nouvel ordre mondial issu de la Seconde Guerre mondiale. Partie d'Asie, elle se répand et précipite l'apparition de pays (un bloc ?) dont les deux Grands se disputent l'amitié.

D'après le document, comment se propage et s'organise la décolonisation entre 1945 et 1975 ?

DOCUMENT **La décolonisation de 1945 à 1975**

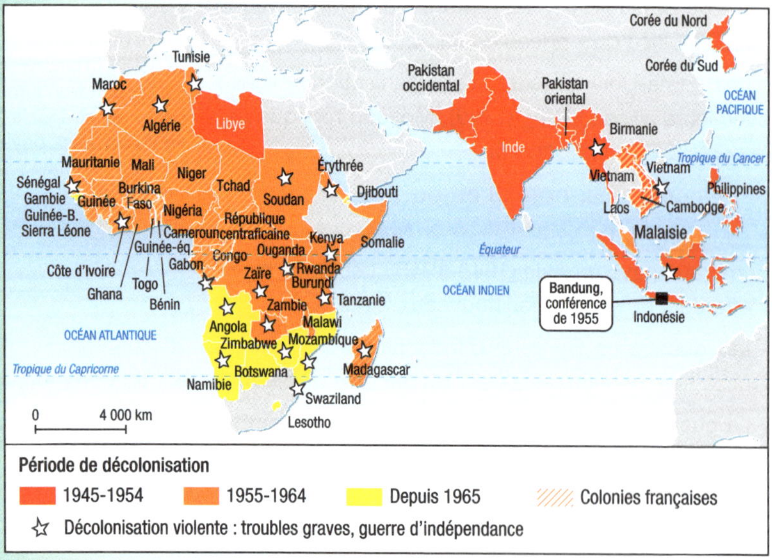

LES CLÉS DU SUJET

Comprendre la consigne

• Le sujet porte sur le processus de décolonisation qui se déroule de 1945 à 1975. « Propage » et « organise » sont deux mots clés de l'énoncé.

• Utilisez-les pour organiser la réponse en deux temps : comment le phénomène d'abord limité à l'Asie contamine le monde (approche chronologique), puis comment les nouveaux États s'organisent (approche plus thématique). Derrière les faits et leurs causes, mettez en valeur la rivalité Est-Ouest.

Présenter le document

Le document

- **Nature :** carte des colonies avec informations chronologiques (document didactique)
- **Auteur :** un observateur extérieur
- **Date et contexte :** entre 1945 (fin de la guerre) et 1975 (décolonisation de l'Afrique australe)
- **Thème :** les lieux et les étapes de la décolonisation

Organiser sa réponse

L'énoncé propose un **plan en deux parties** (la propagation ; l'organisation). Suivez-le. Évitez le plan par continent, source de répétitions. Le plan antithétique (la décolonisation ; ses limites) est bien mais n'est pas attendu. Si vous voulez insister sur les causes de la décolonisation, placez-les dans une partie insérée entre les deux ci-dessous.

I. La propagation de la décolonisation	• Définissez le terme décolonisation. Où débute-t-elle ? Quel contexte la favorise ? • Quels grands pays émergent dans les années 1950 ? Comment acquièrent-ils leur indépendance ? Illustrez. • Selon quels axes se diffuse le processus ? Quand atteint-il l'Afrique subsaharienne ?
II. L'organisation du tiers-monde et ses limites	• Quelle position adopte l'ONU à l'égard des nouveaux États ? Quelle place y trouvent-ils ? • Quelle est l'ambition du non-alignement ? Que se passe-t-il à Bandung en 1955 ? Citez quelques grands leaders de la décolonisation. • Comment réagissent les anciennes métropoles et les deux Grands ? Qu'advient-il du non-alignement ?

5 CORRIGÉ GUIDÉ

Les titres et les indications entre crochets ne doivent pas figurer sur la copie.

Introduction

[Contexte] De 1945 à 1975, de nouveaux États apparaissent sur la carte du monde. [Problématique] Comment se propage et s'organise la décolonisation ? [Présentation du document et annonce du plan] À partir d'une carte de la décolonisation en Asie et en Afrique, nous évoquerons et expliquerons ses grandes étapes [I] puis, tout en montrant comment les nouveaux États s'organisent, nous verrons les limites de leur indépendance [II].

I. La propagation de la décolonisation

1. Un processus à la faveur de la guerre

- La décolonisation est la rupture politique entre une colonie et sa métropole. Elle donne naissance à des États politiquement indépendants.

- Elle est précipitée par la guerre : les Japonais incitent les peuples à s'émanciper des métropoles. La défaite des puissances coloniales est aussi une opportunité pour les peuples mieux armés.

2. La décolonisation de l'Asie

- Le processus commence en Extrême-Orient, au terme de manifestations souvent violentes et de guerres (Birmanie, Indonésie, Indochine). En 1947, l'Inde devient indépendante mais se fractionne aussitôt, donnant naissance au Pakistan.

> **À NOTER**
> La première décolonisation liée à la Seconde Guerre mondiale commence en Asie avec la Birmanie dès 1943, puis l'Indonésie en 1945.

- La guerre d'Indochine se prolonge jusqu'en 1954. Quatre États (Vietnam du Nord et du Sud, Cambodge et Laos) en sont issus. D'autres pays (la Malaisie en 1957, par exemple) négocient leur indépendance.

3. La diffusion planétaire du processus

- Le processus s'étend d'est (Asie) en ouest (Afrique), par vagues successives (voir la carte). Après l'Asie, il atteint l'Afrique du Nord (1950-1960). L'Algérie plonge alors dans une longue guerre (1954-1962).

- Il atteint ensuite l'Afrique subsaharienne (années 1960) puis l'Afrique australe (années 1970). Ces indépendances sont négociées pour éviter que les nouveaux États rallient le bloc soviétique. Les changements politiques en Espagne et au Portugal (1974) mettent fin aux empires de ces pays.

[Transition] La Seconde Guerre mondiale précipite la décolonisation. Comment s'organisent les nouveaux États ?

> ▶ **Le conseil de méthode**
>
> Pour bien exploiter une carte, analysez le titre et confrontez-le au sujet. Regardez ensuite la légende pour savoir ce qu'elle met en évidence. Ici, les étapes chronologiques (partie I) et une ville, site d'une conférence fondatrice (partie II). Étudiez enfin la carte pour en tirer des arguments et des exemples.

II. L'organisation du tiers-monde et ses limites

1. L'intégration dans l'ONU

- Au nom du droit des peuples à disposer d'eux-mêmes, l'ONU soutient les revendications des peuples. Soucieux de contrôler les territoires séparés des métropoles, les deux Grands soutiennent le processus.
- Les nouveaux États intègrent l'ONU. Ils y obtiennent la reconnaissance internationale, peuvent participer aux débats et recevoir des aides (CNUCED).

> **À NOTER**
> Née en 1964, la CNUCED vise à intégrer les pays en développement dans l'économie mondiale.

2. L'ambition du non-alignement

- Dès 1954, Nehru, Premier ministre de l'Inde, exprime le désir des nouveaux États de rester en dehors de la guerre froide.
- En 1955, lors de la conférence de Bandung (voir la carte), les pays participants (Égypte de Nasser, Inde de Nehru, Indonésie de Soekarno, Chine représentée par Zhou Enlai) proclament leur solidarité et leur volonté de « non-alignement ». C'est la naissance du tiers-monde.

3. L'impossible indépendance

- Politiquement émancipés, les nouveaux États manquent de tout. Ils ont besoin de l'aide économique et de la protection militaire des grandes puissances.
- Celles-ci usent de leurs savoir-faire pour maintenir ou établir des relations privilégiées avec les anciennes colonies.
- Lors de la conférence de Belgrade (1961), le « non-alignement » est proclamé. Cependant, la mainmise d'États prosoviétiques sur le mouvement en compromet le succès, et le tiers-monde échoue à former un tiers bloc.

Conclusion

[Réponse à la problématique] La décolonisation profite de la Seconde Guerre mondiale. Mais l'émancipation politique ne permet pas l'indépendance économique dans un monde dominé par des puissances capables d'imposer leur ordre. [Ouverture] Les nouveaux pays ne risquent-ils pas d'être déçus ?

La France : une nouvelle place dans le monde

QUESTION PROBLÉMATISÉE

1 heure
10 points

INTÉRÊT DU SUJET • Même si la France connaît des « années noires » pendant la guerre, elle est reconnue vainqueur et reconstruit sa puissance dans le nouvel ordre mondial dominé par les deux Grands.

▶ Quelle est la place de la France dans le monde de l'après-guerre (1945-1970) ?

LES CLÉS DU SUJET

Analyser le sujet

Le sujet

- **Place :** le rang de la France, ses moyens de le tenir, son rayonnement
- **France :** l'Hexagone sans son empire
- **1945-1970 :** IVe et début de la Ve République, pendant les Trente Glorieuses
- **Monde :** le concert des nations

Dégager les enjeux du sujet

• Le sujet porte sur la « **place** » de la France, c'est-à-dire son rang dans le concert des nations. Cette place est à évaluer en matière de moyens militaires, politiques et économiques. Cependant, appuyez-vous sur le contexte de nouvel ordre mondial (guerre froide et décolonisation), des Trente Glorieuses et de la construction européenne pour mieux expliquer cette place.

• La place de la France dépend également de ses héritages et de ses moyens institutionnels. Ils en sont la base qu'il faut décrire. Ces moyens sont aussi un élément d'explication à ne pas négliger.

Organiser la réponse

La place est à évoquer pendant une période de 25 ans (1945 à 1970). N'ignorez pas cette chronologie. L'énoncé invite cependant à évaluer la place « dans le monde » et non durant la période. Suivez donc plutôt un **plan analytique**. Celui-ci a en outre l'avantage de correspondre aux objectifs du programme.

I. Héritages et cadres institutionnels	• Avec quel statut la France sort-elle de la guerre ? Quelle image de son passé préserve-t-elle ? • Quel régime adopte-t-elle ? De quoi témoigne le changement de République ? Comment caractériser la Ve ? • Quel est le modèle économique de la France ? Quel type de planification adopte-t-elle ?
II. Une puissance réaffirmée	• Quelle place la France occupe-t-elle à l'ONU ? • À quelle alliance est-elle intégrée ? De quelle arme se dote-t-elle en 1960 ? Quelles conséquences sur ses alliances ? • Quelles relations établit-elle avec ses voisins européens ? Quel rôle joue-t-elle dans la construction communautaire ?
III. Les limites du redressement	• Qu'appelle-t-on « parapluie nucléaire » ? Quelles sont les faiblesses militaires de la France face à ses ennemis ? • Comment gère-t-elle la décolonisation ? Quels liens tisse-t-elle avec ses anciennes colonies d'Afrique ? • Quels obstacles à la construction européenne rencontre-t-elle ?

6 CORRIGÉ GUIDÉ

Les titres et les indications entre crochets ne doivent pas figurer sur la copie.

Introduction

[Accroche] En 1945, La France compte parmi les États vainqueurs de la guerre. [Problématique] Quelle place occupe-t-elle dans le monde des années 1945-1970 ? [Annonce du plan] Après avoir évalué ses héritages historiques et les institutions qu'elle adopte [I], nous évaluerons par secteurs son rang mondial [II] avant d'estimer les limites de son redressement [III].

I. Héritages et cadres institutionnels

1. L'honneur retrouvé d'un modèle

• Pays vainqueur, la France sort de la guerre avec les honneurs. Elle a l'image d'un pays de résistants.

• Elle préserve ainsi sa réputation de patrie des droits de l'homme qui inspire la déclaration universelle de 1948.

2. Les cadres constitutionnels

• Par le rétablissement de la République (IVe), elle renoue avec la démocratie libérale. Cependant, son parlementarisme est instable.

• En 1958, le général de Gaulle met en place une République présidentialiste (Ve) plus solide.

3. Ouverture et planification économique

• Pour organiser sa reconstruction, la France procède par planification incitative. Libres, les entreprises privées sont aidées par l'État.

• Avec l'aide du plan Marshall (1947-1952), la France s'intègre aux marchés sous contrôle américain ; elle coordonne ses activités avec ses voisins européens.

MOT CLÉ
La planification économique est un processus par lequel un État fixe les objectifs à atteindre et les moyens d'y parvenir. Elle peut être impérative ou incitative.

[Transition] Pays vainqueur, la France se réorganise solidement. Quelle place occupe-t-elle dans le monde ?

II. Une puissance réaffirmée

1. Membre permanent du Conseil de sécurité

• La France détient l'un des cinq sièges de membre permanent du Conseil de sécurité de l'ONU. Elle bénéficie donc du droit de veto.

• Avec les États-Unis, l'URSS et le Royaume-Uni, elle fait partie du cercle fermé des grandes puissances.

2. Force militaire du bloc de l'Ouest

• La France intègre l'alliance atlantique (Otan, 1949), organe militaire du bloc de l'Ouest.

• Elle acquiert la maîtrise de l'arme nucléaire (1960) qu'elle ne partage qu'avec cinq autres pays durant la période 1945-1970.

3. Pays moteur de la CEE

• La France participe activement à la fondation de la Communauté européenne. La CECA (1950) puis le traité de Rome (1957) établissent l'Europe des six dont la France, avec l'Allemagne, joue un rôle moteur.

• Grâce à sa modernisation et à la CEE, elle profite des Trente Glorieuses pour atteindre des taux de croissance de 5 % et devenir la 4e puissance mondiale.

[Transition] La France est redevenue une puissance mondiale. Mais quelles limites n'en font qu'une puissance moyenne ?

III. Les limites du redressement

1. Sous la protection et l'influence américaines

• La France ne peut pas se couper de l'alliance atlantique qui lui assure la protection des États-Unis. Son retrait du commandement intégré de l'Otan en 1966 n'y change rien : l'arme atomique n'est qu'une arme de dissuasion inutilisable dans un conflit conventionnel.

• Dans le cadre de la guerre froide, elle reste donc sous la menace soviétique qui justifie la construction européenne.

2. Un empire démantelé

• La France s'enlise dans de coûteuses guerres de décolonisation (Indochine, Algérie) qui écornent son image et pèsent sur ses équilibres budgétaires.

• La décolonisation de l'Afrique noire se fait par voie de négociations. Cette approche permet à la France d'y préserver ses intérêts stratégiques et commerciaux par des clauses spécifiques.

3. L'envers de la réussite européenne

• La construction européenne doit faire face à la concurrence de l'AELE et aux relations difficiles avec le Royaume-Uni.

• Le succès européen conduit la France à céder à la communauté une part de sa souveraineté.

> **À NOTER**
> L'AELE est une association de libre-échange créée en 1960 pour concurrencer la CEE.

Conclusion

> **▶ Le conseil de méthode**
> La conclusion n'a rien de formel. Elle consiste à donner une réponse brève mais claire à la problématique du sujet. Pour la formuler, reprenez les termes de la question en mode indicatif : « la place de la France… » ; ajoutez une caractéristique ou un qualificatif (« de premier plan »). En ouverture, déplacez la question traitée dans le futur du sujet (« quelle place dans les années de crise ? »).

[Réponse à la problématique] La place de la France dans le monde de l'après-guerre (1945-1970) est de premier plan, aussi honorable qu'elle pouvait paraître inespérée. [Ouverture] Mais saura-t-elle la préserver dans les années de crise (1970-1990) ?

7 Les remises en cause des années 1970 à 1991

La démocratisation de l'Europe du Sud et de l'Est

QUESTION PROBLÉMATISÉE

1 heure
10 points

INTÉRÊT DU SUJET • Dans le cadre de la guerre froide et des chocs pétroliers, l'Europe du Sud et l'Europe de l'Est se transforment. Sous l'impulsion d'un libéralisme décomplexé, l'Ouest voit triompher son modèle.

▶ Comment et pourquoi l'Europe du Sud et de l'Est se démocratisent-elles dans les années 1970 à 1990 ?

LES CLÉS DU SUJET

Analyser le sujet

Le sujet

- **Comment et pourquoi :** modalités et causes du processus
- **Europe du Sud :** dictatures militaires (Grèce, Espagne, Portugal)
- **Europe de l'Est :** pays satellites de l'URSS
- **Se démocratisent :** propagation du modèle de démocratie libérale
- **Bornes chronologiques :** des chocs pétroliers à l'effondrement du bloc soviétique

Dégager les enjeux du sujet

• Le sujet porte sur deux régions de l'Europe : le sud méditerranéen et les pays du bloc de l'Est. Mais la problématique réside dans le lien entre ces régions et le processus de démocratisation qu'elles connaissent entre 1970 et 1990.

• L'énoncé oriente le questionnement sur les modalités et les causes de cette démocratisation. Les conséquences ne sont pas demandées.

Organiser la réponse

Les bornes du sujet, des « années 1970 à 1990 », invitent à suivre un **plan chronologique.** Il s'agit de montrer que le processus est en cours pendant cette période. Cette approche s'impose d'autant plus que les deux Europe ne se démocratisent pas au même moment. Mettez en valeur l'exposé des causes et des modalités dans les sous-parties.

I. 1970-1980 : la démocratisation de l'Europe du Sud	• Quelles révolutions affectent les pays du sud de l'Europe ? Lesquels ? Quel type de régimes chassent-elles ? • Depuis quand les régimes renversés étaient-ils établis ? Quel attrait exerce l'Europe de l'Ouest sur ces pays ? Quel impact ont sur eux les chocs pétroliers ? • Quel type de régime s'installe ? Quelle communauté s'ouvre à eux ? Qu'inaugure leur future intégration ?
II. 1980-1990 : la démocratisation de l'Europe de l'Est	• Quels événements marquent l'Europe en 1989 ? • Pourquoi l'URSS ne peut-elle pas empêcher la démocratisation de ses satellites ? • Quel type de régime est mis en place ? Présentez quelques exemples de changements.

7 CORRIGÉ GUIDÉ

Les titres et les indications entre crochets ne doivent pas figurer sur la copie.

Introduction

[Accroche] Les années 1970 sont marquées par deux chocs pétroliers qui affectent durement des pays dont le modèle est de moins en moins populaire. [Problématique] Comment et pourquoi l'Europe du Sud et celle de l'Est se démocratisent-elles entre 1970 et 1990 ? [Annonce du plan] Nous commencerons par évoquer le cas de l'Europe du Sud [I] avant d'analyser ce qu'il advient de l'Europe communiste [II].

▶ Le conseil de méthode

Quand un énoncé inscrit le sujet dans la durée pour parler de changements (une démocratisation ici), le plan chronologique s'impose. Les parties se construisent autour de périodes successives (1970-1980 puis 1980-1990). Dans cette approche, ne construisez pas les sous-parties sur le même modèle, vous transformeriez le devoir en catalogue de dates. Optez pour une construction didactique (partie I) ou par thèmes (partie II).

I. 1970-1980 : la démocratisation de l'Europe du Sud

1. Des révolutions

- En avril 1974, un coup d'État renverse la dictature salazariste au Portugal. C'est la « révolution des œillets ».
- Pendant l'été 1974, suite à la crise chypriote, le régime des colonels est renversé en Grèce. Les élections donnent une majorité à la Nouvelle Démocratie. La monarchie est abolie.
- En novembre 1975, Franco disparaît et Juan Carlos devient roi d'Espagne. Il décide alors de démocratiser le pays.

2. Les raisons de ces bouleversements

- Les dictatures laissaient leurs pays à l'écart de la mondialisation et suivaient des politiques de plus en plus inadaptées.
- Face aux crises pétrolières, leur isolement aggravait leurs difficultés économiques. L'idée d'intégrer la CEE devenait de plus en plus séduisante.
- Les pressions internationales, comme celles de la Turquie et des États-Unis sur la Grèce, les poussaient au changement.

> **À NOTER**
> Être membre de la CEE suppose l'adoption des règles de la démocratie libérale.

3. L'intégration à l'Europe libérale

- La Grèce (1975) et le Portugal (1976) deviennent des républiques parlementaires, l'Espagne (1978) une monarchie parlementaire. Les trois pays adoptent le multipartisme et l'économie de marché.
- Les portes de la CEE s'ouvrent. La Grèce intègre la communauté en 1981, l'Espagne et le Portugal en 1986. L'Espagne entre à l'Otan en 1982.

[Transition] Dans les années 1970, l'Europe du Sud se libéralise. L'évolution de l'Europe de l'Est dans les années 1980 suit-elle le même mouvement ?

II. 1980-1990 : la démocratisation de l'Europe de l'Est

1. Des crises politiques

- Dès 1988, des réformateurs arrivent au pouvoir en Hongrie. En juin 1989, suite à des grèves, Lech Walesa, leader du mouvement Solidarnosc, devient Premier ministre en Pologne. À l'automne, la « révolution de velours » porte Vaclav Havel à la tête de la Tchécoslovaquie.
- Le 9 novembre 1989, le mur de Berlin tombe. Le mouvement réformiste s'étend à la Roumanie, à la Bulgarie et à la Yougoslavie mais il s'y manifeste de façon plus violente.

• Le processus gagne ensuite les républiques baltes (Lituanie, Estonie, Lettonie) qui proclament leur indépendance vis-à-vis de l'URSS (1990).

2. L'effondrement du modèle communiste

• Dans tous ces pays, le communisme imposé par l'URSS cesse de séduire. Les populations rêvent des libertés et des richesses de l'Ouest que la propagande ne parvient plus à leur cacher.

• L'URSS n'a plus les moyens d'imposer son ordre. La perestroïka et la glasnost mises en œuvre par Mikhaïl Gorbatchev sapent les bases du système soviétique.

• Les pays de l'Ouest encouragent le processus. Le pape Jean-Paul II exerce une forte influence sur la Pologne. De son côté, Helmut Kohl précipite la réunification allemande.

MOTS CLÉS
La glasnost est une politique de libre circulation de l'information dans le cadre de la perestroïka, réforme de libéralisation économique.

3. L'adoption des modèles de l'Ouest

• Les pays de l'Est plongent dans la crise, parfois dans la guerre civile, comme en Yougoslavie où la situation implose.

• Les pays adoptent tous des régimes de république parlementaire multipartite et à économie de marché.

• Le pacte de Varsovie dissous (1991), République tchèque, Hongrie et Pologne se tournent vers l'Otan qu'elles intègrent en 1999. La réunification de l'Allemagne fait entrer l'ex-RDA dans la CEE. Celle-ci ouvre des négociations avec les autres pays pour s'y étendre (adhésion actée en 2004).

Conclusion

[Réponse à la problématique] Des années 1970 à 1990, l'Europe se libéralise profondément et le modèle occidental s'impose partout. C'est le triomphe du bloc de l'Ouest. [Ouverture] Les peuples libérés des régimes autoritaires y trouvent-ils réponses à leurs attentes ?

L'émancipation des Françaises dans les années 1960 et 1970

ANALYSE DE DOCUMENTS

1 heure
10 points

INTÉRÊT DU SUJET • L'année 1968 est un marqueur fort des émancipations dont les Françaises profitent. Entre 1965 et 1975, des lois leur accordent l'autonomie financière et des droits spécifiques.

▶ En vous appuyant sur les documents, montrez comment les Françaises s'émancipent dans les années 1960-1970.

DOCUMENT 1 **Un témoignage sur la loi du 13 juillet 1965**

Le texte [de la loi du 13 juillet 1965] consacre donc l'autonomie financière des femmes mariées, qui peuvent dès lors exercer une profession sans l'accord de leur mari, ouvrir un compte bancaire en leur nom propre et disposer de leurs biens. « Je m'en souviens très bien », explique celle qui deviendra une militante de tous les combats féministes, notamment au sein du Mouvement de libération de l'avortement et de la contraception (MLAC) […] Peu de temps après l'annonce, Thérèse Clerc s'empresse d'ouvrir un compte sur lequel seront versées les allocations familiales, jusque-là virées sur le compte de son mari. « Dès que j'ai eu mon propre chéquier, j'ai envoyé un beau courrier aux services des allocations, en disant que j'avais besoin de cet argent pour "nipper[1]" mes enfants et en citant la nouvelle loi. J'ai pensé qu'il y aurait des enquêtes et de la paperasse, mais le mois suivant, je les ai bien reçues. Mon mari, tout étonné de ne pas les voir tomber, m'a interrogée et je lui ai annoncé que je les avais fait virer sur mon compte. Ça a été l'une des disputes les plus homériques de toute notre histoire ! » s'amuse celle qui a divorcé en 1969 et fondé, plus tard, la maison de retraite pour femmes des Babayagas.

Pauline Verduzier, *Le Figaro Madame*, 13 juillet 2015[2].

1. « nipper » : habiller. 2. date du 50e anniversaire de la loi du 13 juillet 1965.

DOCUMENT 2 **Le procès de Bobigny, 1972**

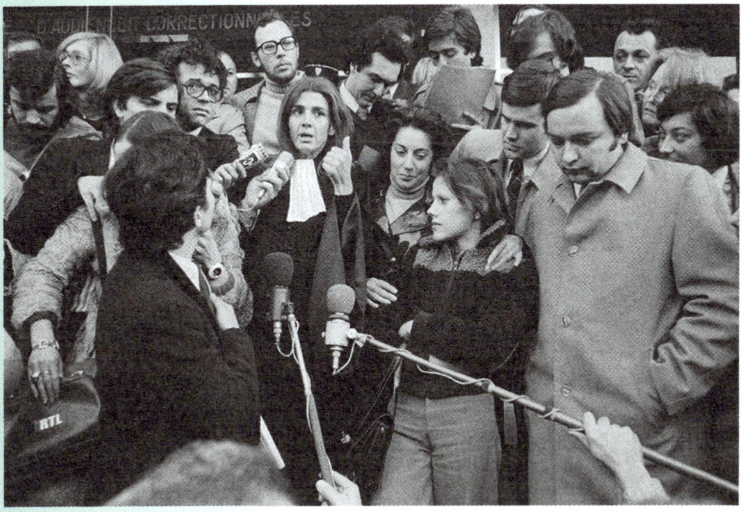

ph © Michel Artault / Apis / Sygma *via* Getty Images

Gisèle Halimi, lors du procès de Bobigny ou « procès Marie-Claire[1] » de 1972.

1. « Marie-Claire », nom de la jeune femme poursuivie pour délit d'avortement et défendue par maître Halimi, son avocate.

LES CLÉS DU SUJET

Comprendre la consigne

• La consigne invite à tirer des documents des éléments d'émancipation des Françaises pendant les années 1960-1970. Derrière le mot « Françaises », il faut entendre les **conditions de vie des femmes**, leur statut, leurs droits. Le terme « émancipation » oriente le sujet vers leur **libération** ; cette approche n'exclut pas d'évaluer les **limites** de celle-ci.

• Les documents mettent l'accent sur les conditions socio-économiques d'une part (« l'autonomie financière », doc. 1) et les questions de mœurs (le droit à l'IVG, doc. 2) d'autre part. À travers la personne de maître Halimi, l'entrée des femmes dans le monde professionnel qualifié peut aussi être évoquée.

Présenter le document

Les documents

Nature :
- Doc. 1 : un article de presse (opinion)
- Doc. 2 : une photo de presse (document témoin)

Auteurs :
- Doc. 1 : une journaliste
- Doc. 2 : un photographe

Date et contexte :
- Doc. 1 : 2015, anniversaire de la loi de 1965
- Doc. 2 : 1972, procès d'une jeune femme qui a avorté

Thème : les effets de la réforme des régimes matrimoniaux (1965) et de la loi Veil (1975)

Organiser sa réponse

Les documents proposent une approche thématique autour de lois emblématiques qui peuvent servir de fil conducteur. À l'intérieur de chaque partie, utilisez les documents pour en extraire des libertés nouvelles que vous expliquerez ensuite. Vous pouvez croiser les documents dans chaque thème, les références au MLAC du doc. 1, par exemple, pour compléter le doc. 2.

I. L'émancipation financière des femmes

- Pourquoi la loi de 1965 émancipe-t-elle les femmes ? La liberté acquise est-elle facile à exercer ? Justifiez vos réponses.
- De quelle réalité conjugale témoigne l'usage que la femme veut faire de son allocation ? Comment réagit le mari ?
- Quel effet à terme sur le couple ? Quels changements facilitent les séparations conjugales ?

II. La libéralisation des mœurs

- Quel délit est poursuivi lors du procès de Bobigny ? Pourquoi le nom de famille de Marie-Claire est-il caché ?
- Quels mouvements militent contre la pénalisation de l'avortement ? Quelle loi met un terme à celle-ci ? Quelle en est la limite ?
- La contraception est-elle autorisée ? Quelle liberté est revendiquée en 1968 ?

8 CORRIGÉ GUIDÉ

Les titres et les indications entre crochets ne doivent pas figurer sur la copie.

Introduction

[Contexte] Les Trente Glorieuses profitent aux femmes. Dans les années 1960-1970, des réformes importantes changent leur vie. [Problématique] Comment les Françaises s'émancipent-elles ? [Présentation des documents et annonce du plan] À partir d'un article de 2015 témoignant des bouleversements produits par la loi de juillet 1965 et d'une photographie de 1972 prise lors du procès de Bobigny pour pratique illégale de l'avortement, nous évaluerons les libertés créées par l'autonomie financière des femmes [I] puis les changements produits par l'évolution des mœurs [II].

I. L'émancipation financière des femmes

1. La loi de juillet 1965

• La loi du 13 juillet 1965 autorise les Françaises à travailler et à prendre le contrôle de leurs revenus (« exercer une profession sans autorisation du mari », « ouvrir un compte en banque »).

> **▶ Le conseil de méthode**
>
> En présence de deux documents, efforcez-vous de croiser les informations qu'ils proposent même s'ils ne portent pas sur le même thème. Ainsi, le doc. 2 évoque la future loi Veil à laquelle le doc. 1 fait allusion ; de même, l'autonomie financière évoquée par le doc. 1 peut être illustrée par la personnalité de Gisèle Halimi (doc. 2), avocate de renom. Le contexte peut aussi être utilisé : ici, le mouvement de mai 1968 sert de toile de fond.

• Les femmes ne sont donc plus assignées d'office à leur rôle d'épouse et de mère. Elles peuvent exercer un métier par choix personnel (cas de Gisèle Halimi, doc. 2) et pas seulement par nécessité.

2. La maîtrise des dépenses

• L'autonomie financière redistribue le budget des dépenses (ici l'habillement des enfants) au gré de la femme.

• La gestion du salaire et du patrimoine donne aux femmes la liberté d'une consommation choisie. Un marché spécifique peut se développer.

3. La remise en cause du pouvoir masculin

• Le mari entre dans une « colère homérique » (doc. 1) car la loi lui fait perdre le pouvoir qu'il avait sur sa femme.

• Plus indépendantes et instruites, les femmes investissent le monde du travail (un tiers des actifs), surtout dans le secteur tertiaire. Gisèle Halimi (doc. 2) ou Anne Chopinet représentent ces femmes « modernes », exerçant un métier de prestige.

[Transition] Grâce à leur autonomie financière, les femmes peuvent se construire un avenir personnel. Qu'en est-il dans le domaine des mœurs ?

À NOTER
Anne Chopinet est l'une des sept premières femmes à intégrer l'École polytechnique en 1972. Major du concours, elle défile sur les Champs-Élysées à la tête de sa promotion le 14 juillet 1973.

II. La libéralisation des mœurs

1. L'organisation de la lutte

• Dans la continuité du mouvement de mai 1968, des mouvements féministes comme le MLF ou le MLAC (doc. 1) portent la voix des femmes.

• En 1972, le procès de Bobigny pour pratique illégale de l'avortement sert de plateforme pour populariser les revendications féministes.

MOT CLÉ
Le Mouvement de libération des femmes est né au début des années 1970. Ses premiers combats portent sur la contraception, le droit à l'avortement et la reconnaissance de l'homosexualité.

2. La loi Veil

• Le débat pour la légalisation de l'interruption volontaire de grossesse (IVG) débouche en 1975 sur la loi Veil qui dépénalise l'avortement.

• Pour 5 ans, à titre expérimental, la loi autorise l'IVG avant la 10e semaine et après un temps de réflexion. Les femmes prennent le contrôle de leur corps.

3. D'autres libertés

• En 1967, la loi Neuwirth autorise l'usage des contraceptifs, y compris la contraception orale (pilule). Les femmes peuvent désormais choisir quand devenir mères.

• En 1970, la notion d'autorité parentale conjointe supprime celle de « chef de famille ». L'égalité entre mari et femme s'installe dans le couple. La loi de 1975 sur le divorce par consentement mutuel facilite les séparations.

Conclusion

[Réponse à la problématique] Les années 1960-1970 font progresser la condition des femmes en France. De grandes avancées sont acquises. [Ouverture] Mais est-ce suffisant pour les mettre à l'égal des hommes ?

La construction européenne depuis les années 1990

QUESTION PROBLÉMATISÉE

1 heure
10 points

INTÉRÊT DU SUJET • La construction européenne franchit un cap important dans les années 1990. La Communauté se transforme alors en Union. Les domaines de compétences de l'Europe s'étendent, mais l'élargissement suscite des difficultés.

▶ **Quelles évolutions connaît la construction européenne à partir des années 1990 ?**

LES CLÉS DU SUJET

Analyser le sujet

Dégager les enjeux du sujet

• L'énoncé invite à décrire une **évolution**, c'est-à-dire des changements inscrits dans la durée. Mais le sujet porte sur la **construction** européenne, son développement en tant qu'Union européenne.

• L'accent doit être mis sur les nouvelles règles, les nouveaux domaines de compétence, l'adhésion de nouveaux membres. Cependant, dans l'esprit du programme, abordez également les « remises en question » pour montrer que cette évolution est difficile.

Organiser la réponse

L'approche chronologique est possible, mais risque d'être répétitive. Si le sujet se prête bien à un exposé antithétique (construction, limites), l'énoncé n'y incite pas. Le mieux est donc d'opter pour un **plan analytique** exposant les thèmes du programme (institutions, élargissement) dans lesquels les limites seront présentées.

I. Le passage à l'UE : de nouvelles institutions	• Quel est le bilan de la CEE en 1990 ? Quel contexte l'oblige à se transformer ? Quels objectifs se fixe-t-elle ? • Recensez les principales nouveautés du traité de Maastricht. À l'aide de vos connaissances, montrez comment l'Union étend ses compétences. • Quelle difficulté rencontre le projet de constitution ? Pourquoi parle-t-on d'Europe à plusieurs vitesses ?
II. Un élargissement territorial difficile	• Décrivez les grandes étapes de l'élargissement (dates et pays). Dans quelles directions l'Europe s'étend-elle ? Pourquoi ? Est-ce un avantage ? • Quelles différences rendent la gestion de l'Europe difficile ? Comment évoluent les opinions publiques ? • De quoi témoigne l'échec de l'intégration turque ? Que révèlent le vote du Brexit et la sortie du Royaume-Uni ?

9 CORRIGÉ GUIDÉ

Les titres et les indications entre crochets ne doivent pas figurer sur la copie.

Introduction

[Accroche] À la fin des années 1980, la CEE se flatte d'avoir atteint les objectifs qu'elle s'était fixés en 1957. Dans un monde bouleversé par la disparition du bloc soviétique, les Européens se donnent alors de nouveaux défis. [Problématique] Quelles évolutions connaît la construction européenne à partir des années 1990 ? [Annonce du plan] Après avoir décrit les objectifs et les moyens dont se dote la nouvelle Europe [I], nous présenterons comment elle s'étend (ou non) à d'autres pays [II].

> **▶ Le conseil de méthode**
>
> L'approche antithétique d'un sujet dépend de deux conditions au moins : l'énoncé doit y inciter et les arguments contradictoires doivent s'équilibrer, ce qui n'est pas le cas ici. Vous pouvez toutefois opter pour l'approche antithétique dans les sous-parties : dans la partie I, 3e sous-partie consacrée aux limites ; dans la partie II, présentez d'abord les élargissements, puis les limites.

I. Le passage à l'Union : de nouvelles institutions

1. Des ambitions réactualisées

• Alors que l'URSS s'effondre, la CEE bénéficie d'un excellent bilan. Outre la reconstruction et la préservation de la paix, la communauté est devenue le premier marché mondial de production et de consommation.

• La fin de la guerre froide l'incite à s'étendre dans l'espace, à consolider ses institutions et à intégrer les questions sociales à ses ambitions.

2. Le traité de Maastricht (1992)

• En 1992, la Communauté se transforme en Union. La citoyenneté européenne est instituée et l'intégration économique et monétaire (création de l'euro en 1999) met en place le marché unique.

• Malgré le rejet du traité proposé en 2005, l'Union se dote d'une constitution par le traité de Lisbonne (2007).

• Un corps européen voit le jour pour renforcer la défense communautaire (1992). Europol (1999) coordonne les missions de police des États membres.

• Les compétences de l'Union s'étendent à tous les domaines (enseignement, recherche, environnement, santé…). Des infrastructures communautaires comme le tunnel sous la Manche sont développées.

> **À NOTER**
> Le programme Erasmus, créé dès les années 1980, permet l'échange d'étudiants et de professeurs entre universités et grandes écoles d'une trentaine de pays.

3. Difficultés et limites

• Une Europe à plusieurs vitesses se dessine : certains pays posent des problèmes de dumping social, d'autres rejettent certains programmes. Des « zones » qui ne se recoupent pas compliquent la gouvernance de l'Union.

• Le pouvoir de Bruxelles n'est pas toujours bien accepté. L'euroscepticisme gagne du terrain et freine les réformes.

[Transition] L'Europe communautaire s'approfondit. Malgré ses défauts, elle séduit toujours. Comment s'élargit-elle ?

II. Un élargissement territorial difficile

1. L'attractivité d'une Europe plus ouverte

• Dès 1995, l'Union s'agrandit avec trois nouveaux membres. Elle en compte désormais 15.

• La crainte d'une renaissance de la puissance russe incite les Européens à précipiter l'élargissement. En 2004, dix pays rejoignent la communauté. Entre 2013 et 2020, elle compte 28 membres (UE 28).

• L'Union se rééquilibre. Son centre de gravité se déplace vers l'est, mais elle s'étend aussi vers le nord (Scandinavie) et le sud (îles de la Méditerranée).

2. Les travers d'une Europe trop hétérogène

• Les États ne sont pas tous au même niveau de développement ; les inégalités créent des déséquilibres entre l'est et l'ouest, le nord et le sud. Les différences entre les pays dits « vertueux » et les autres créent des tensions.

• Candidate à l'adhésion depuis les années 1960, la Turquie ne parvient pas à intégrer la communauté. Les tensions entre elle et l'Union sont vives.

• Certains pays (Pologne, Hongrie), soucieux de préserver leur différence, bloquent les réformes qui les gênent, notamment à travers le groupe de Visegrad.

• Les mouvements de rejet populaire se multiplient. Les Britanniques votent pour une sortie de l'Union qui prend effet le 1er janvier 2021.

> **À NOTER**
> Le groupe de Visegrad réunit Hongrie, Pologne, République tchèque et Slovaquie (1991) pour favoriser leur intégration.
> Il défend aussi leurs intérêts communs face au reste de l'UE.

Conclusion

[Réponse à la problématique] L'Europe s'est élargie et approfondie, mais ses ambitions difficiles à mettre en œuvre et son extension la fragilisent au risque de remettre son projet en question. [Ouverture] Le Brexit est-il l'amorce d'un processus de déconstruction ?

La réforme du quinquennat

ANALYSE DE DOCUMENT

1 heure
10 points

INTÉRÊT DU SUJET • À partir de 1986, la cohabitation gêne l'exécutif. Jacques Chirac et Lionel Jospin décident d'y mettre fin. Si la réduction du mandat présidentiel résout le problème, il en crée d'autres.

▶ **Comment le décret du 12 juillet 2000 a-t-il transformé profondément les institutions de la Ve République en cherchant à résoudre le problème de la cohabitation ?**

DOCUMENT **Décret du 12 juillet 2000 sur la révision constitutionnelle relative à la durée du mandat présidentiel**

Demeurée inchangée, la règle du septennat a ainsi pu contribuer à la mise en place et à l'affermissement des institutions nouvelles. Elle n'apparaît plus correspondre, aujourd'hui, à l'importance prise par la fonction et aux attentes des Français, qui doivent pouvoir se prononcer à intervalles plus rapprochés sur le choix du chef de l'État, dont l'élection est l'occasion d'un vaste débat sur les grandes orientations de la politique nationale.

Les conditions semblent aujourd'hui réunies pour que soit adopté le quinquennat. Le changement proposé, qui ne remet pas en cause l'équilibre des institutions, contribuera ainsi à la vitalité du débat démocratique.

Conformément aux principes qui régissent l'entrée en vigueur des lois, la nouvelle durée du mandat s'appliquera à compter de la prochaine élection présidentielle.

Article unique

Le premier alinéa de l'article 6 de la Constitution est ainsi rédigé.

« Le président de la République est élu pour cinq ans au suffrage universcl dircct. »

Jacques Chirac, président de la République,
Lionel Jospin, Premier ministre.

LES CLÉS DU SUJET

Comprendre la consigne

La consigne est construite autour de deux axes : les **transformations** de la Ve République à exposer et expliquer, exemples à l'appui, et le **problème de la cohabitation** qu'il faut définir et analyser. En s'appuyant sur des connaissances personnelles, il convient de discuter le bien-fondé de la solution mise en place.

Présenter le document

Le document :
- **Nature :** un décret, document officiel
- **Auteurs :** Jacques Chirac et Lionel Jospin, chefs de l'exécutif
- **Date et contexte :** juillet 2000, période de cohabitation
- **Thème :** la réduction du mandat présidentiel à 5 ans

Organiser sa réponse

La cohabitation étant à l'origine du quinquennat, commencez par la définir et recensez les difficultés qu'elle crée. Aidez-vous du premier paragraphe du document pour rappeler le contexte. Présentez ensuite la décision prise par le décret en commentant les termes du nouvel article (dernière ligne du document).

I. Le problème de la cohabitation

- Combien de cohabitations la France a-t-elle connues ? À quelles dates ?
- Qu'est-ce qu'une dyarchie ? Pourquoi ce terme qualifie-t-il bien la cohabitation ?
- Quel problème de protocole pose-t-elle ? Pourquoi le système affaiblit-il la France à l'international ?
- Quelle est la responsabilité des électeurs ? Quels sentiments entretiennent-ils sur la question ?

II. La solution du quinquennat

- Que décide le décret ? Quel effet a-t-il sur le calendrier électoral ?
- Pourquoi réduire le mandat présidentiel plutôt qu'allonger celui des députés ? Quel avantage la réforme a-t-elle sur la majorité politique du pays ?
- Quel effet la réforme a-t-elle sur l'Assemblée nationale et sur les gouvernements à partir de 2002 ?

10 CORRIGÉ GUIDÉ

Les titres et les indications entre crochets ne doivent pas figurer sur la copie.

Introduction

[Contexte] En 1986, une situation inédite découle des élections législatives : une cohabitation entre un président de gauche et un Premier ministre de droite. La situation se renouvelle en 1993 puis en 1997. Comme elle est jugée inadaptée aux besoins du pays, l'idée de faire coïncider les mandats présidentiel et législatif fait son chemin. [Présentation du document et problématique] Comment le décret du 12 juillet 2000 transforme-t-il les institutions de la Ve République en cherchant à résoudre le problème ? [Annonce du plan] En nous appuyant sur le texte de la réforme, nous exposerons les difficultés provoquées par la cohabitation [I], puis nous évaluerons les effets du passage au quinquennat [II].

> **▶ Le conseil de méthode**
> Certains documents s'inscrivent dans un contexte à exploiter. Dans ce but, référez-vous à leur date d'émission : ici juillet 2000, pendant la 3e cohabitation. Les auteurs sont confrontés au problème qu'ils tentent de résoudre. Le contenu du document doit aussi être interrogé, comme la référence aux « attentes des Français ». Mais attention : les auteurs ne sont pas neutres. Discutez le bien-fondé du contexte auquel ils font allusion.

I. Le problème de la cohabitation

1. Trois expériences perturbantes

- En 1986, la droite ayant gagné les législatives, le président François Mitterrand (socialiste) nomme Premier ministre Jacques Chirac (RPR). L'image de l'exécutif est alors brouillée.
- Le problème se renouvelle deux fois, en 1993-1995 (François Mitterrand – Édouard Balladur) puis en 1997-2002 (Jacques Chirac – Lionel Jospin).

2. La confusion d'une dyarchie

- La France se transforme en dyarchie, avec deux dirigeants aux convictions opposées, parfois inconciliables. La gestion du pays s'en trouve affectée.
- Le calendrier électoral pousse les rivaux à manœuvrer selon leur intérêt personnel. Entre 1986 et 1988, Jacques Chirac assume des choix politiques qui lui font ensuite perdre la présidentielle.

> **MOT CLÉ**
> Une dyarchie est une forme de gouvernement où deux dirigeants partagent le pouvoir exécutif.

• La cohabitation est le reflet d'un électorat hésitant. Irrités par les blocages qu'elle crée, les électeurs la critiquent. L'abstention progresse.

3. Avantages et risques à l'international

• Vis-à-vis des autres pays, la cohabitation peut aider pour gagner du temps dans une négociation difficile.

• Mais l'arme est à double tranchant. Les dirigeants étrangers exploitent les rivalités exposées. De plus, les problèmes de protocole agacent.

[Transition] La cohabitation gêne les chefs de l'exécutif ; la confusion convainc les Français des nécessités d'une réforme. Que change le décret du 12 juillet 2000 ?

II. La solution du quinquennat

1. Des majorités stables et durables

• L'exécutif hérite d'une cohérence et d'une stabilité qui lui permettent d'agir dans la durée.

• Le président Sarkozy garde ainsi son Premier ministre, François Fillon, pendant les cinq années de son mandat. Cet effet est assurance de continuité.

2. Des débats présidentiels plus fréquents

• La réduction du mandat présidentiel rend plus fréquents les débats liés à un type de scrutin très attendu par les Français.

• L'alternance politique est raccourcie. En 20 ans (2002-2022), la France se choisit quatre présidents différents après en avoir eu quatre en 38 ans (1974-2002) ou deux en 21 ans (1981-2002).

3. Les effets pervers

• Le scrutin législatif qui suit le présidentiel donne une majorité stable au président mais elle est affaiblie. L'« effet godillot » s'en trouve renforcé.

• L'opinion publique frustrée, l'abstention s'accroît. La solution ne répond pas aux attentes des électeurs. Beaucoup se tournent vers des partis radicaux.

MOT CLÉ
Un député « godillot » est un élu qui obéit et suit sans discuter la ligne politique adoptée par le gouvernement qu'il soutient.

Conclusion

[Réponse à la problématique] Le quinquennat renforce les pouvoirs de l'exécutif. Mais il ne résout pas tous les problèmes qu'il voulait effacer et en crée d'autres. [Ouverture] Portée par certains leaders politiques, la revendication pour une VIe République marque-t-elle un échec de la réforme ?

La maritimisation des économies

PRODUCTION GRAPHIQUE

1 heure
10 points

INTÉRÊT DU SUJET • Les mers et les océans sont un vecteur essentiel de la mondialisation : le transport maritime représente 80 % du volume du commerce mondial. En quoi les armateurs et leurs activités symbolisent-ils le fonctionnement du système-monde ?

▶ **À partir du texte, vous construirez, à l'aide du fond de carte fourni, un croquis correspondant au sujet suivant : « La CMA-CGM, un acteur de la maritimisation des économies » accompagné d'une légende organisée.**

DOCUMENT

La firme transnationale CMA-CGM transporte des conteneurs dans tous les grands ports du monde : Rotterdam, Singapour, Shanghai, Busan, Port Hedland ou dans des ports secondaires tels que Chiba, Dubaï ou La Nouvelle-Orléans. Les porte-conteneurs circulent sur des grandes voies maritimes de l'Europe du Nord à la Chine en passant par la Méditerranée, l'océan Indien et la mer de Chine. Ils traversent l'Atlantique vers New York, *via* Los Angeles en passant par le canal de Panama. Ils passent des détroits (Gibraltar, Bab el-Mandeb, Ormuz, Malacca) mais aussi des canaux (Suez, Panama). De même, les bateaux se retrouvent sur des voies secondaires qui les mènent à Buenos Aires (Argentine), au port d'Itaqui (Brésil) ou ils contournent l'Afrique en s'arrêtant à Durban, puis ils récupèrent la voie principale en traversant le canal du Mozambique.

Cependant, ces voyages sont parfois dangereux. En effet, les porte-conteneurs naviguent dans des zones de piraterie (corne de l'Afrique, golfe de Guinée, eaux territoriales de l'Indonésie et des Philippines), où ils peuvent se faire attaquer et piller. Cette instabilité est parfois liée à des tensions géopolitiques comme en mer de

Chine. La délimitation des ZEE y est source de conflits du fait des conquêtes progressives de la Chine. La présence militaire de grandes puissances comme les États-Unis permet alors de stabiliser ces régions et de maintenir la circulation des bateaux. Ces derniers doivent aussi affronter des conditions climatiques parfois très rudes qui peuvent mal finir comme cela est arrivé à des bateaux de compagnies concurrentes : ainsi, en mars 2019, le porte-conteneurs italien Grande America a coulé au large des côtes françaises ; le 1er décembre 2020, le porte-conteneurs One Apus a perdu plus de 1 900 conteneurs, suite à une tempête survenue au nord-ouest d'Hawaï. Par conséquent, ces bateaux participent à la pollution des mers et des océans.

De plus, la circulation proche des côtes est complexe et les collisions avec de petits bateaux de pêche sont fréquentes : en septembre 2019 à La Réunion, un bateau de pêche a été coupé en deux sans faire de victimes. Les accidents sont parfois mortels, comme en décembre 2016 entre le Pérou et l'Équateur : une collision a provoqué la mort de 11 marins pêcheurs. Tous ces problèmes de navigation sont gérés par les États côtiers mais les conséquences environnementales de cette maritimisation sont surtout dénoncées par les ONG internationales (Greenpeace) ou des associations locales.

Fond de carte

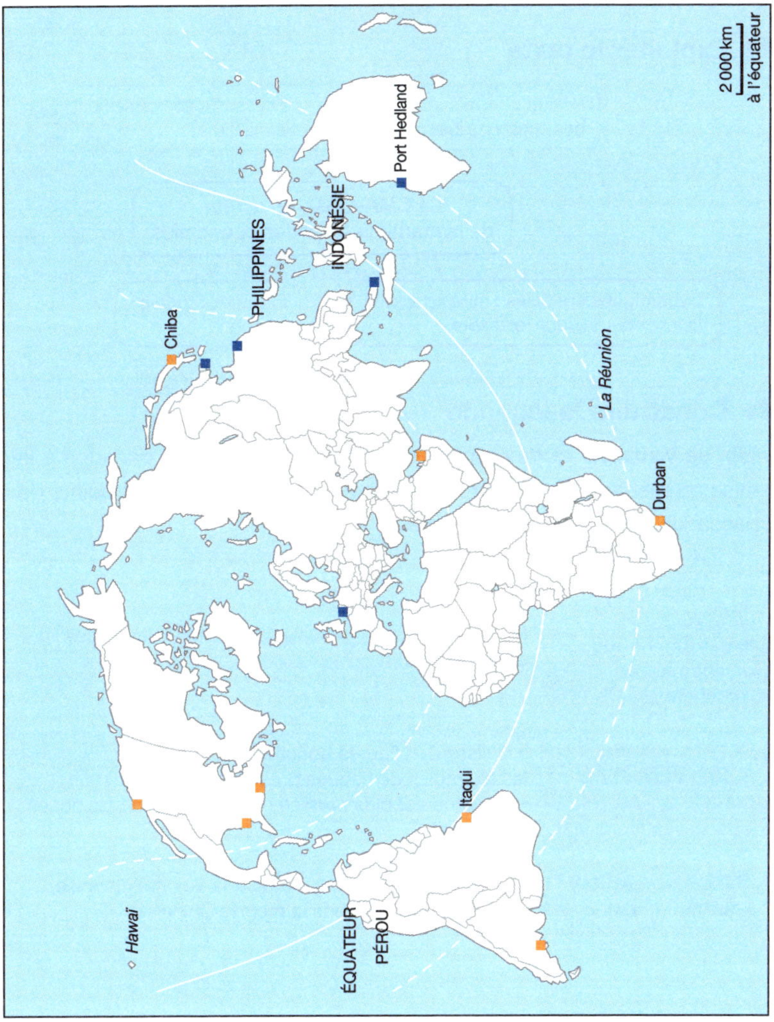

LES CLÉS DU SUJET

Exploiter le texte

Notion centrale : maritimisation : processus d'accroissement des échanges internationaux par voie maritime

La CMA-CGM, un acteur de la maritimisation des économies

Dynamiques spatiales : mise en réseau (connexion), logique réticulaire

Espaces étudiés : le monde

Construire la légende

Afin de visualiser et de comprendre comment cette FTN participe à la mise en réseau des territoires, placez tous les lieux (ports et points de passage) puis tracez les itinéraires.

I. La CMA-CGM, un acteur de la maritimisation de l'économie mondiale	Montrez la mise en réseau des territoires avec des lignes et des points.
II. Une navigation complexe	• Utilisez des figurés ponctuels pour indiquer les exemples de risques présentés dans le texte. • Le cerne est plus propice pour représenter les zones plus larges.
III. Une navigation sous surveillance	Utilisez une flèche pour indiquer la volonté chinoise d'agrandir sa ZEE dans la mer de Chine.

11 CORRIGÉ GUIDÉ

La CMA-CGM, un moteur de mise en réseau du monde

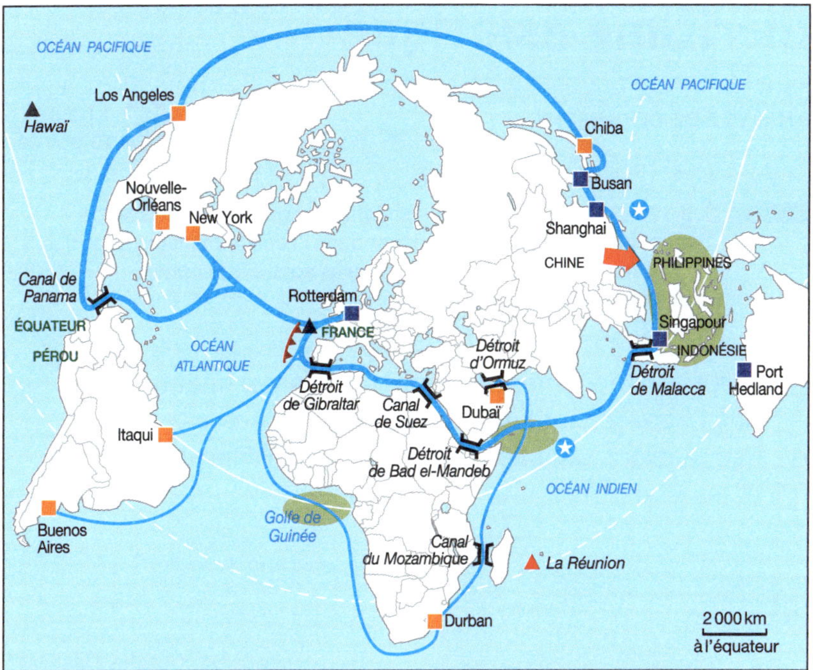

I. La CMA-CGM, un acteur de la maritimisation de l'économie mondiale

1. Une couverture portuaire importante
   - Grand port à l'échelle mondiale
   - Port secondaire
2. Les routes maritimes
   - Voies principales
   - Voies secondaires
3. Des lieux stratégiques
   - Détroits et canaux

II. Une navigation complexe

1. Des risques géopolitiques
   - Zone de piraterie
   - Agressivité chinoise en mer de Chine
2. Des risques d'accidents
   - Exemple du risque de naufrage lié à des conditions climatiques difficiles
   - Exemple du risque de collision dans des zones à forte circulation

III. Une navigation sous surveillance

- Présence militaire américaine
- FRANCE Gestion des littoraux par les États
- Dégradations environnementales dénoncées par les ONG

▶ Le conseil de méthode

Placez d'abord de manière successive les figurés de surface, les figurés ponctuels, puis les lignes et les flèches. Terminez par la nomenclature écrite en noir. Jouez sur la taille des noms, afin de montrer la hiérarchie.

Les tensions dans l'espace maritime asiatique

ANALYSE DE DOCUMENT

1 heure
10 points

INTÉRÊT DU SUJET • La Chine s'affirme comme une puissance mondiale et cherche à s'imposer dans l'espace maritime asiatique. Comment ses prétentions territoriales sont-elles sources de tensions ?

▶ D'après le document (voir page suivante), montrez que l'espace maritime asiatique est au cœur des tensions géostratégiques entre la Chine, l'Inde et les États-Unis.

DOCUMENT **Les espaces maritimes au cœur des enjeux stratégiques en Asie**

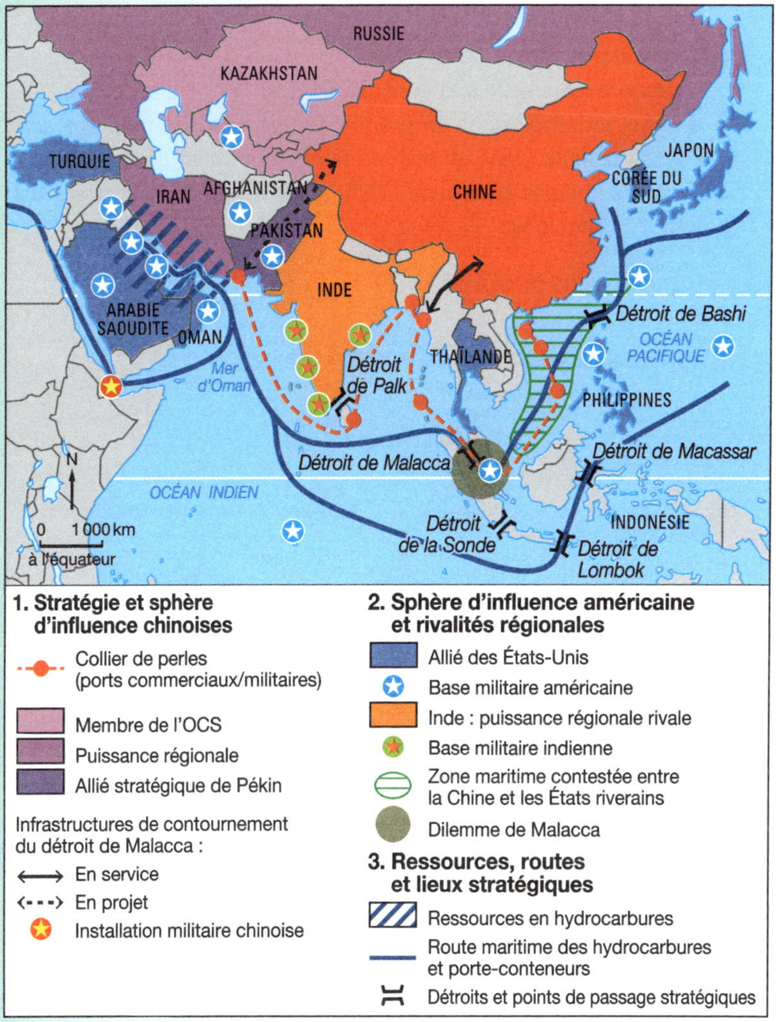

Source : Emmanuel Véron, https://asiepacifique.fr/mer-de-chine-iles-militaires-risque-conflit-chine-emmanuel-veron/

LES CLÉS DU SUJET

Comprendre la consigne

Ce sujet vous demande de montrer votre capacité à lire un croquis et à comprendre les enjeux spatiaux mis en avant par l'auteur. Pour bien lire la carte, **localisez** dans un premier temps l'espace maritime asiatique puis observez dans un second temps comment **se manifeste la présence de chaque puissance** (Chine, Inde, États-Unis) et quels sont les **points de tensions.**

Présenter le document

Le document

- **Nature :** croquis centré sur l'Asie avec une légende problématisée et organisée
- **Auteur :** un géographe spécialiste de la Chine
- **Espace considéré :** l'espace maritime asiatique (océan Pacifique, mer de Chine, océan Indien)
- **Thème :** les tensions entre puissances pour la domination de l'espace maritime asiatique

Organiser sa réponse

L'organisation de la légende permet de dégager trois thèmes à traiter.

I. Des ressources et des voies maritimes convoitées	• Quelles ressources sont présentes dans cet espace maritime ? Lesquelles ne sont pas indiquées par l'auteur ? • Qui conteste les ZEE en mer de Chine et pourquoi ? • Pourquoi la Chine et les États-Unis cherchent-ils à contrôler les voies maritimes, les détroits et les points de passage ?
II. La stratégie chinoise de domination	• Qu'est-ce que le dilemme de Malacca ? • Que veut dire l'acronyme OCS ? Qui sont les alliés des Chinois ? • À quoi correspond la stratégie chinoise du collier de perles ?
III. Les États-Unis et l'Inde, des puissances concurrentes	• Quels sont les alliés des États-Unis ? • Pourquoi cet espace maritime est-il fortement militarisé ?

12 CORRIGÉ GUIDÉ

Les titres et les indications entre crochets ne doivent pas figurer sur la copie.

Introduction

[Contexte] La montée en puissance de la Chine sur l'échiquier mondial s'exprime par une politique impérialiste et hégémonique qui rentre en concurrence avec l'hyperpuissance américaine et les ambitions indiennes en Asie. [Problématique] En quoi l'espace maritime asiatique est-il au cœur des tensions entre la Chine, les États-Unis et l'Inde ? [Présentation du document et annonce du plan] Emmanuel Véron, géographe spécialiste de la Chine, synthétise cette situation géopolitique à travers un croquis et sa légende. Comme l'espace maritime asiatique est convoité du fait de la présence de ressources et de son aspect stratégique dans le commerce mondial [I], la Chine met donc en place une tactique pour dominer cet espace [II]. Cependant, elle rentre en concurrence avec d'autres puissances comme les États-Unis et l'Inde [III].

> **▶ Le conseil de méthode**
> Repérez tout d'abord dans la légende les différents éléments qui font de la mer un espace convoité puis les stratégies de domination mises en place par la Chine et par les États-Unis. Observez alors les points de tensions sur le croquis.

I. Des ressources et des voies maritimes convoitées

1. L'importance de la ZEE

• L'espace maritime asiatique est convoité car il fournit de nombreuses ressources : le croquis indique des hydrocarbures dans le golfe Arabo-Persique mais il existe d'autres zones d'exploitation en mer de Chine tout comme des ressources halieutiques.

• Ainsi, la délimitation des zones économiques exclusives (ZEE) devient conflictuelle car elle donne accès à toutes ces ressources. L'auteur insiste tout particulièrement sur l'agressivité chinoise en mer de Chine méridionale.

> **MOT CLÉ**
> La zone économique exclusive (ZEE) est un espace maritime sur lequel un État côtier exerce des droits souverains en matière d'exploration et d'usage des ressources. Elle s'étend depuis ses côtes jusqu'à 200 milles marins (370 km).

2. Les voies de communication maritimes

• La présence des grandes routes des hydrocarbures et des conteneurs rend l'espace maritime asiatique stratégique. Les économies régionales sont dépendantes de ces voies de communication pour l'accès aux ressources énergétiques et pour faire circuler les marchandises d'exportations.

[Transition] Par conséquent, les espaces maritimes sont vitaux pour les économies asiatiques en pleine croissance. Leur maîtrise est source de concurrence et de tensions.

II. La stratégie chinoise de domination

1. Dépendance et vulnérabilité

• La dépendance énergétique de la Chine envers le pétrole du golfe Arabo-Persique se double d'une vulnérabilité stratégique dans la mesure où 80 % de l'approvisionnement en pétrole de la Chine transite par mer, dont 85 % par le détroit de Malacca.

• Elle se sent très vulnérable car les États-Unis contrôlent le trafic du détroit d'Ormuz et de Malacca et ils sont considérés comme les protecteurs des voies de communication maritimes mondiales.

• L'expression « dilemme de Malacca » exprime donc le fait que ce détroit est vu par les Chinois comme le centre de gravité de leur développement économique.

2. Un système d'alliance

• La Chine renforce donc son système d'alliance avec l'Organisation de coopération de Shanghai (OCS) – coopération économique, sécuritaire et militaire visant à assurer la sécurité collective des adhérents dont la Russie et l'Inde.

• Surtout, elle cherche à protéger cette voie de communication maritime avec la stratégie du collier de perles.

• Pour diminuer cette dépendance, la Chine cherche à contourner le détroit de Malacca en construisant des voies de communication terrestres passant par le Myanmar et par le Pakistan.

[Transition] La Chine a mis en place une stratégie globale pour contrôler ces espaces maritimes, mais elle rentre alors en concurrence avec les États-Unis et l'Inde.

> **À NOTER**
> La stratégie du collier de perles désigne l'installation par la marine de guerre chinoise de points d'appui (les « perles ») le long de sa principale voie d'approvisionnement maritime vers le Moyen-Orient.

III. Les États-Unis et l'Inde, des puissances concurrentes

1. La domination américaine

- Les États-Unis dominent historiquement cette région grâce à un système d'alliance avec Taïwan, les Philippines, la Thaïlande et l'Arabie saoudite.
- Des bases militaires sont implantées autour de la mer de Chine et le long des routes maritimes, ce qui permet aux Américains de contrôler ces espaces et d'intervenir rapidement.

2. L'émergence de l'Inde

- L'Inde s'affirme comme une puissance régionale et renforce son potentiel naval avec l'installation de bases militaires sur son littoral.
- Cependant, elle n'a pas de prétention hégémonique, et elle a signé un accord avec la Chine dans le cadre de l'OCS.

Conclusion

[Reprise de la démonstration] Le croquis d'Emmanuel Véron présente l'importance de l'espace maritime en Asie. Pourvoyeur de ressources, il est aussi un axe vital du commerce mondial. Ainsi la Chine et les États-Unis concurrencent pour le maîtriser, alors que l'Inde s'affirme sans montrer de velléités. [Ouverture] L'espace maritime est donc source de puissance et donne à celui qui le maîtrise une position hégémonique.

L'outre-mer, facteur de puissance maritime ?

QUESTION PROBLÉMATISÉE

1 heure
10 points

INTÉRÊT DU SUJET • Derrière l'image d'îles paradisiaques, les territoires ultramarins cachent des réalités complexes. Souvent considérés comme des périphéries, ne sont-ils pas plutôt de véritables atouts pour la France ?

▶ Comment les territoires ultramarins participent-ils à la puissance maritime de la France ?

LES CLÉS DU SUJET

Analyser le sujet

Le sujet

Territoires ultramarins : 12 territoires d'outre-mer au statut différent : DROM, TOM, COM, POM

Échelles : mondiale, nationale (France) et locale

Puissance maritime : État qui a une marine forte et une position stratégiquement favorable. La maîtrise des mers lui permet de se protéger et d'augmenter son influence

Dégager les enjeux du sujet

Le sujet vous propose d'explorer les facteurs de puissance qui émanent des territoires ultramarins, mais vous devez aussi montrer les limites, les défaillances : ces territoires soulèvent de nombreux défis.

Organiser la réponse

I. Une souveraineté sur les mers accrue	• En quoi la ZEE est-elle source de puissance ? • Où la souveraineté de la France est-elle contestée ? • Comment ces territoires renforcent-ils le *hard power* français ?
II. Une intégration au trafic maritime mondial facilitée	• Où se situent les grandes voies maritimes ? • Pourquoi les territoires ultramarins ont-ils une position stratégique ? • Quel rôle jouent les ports ultramarins ?
III. Les outremers, des défis pour la puissance maritime française	• Quels défis sécuritaires soulèvent les territoires ultramarins ? • En quoi la préservation de la biodiversité marine est-elle un enjeu pour la puissance maritime ?

13 CORRIGÉ GUIDÉ

Les titres et les indications entre crochets ne doivent pas figurer sur la copie.

Introduction

[Accroche] La France est une « puissance moyenne d'influence mondiale » (H. Védrine). Les territoires ultramarins français symbolisent ce paradoxe car ils témoignent à la fois de la puissance maritime de la France et des nombreux défis auxquels elle doit faire face. [Problématique] Comment ces territoires participent-ils à la puissance maritime de la France ? [Annonce du plan] Les territoires ultramarins renforcent la souveraineté française sur les mers [I], ils facilitent l'intégration au trafic maritime mondial [II], mais ils soulèvent de nombreux défis qui minimisent cette puissance maritime [III].

▶ Le conseil de méthode

Vous pouvez utiliser une citation en guise d'accroche, à condition d'en indiquer l'auteur. Cette citation doit vous permettre de contextualiser le sujet. Ici, l'expression « puissance moyenne » est utile pour montrer la contradiction soulevée par le sujet.

I. Une souveraineté sur les mers accrue

1. Le deuxième espace maritime mondial

• Grâce à ses territoires ultramarins, la France possède la 2e zone économique exclusive (ZEE) du monde, derrière les États-Unis, avec 11 millions de km². Elle regorge de richesses minérales, énergétiques et halieutiques.

• Cependant, les contestations de souveraineté sont encore nombreuses dans les outre-mer : avec le Vanuatu au large de la Nouvelle-Calédonie (Matthew et Hunter) ou avec la République de Maurice pour Tromelin.

2. Une position géopolitique enviable

• Grâce à ces douze territoires, la France a un pied dans chaque grande région du monde et offre une force de projection très importante. Les forces militaires et civiles peuvent intervenir rapidement lors de crise, de conflit ou de catastrophe.

• Cette présence favorise la diplomatie. Ainsi, grâce à La Réunion, la France siège à la Commission de l'océan Indien, cadre officiel qui lui permet de dialoguer directement avec l'Iran et le Pakistan.

À NOTER
Les territoires ultramarins se répartissent en Amérique du Nord (Saint-Pierre-et-Miquelon), en Amérique du Sud (Guadeloupe, Guyane, Martinique Saint-Barthélemy, Saint-Martin), en Océanie (Nouvelle-Calédonie, Wallis-et-Futuna, Polynésie française) et dans l'océan Indien (La Réunion, Mayotte, Terres australes et antarctiques françaises).

[Transition] Les territoires ultramarins permettent d'augmenter la zone d'influence maritime de la France et de lui donner accès à des ressources, mais aussi de la connecter au réseau mondial des voies maritimes.

II. Une intégration au trafic maritime mondial facilitée

1. Des territoires proches des routes maritimes

• 80 % du trafic mondial de marchandises circule sur les grandes routes maritimes mondiales. Ces dernières passent non loin des territoires d'outre-mer, ce qui permet à la France de participer activement à la maritimisation de l'économie mondiale.

• Ainsi, l'île de La Réunion se situe sur la route maritime qui relie l'Europe et l'Asie, la Martinique et la Guadeloupe sont sur la route atlantique débouchant sur le canal de Panama et Saint-Pierre-et-Miquelon peut devenir un avant-poste sur la voie du Nord en devenir.

2. Les ports ultramarins, carrefours des routes maritimes

• Quatre grands ports maritimes (Guyane, Martinique, Guadeloupe et La Réunion) servent de relais et de connexion entre la métropole et les autres continents.

• Les ports ultramarins se constituent en hubs régionaux et plateformes de transbordement à l'exemple de Nouméa (2e place en Océanie). Ils deviennent de plus en plus compétitifs et attractifs.

MOT CLÉ
Une plateforme de transbordement est une partie du port vouée au déchargement et au rechargement des marchandises.

[Transition] La maîtrise des routes maritimes est favorisée par le dynamisme des ports ultramarins, mais de nombreux défis subsistent.

III. Les outremers, des défis pour la puissance maritime française

1. Le défi de la sécurité maritime

• Les menaces maritimes sont nombreuses en outre-mer : pêche illégale en Guyane ; narcotrafic dans la Caraïbe ; piraterie dans l'océan Indien.

• L'augmentation des capacités opérationnelles de la marine française, 1re européenne, et la présence de bases navales dans les outre-mer permettent d'assurer cette mission de protection et de sécurité dans toutes les eaux du globe.

2. La préservation de la biodiversité et des écosystèmes marins

• L'outre-mer contient 80 % de la biodiversité de la France. Mais cette biodiversité est en danger : 75 % des coraux auront disparu d'ici 2050 et la ressource halieutique est surexploitée.

• Les impacts du changement climatique actuels sur le milieu marin sont nombreux : érosion du trait de côte, élévation du niveau de la mer, risque de submersion des territoires insulaires.

• La puissance maritime se mesure aussi à la capacité à préserver cet environnement marin avec, par exemple, la création d'aires marines protégées.

Conclusion

[Réponse à la problématique] Les territoires ultramarins par leur ZEE, leurs ressources, leurs ports et leurs forces militaires contribuent à l'affirmation de la puissance maritime française. Mais, face aux défis sécuritaires et environnementaux, la France reste une puissance moyenne. [Ouverture] En effet, elle ne peut pas encore rivaliser avec les États-Unis qui sont une véritable thalassocratie.

Mondialisation et marginalisation des territoires

QUESTION PROBLÉMATISÉE

1 heure
10 points

INTÉRÊT DU SUJET • Le processus de mondialisation s'accompagne d'une hiérarchisation des territoires dans une logique centre et périphérie. Comment la mise à l'écart de certains territoires s'observe-t-elle à toutes les échelles ?

En quoi la mondialisation se caractérise-t-elle par une marginalisation multiscalaire des territoires ?

LES CLÉS DU SUJET

Analyser le sujet

Le sujet

- **Mondialisation :** ensemble des processus (socio-économiques, culturels, etc.) facilitant la mise en relation des sociétés du monde entier
- **Multiscalaire :** qui s'observe à toutes les échelles
- **Marginalisation :** processus plaçant des territoires à l'écart des réseaux et des flux de l'économie mondiale
- **Territoires :** portions d'espace appropriées
- **Échelle :** mondiale, nationale et locale

Dégager les enjeux du sujet

- Le processus de marginalisation a été accentué par la mondialisation et il se manifeste à différentes échelles.
- Il convient ainsi d'observer les manifestations de cette marginalisation à plusieurs échelles : mondiale, nationale et locale.

GÉOGRAPHIE

Organiser la réponse

I. Une marginalisation à l'échelle mondiale	• Quels sont les critères de marginalisation liés à la mondialisation ? • Quel indice peut-on utiliser pour montrer la marginalisation des Suds ? • Que sont les États faillis ou défaillants ?
II. À l'échelle des États : des décrochages subis et volontaires	• Quelles régions subissent une marginalisation économique liée à la concurrence mondiale ? • En quoi le rétrécissement urbain est-il une manifestation spatiale de la mondialisation ? • Pourquoi la sanctuarisation territoriale est-elle une marginalisation volontaire ?
III. À l'échelle locale, des ségrégations sociospatiales grandissantes	• Qu'est qu'un bidonville ? • Les bidonvilles sont-ils présents uniquement dans les Suds ? • Quels types de marginalisation représentent les ghettos ?

14 CORRIGÉ GUIDÉ

Les titres et les indications entre crochets ne doivent pas figurer sur la copie.

Introduction

[Accroche] La mondialisation est un phénomène sélectif qui met en concurrence les territoires. Le système-monde s'organise autour de grands centres et de périphéries plus ou moins intégrées alors que d'autres territoires sont marginalisés. [Problématique] En quoi la mondialisation se caractérise-t-elle par une marginalisation multiscalaire des territoires ? [Annonce du plan] Cette marginalisation s'observe à l'échelle mondiale [I], nationale [II] et locale [III].

> **▶ Le conseil de méthode**
>
> En géographie, vous pouvez proposer un plan multiscalaire dans lequel chaque partie correspond à une échelle différente. Il s'agit ainsi d'observer comment un phénomène ou un processus s'exprime spatialement et de mesurer son impact sur l'organisation des sociétés.

I. Une marginalisation à l'échelle mondiale

1. Les moteurs de la marginalisation

- L'intégration à la mondialisation impose d'adopter de nouvelles logiques économiques et spatiales pour que les territoires soient compétitifs, innovants et connectés.

- Les métropoles et les littoraux sont donc favorisés. Les autres territoires sont intégrés selon leurs avantages comparatifs, leur accessibilité ou leur stabilité politique.

> **À NOTER**
> Selon la théorie des avantages comparatifs, dans un contexte de libre-échange, si un pays se spécialise dans la production pour laquelle sa productivité est la plus forte par comparaison avec ses partenaires, il accroît sa richesse nationale.

2. Les Suds, des territoires très hiérarchisés

- La majorité des territoires marginalisés se situent dans le Sud même si certains États deviennent des puissances régionales comme les Brics (Brésil, Russie, Inde, Chine, Afrique du Sud).

- En revanche, les pays les moins avancés (PMA) connaissent des difficultés de développement avec un IDH faible et une partie de la population vivant sous le seuil de pauvreté. Ils restent dépendants de l'aide internationale et des diasporas. En 2020, les pays à l'IDH le plus faible sont africains.

- D'autres États sont même défaillants : ils ne contrôlent plus leur territoire et ne peuvent plus assurer la sécurité publique, comme le Yémen.

[Transition] La mondialisation entraîne une fracture Nord-Sud mais également des déséquilibres à l'intérieur des États.

II. À l'échelle des États : des décrochages subis et volontaires

1. Des inégalités territoriales

- Les inégalités régionales sont parfois très marquées. La Chine souffre ainsi d'un fort clivage entre son littoral et l'intérieur du pays où se concentrent en 2019 les 5,5 millions de pauvres.

- Des régions sont en crise avec la désindustrialisation, un taux de chômage élevé et une forte précarité des populations. Les pays noirs comme le nord de la France sont ainsi victimes de la concurrence mondiale.

- La crise aboutit parfois à un rétrécissement urbain (*shrinking cities*). Certaines villes comme Détroit (États-Unis) ne trouvent plus leur place dans l'internationalisation de la compétitivité économique et peinent à se connecter aux réseaux globaux.

2. Des territoires mis en réserve

• Parfois, la marginalisation correspond à une volonté politique : mettre à l'écart certains territoires pour les protéger.

• Cette sanctuarisation territoriale est appliquée partout dans le monde avec la constitution de parcs nationaux comme au Japon, avec l'emblématique parc national Shiretoko qui signifie « au bout de la terre ».

[Transition] La mondialisation a accentué la marginalisation et a également renforcé la ségrégation sociospatiale de certains quartiers urbains

> **MOT CLÉ**
> La ségrégation sociospatiale est la séparation subie de groupes sociaux dans l'espace.

III. À l'échelle locale, des ségrégations sociospatiales grandissantes

1. Les bidonvilles

• Alors que les populations riches se retranchent dans des quartiers fermés, les plus pauvres se retrouvent dans des bidonvilles, où elles vivent dans une grande insécurité alimentaire, sanitaire et physique.

• Si les 200 000 bidonvilles sont surtout dans des pays pauvres ou émergents (*favelas* au Brésil ou *slums* en Inde), ils existent aussi dans les États développés. En France, plus de 17 000 hommes, femmes et enfants vivent en 2019 dans des cabanes de fortune ou dans des squats insalubres.

2. Les ghettos

• L'exclusion sociale, économique et ethnique aboutit à la ghettoïsation de certains quartiers urbains, c'est-à-dire à la transformation d'un quartier en territoire isolé et fermé.

• Le ghetto noir d'Harlem incarne la ségrégation raciale aux États-Unis, même s'il connaît actuellement une réhabilitation et l'essor d'une mixité sociale.

• Plusieurs métropoles, comme Paris ou Londres, font face à une paupérisation de certains quartiers avec l'augmentation des discriminations et des violences, et une banalisation de l'économie souterraine.

Conclusion

[Réponse à la problématique] La mondialisation a marginalisé de nombreux territoires. À toutes les échelles (fracture Nord-Sud, disparité régionale, ségrégation sociospatiale…), ces processus mettent sous tensions les sociétés humaines. [Ouverture] Toutefois, la mondialisation a aussi généré du développement et a permis à de nombreuses populations de sortir de la pauvreté, à l'image de la Chine.

Coopérations et tensions entre États

PRODUCTION GRAPHIQUE

1 heure
10 points

INTÉRÊT DU SUJET • Avec le développement du libre-échange et la révolution des transports (Internet, conteneurisation), les territoires sont mis en réseau et les frontières semblent s'effacer. La mondialisation marque-t-elle la fin des frontières ? N'est-ce pas une illusion ?

▶ **À partir du texte, vous construirez, à l'aide du fond de carte fourni, un croquis correspondant au sujet suivant : « Les frontières, symboles des coopérations et des tensions entre les États » accompagné d'une légende organisée.**

DOCUMENT

Avec la fin de la guerre froide, la mondialisation s'est caractérisée par une augmentation considérable des flux de marchandises, de services et financiers. Les frontières nationales se sont alors floutées. Les flux principaux circulent entre trois grands pôles : l'Amérique du Nord, l'Europe et l'Asie orientale et du Sud-Est. Des flux secondaires Sud-Nord et Sud-Sud participent à cette mise en réseau du monde. Ces flux sont facilités par des infrastructures comme les hubs aéroportuaires (Chicago, Atlanta, New York, Los Angeles, Londres, Paris, Dubaï, Shanghai, Tokyo, Singapour) ou les hubs portuaires qui sont à l'origine de façades maritimes puissantes. Les organisations internationales ont aussi favorisé ces coopérations comme l'OMC, dont le siège social est à Genève, ou la Banque mondiale et le FMI, basés tous deux à Washington.

Cette impression d'effacement des frontières a été nourrie par la constitution de structures régionales de libre-échange comme l'Union européenne ou d'autres associations économiques comme l'Accord Canada-États-Unis-Mexique (ACEUM), mais aussi le Mercosur (Argentine, Brésil, Paraguay, Uruguay) ou l'Association des nations de l'Asie du Sud-Est (ASEAN).

Cependant, l'abolition des frontières n'est qu'une illusion et elles restent source de tensions. Il existe encore des frontières politiques imperméables comme entre les deux Corée. D'autres sont même réactivées à l'image du *Brexit* qui voit le Royaume-Uni sortir de l'Union européenne. Ces frontières marquent la volonté de se fermer aux autres. C'est ainsi que l'Europe bloque les flux migratoires en Méditerranée ou que les États-Unis construisent un mur sur leur frontière avec le Mexique. Enfin, les frontières restent brûlantes : en mer de Chine méridionale, la délimitation de la ZEE remet en cause les frontières maritimes. Elles sont aussi au cœur de tensions régionales au Moyen-Orient, ou entre l'Inde, le Pakistan et la Chine. Elles sont même la cause de la guerre en 2020 au Haut-Karabagh, entre l'Arménie et l'Azerbaïdjan.

Fond de carte

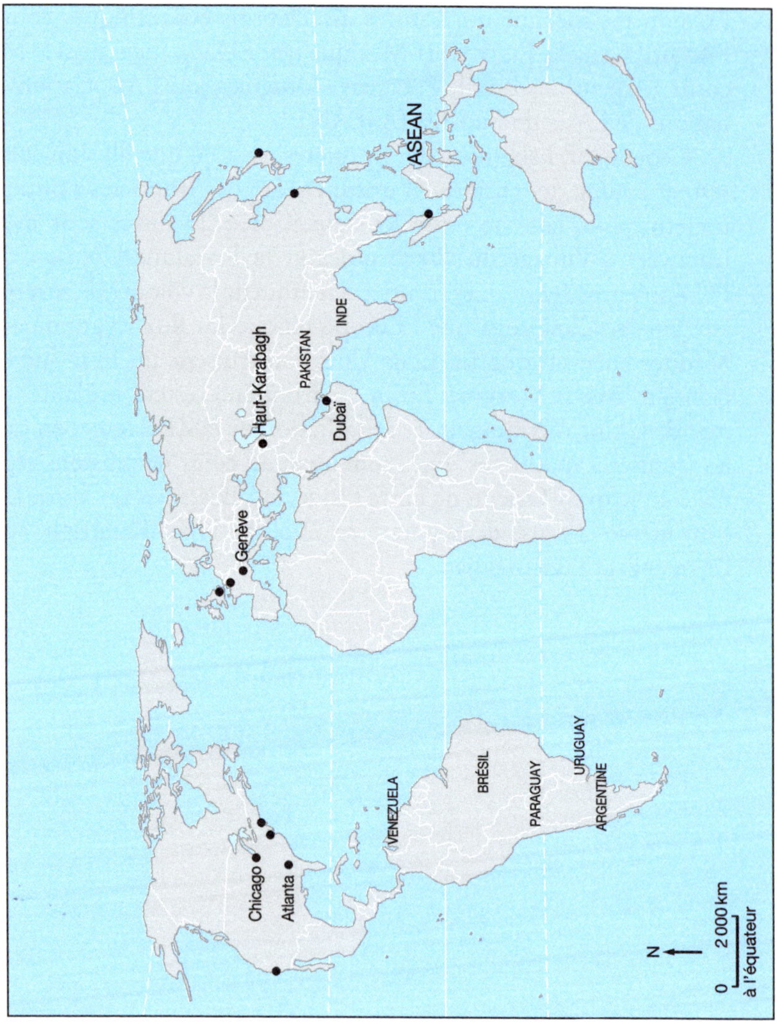

LES CLÉS DU SUJET

Exploiter le texte

Notion centrale : la frontière est la limite qui sépare ou joint deux territoires, en particulier deux États souverains

Les frontières, symboles des coopérations et des tensions entre les États

Dynamiques spatiales : mondialisation, régionalisation, mise en réseau (connexion)

Espaces étudiés : le monde

Construire la légende

Le sujet insiste sur deux phénomènes – « les coopérations et les tensions » – autour desquels vous pouvez bâtir votre plan. Les coopérations participent à l'effacement des frontières, tandis que les tensions montrent qu'elles restent des barrières entre les peuples.

I. Les frontières s'estompent avec la multiplication des coopérations	• Choisissez différentes couleurs dans un 1er temps pour caractériser les associations régionales. • Utilisez ensuite des points pour les lieux et enfin des lignes pour les flux.
II. Les frontières, symboles des tensions	Diversifiez-les figurés ponctuels pour représenter la typologie des frontières conflictuelles.

15 CORRIGÉ GUIDÉ

▶ Le conseil de méthode

Parfois, un même espace peut contenir plusieurs informations. Pour que votre croquis reste lisible, vous avez deux possibilités : utiliser des figurés qui peuvent se superposer ou, sous un même figuré, rassembler dans la légende l'ensemble des données. Sur ce croquis, la 1re solution est adoptée : en Amérique du Nord, les États de l'ACEUM sont coloriés en orange et le pôle attractif est représenté par un cerne.

Les frontières, symboles des coopérations et des tensions entre les États

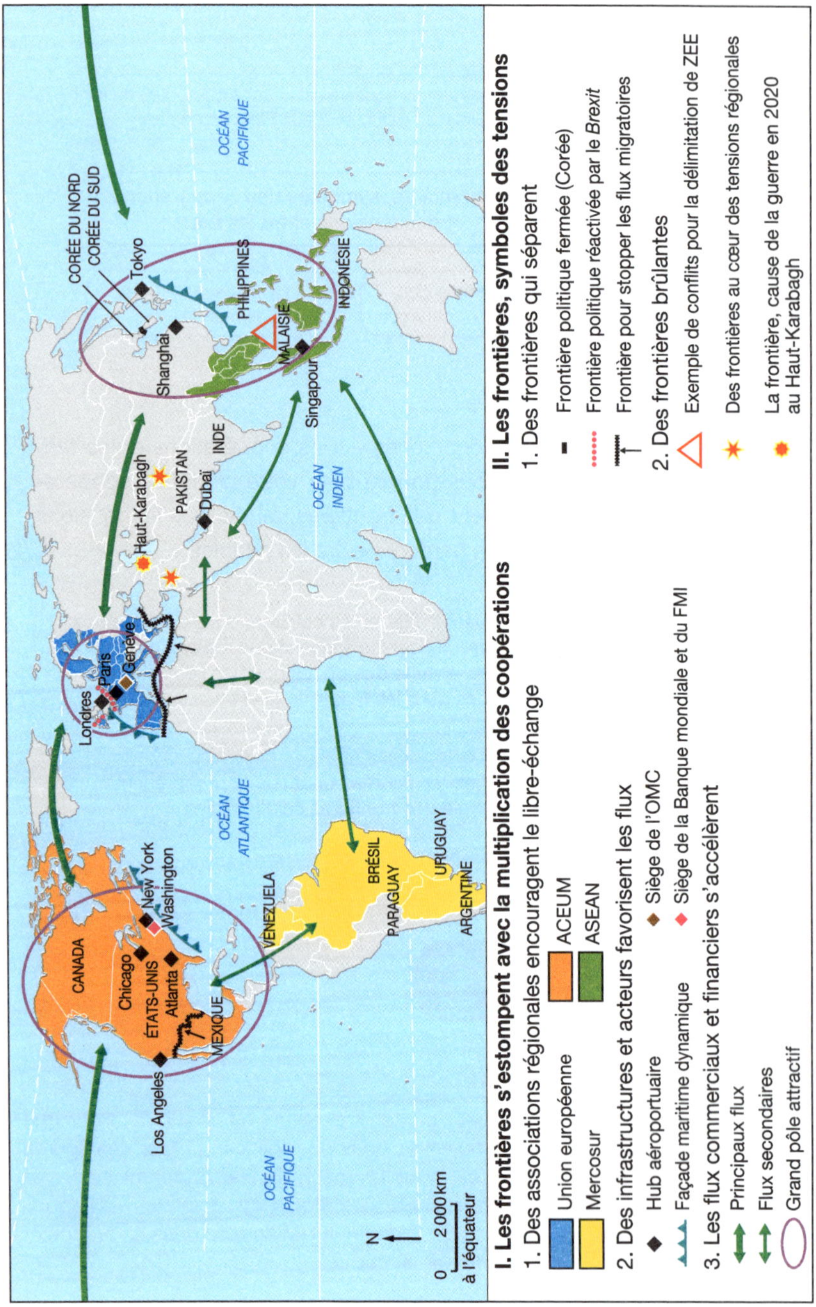

Paris, ville mondiale et symbole de la France ?

ANALYSE DE DOCUMENTS

1 heure
10 points

INTÉRÊT DU SUJET • Paris, ville mondiale, est la capitale de la gastronomie, de la mode et du shopping. Grâce à ses fonctions politiques, économiques et culturelles, résume-t-elle la puissance française ?

▶ **D'après les documents, montrez que Paris est le symbole du rayonnement international de la France.**

DOCUMENT 1 **Paris, capitale de l'Olympisme en 2024**

ph © Antonio Borga/Anadolu Agency via AFP

DOCUMENT 2 **Le rayonnement de Paris en chiffres**

- La Défense est le 1er quartier d'affaires européen avec 3 millions de m^2 de bureaux, 3 600 entreprises, 15 des 50 premières entreprises mondiales, 1 500 sièges sociaux, 180 000 salariés.
- Paris est la 5e ville du monde pour le nombre de prix Nobel (physique, chimie, économie, médecine et littérature). Avec 8 prix entre 1980 et 2002, elle se situe après San Francisco (plus de 25), Boston-Cambridge Mass. (22), Chicago (10) et New York (10).
- 50 millions de touristes ont visité Paris et la région Île-de-France en 2018.
- 206 musées à Paris, 250 musées à Londres.
- 109 000 événements d'entreprises et d'institutions (séminaires, soirées d'entreprises, conventions, assemblées générales, etc.), avec plus de 15 millions de participants, ont généré 9,2 milliards d'euros de retombées économiques en 2018.
- Paris est le siège d'institutions nationales (présidence, ministères, Assemblée nationale, Sénat) et internationales (OCDE, Unesco).
- En 2015, la 21e Conférence des Nations unies sur les changements climatiques (COP21) s'est tenue au Bourget (nord de Paris). Elle a rassemblé plus de 150 chefs d'État et de gouvernement, 10 000 délégués de 195 pays, 14 000 représentants de 2 000 associations non gouvernementales et 3 000 journalistes.
- Plus de 345 000 étrangers ont étudié en France en 2018, dont 119 000 en région parisienne (35 % des effectifs).
- En 2018, Roissy Charles-de-Gaulle est le 10e aéroport mondial et le 2e pour le trafic de passagers avec 72,2 millions de passagers ; le 9e du monde et le 1er aéroport européen pour le fret aérien.

Sources diverses.

LES CLÉS DU SUJET

Comprendre la consigne

Paris concentre des fonctions économiques, politiques, culturelles et logistiques, et son influence s'effectue à l'échelle mondiale. Ainsi, cette ville globale participe au rayonnement international de la France : elle est un concentré de son *soft power*.

Présenter les documents

Les documents

- Nature :
  - Doc. 1 : photographie de presse
  - Doc. 2 : données chiffrées d'origines diverses
- **Auteurs :** sources non scientifiques mais factuelles
- **Espace considéré :** Paris, capitale de la France et ville mondiale
- **Thème :** Paris, symbole de la puissance française

Organiser sa réponse

Les documents montrent que le rayonnement international de Paris s'effectue dans trois domaines : économique, culturel et politique.

I. Paris, un pôle économique mondial	• Comment La Défense illustre-t-elle la puissance économique de Paris ? • Que signifie le fait que Paris soit « la cinquième ville du monde pour le nombre de prix Nobel » ? • Quels éléments attirent les 50 millions de touristes à Paris ? • Qu'est qu'un hub ?
II. Une capitale culturelle internationale	• Pourquoi peut-on dire que Paris est une « ville-musée » ? • Qu'est ce qui attire les 119 000 étudiants étrangers à Paris ? • Quelle donnée montre que Paris est une capitale mondiale de l'évènementiel ?
III. Paris, au cœur du pouvoir politique français	• À quelles échelles s'exprime l'influence politique de Paris ? • En quoi organiser les Jeux olympiques contribue à grandir l'influence de la France ?

16 CORRIGÉ GUIDÉ

Les titres et les indications entre crochets ne doivent pas figurer sur la copie.

Introduction

[Contexte] En 1900, lors de l'Exposition universelle, Paris est surnommée la « Ville lumière » pour montrer au monde entier sa modernité et la puissance française. [Problématique] Paris symbolise-t-elle encore aujourd'hui le rayonnement international de la France ? [Présentation des documents et annonce du plan] Une photographie et des données chiffrées présentent les éléments qui participent au *soft power* et au *smart power* français : Paris semble être un pôle économique mondial [I], une capitale culturelle internationale [II] et un cœur politique [III].

MOTS CLÉS
La puissance peut se décliner en *hard power* (pouvoir de contraindre par la force), en *soft power* (pouvoir d'influencer en douceur) et en *smart power* (combinaison intelligente du *hard* et du *soft power*).

I. Paris, un pôle économique mondial

- Les deux documents montrent que Paris est une capitale économique avec trois grandes spécialisations métropolitaines : « le *business*, la matière grise et le glamour » (Laurent Davezies).

1. Une capitale économique

- La Défense symbolise ce *business* en tant que 1er quartier des affaires en Europe par l'étendue de son parc de bureaux (doc. 2) et la concentration des entreprises, des FTN et des sièges sociaux : elle est un centre décisionnel de rang national et international.

2. Un pôle de recherche

- Les fonctions de « matière grise » regroupent toutes les activités de recherche et de création. L'obtention de prix Nobel (doc. 2) prouve la qualité de la recherche et la capacité d'innovation.

- Avec ses 8 prix, Paris est la 5e ville du monde pour le nombre de prix Nobel (doc. 2). Elle est la 1re métropole européenne de l'intelligence.

3. Une capitale attractive

- Avec 50 millions de touristes en 2018 (doc. 1), Paris est la 3e ville touristique mondiale. Grâce à son « glamour », elle charme avec son patrimoine architectural (doc. 1 : la tour Eiffel) et culturel (doc. 2 : « 206 musées »), mais aussi avec le luxe et la gastronomie.

> **▶ Le conseil de méthode**
> Pour commenter un document, sélectionnez et expliquez l'information. Vous pouvez aussi apporter des connaissances pour critiquer le document ou le compléter, comme ici les éléments sur le charme de Paris.

- Cette puissance économique s'appuie aussi sur sa capacité à drainer des flux : Paris est un hub international notamment grâce à l'aéroport Roissy Charles-de-Gaulle, 10e aéroport mondial et 2e d'Europe en 2018 pour le trafic de passagers ; 9e du monde et 1er en Europe pour le fret aérien (doc. 2).

[Transition] Pôle économique attractif, Paris dispose aussi d'un rayonnement culturel.

II. Une capitale culturelle internationale

1. Une ville-musée

• Paris est une ville-musée avec un patrimoine d'une grande richesse (l'Arc de triomphe, le château de Versailles) et 204 musées d'une grande diversité comme le Louvre ou le musée des Arts premiers. D'autres villes comme Londres la concurrencent dans ce domaine (doc. 2).

• De plus, son aura intellectuelle et son excellence scientifique attirent 119 000 étudiants étrangers, soit un tiers de ceux venant en France (doc. 2).

2. Une capitale de l'évènementiel

• Avec 109 000 événements d'entreprises et d'institutions et plus de 15 millions de participants, Paris est une capitale mondiale de l'évènementiel.

[Transition] La culture illustre le rayonnement de Paris, tout comme son poids politique et diplomatique.

III. Paris, au cœur du pouvoir politique français

1. La capitale française

• Paris concentre les lieux de pouvoir à l'échelle nationale (doc. 2), avec le pouvoir exécutif (Élysée, Matignon, ministères), le pouvoir législatif (Assemblée nationale et Sénat) et le pouvoir judiciaire (Conseil d'État).

• À l'échelle internationale, elle abrite des organisations comme l'Organisation de coopération et de développement économiques (OCDE) ou l'Organisation des Nations unies pour l'éducation, la science et la culture (Unesco) (doc. 2).

2. Un pôle diplomatique

• En 2015, la 21e Conférence des Nations unies sur le changement climatique (COP21) s'est tenue à Paris (doc. 2). L'accueil de plus de 150 chefs d'État et de gouvernement, de 10 000 délégués de 195 pays, a prouvé la capacité d'organisation et l'influence politique de la France. La présence de 3 000 journalistes a consolidé son image de ville globale.

• La photographie met en perspective la tour Eiffel et les anneaux olympiques afin de rappeler l'obtention de l'organisation des Jeux olympiques en 2024 à Paris. Cela montre la force diplomatique et de persuasion de la France.

Conclusion

[Reprise de la démonstration] Paris est la vitrine de la France : elle concentre les fonctions économiques, politiques et culturelles, et joue ainsi un rôle majeur dans le rayonnement international de son pays. [Ouverture] De plus, Paris rayonne dans le monde comme en témoigne l'ouverture du musée du Louvre à Abu Dhabi ou du centre Pompidou à Shanghai.

L'Union européenne, une puissance incomplète ?

QUESTION PROBLÉMATISÉE

1 heure
10 points

INTÉRÊT DU SUJET • Crises politique, sanitaire, économique… l'UE semble fragilisée. Pourtant, elle est un des piliers de la mondialisation. Au-delà du désir de puissance, le projet européen n'est-il pas de proposer un modèle politico-social plus humaniste ?

Pourquoi peut-on dire que l'Union européenne est une puissance incomplète ?

LES CLÉS DU SUJET

Analyser le sujet

Le sujet

- **Puissance :** capacité d'un État de faire (pouvoir), de ne pas faire (indépendance) et de faire faire (influence)
- **Puissance incomplète :** puissance secondaire en crise ou ne possédant pas tous les éléments de la puissance
- **Union européenne :** organisation régionale hybride de 27 États entre la fédération et la confédération
- **Échelles :** régionale et mondiale

Dégager les enjeux du sujet

• L'Union européenne (UE) est l'organisation régionale la plus aboutie à l'échelle mondiale. Son poids dans la mondialisation est important, mais peut-on parler à son sujet de puissance comme pour les États-Unis ou pour la Chine ?

• L'UE détient des éléments de la puissance, mais ils sont souvent aux mains de ses États membres. Comme son unité est fragile, elle a des difficultés à s'affirmer sur l'échiquier politique mondial.

GÉOGRAPHIE

Organiser la réponse

I. Une puissance économique, commerciale et financière	• Quels critères montrent que l'UE est la 2e puissance économique mondiale ? • Pourquoi l'UE est-elle un pôle majeur du commerce mondial ? • En quoi l'euro et les places boursières permettent-ils à l'UE d'être une puissance financière ?
II. Un rayonnement culturel majeur	• Par quels vecteurs l'UE diffuse-t-elle sa culture à l'échelle du monde ? • Donnez des exemples de sites classés au patrimoine mondial de l'Unesco. • Sur quelles valeurs est fondée l'UE ?
III. Une puissance civile et normative	• Pourquoi le *hard power* de l'UE est-il faible ? • Que sont la politique de sécurité et de défense et le Fonds européen de la défense ? Font-ils de l'UE une puissance militaire ?

17 CORRIGÉ GUIDÉ

Les titres et les indications entre crochets ne doivent pas figurer sur la copie.

Introduction

[Accroche] Dans le monde multipolaire actuel, face à l'hyperpuissance des États-Unis et à l'ascension chinoise, la puissance de l'Union européenne (UE) semble fragile. Toutefois, *hard power*, *soft power* et *smart power* ne sont pas opérationnels pour la comprendre. [Problématique] Pourquoi peut-on dire que l'UE est une puissance incomplète ? [Annonce du plan] Si l'UE détient un pouvoir économique indéniable [I] et exerce une influence culturelle historique [II], elle reste un nain politique et se voit comme une puissance civile et normative [III].

▶ Le conseil de méthode

Pour traiter le sujet, vous devez maîtriser le concept de puissance afin d'éviter un plan « thèse-antithèse » qui serait maladroit car il pousserait à la répétition. La puissance de l'UE se manifeste de manières différentes et la définition classique (*hard power*, *soft power* et *smart power*) ne convient que partiellement. Utilisez les notions de puissances civile et normative.

I. Une puissance économique, commerciale et financière

1. Une puissance économique

• Avec 15 913 milliards de dollars de PIB en 2018, l'UE est la 2e puissance économique du monde. Elle représente 18,5 % du PIB mondial, derrière les États-Unis (23,9 %) et devant la Chine (15,8 %) et le Japon (5,8 %).

• L'UE est la 2e puissance industrielle en valeur. Le secteur industriel – un quart de son PIB – affronte une concurrence mondiale croissante. L'UE cherche à favoriser son développement et l'innovation en finançant des projets.

2. Une puissance commerciale et financière

• L'UE est la 1re puissance commerciale en matière de flux : la somme de ses importations et de ses exportations représente 4 071 milliards d'euros en 2019. Pourtant, elle n'est en 2018 que 2e importatrice (derrière les États-Unis) et 2e exportatrice (derrière la Chine). Elle est la 1re exportatrice mondiale de produits manufacturés et de services, et le 1er pôle touristique mondial.

• L'UE est aussi une puissance financière car elle dispose d'une monnaie internationale stable, l'euro. Elle est la 1re réceptrice et émettrice mondiale d'IDE et elle accueille des places boursières importantes (Francfort, Paris).

> **MOT CLÉ**
> Les investissements directs à l'étranger (IDE) sont le capital investi à l'étranger par des entreprises pour y développer leurs activités économiques.

[Transition] L'UE est un pilier mondial du fait de son poids économique, mais aussi culturel.

II. Un rayonnement culturel majeur

1. Une aura culturelle internationale

• L'UE joue un rôle culturel majeur sur la scène internationale par le biais de ses exportations (produits de luxe, automobiles) et d'événements culturels.

• Son patrimoine, d'une grande richesse, en fait le 1er foyer touristique mondial : musées, sites classés au patrimoine mondial de l'Unesco comme Venise, le Mont-Saint-Michel ou les fjords scandinaves.

• Les langues européennes comme le français, l'anglais ou l'espagnol sont parlées sur tous les continents.

2. Un modèle politique

• L'UE est considérée comme un modèle politique grâce à son système politique stable et aux institutions démocratiques des États membres.

• Elle est une communauté de valeurs qu'elle promeut et défend : le respect de la dignité humaine, la liberté, la démocratie, l'égalité, l'État de droit, le respect des droits de l'homme.

[Transition] L'UE est donc une puissance douce : son influence s'effectue à travers sa culture et ses valeurs.

III. Une puissance civile et normative

1. Une puissance civile

- L'UE n'est pas un ensemble politico-militaire capable de faire jeu égal avec les États-Unis ou la Chine. Cependant, elle négocie et conclut des accords internationaux avec des pays non membres de l'UE et avec des organisations internationales (OMC, ONU).

- Comme la diplomatie et les questions militaires sont surtout des questions traitées au niveau des États, l'UE n'est alors qu'une puissance civile.

- La politique de sécurité et de défense et le Fonds européen de la défense doivent permettre des interventions extérieures humanitaires ou de maintien de la paix. Mais la défense de l'Europe passe par les États et par l'Otan.

MOT CLÉ
Une puissance civile privilégie les formes civiles de pouvoir ou d'influence et non la force militaire traditionnelle.

2. Une puissance normative en crise

- L'UE ne dispose pas d'une armée commune. En effet, elle ne se pense pas comme une puissance militaire car la construction européenne vise une paix durable et non de construire une puissance géopolitique. L'UE est une puissance normative à l'échelle régionale et mondiale.

- L'UE est actuellement fragilisée par des problèmes internes : crises institutionnelles, remise en cause des politiques communautaires, montées des nationalismes, Brexit, etc. Ces difficultés l'empêchent de fonder une véritable politique étrangère commune et d'affirmer son leadership à l'échelle mondiale.

MOT CLÉ
Une puissance normative relève du *soft power* et se caractérise par sa capacité à imposer des règles et des normes communes à tous.

Conclusion

[Réponse à la problématique] Bien que 1re puissance commerciale mondiale, l'UE a des difficultés à s'affirmer sur la scène internationale. On parle donc plus des puissances en Europe que d'une puissance européenne car les États membres détiennent le *hard*, *soft* et *smart power*. [Ouverture] Le rayonnement européen s'étiole avec l'affirmation de la Chine, de la Russie ou de l'Iran. Cependant, le contexte de crises climatique et sanitaire montre la capacité de l'UE à élaborer et à proposer des normes pour organiser le monde (COP 21).

La politique de cohésion territoriale de l'Union européenne

ANALYSE DE DOCUMENT

1 heure
10 points

INTÉRÊT DU SUJET • L'Union européenne n'est pas uniquement une structure administrative complexe et froide. Comment aide-t-elle les États membres à répondre aux enjeux environnementaux ?

D'après le document, montrez que la politique de cohésion territoriale de l'Union européenne tente de répondre aux défis environnementaux.

DOCUMENT

Le réchauffement planétaire et le changement climatique [...] sont appelés à avoir des conséquences fondamentales sur les économies et les sociétés de l'UE, en raison notamment de la fréquence accrue de phénomènes naturels extrêmes. Le développement des implantations humaines, des zones bâties et des activités industrielles intensifie la pression exercée sur l'environnement, laquelle se traduit notamment par une pollution atmosphérique, une détérioration de la qualité des masses d'eau. [...]

Une part importante des ressources affectées à la politique de cohésion a toujours été investie dans les mesures visant à améliorer la qualité de l'environnement ou à relever les grands défis environnementaux. L'approche consiste à soutenir la transition vers une économie à faible émission de carbone. [...]

La politique de cohésion investit massivement dans l'installation d'infrastructures destinées à améliorer la qualité de l'eau potable et à traiter les eaux usées, dans des systèmes de gestion et de recyclage des déchets, et dans des mesures visant à augmenter l'efficacité énergétique. Elle contribue également à développer une infrastructure « verte » sur tout le territoire de l'UE et à mettre en place un réseau de zones naturelles protégées dans le contexte du projet Natura 2000, tout en soutenant la transition vers des modes de transport plus écologiques – autant de démarches qui s'inscrivent dans son objectif de mettre l'ensemble de l'UE sur la voie d'un développement durable.

Un montant de 78 milliards d'euros environ est affecté au titre de la politique de cohésion durant la période 2014-2020 […]. Ce montant représente près du tiers des ressources du Feder et du Fonds de cohésion, les deux sources de financement les plus concernées par les questions environnementales. La coopération territoriale est un objectif essentiel de la politique de cohésion, qui met l'accent sur l'action conjointe et sur l'échange d'idées et d'expériences entre autorités nationales, régionales et locales de différents États membres de l'UE. Cette coopération contribue à lever les obstacles au développement causés par les frontières nationales, et encourage l'adoption de stratégies conjointes pour résoudre les problèmes communs.

Commission européenne, « Ma région, mon Europe, notre futur ».
7e rapport sur la cohésion économique, sociale et territoriale, 2017.

LES CLÉS DU SUJET

Comprendre la consigne

• La consigne met en avant un acteur (l'Union européenne), un outil d'action (la politique de cohésion territoriale) et des enjeux (les défis environnementaux).

• Les politiques de cohésion territoriale visent un développement harmonieux sur l'ensemble de l'UE en réduisant les écarts économiques et sociaux et en favorisant les coopérations. La consigne met en évidence la dimension environnementale qui guide toutes les actions.

Présenter le document

Le document

- **Nature** : extrait d'un rapport de la Commission européenne
- **Auteur** : Commission européenne
- **Espace considéré** : l'Union européenne, les États et les régions
- **Thème** : la dimension environnementale de la politique de cohésion territoriale de l'UE

Organiser sa réponse

La structure du texte permet d'observer les différents thèmes : la 1re partie analyse les défis environnementaux et la 2de les objectifs et les actions.

I. Des défis environnementaux cruciaux	• Comment le réchauffement climatique touche-t-il les territoires de l'UE ? • Quelles en sont les conséquences ? • Quels types de pression anthropique subit l'environnement ?
II. Les objectifs de la politique de cohésion	• Qu'est-ce qu'une économie décarbonée ? • En quoi la politique de cohésion cherche-t-elle à développer la résilience des territoires ?
III. Des actions à toutes les échelles	• Quelles institutions financent la politique de cohésion territoriale ? • Quels aménagements sont effectués pour améliorer la qualité de l'environnement ? • Comment l'Union protège-t-elle certains espaces naturels ? • À quelles échelles s'exerce la stratégie de coopération ?

18 CORRIGÉ GUIDÉ

Les titres et les indications entre crochets ne doivent pas figurer sur la copie.

Introduction

[Contexte] La mondialisation génère de fortes concurrences, une hiérarchisation et des inégalités de développement entre les territoires. C'est pourquoi, l'UE met en place, au nom de la solidarité et dans sa recherche d'unité, une politique de cohésion territoriale. [Problématique] Dans quelle mesure cette politique répond-elle aux défis environnementaux ? [Présentation du document et annonce du plan] Dans son 7e rapport sur la cohésion économique, sociale et territoriale, daté de 2017, la Commission européenne, organe exécutif de l'UE, présente ce qui a été réalisé et rappelle dans cet extrait les défis environnementaux auxquels l'UE doit faire face [I], les objectifs fixés dans ce domaine [II] et les actions menées à toutes les échelles [III].

I. Des défis environnementaux cruciaux

1. Le processus du dérèglement climatique

• Le premier paragraphe soulève la gravité de la situation et légitime l'action européenne dans le domaine environnemental. Le réchauffement climatique est ainsi montré comme le problème principal car il générerait une « fréquence accrue de phénomènes naturels extrêmes » (l. 4).

• Si ce processus n'est pas entièrement prouvé, les auteurs du rapport soulignent ses conséquences multiples et s'alignent sur les analyses des spécialistes climatiques du GIEC.

2. Les pressions anthropiques

• Les pressions anthropiques sur l'environnement sont aussi soulignées (l. 7-8) : pollutions, détérioration des écosystèmes, diminution de la biodiversité, etc.

[Transition] Ce rapport montre l'activité humaine comme néfaste d'où la nécessité d'une action à l'échelle européenne pour aider les territoires à être plus résilients.

> **MOT CLÉ**
> La résilience est la capacité d'une société à résister, à s'adapter face à un risque ou à se reconstituer à la suite d'une catastrophe.

II. Les objectifs de la politique de cohésion

• La politique de cohésion a comme objectifs d'« améliorer la qualité de l'environnement » et de « relever les grands défis environnementaux » (l. 10-12).

1. La transition économique

• Elle aide les États membres de l'UE et les régions à effectuer leur transition écologique, c'est-à-dire à élaborer un nouveau modèle économique et social de développement durable qui renouvelle les manières de consommer, de produire, de travailler, de vivre ensemble.

• Elle cherche un équilibre entre les activités humaines et la nature. Le texte insiste en particulier sur la protection de cette nature avec par exemple la mise en place de Natura 2000 (l. 20).

2. Vers une économie décarbonée

• Elle promeut donc une économie décarbonée pour atténuer les effets dommageables du changement climatique.

• Enfin, la coopération est au cœur de la politique de cohésion (l. 25-32), afin d'effacer les frontières et de relier les territoires, les acteurs politiques et ceux de l'aménagement.

> **MOT CLÉ**
> Une économie décarbonée s'appuie sur l'utilisation des sources d'énergie peu ou pas fossiles (pétrole, gaz) et sur des modes de production plus sobres.

[Transition] Le renforcement de la cohésion économique et sociale entre les territoires s'effectue dans le cadre du développement durable.

III. Des actions à toutes les échelles

1. Les fonds structurels de l'UE

• La Commission européenne finance cette politique à l'aide de fonds structurels (l. 26) : le Fonds européen de développement régional (Feder), le Fonds social européen (FSE) et le Fonds de cohésion (FC).

• Le budget affecté à la politique de cohésion est de 355 milliards d'euros pour la période 2014-2020, dont 78 milliards pour la dimension environnementale (l. 24), certes un tiers du budget du Feder et du FC mais moins de 22 % du budget total !

2. Les projets de développement

• Plusieurs projets naissent de la coopération entre les autorités nationales, régionales et locales des États membres, et débouchent sur la construction d'infrastructures pour traiter les eaux usées et les déchets, afin de produire des bioénergies.

• Des infrastructures vertes (l. 18) sont aussi déployées. Elles forment un réseau d'espaces verts, naturels (boisés, cours d'eau, habitats écologiques, etc.) ou aménagés (parcs, jardins, terres agricoles, etc.) qui soutiennent la vie d'espèces animales et végétales, la qualité de l'air et de l'eau, et contribuent à la santé humaine et la qualité de vie.

Conclusion

[Reprise de la démonstration] La politique de cohésion vise à réduire les écarts de développement des diverses régions et le retard des moins favorisées. Ce rapport montre qu'elle s'effectue dans le cadre d'un développement durable, où l'environnement est au cœur des préoccupations. [Ouverture] La pandémie de la Covid-19 rend encore plus nécessaires la coopération entre les États membres de l'UE et la prise en compte de la nature dans nos modes de vie afin que nos sociétés soient davantage résilientes.

> **▶ Le conseil de méthode**
> La conclusion doit revenir sur les apports du document pour répondre au sujet. Elle finit sur une ouverture qui permet de prolonger la réflexion à une autre échelle, dans un autre contexte ou de l'inscrire dans l'actualité.

Le territoire de l'Eurocité basque

PRODUCTION GRAPHIQUE

1 heure
10 points

INTÉRÊT DU SUJET • Né en 1993, le projet de coopération transfrontalière de l'Eurocité basque Bayonne/San Sebastián vise la transformation de ce continuum urbain en une métropole européenne. Mais la frontière ne reste-t-elle pas une barrière à l'unification de ce territoire ?

À partir du texte, vous construirez, à l'aide du fond de carte fourni, un schéma correspondant au sujet suivant : « L'Eurocité basque, un territoire transfrontalier en construction » accompagné d'une légende organisée.

DOCUMENT

L'espace de l'Eurocité basque sur la côte atlantique est un étroit couloir de 50 km de long, assis entre le massif des Pyrénées à l'ouest et l'océan à l'est. Il forme un ensemble urbain continu, un espace métropolitain polynucléaire de plus de 652 000 habitants, répartis sur 42 collectivités (25 communes françaises et 17 communautés espagnoles) dont trois agglomérations principales (Bayonne, Biarritz et San Sebastián). Le fleuve côtier, la Bidassoa, marque la frontière franco-espagnole qui est ouverte et poreuse. L'action de l'Eurocité se structure autour de trois thèmes : les transports, la reconversion industrielle et l'environnement. Des projets sont élaborés comme celui du tram-train San Sebastián-Bayonne pour améliorer la fluidité des transports tout en réduisant la pollution.

Cette agglomération transfrontalière se situe sur l'un des principaux axes routiers entre la péninsule ibérique et le reste de l'Europe. Cette situation de point de passage obligé entraîne un nombre élevé de flux observables à différentes échelles (de proximité comme transeuropéenne) et composés de différentes natures (travailleurs frontaliers, touristes, patients, étudiants, routiers à raison de

24 000 véhicules par jour…). C'est aussi un territoire de transit de flux illicites Sud-Nord (clandestins, drogues).

Bien que ce corridor soit une source de dynamisme et de richesse, il est aussi source de nuisances environnementales et présente de nombreux dysfonctionnements : saturation foncière, immobilière et des infrastructures de transports, discontinuités ferroviaires (écartement des rails différents entre la France et l'Espagne), emplois doubles (les aéroports d'Irun et Biarritz à 20 km l'un de l'autre ; les ports, Bayonne et San Sebastián, à 30 km l'un de l'autre).

De plus, cette conurbation présente de grandes disparités socio-économiques. Le Pays basque espagnol est une région fortement industrialisée qui subit actuellement la crise économique. À l'inverse, le Pays basque français a développé le secteur des services et notamment du tourisme et se veut un territoire d'innovation.

Cependant, il existe une communauté culturelle forte entre Basques français et espagnols. L'identité basque s'ancre sur l'une des plus anciennes langues d'Europe. Elle est parlée par plus de la moitié des Basques espagnols et la quasi-totalité des moins de 30 ans. Le basque n'est parlé que par environ 10 % des Basques français.

Source : site de la Mission opérationnelle transfrontalière (MOT).

Fond de carte

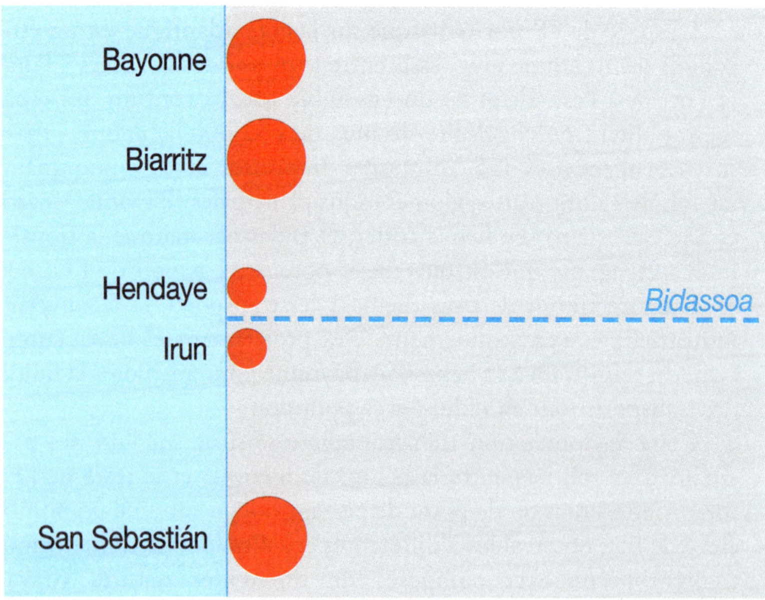

LES CLÉS DU SUJET

Exploiter le texte

Notion centrale : la coopération transfrontalière, processus soutenu par l'UE visant à développer les relations entre les collectivités locales de part et d'autre des frontières

L'Eurocité basque, un territoire transfrontalier en construction

Dynamiques spatiales : la territorialisation, appropriation de l'espace qui peut être juridique, économique ou symbolique

Espaces étudiés : frontière franco-espagnole, conurbation Bayonne-San Sebastián

Construire la légende

Le texte décline trois grandes idées qui peuvent être reprises pour construire le plan de la légende.

I. Une coopération transfrontalière renforcée	Jouez sur la forme des figurés ponctuels pour désigner le territoire de l'Eurocité et les agglomérations.
II. Un axe de communication majeur	Utilisez des flèches de différentes tailles et couleurs pour montrer l'importance et la diversité des flux.
III. Un territoire entre ruptures et unité	• Différenciez les espaces par des plages de couleur. • Utilisez un cerne pour indiquer une situation dont les limites sont plus floues.

19 CORRIGÉ GUIDÉ

▶ Le conseil de méthode

L'objectif du schéma est d'alléger la nomenclature pour mettre en évidence les dynamiques d'un territoire. Utilisez des formes géométriques et rassemblez le maximum d'éléments autour d'un figuré pour éviter la saturation. Le cerne représente ainsi les nuisances environnementales, toutes les formes de saturation, de discontinuité et les doublons d'infrastructures.

L'Eurocité basque : une territorialisation

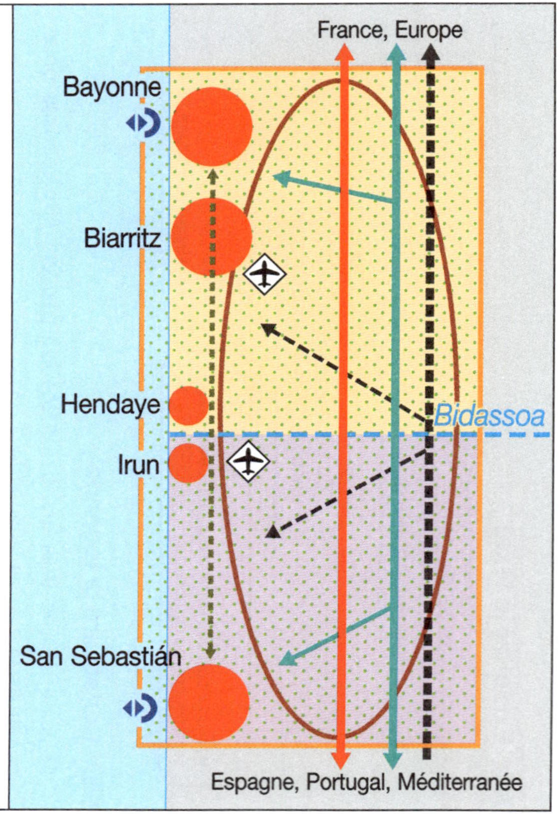

1. Une coopération transfrontalière renforcée

- Une frontière ouverte et poreuse
- L'Eurocité basque, un espace de projets et d'actions
- Exemple de projet : le tram-train San Sebastián-Bayonne

Une conurbation structurée par :

- Trois agglomérations
- Des villes secondaires

2. Un axe de communication majeur

Un territoire carrefour :

- Un axe routier d'importance internationale
- Des ports
- Des aéroports

Un territoire de transit :

- Des flux de marchandises et de personnes (travailleurs, étudiants, touristes, patients)
- Des flux illicites Sud-Nord (clandestins, drogues)

3. Un territoire entre ruptures et unité

- Une pression anthropique importante et de nombreux dysfonctionnements liés à la frontière (discontinuité, doublon des infrastructures)

De grandes disparités socio-économiques :

- Un Pays basque espagnol en crise (industrie) et en reconversion
- Un Pays basque français plus dynamique (tourisme, innovations)
- Une unité culturelle autour de la langue basque

Les recompositions du territoire français

QUESTION PROBLÉMATISÉE

1 heure
10 points

INTÉRÊT DU SUJET • Face à la mondialisation et à l'intégration européenne, les territoires cherchent à s'adapter *via* l'action de multiples acteurs. Quels sont les processus de coopération et de concurrence en jeu ?

En quoi les recompositions du territoire français sont-elles le résultat de jeux d'acteurs ?

LES CLÉS DU SUJET

Analyser le sujet

Le sujet

- **Recomposition :** réagencement dans la durée d'un espace, sous l'effet de facteurs endogènes ou exogènes
- **Jeu d'acteurs :** interactions entre groupes pour gérer et aménager un territoire
- **Territoire français :** territoires de la métropole et de l'outre-mer
- **Échelles :** nationale (France) et locale

Dégager les enjeux du sujet

• La recomposition du territoire français résulte de la coopération d'acteurs à différentes échelles : l'État et l'Union européenne (UE), les collectivités territoriales, la société civile et les entreprises.

• Cependant, les acteurs peuvent s'affronter car leur vision du territoire et leur projet sont différents. Ils entrent alors en concurrence.

Organiser la réponse

Après avoir décrit comment les acteurs transforment les territoires à différentes échelles, nous proposerons une typologie des conflits générant une recomposition.

I. Une recomposition pensée à l'échelle nationale	• Quel est le poids de l'État dans l'aménagement du territoire malgré la décentralisation ? • Quel est le rôle de l'Agence nationale de la cohésion des territoires ? • Comment l'UE participe-t-elle à cette recomposition ?
II. Une recomposition issue d'une gestion territoriale	• Quelles sont les compétences de la commune, du département et de la région ? • Comment les associations et les entreprises influencent-elles la gestion des territoires ?
III. Des conflits d'acteurs à toutes les échelles	• Qu'est-ce qu'un conflit d'acteurs ? • Quels sont les trois types de conflits d'acteurs ? Donnez un exemple pour chaque type.

20 CORRIGÉ GUIDÉ

Introduction

[Accroche] Les acteurs des territoires français affrontent de nombreux enjeux : s'adapter à la mondialisation, réduire les inégalités, répondre aux besoins de la population. Ils s'associent, coopèrent et parfois s'opposent. Ces interactions recomposent leur territoire. [Problématique] En quoi les recompositions du territoire français résultent-elles de jeux d'acteurs ? [Annonce du plan] La recomposition est issue de projets souvent impulsés par l'État [I], et mis en place par les collectivités territoriales [II]. Cependant, les acteurs peuvent s'opposer, et la recomposition découle alors de ces conflits [III].

I. Une recomposition pensée à l'échelle nationale

1. L'État, grand organisateur des territoires

• Malgré la décentralisation, l'État est un pilier de l'aménagement du territoire *via* l'Agence nationale de la cohésion des territoires (ANCT).

MOT CLÉ
La décentralisation est le renforcement du pouvoir des collectivités par le transfert de compétences de l'État.

• Cette dernière a pour mission de faciliter la mise en œuvre des projets des collectivités territoriales en les aidant à la conception technique et financière.

• Elle développe des programmes innovants pour répondre aux nouveaux enjeux (transitions numérique et écologique) et pour renforcer la cohésion des territoires.

2. L'UE, un rôle complémentaire

• L'UE participe, *via* ses fonds structurels, au soutien des territoires les moins dynamiques : construction d'infrastructures de transport, aide à la reconversion des territoires en crise comme les régions minières.

• Elle renforce aussi les espaces les mieux insérés dans la mondialisation (technopôle, métropole), en finançant la recherche à l'innovation et aux technologies de l'information.

[Transition] L'État et l'UE participent à la recomposition des territoires avec des projets mis en œuvre par les collectivités territoriales.

II. Une recomposition issue d'une gestion territoriale

1. Les collectivités territoriales, des compétences accrues

• Avec les réformes administratives successives, les collectivités territoriales forment un « mille-feuille administratif » aux compétences accrues.

• Elles disposent chacune de compétences administratives différentes et complémentaires de celle de l'État : la commune gère l'urbanisme ; le département exerce principalement ses compétences dans l'action sociale ; la région a vu ses prérogatives augmenter autour du développement économique.

> **MOT CLÉ**
> On surnomme « millefeuille administratif » l'emboîtement de structures administratives : la commune dans la communauté de communes (CC), la CC dans le département, le département dans la région.

2. La société civile et les entreprises, un poids à l'échelle locale

• Les citoyens regroupés dans des associations forment des groupes de pression qui peuvent s'opposer à des aménagements ou être force de propositions pour dynamiser leur territoire.

• Les entreprises participent aussi à la recomposition des territoires en créant de l'emploi et des infrastructures. Elles travaillent en partenariat avec les pouvoirs publics et mettent en réseau les territoires par leurs activités.

[Transition] La recomposition des territoires résulte donc de l'action des collectivités territoriales en partenariat avec les citoyens et les entreprises mais parfois les désaccords sont forts.

III. Des conflits d'acteurs à toutes les échelles

Trois grandes familles de conflits d'acteurs génèrent des recompositions.

> ▶ **Le conseil de méthode**
>
> En géographie, une partie peut prendre la forme d'une typologie, c'est-à-dire une classification des différents types d'espaces en fonction de critères précis. Ici, la recomposition des territoires est le fruit de trois types de conflits d'acteurs. Chaque sous-partie en présente un et l'illustre avec un exemple.

1. Des aménagements menacés

• La concurrence économique internationale entraîne la fermeture d'entreprises ou leur délocalisation. Les acteurs s'affrontent alors pour maintenir l'activité ou revitaliser la région.

• La fermeture de l'usine de pneumatiques Bridgestone de Béthune en 2020 illustre les conflits entre les ouvriers et les dirigeants de l'entreprise.

2. Des aménagements convoités

• Les conflits d'usage entre différents acteurs sont courants : concurrence entre certaines pratiques, volonté d'appropriation, utilisation des ressources.

• Les randonneurs et les vététistes se sont ainsi opposés pour l'utilisation des sentiers dans la forêt de Fontainebleau. L'Office national des forêts (ONF) a mis fin au conflit en construisant des pistes pour les VTT.

3. Des aménagements rejetés

• Le syndrome NIMBY (*Not In My Backyard* : « pas dans mon arrière-cour ») est fréquent. Il désigne l'attitude d'un groupe de personnes qui refusent l'implantation dans leur environnement proche d'une infrastructure.

• Dans les années 1990, à Héric en Loire-Atlantique, la municipalité et une coopérative agricole souhaitaient implanter un élevage porcin hors-sol pour créer des emplois. Cependant, la population s'y est fermement opposée pour préserver son cadre de vie.

Conclusion

[Réponse à la problématique] La recomposition des territoires français résulte de coopérations et de conflits. De nombreux projets modifient l'organisation même des territoires. [Ouverture] Ces jeux d'acteurs se sont crispés dans un contexte d'urgence environnementale car l'adaptation des territoires doit être rapide et passe par des consensus et des coopérations, mais les conflits restent vifs.

5 Fragilité des démocraties, totalitarismes et Seconde Guerre mondiale

A Les enjeux du thème

1. L'impact de la crise de 1929

- Le 24 octobre 1929, le **krach** qui frappe la bourse de New York plonge les États-Unis dans une grave crise économique. Celle-ci se propage à l'ensemble du monde.

> À NOTER **La faillite des banques et des entreprises précipite les populations dans un chômage de masse et une misère générale.**

- Ces bouleversements mettent en péril les démocraties. Cependant, par des réformes sociales inédites (**New Deal** aux États-Unis, **accords de Matignon** en France), celles-ci parviennent à éviter les solutions autoritaires.

2. Les régimes totalitaires

Staline en URSS et Mussolini en Italie profitent de la crise pour renforcer leur emprise sur les populations. Sous la férule d'Adolf Hitler, l'Allemagne sombre dans un **régime totalitaire**.

3. La Seconde Guerre mondiale

- La **Seconde Guerre mondiale** est l'effet indirect de cette crise mondiale. Elle favorise un temps l'expansion des régimes totalitaires.
- C'est une **guerre d'anéantissement** qui génère des violences inédites dont les populations civiles sont aussi les victimes (**génocides**, bombardements atomiques et autres **crimes de guerre**).

B Les dates clés

- **1929** : krach de Wall Street
- **1933** : lancement du New Deal
- **1936 (JUIN)** : accords de Matignon (France)
- **1937-1938** : Grande Terreur (URSS)
- **1940 (JUIN)** : armistice (Pétain) et appel du général De Gaulle
- **1941 (JUIN)** : opération Barbarossa
- **1942 (JANVIER)** : conférence de Wannsee
- **1944 (JUIN)** : débarquement en Normandie et opération Bagration
- **1945 (AOÛT)** : bombardement d'Hiroshima et de Nagasaki

6 Les acteurs d'un monde bipolaire (1945-1973)

A Les enjeux du thème

1. Les débuts d'un nouvel ordre mondial

- La victoire des Alliés permet la mise en place d'un **nouvel ordre mondial** dans le cadre de l'**Organisation des Nations unies (ONU)**.
- Mais la rivalité et l'incompatibilité des modèles de société américaine et soviétique divisent le monde en **deux blocs**.

2. Bipolarisation et émergence du tiers-monde

- L'Est et l'Ouest s'affrontent dans le cadre d'une guerre indirecte (**guerre froide**) qui multiplie les crises dans des zones tampon.

> À NOTER **Ces crises concernent notamment Berlin (1948-1949 et 1960-1961), la Corée (1950-1953) ou encore Cuba (1962).**

- La **décolonisation** fait apparaître des États indépendants qui tentent de former un troisième bloc (Bandung). Ils deviennent surtout le terrain d'affrontements des deux Grands (États-Unis et URSS).

3. La France : une nouvelle place dans le monde

- La France est reconnue État vainqueur. Elle cherche à reconstruire sa puissance mais s'enlise dans de coûteuses guerres de décolonisation (Indochine, Algérie). Elle participe à la création de la **Communauté européenne** qui l'aide à trouver une place de **puissance moyenne**.
- L'instabilité politique de son régime conduit le général De Gaulle à mettre en place la **Ve République** (1958).

B Les dates clés

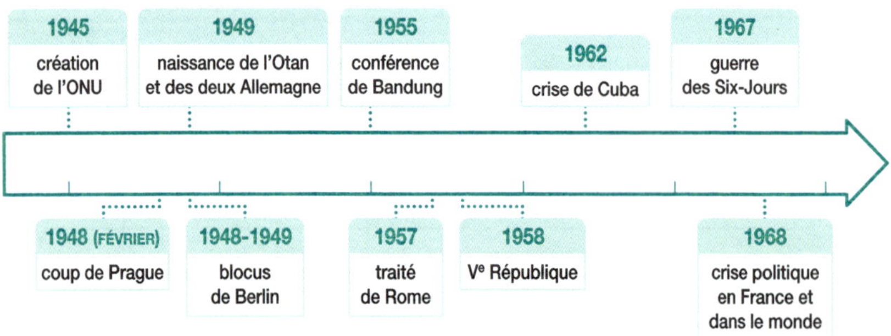

7 Les remises en cause des années 1970 à 1991

A Les enjeux du thème

1. La modification des grands équilibres mondiaux

- En 1971, Richard Nixon, président des États-Unis, met fin à la **convertibilité or du dollar**. Une réaction en chaîne provoque deux **chocs pétroliers** qui déstabilisent l'ensemble du monde.
- Des crises politiques s'ensuivent, et de vieilles dictatures disparaissent (Espagne, Portugal, Grèce). En Iran, la révolution conduit à l'avènement d'un **régime islamique** inédit.
- Tandis que les pays de l'Ouest remettent en cause la régulation de leur économie, ceux de l'Est tentent de contenir les critiques intérieures. Les réformes lancées par Gorbatchev provoque l'**effondrement de l'URSS**.

2. La France de 1974 à 1988 : un tournant social, politique et culturel

- En France, malgré les réformes sociales et politiques héritées des revendications de 1968, les politiques d'austérité conduisent en 1981 à une **alternance socialiste**.

> À NOTER **Les réformes et les transformations culturelles lancées à partir de 1981 bénéficient notamment aux femmes, aux jeunes et aux étrangers.**

- Cependant, le **chômage de masse**, de nouveaux dangers (sida) et des scandales (sang contaminé) favorisent l'émergence de mouvements politiques xénophobes ou réactionnaires.

B Les dates clés

- **1971 (AOÛT)** : suspension de la convertibilité en or du dollar
- **1973** : premier choc pétrolier
- **1974** : majorité politique à 18 ans en France
- **1975 (JANVIER)** : loi Veil sur l'IVG
- **1979** : révolution islamique en Iran
- **1981** : abolition de la peine de mort en France
- **1986** : 1re cohabitation en France
- **1989 (NOVEMBRE)** : chute du mur de Berlin
- **1991 (DÉCEMBRE)** : fin de l'URSS

8 Le monde, l'Europe et la France depuis les années 1990 : entre coopérations et conflits

A Les enjeux du thème

1. Les nouveaux rapports de puissance

- **Multipolaire**, un nouvel ordre mondial se met en place. Encadrées par l'ONU, de nouvelles institutions sont créées ; d'autres, comme le **G20**, tendent à favoriser la coopération internationale.
- Mais la transition entre ancien et nouveau monde se fait de manière chaotique. Guerres et **génocides** en témoignent. Le **terrorisme international** suscite de nouvelles formes de conflits.

2. La construction européenne

- L'Europe poursuit sa construction. Devenue **Union européenne** et dotée d'une monnaie (**euro**), elle étend ses prérogatives et s'élargit.

> À NOTER **Comptant 12 membres en 1992, l'UE en réunit jusqu'à 28 (27 après le Brexit).**

- Son développement ne se fait pas sans heurts. Les Britanniques décident même de la quitter (2021).

3. La République française

- La France cherche à se réformer pour répondre à de nouvelles revendications ou parer de nouvelles menaces (attentats terroristes).
- Après avoir adopté le **quinquennat** et réaffirmé son ferme attachement à la **laïcité**, elle s'emploie à favoriser la **parité** hommes-femmes et à promouvoir de nouveaux droits (mariage pour tous).

B Les dates clés

- **1992** traité de Maastricht
- **1995** massacre de Srebrenica
- **1999** création du G20
- **2000** adoption du quinquennat en France
- **2001 (SEPTEMBRE)** attentats à New York et Washington
- **2003** intervention américaine en Irak
- **2007** traité de Lisbonne
- **2013** loi sur le mariage pour tous en France
- **2021** Brexit

9 Mers et océans : au cœur de la mondialisation

A Les enjeux du thème

Mers et océans : au cœur de la mondialisation

Des vecteurs essentiels de la mondialisation
- maritimisation des économies
- façades maritimes
- grands ports mondiaux
- routes/flux maritimes

Des espaces riches en ressources
- hydrocarbures offshore
- ressources halieutiques

Des enjeux géopolitiques
- délimitations territoriales (ZEE)
- points de passage stratégiques (détroits, canaux)
- piraterie

Des menaces environnementales
- pollution
- surexploitation de certaines ressources et mise en danger de la biodiversité
- politiques de protection à différentes échelles

MOT CLÉ **La mondialisation est un processus continu d'intensification et de fluidification des échanges, facilitant la mise en relation des sociétés du monde entier.**

B Question sur la France

La France : une puissance maritime ?

● Des **atouts**

– une présence politique, économique et culturelle sur tous les continents grâce aux départements et territoires d'outre-mer

– des bases navales sur trois océans et en Méditerranée, ce qui offre une capacité de projection

– la 2e ZEE mondiale, ce qui donne accès à de nombreuses ressources (énergétiques, minérales, halieutique)

● Des **fragilités**

– des ports (Le Havre, Marseille) fortement concurrencés et en perte de compétitivité

– des territoires d'outre-mer en crise (économique, sociale, environnementale)

– une forte pression humaine sur l'espace maritime et les littoraux (tourisme, industrie, pêche, urbanisation), ce qui met en danger la biodiversité

10 Dynamiques territoriales, coopérations et tensions dans la mondialisation

A Les enjeux du thème

Dynamiques territoriales, coopérations et tensions dans la mondialisation

Des territoires hiérarchisés

- pays développés
- pays émergents (Brics)
- périphéries intégrées
- pays en marge de la mondialisation (PMA)

Une intégration variable à toutes les échelles

- des territoires moteurs de la mondialisation : villes mondiales, places financières
- des territoires à la marge : bidonvilles, ghettos
- le rôle des flux

Coopérations et régulations

- organisations internationales (OMC, Banque mondiale, FMI)
- accords régionaux économiques (UE, ASEAN, Mercosur, ACEUM)

Des tensions économiques, politiques et environnementales

- mer de Chine méridionale
- des frontières conflictuelles (ex. : entre l'Inde et le Pakistan)

À NOTER Ces recompositions territoriales s'accompagnent de nouvelles formes de gouvernance, c'est-à-dire de nouvelles modalités d'administration et de gestion, qui s'effectuent à différentes échelles.

B Question sur la France

La France : un rayonnement international différencié et une inégale attractivité dans la mondialisation

- Un ***soft power*** reposant sur deux piliers :
  - influence diplomatique
  - rayonnement culturel
- Le ***hard power*** d'une puissance moyenne :
  - intégration dans l'économie mondialisée
  - puissance militaire
- Des **territoires inégalement attractifs** :
  - territoires gagnants (Paris, métropoles et littoraux)
  - territoires fragilisés par la concurrence internationale (espaces ruraux, moyenne montagne, anciens bassins miniers)

11 L'UE dans la mondialisation : des dynamiques complexes

A Les enjeux du thème

L'UE dans la mondialisation : des dynamiques complexes

Diversité et intégration des territoires
- des centres : mégalopole européenne, métropoles
- des périphéries : PECO, territoires ultramarins
- une construction par élargissements et approfondissements

Des défis et des tensions externes et internes
- une puissance économique et commerciale
- une puissance civile et normative
- des divisions internes (politique migratoire, Brexit)

Une politique de cohésion économique, sociale et territoriale
- des inégalités territoriales à toutes les échelles
- les politiques de compétitivité des territoires
- la politique de cohésion des territoires

MOT CLÉ Une mégalopole est un réseau de villes à vaste échelle, intégrant des villes multimillionnaires reliées par un tissu dense d'axes de transports.

B Question sur la France

La France : les dynamiques différenciées des territoires transfrontaliers

● Des **systèmes territoriaux**… :
- des espaces de mobilités et d'échanges
- des aménagements et une mise en réseau qui effacent la frontière
- des jeux d'acteurs orientés vers une gestion commune

● … nés d'une **volonté politique européenne** :
- effacement des frontières (libre-échange, libre circulation des personnes et des marchandises)
- politique de coopération transfrontalière

● Des **territoires transfrontaliers (TT) divers** :
- au Nord et à l'Est : coopération et intégration fortes ; intensité des mobilités et des échanges
- au Sud : des TT franco-italiens et franco-espagnols en construction

12 La France et ses régions dans l'UE et dans la mondialisation

A Les enjeux du thème conclusif

Les lignes de force du territoire français

- une population majoritairement urbaine mais inégalement répartie
- un territoire structuré par des axes de communication
- un territoire marqué par une dynamique de métropolisation

Les recompositions du territoire français

- des jeux d'acteurs à toutes les échelles
- des territoires intégrés au système-monde (Paris, métropoles, littoraux)
- des territoires en périphérie du système-monde (moyenne montagne, anciens bastions industriels)

La France et ses régions dans l'UE et dans la mondialisation

La région

- un territoire de proximité, structuré par le réseau urbain et les voies de communication
- des spécificités économiques propres à chaque région
- un territoire de projet

B Penser en géographe

Comprendre un territoire de proximité

Des jeux d'acteurs →

- Union européenne
- État
- collectivités territoriales
- société civile

Des dynamiques spatiales →

- métropolisation
- littoralisation
- technopolisation

Des territoires aménagés →

- réduire les inégalités
- développer l'économie
- favoriser les mobilités
- intégrer les enjeux environnementaux

Enseignement scientifique

INFOS et CONSEILS sur l'évaluation

Science, climat et société

Le futur des énergies

Une histoire du vivant

Le programme en 6 fiches MÉMO

1 Réussir l'évaluation en enseignement scientifique

En enseignement scientifique, l'évaluation comprend deux exercices, comme en Première.

A En quoi consiste l'évaluation ?

L'évaluation en enseignement scientifique en T^{le}

DÉROULEMENT
- **Quand ? au 3e trimestre**
- **Durée : 2 heures**

STRUCTURE
- **Deux exercices interdisciplinaires**
- **Barème : 20 points (10 points par exercice)**

Chaque exercice présente une cohérence thématique et porte sur **un ou deux des thèmes du programme** de Terminale.

- Science, climat et société
- Le futur des énergies
- Une histoire du vivant

B Des conseils pour réussir

- Au cours de cette évaluation, vous devez montrer que vous êtes capable d'exploiter des documents, d'organiser et d'effectuer des calculs, ainsi que de rédiger une argumentation scientifique.
- Travaillez régulièrement **tout au long de l'année** pour acquérir les bons automatismes et entraînez-vous dans les conditions de l'épreuve.

> CONSEIL **Commencez par parcourir rapidement l'ensemble du sujet pour voir à quels domaines du programme se rapporte chacun des exercices, puis traitez en premier celui qui vous semble le plus accessible.**

2 Analyser les documents

L'énoncé de l'évaluation en sciences se compose d'un ensemble de documents qui peuvent être de différents types : texte, schéma, tableau, graphique…

A Décrire et comprendre les documents

- Prenez le temps de lire attentivement **l'ensemble des documents** avant de traiter les questions.
- Notez au brouillon ce que chaque document apporte, de façon à avoir une compréhension globale de l'énoncé. Selon le type de document, soyez attentif(ve) à différents points :

Type de document	Points d'attention
Texte	• mots et informations-clés • source
Graphique	• grandeur portée sur chaque axe • unité(s) choisie(s) • variation(s) de la courbe
Tableau	• unité(s) choisie(s) • données que l'on peut comparer
Photographie ou schéma	• objet représenté • source • légende

- Pour chaque document, **hiérarchisez vos observations** : commencez toujours par noter les plus importantes.

B Exploiter les documents

- Vous devez ensuite interpréter les documents, en **mobilisant** vos connaissances. **Mettez en relation** les données que vous avez relevées lors de votre première lecture avec ce que vous avez vu en cours :

– définitions de notions scientifiques présentes dans le document ;
– utilisation de formules ou de lois ;
– conversion de grandeurs…

> CONSEIL **Il ne s'agit pas de faire appel à tout votre cours sur le thème concerné, mais seulement de vous servir des outils les plus pertinents dans le contexte du document.**

- N'oubliez pas de **mettre en relation les documents** les uns avec les autres, pour compléter et préciser vos interprétations.

3 Répondre aux questions

En enseignement scientifique, les questions peuvent être de deux types : elles donnent lieu à deux formes de réponses distinctes.

A Les questions ciblées

- Ces questions demandent des **réponses brèves et concises**. Elles font appel à vos connaissances et à votre bonne compréhension des documents.
- Soyez attentif(ve) aux **verbes d'action** employés dans l'énoncé et adaptez la réponse en conséquence.

Décrire	Indiquer précisément les caractéristiques observées (taille, couleur, nature d'une structure, phénomène, etc.).
Définir	Donner le sens d'un mot ou d'un phénomène, de manière précise.
Déterminer graphiquement	Lire une valeur sur un graphique ou calculer une valeur en utilisant un graphique.
Estimer	Donner une valeur approchée ou un ordre de grandeur, exprimer qualitativement.
Déterminer	Calculer à l'aide d'un raisonnement.

B Les questions de synthèse

- Ces questions nécessitent une **démonstration** : vous devrez confirmer ou infirmer un fait, effectuer la **synthèse** des données de plusieurs documents ou proposer l'**explication argumentée** d'un phénomène.
- Choisissez bien vos arguments, en prenant appui sur les documents et en complétant avec vos connaissances. Décomposez votre raisonnement **en étapes** et pensez à faire apparaître les **liens logiques** dans vos explications.

> CONSEIL **N'oubliez pas de toujours conclure votre démonstration, en faisant le bilan des arguments avancés.**

Utilité de la crème solaire

1 heure
10 points

INTÉRÊT DU SUJET • Rêvons un peu : vous partez en vacances en Australie ! Vous prenez votre crème solaire d'indice 30 française. Mais suffira-t-elle à vous protéger contre les rayons qui traversent le « trou » dans la couche d'ozone ?

Selon un rapport de l'Australian Institute of Health and Welfare (AIHW) sur le cancer de la peau, l'incidence du mélanome a presque doublé entre 1982 (28 cas pour 100 000 personnes) et 2015 (51 cas pour 100 000 personnes). Les activités humaines ont brisé l'équilibre fragile de la couche d'ozone, continuellement formée et détruite dans l'atmosphère. Ainsi, au-dessus de l'Antarctique et de l'Océanie, un « trou » se forme durant le printemps austral dans la couche d'ozone.

PARTIE 1 • L'OZONE ET LE RAYONNEMENT UV

DOCUMENT 1 Formation de la couche d'ozone

Dans la haute atmosphère, l'énergie portée par le rayonnement solaire (pour des longueurs d'ondes $\lambda > 242$ nm) est suffisante pour briser une partie des molécules de dioxygène O_2 qui s'y trouvent. Des atomes d'oxygène sont ainsi libérés. Pour des raisons de stabilité, ceux-ci rechignent à rester isolés. Ainsi, à chaque fois qu'un atome d'oxygène se recombine avec une molécule de dioxygène, il se forme une molécule d'ozone stratosphérique O_3.
Aujourd'hui, c'est essentiellement au-dessus des régions équatoriales que se forme l'ozone. Ces molécules sont ensuite transportées par les vents vers toutes les autres latitudes pour former ce que l'on appelle la couche d'ozone. En parallèle, l'ozone est naturellement détruit après absorption de lumière ultraviolette. La molécule d'ozone est alors dissociée en une molécule de dioxygène et un atome d'oxygène. Un atome d'oxygène peut également se lier à une molécule d'ozone pour former deux molécules de dioxygène.

D'après : www.futura-sciences.com

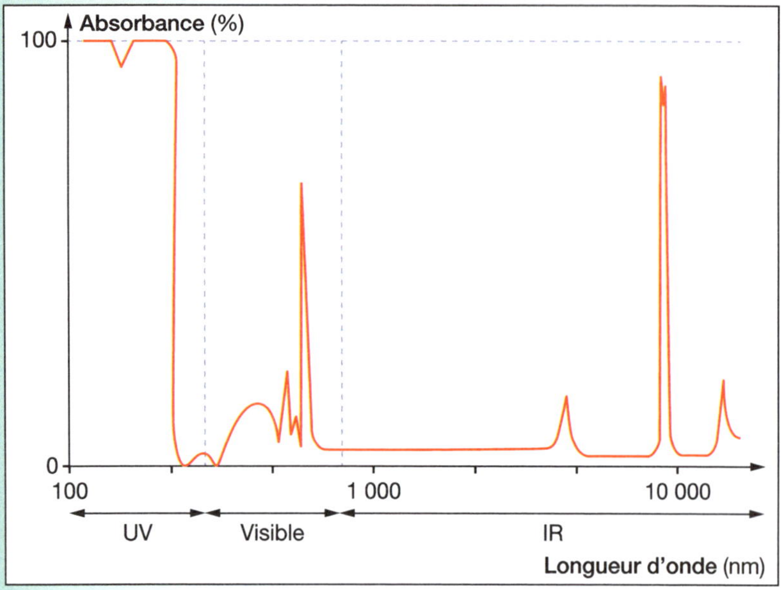

Spectre d'absorption de l'ozone

DOCUMENT 2 **Trous dans la couche d'ozone**

Depuis environ 50 ans, l'homme a fabriqué industriellement des composés organiques halogénés, dont les chlorofluorocarbures (CFC) qui sont des molécules synthétiques très stables chimiquement et donc sans danger direct pour les êtres vivants. Pour cette raison, celles-ci ont été utilisées dans de nombreuses applications : réfrigérants (frigorifiques, climatiseurs), gaz propulseur dans les bombes aérosols, mousses synthétiques, solvants… et ont ainsi joué un rôle très bénéfique pour l'amélioration de notre mode de vie. Mais, du fait de leur très grande stabilité, ces gaz restent dans l'atmosphère pendant des décennies (50 à 100 ans), et ils sont progressivement transportés dans la stratosphère, où, soumis à l'influence du rayonnement ultraviolet solaire, ils sont dissociés et libèrent du chlore (Cl) qui ont alors la capacité de rentrer dans des cycles de réactions chimiques conduisant à la destruction de l'ozone.

Source : *L'ozone stratosphérique* dans Livret sur l'environnement 2020, Marie-Lise Chanin (Académie des sciences).

Ces cycles de réactions chimiques sont représentés dans le schéma ci-dessous. Les composés photosensibles chlorés (Cl, ClO) sont des catalyseurs et ne sont pas consommés. Ils peuvent ainsi détruire d'autres molécules d'ozone.

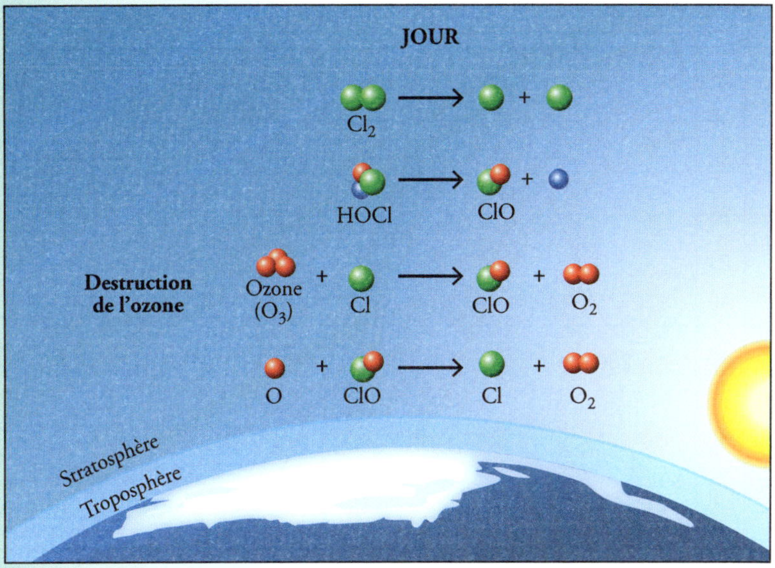

D'après : www.education.meteofrance.fr

À partir de vos connaissances et des informations apportées par les documents 1 et 2, répondre aux questions suivantes.

▶ **1. a)** Représenter à l'aide d'un schéma le processus de la dissociation du dioxygène en haute atmosphère.

b) Écrire l'équation de la réaction menant à la formation de l'ozone dans la stratosphère et dire ce qui rend cette formation possible.

c) Donner les équations des réactions de la destruction naturelle de l'ozone stratosphérique.

▶ **2.** Expliquer pourquoi on dit que la couche d'ozone stratosphérique a un rôle protecteur pour le vivant.

▶ **3.** Démontrer, à l'aide des deux dernières équations du document 2, que les deux composés chlorés, Cl et ClO, jouent bien un rôle de catalyseur dans la destruction de l'ozone, c'est-à-dire qu'ils déclenchent et accélèrent la réaction mais ne réagissent pas avec la molécule de O_3.

PARTIE 2 • UV ET SANTÉ

DOCUMENT 3 UV, ADN et crèmes solaires

a. Spectre d'absorption de l'ADN pur

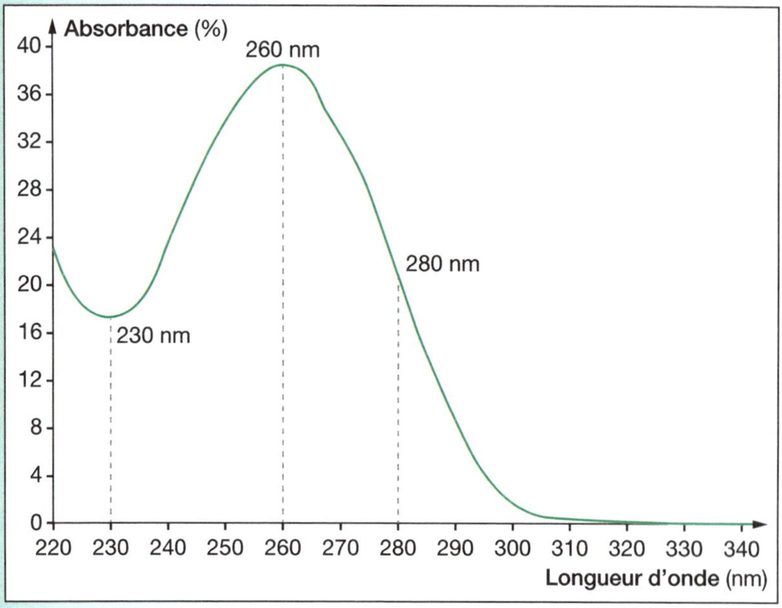

L'énergie du rayonnement UV absorbée par la molécule d'ADN entraîne la formation de liaisons entre deux bases thymines adjacentes, ce qui déforme la molécule et provoque l'apparition de mutations. Celles-ci s'accumulent dans les cellules de la peau et rendent leur multiplication anarchique, conduisant à l'apparition de tumeurs cancéreuses.

b. Crèmes solaires et protection contre les UV-B

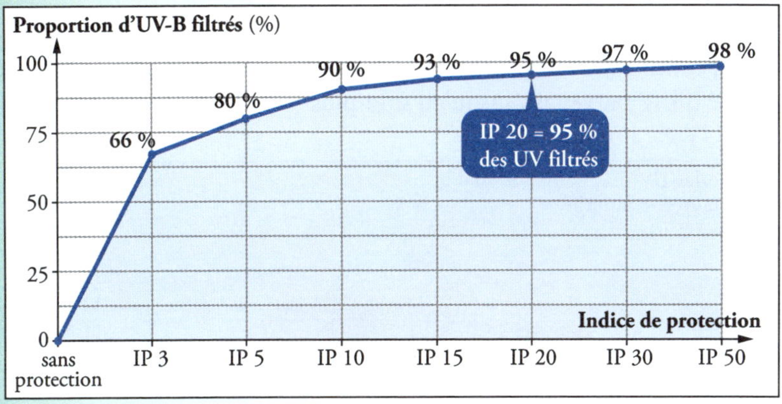

Les crèmes solaires constituent un filtre protecteur au niveau de la peau qui réfléchit une grande partie des UV. La quantité d'UV traversant ce filtre dépend de l'indice de protection (IP) de la crème solaire. L'indice de protection indique de quel facteur se prolonge l'exposition possible au soleil avant l'apparition d'un « coup de soleil ». Un IP 20 permet une exposition 20 fois plus longue au soleil qu'une peau non protégée. Un IP 20 filtre 19/20 = 95 % des UV-B. Un IP 30 augmente la quantité des UV-B filtrés de 2 %, un IP 50 de 3 % comparé à une crème solaire avec un IP 20.

D'après : www.clairenature.com

De plus, la sensibilité de la peau aux UV dépend de la présence plus ou moins importante de mélanine (pigment brun). Ce pigment produit par les cellules cutanées est capable d'absorber les UV et d'empêcher leur action sur l'ADN. Plus la peau est foncée, plus la mélanine est présente et moins les UV peuvent modifier l'ADN des cellules cutanées.

DOCUMENT 4 **Couche d'ozone en Australie**

La couche d'ozone est particulièrement amincie au-dessus de l'Australie, comme le montre la carte suivante. L'index UV détermine la quantité d'UV parvenant jusqu'au sol : plus il est élevé, plus cette quantité d'UV est importante.

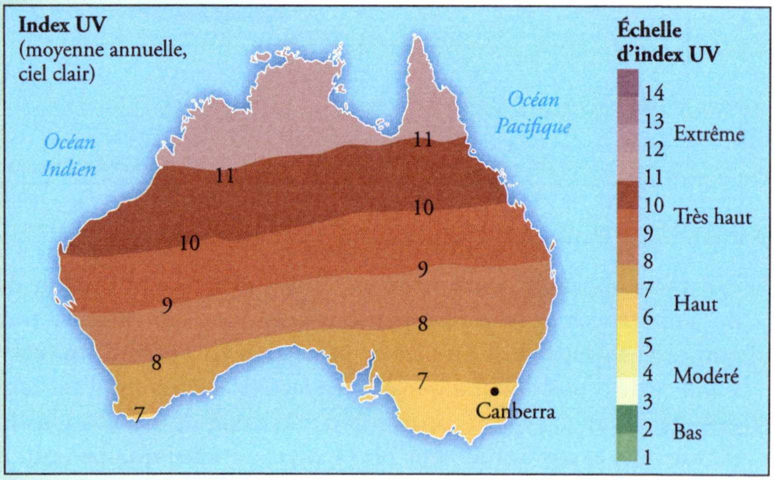

D'après : Australian Bureau of Meteorology.

À partir de vos connaissances et des informations apportées par les documents 3 et 4, répondre aux questions suivantes.

▶ **4. a)** D'après le document 3 a., quelles sont les radiations absorbées par l'ADN ?
b) Quelles sont les conséquences possibles sur la santé humaine de l'exposition aux UV ?
c) Pourquoi le danger est-il si important en Australie ?

▶ **5.** Comment les crèmes solaires agissent-elles ?

▶ **6.** Démontrer qu'il est indispensable d'utiliser une crème solaire d'indice de protection élevé en Australie.

LES CLÉS DU SUJET

Comprendre les documents

Document 1 Formation de la couche d'ozone	• Le document explique le mécanisme de la formation de l'ozone, la raison de sa présence dans l'atmosphère et le spectre d'absorption de ce gaz. • Déduisez de ce texte les transformations chimiques menant à la formation de l'ozone et constatez, sur le graphique, les longueurs d'onde des rayons absorbés par ce gaz.
Document 2 « Trou » dans la couche ozone	• Le texte explique le rôle joué par les CFC dans la destruction de la couche d'ozone. • Notez bien les équations des réactions dans le schéma qui montrent le mécanisme de la destruction du O_3.
Document 3 UV, ADN et crèmes solaires	• Le graphique a. montre les radiations absorbées par l'ADN. Le texte énonce les conséquences du rayonnement UV sur l'ADN et les cellules de la peau. • Le graphique b. présente le pourcentage d'UV-B filtrés par les crèmes solaires en fonction de leur indice.
Document 4 Couche d'ozone en Australie	• La carte présente les index UV moyens sur le sol australien. • Reliez index UV et épaisseur de la couche d'ozone.

Répondre aux questions

Coups de pouce

▶ **1. a)** Il ne s'agit pas d'une équation de réaction, il faut schématiser !

c) Soyez vigilants : l'ozone ne disparaît pas seulement par dissociation.

▶ **4.** Notez les longueurs d'onde dont l'absorbance est la plus importante.

▶ **5.** Recherchez la façon dont les crèmes solaires nous protègent des effets des UV.

Aide à la résolution de la question 6

Démontrer qu'il est indispensable d'utiliser une crème solaire d'indice de protection élevé en Australie.

❶ Rappelez la particularité de l'exposition aux UV en Australie et ses conséquences sur la santé.

❷ Montrez l'intérêt des crèmes solaires pour limiter la pénétration des UV dans la peau.

❸ Concluez en reliant ces deux grandes idées.

21 CORRIGÉ GUIDÉ

PARTIE 1 • L'OZONE ET LE RAYONNEMENT UV

▶ **1. a)** Schéma de la dissociation de la molécule de O_2 par les rayonnements UV solaires :

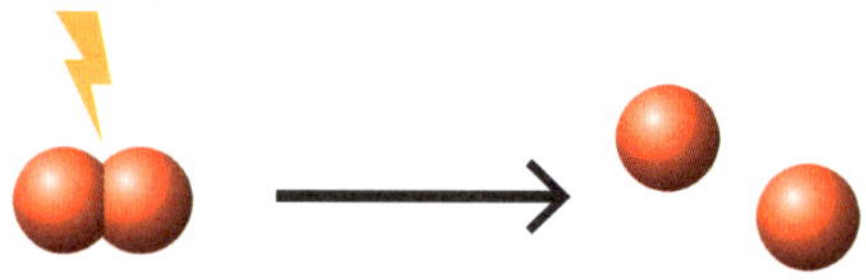

b) Un atome d'oxygène se combine avec une molécule de dioxygène pour former l'ozone d'après l'équation de la réaction suivante :

$$O + O_2 \rightarrow O_3$$

Cette transformation est possible car l'atome d'oxygène est instable et ne peut rester longtemps à l'état libre. Il se recombine alors avec un autre composé.

MOT CLÉ
Le document dit pourquoi l'oxygène « rechigne » à rester isolé.

c) L'ozone stratosphérique se décompose en captant les rayonnements UV du Soleil, d'après l'équation de la réaction suivante :

$$O_3 \rightarrow O_2 + O$$

Puis l'atome d'oxygène ainsi formé se recombine avec une autre molécule d'ozone, d'après l'équation de la réaction suivante :

$$O + O_3 \rightarrow O_2 + O_2$$

▶ **2.** Le rayonnement solaire est responsable de la décomposition des molécules d'ozone présentes dans la stratosphère. Le spectre d'absorption du document 1 indique que la molécule d'ozone absorbe 100 % des rayons de longueurs d'onde allant de 100 nm à 400 nm correspondant aux rayons ultraviolets. Ces rayons sont dangereux pour les organismes vivants. C'est la raison pour laquelle la couche d'ozone est dite protectrice du vivant sur Terre.

À NOTER
Le spectre d'absorption de la molécule d'ozone permet de comprendre pourquoi la couche d'ozone nous protège des UV.

▶ **3.**

> ▶ **Le conseil de méthode**
> Recopiez les deux dernières équations des réactions du schéma du document 2 sur un brouillon, l'une en dessous de l'autre. En les regardant ensemble, vous remarquerez des composés identiques des deux côtés de ces équations. Rappelez-vous aussi qu'il faut en déduire une seule équation de réaction et que les catalyseurs ne doivent pas y figurer.

Les deux dernières équations des réactions du document 2 nous donnent le mécanisme de la destruction de la molécule de O_3 par les CFC. Pour obtenir l'équation de la réaction, on doit additionner ces deux équations.

$$+\begin{cases} O_3 + Cl \rightarrow ClO + O_2 \\ O + ClO \rightarrow Cl + O_2 \end{cases}$$

$$O_3 + O + ClO + Cl \rightarrow ClO + Cl + 2\,O_2$$

D'où, en simplifiant : $O_3 + O \rightarrow 2\,O_2$

Nous remarquons que les deux catalyseurs, Cl et ClO, peuvent être simplifiés des deux côtés de l'équation finale pour donner l'équation qui décrit la destruction de l'ozone (donnée aussi dans la réponse à la question **1. c)**. La disparition de ces deux molécules du bilan final montre bien le rôle d'un catalyseur. En effet, ces molécules interviennent dans la transformation de O_3 mais ne jouent pas le rôle de réactifs dans cette transformation.

PARTIE 2 • UV ET SANTÉ

▶ **4. a)** D'après le spectre d'absorption de l'ADN, les radiations absorbées par cette molécule ont des longueurs d'ondes comprises uniquement entre 220 et 300 nanomètres, avec un maximum pour les radiations de 260 nm. La molécule d'ADN absorbe donc une partie des UV.

b) Lorsqu'elle est exposée aux rayons UV, la molécule d'ADN absorbe leur énergie. D'après le texte du document 3, cette énergie entraîne la formation de liaisons entre deux bases thymines adjacentes, ce qui déforme la molécule d'ADN et provoque des mutations qui sont des modifications du matériel génétique. L'accumulation de mutations rend les cellules touchées anormales et leur multiplication anarchique. Elles prolifèrent alors et peuvent conduire à l'apparition de cancers de la peau.

c) D'après le document 4, l'index UV est particulièrement fort (index haut à extrême) ce qui veut dire que les UV sont peu filtrés par la couche d'ozone amincie. Dans cette région du globe, les êtres humains sont plus exposés aux UV : leurs cellules cutanées en reçoivent plus et leur ADN est plus endommagé. Par conséquent, le fort index UV entraîne un fort taux de cancers de la peau.

▶ **5.** Les crèmes solaires filtrent les UV. Elles les empêchent ainsi de pénétrer dans la peau et d'endommager l'ADN des cellules cutanées. Elles arrêtent d'autant plus les UV que leur indice de protection est élevé et réduisent donc les risques de développer des cancers de la peau.

▶ **6.** Nous cherchons à démontrer qu'il est indispensable d'utiliser une crème solaire d'indice de protection élevé en Australie.

- La particularité de l'Australie et surtout de la partie nord du pays est d'être fortement exposée aux UV solaires, qui sont peu filtrés par la couche d'ozone amincie dans cette partie du globe.
- De plus, nous savons qu'une forte exposition aux UV entraîne des mutations des cellules cutanées qui peuvent devenir cancéreuses. C'est pour cela que le taux de cancers de la peau est élevé en Australie.
- Les crèmes solaires permettent de filtrer les UV au niveau de la peau. Ainsi, les UV ne pénètrent pas dans les cellules cutanées et ne peuvent pas entraîner de dommages au niveau de leur ADN.
- D'après le document 3 b., l'indice de protection solaire de la crème doit être élevé et supérieur à 15 pour permettre de filtrer la quasi-totalité des UV, avec plus de 93 % d'UV filtrés. Lorsqu'on a une peau claire très sensible aux UV, l'indice doit être supérieur pour arrêter encore plus d'UV.
- L'utilisation de crème solaire d'indice élevé permet de protéger sa peau des UV et réduit donc les risques de cancers, notamment dans une zone très exposée comme l'Australie. Cependant, il faut veiller à renouveler souvent sa protection et suivre d'autres conseils, tels que ne pas s'exposer aux heures les plus chaudes durant lesquelles il y a plus d'UV et se couvrir avec un chapeau et des vêtements.

À NOTER
Vos réponses ne doivent pas obligatoirement se limiter à l'analyse des documents présentés dans le sujet. Pensez à réinvestir vos connaissances et votre culture générale pour les enrichir.

La restriction des émissions de CO_2 en Europe face au réchauffement climatique

1 heure
10 points

INTÉRÊT DU SUJET • Les États de l'Union européenne cherchent à réduire les émissions de CO_2 afin de limiter le réchauffement climatique. Quels sont les objectifs fixés et pourquoi agir sur le CO_2 ?

À l'échelle du monde, les émissions de gaz à effet de serre ne cessent de s'intensifier. La température de la planète a augmenté de 1 °C par rapport à l'ère pré-industrielle (en 150 ans) entraînant un changement climatique déjà visible. Lors de réunions telles que la COP 21, les États se sont engagés à diminuer drastiquement leurs émissions de gaz à effet de serre, notamment le CO_2.

PARTIE 1 • LES CHIFFRES DES ÉMISSIONS DE CO_2 PAR L'UNION EUROPÉENNE ET LES OBJECTIFS FIXÉS

DOCUMENT 1 Émissions de dioxyde de carbone par l'Union européenne

	A	B	C	D
1	Année	Rang n de l'année	Émissions de CO_2 (en millions de kt)	u(n) (en millions de kt)
2	2006	0	3 530	3 530
3	2007	1	3 475	3 456,3
4	2008	2	3 394	3 382,6
5	2009	3	3 130	3 308,9
6	2010	4	3 217	3 235,2
7	2011	5	3 121	3 161,5
8	2012	6	3 028	3 087,8
9	2013	7	2 966	3 014,1
10	2014	8	2 822	2 940,4
11	2015	9	2 867	2 866,7
12				
13	Baisse annuelle moyenne :		73,7	

Représentation graphique :

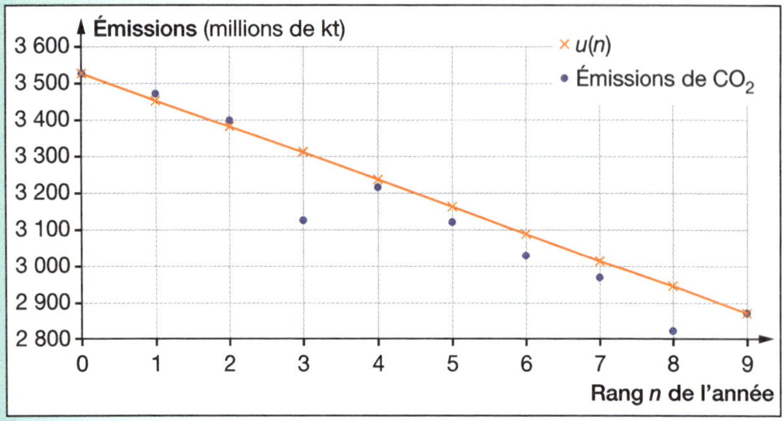

Source : www.donnees.banquemondiale.org

DOCUMENT 2 **Les objectifs de l'Union européenne**

Cadre d'action en matière de climat et d'énergie à l'horizon 2030 – ambition actuelle

Les moyens mis en œuvre pour réduire de 40 % les émissions de gaz à effet de serre sont le système d'échange de quotas d'émissions de l'UE, le règlement sur la répartition de l'effort, qui prévoit des objectifs de réduction des émissions pour chaque État membre, et le règlement en matière d'utilisation des terres, de changement d'affectation des terres et de foresterie. Ainsi, tous les secteurs contribueront à la réalisation de l'objectif de 40 %, à la fois par la réduction des émissions et l'augmentation des absorptions.

Ces volets de la législation sur le climat vont maintenant être actualisés en vue de mettre en œuvre l'objectif proposé **de réduire les émissions nettes de gaz à effet de serre d'au moins 55 % [par rapport au niveau de 1990]**. La Commission présentera ses propositions d'ici à juin 2021.

Source : www.ec.europa.eu

À partir de vos connaissances et des informations apportées par les documents 1 et 2, répondre aux questions suivantes.

▶ **1.** D'après le document 2, sachant que l'Union européenne émettait 3 556 millions de kilotonnes de CO_2 en 1990, quelle devrait être la quantité maximale de CO_2 émise en 2030 ?

▶ **2.** D'après le document 1, on voit que l'évolution des émissions de CO_2 peut être considérée comme linéaire de 2006 à 2015.

a) D'après le tableau, montrer par un calcul que les émissions de CO_2 baissent en moyenne de 73,7 millions de kilotonnes par an entre 2006 et 2015.

b) On considère la suite u donnant une estimation de la quantité de CO_2 émise par l'Union européenne en l'an $2006 + n$.

Déterminer les caractéristiques de cette suite u puis l'expression générale de $u(n)$ en fonction de n.

c) Une formule a été écrite dans la case D3 du tableur, en utilisant la case C13, puis recopiée vers le bas. Préciser cette formule.

d) Donner une estimation de la quantité de CO_2 émise en 2030. L'objectif annoncé par l'Union européenne semble-t-il pouvoir être atteint ?

▶ **3.** En utilisant la suite u de la question **2**, déterminer l'année à partir de laquelle on atteindrait 1 600 millions de kilotonnes de CO_2.

PARTIE 2 • CO_2 ET RÉCHAUFFEMENT CLIMATIQUE

DOCUMENT 3 Gaz à effet de serre (GES) et réchauffement climatique

Les principaux gaz du réchauffement climatique

Le dioxyde de carbone

- Part dans les GES d'origine humaine : 73 %
- Persistance dans l'atmosphère : **> 100 ans**
- PRG : 1

Le méthane

- Part dans les GES d'origine humaine : **20 %**
- Persistance dans l'atmosphère : **env. 12 ans**
- PRG : **28**

Le protoxyde d'azote

- Part dans les GES d'origine humaine : 5 %
- Persistance dans l'atmosphère : **env. 110 ans**
- PRG : 265

Les gaz fluorés

- Part dans les GES d'origine humaine : 2 %
- Persistance dans l'atmosphère : **de 12 à 50 000 ans**
- PRG : **de 6 000 à 23 500 (pour l'hexafluorure de soufre)**

GES = Gaz à effet de serre

PRG = Pouvoir de réchauffement global = énergie renvoyée vers le sol en 100 ans par kilogramme de gaz (valeur référence de 1 pour le CO_2 ; par exemple, 1 kg de méthane réchauffe autant l'atmosphère que 28 kg de CO_2 en un siècle.)

Source : www.la-croix.com

À partir de vos connaissances et des informations apportées par le document 3, répondre aux questions suivantes.

▶ **4.** Rappeler ce qu'est l'effet de serre et le rôle que jouent les GES dans ce phénomène naturel.

▶ **5. a)** Quelle est la conséquence de l'élévation de la quantité de GES dans l'atmosphère ?

b) Pourquoi cherche-t-on principalement à limiter les émissions de CO_2 ?

DOCUMENT 4 **Émissions de CO_2 et activités humaines depuis 1850**

Le GIEC (Groupe d'experts intergouvernemental sur l'évolution du climat) produit des rapports synthétisant les travaux de milliers de chercheurs qui travaillent à analyser les tendances et prévoir les évolutions mondiales en matière de changement climatique. Le graphique suivant illustre son 5e rapport et présente l'évolution des émissions de dioxyde de carbone liées à différentes activités humaines.

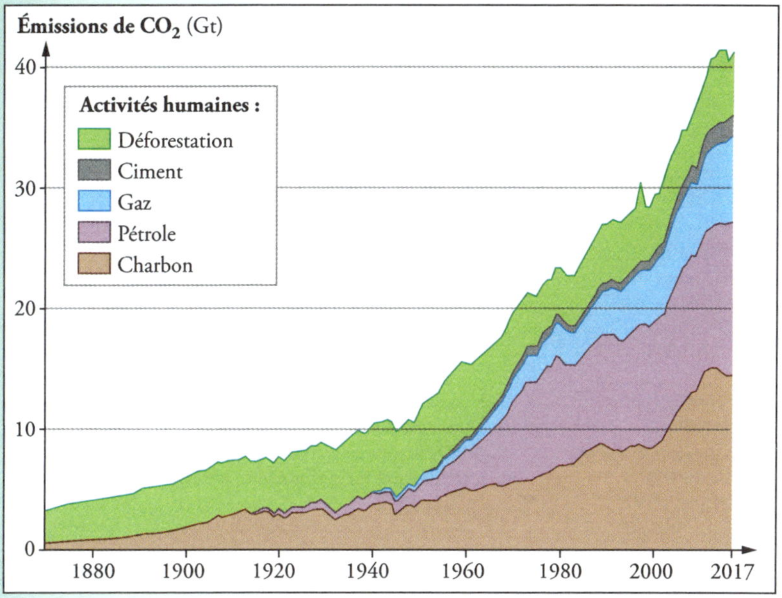

Sources : www.afis.org et www.globalcarbonproject.org

À partir de vos connaissances et des informations apportées par le document 4, répondre aux questions suivantes.

▶ **6. a)** D'après le document 4, quelle est l'évolution des émissions de CO_2 liées à l'activité humaine entre 1850 et 2017 ?

b) Quelle est la part de l'utilisation des sources d'énergie fossiles dans ces émissions en 2017 ?

c) Expliquer la relation entre utilisation des sources d'énergie fossiles et émissions de CO_2 et les stratégies à adopter afin de limiter celles-ci.

LES CLÉS DU SUJET

Comprendre les documents

Document 1 Émissions de dioxyde de carbone par l'Union européenne	• Le tableau et le graphique permettent de suivre les émissions annuelles de CO_2 en Europe, entre 2006 et 2015. • Les données chiffrées sont celles utilisées dans les questions de la partie 1 (notamment pour les années 2006 à 2015). • Le graphique permet de voir que les modélisations par les suites arithmétiques sont pertinentes.
Document 2 Les objectifs de l'Union européenne	• Le texte donne les objectifs européens pour les émissions de gaz à effet de serre. • Les objectifs fixés permettront de donner la quantité de CO_2 à atteindre.
Document 3 GES et réchauffement climatique	• Le document présente les caractéristiques des principaux GES. • Comparez, entre autres, le pouvoir de réchauffement global (PRG) de ces gaz pour répondre à la question **5**.
Document 4 Émissions de CO_2 et activités humaines depuis 1850	• Le graphique présente l'évolution des émissions de CO_2 liées à l'activité humaine depuis 150 ans. • Comparez l'évolution de la teneur en CO_2 globale et pour chaque type d'activité, afin de répondre à la question **6**.

Répondre aux questions

▶ **2. a)** Regardez l'évolution des émissions sur les neuf années. Pour une baisse, l'évolution est négative.

b) Utilisez le résultat de la question **a**. Il faut commencer par chercher le premier terme et la raison de la suite.

▶ **3.** Posez une inéquation pour répondre à la question.

▶ **5.** et **6.** Partez des données fournies par les documents pour répondre à ces questions. Vous devez aussi apporter des connaissances.

22 CORRIGÉ GUIDÉ

PARTIE 1 • LES CHIFFRES DES ÉMISSIONS DE CO_2 PAR L'UNION EUROPÉENNE ET LES OBJECTIFS FIXÉS

▶ **1.** Diminuer une grandeur de 55 % revient à la multiplier par $\left(1-\frac{55}{100}\right)=0,45$.

Or $3\,556 \times 0,45 \approx 1\,600$.

Ainsi, l'Union européenne a pour objectif d'atteindre une émission de 1 600 millions de kilotonnes de CO_2 en 2030.

▶ **2. a)** De 2006 à 2015, les émissions de CO_2 sont passées de 3 530 à 2 867 millions de kilotonnes. La baisse moyenne annuelle est :

$$\frac{2\,867-3\,530}{9} \approx -73,7$$

b)

> **▶ Le conseil de méthode**
>
> On reconnaît une suite arithmétique, puisque l'évolution est régulière. Il faut repérer le premier terme $u(0)$ et la raison r (négative ici, puisqu'il s'agit d'une baisse). On applique ensuite la formule du cours :
>
> Pour tout entier naturel n, $u(n) = u(0) + n \times r$.

On a estimé que chaque année, la quantité de CO_2 émise diminue de 73,7 millions de kilotonnes. Ainsi, pour tout entier naturel n :

$$u(n+1) = u(n) - 73,7$$

On considère alors la suite arithmétique de premier terme $u(0) = 3\,530$ et de raison $r = -73,7$.

Ainsi, pour tout entier naturel n, $u(n) = 3\,530 - 73,7n$.

c) Dans la case D3, on écrit la formule =D2-C13.

d) Il faut commencer par chercher le rang n de l'année : $2030 = 2006 + 24$

$$u(24) = 3\,530 - 73,7 \times 24 = 1\,761,2 > 1\,600$$

Avec cette modélisation, l'objectif attendu pour 2030 ne serait pas atteint, puisqu'en 2030, l'Union européenne émettrait 1 761,2 millions de kilotonnes de CO_2 au lieu de 1 600.

> **À NOTER**
>
> Une formule de tableau doit toujours commencer par = . On utilise les références des cases du tableau. Quand on veut qu'une case reste inchangée en glissant, il faut faire précéder la référence de la ligne ou de la colonne d'un $.

SCIENCES

▶ **3.** Pour savoir en quelle année l'objectif de 1 600 millions de kilotonnes de CO_2 serait atteint, on résout l'inéquation :

$$3\,530 - 73{,}7n \leqslant 1\,600$$
$$\Leftrightarrow -73{,}7n \leqslant 1\,600 - 3\,530$$
$$\Leftrightarrow n \geqslant \frac{-1\,930}{-73{,}7} \quad \text{or} \quad \frac{-1\,930}{-73{,}7} \approx 26{,}19$$
$$\Leftrightarrow n \geqslant 27 \quad \text{or} \quad 2006 + 27 = 2033$$

L'objectif de passer en dessous de 1 600 millions kilotonnes de CO_2 ne serait donc atteint qu'en 2033.

PARTIE 2 • CO_2 ET RÉCHAUFFEMENT CLIMATIQUE

▶ **4.** Le rayonnement solaire (surtout dans la partie visible du spectre de la lumière blanche) qui arrive à la surface de la Terre est absorbé par la surface de la planète, qui va émettre à son tour un rayonnement infrarouge (IR).

Ce sont ces IR qui vont être piégés par l'atmosphère et les nuages, puis renvoyés en partie vers le sol, contribuant ainsi à échauffer la surface de la Terre. C'est ce qu'on appelle l'effet de serre. Sans lui, la température moyenne de la Terre serait de –18 °C au lieu des 15 °C actuels.

Seuls certains gaz de l'atmosphère sont capables de piéger ainsi les rayonnements infrarouges dont le dioxyde de carbone, la vapeur d'eau, le méthane et le protoxyde d'azote. On parle alors de gaz à effet de serre (GES).

À NOTER
Sans modification de la quantité des GES, le bilan radiatif est équilibré : il y a autant d'énergie reçue (rayonnement solaire + effet de serre) par la surface terrestre que d'énergie perdue (rayonnement IR de la Terre + évapo-transpiration).

▶ **5. a)** L'augmentation des GES dans notre atmosphère peut accentuer l'effet de serre. Le bilan radiatif terrestre est alors positif car il y a plus d'énergie reçue par la surface terrestre que d'énergie perdue. On parle de forçage radiatif positif : la planète conserve plus d'énergie, ce qui provoque une hausse des températures moyennes à sa surface.

Ce réchauffement, actuellement évalué à environ +1 °C depuis un siècle, entraîne déjà une modification du régime des pluies, des climats, etc.

b) D'après le document 3, le méthane, le protoxyde d'azote et les gaz fluorés ont un pouvoir de réchauffement global 28 à 23 500 fois plus grand que celui du CO_2. L'augmentation de leur présence dans l'atmosphère entraîne donc un réchauffement plus important que celle liée au CO_2.

Cependant, si on compare les parts des GES d'origine humaine, on note que c'est surtout le CO_2 qui est produit par l'activité humaine avec 73 % contre 20 % à quelques pourcents pour les autres GES.

C'est donc sur les émissions de CO_2 que nous pouvons majoritairement agir en limitant ou en adaptant certaines de nos activités afin de diminuer ces émissions, même si ce n'est pas le gaz qui a le plus fort PRG.

▶ **6. a)** D'après le document 4, les émissions de CO_2 ont été multipliées par 10 depuis 1850, passant de 4 Gt/an à 40 Gt/an environ. L'augmentation est surtout nette à partir de 1950 avec une utilisation plus importante des sources d'énergie fossiles (charbon, gaz et pétrole).

b) La part de l'utilisation des sources d'énergie fossiles (charbon, gaz et pétrole) est en 2017 de 35 Gt sur 40 donc 87,5 % des émissions totales liées à l'activité humaine.

c) Les sources d'énergie fossiles sont utilisées comme combustibles dans les transports, l'industrie, le chauffage et dans des centrales thermiques, qui produisent la majeure partie de l'énergie électrique dans le monde. Cette combustion entraîne une émission de CO_2 dans l'atmosphère.

Le développement des véhicules électriques est une des solutions envisagées. La production d'énergie électrique sans combustion est un enjeu planétaire afin de limiter les émissions de CO_2 et le réchauffement climatique. Les énergies telles que l'éolien, le photovoltaïque, l'hydroélectrique et le nucléaire ne produisent pas de CO_2 mais peuvent avoir d'autres inconvénients pour l'environnement ou la santé humaine.

Le fonctionnement optimal d'une cellule photovoltaïque

1 heure
10 points

INTÉRÊT DU SUJET • Avec l'énergie solaire, une cellule photovoltaïque peut produire de l'électricité. Pour optimiser son utilisation, penchons-nous sur ses caractéristiques atomiques et ses spécificités électriques.

Un capteur photovoltaïque est constitué de silicium, matériau semi-conducteur. Depuis la prise de conscience des enjeux climatiques, les scientifiques améliorent sans cesse les performances de ces capteurs qui représentent 95 % du marché de l'énergie solaire.

PARTIE 1 • DE L'ATOME À LA CELLULE PHOTOVOLTAÏQUE

DOCUMENT 1 Le silicium

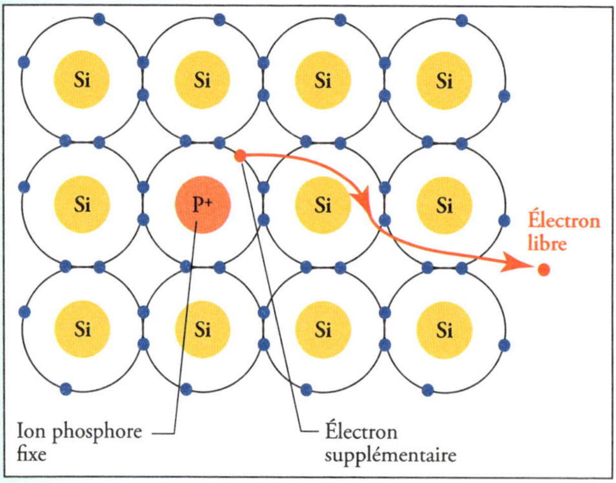

Dopage de type n

Sous l'effet de la lumière, chaque cellule photovoltaïque émet des électrons [...]. La tension continue obtenue est convertie en un courant dès que la cellule est connectée à un circuit électrique. Les cellules sont fabriquées à partir de plaquettes d'un matériau semi-conducteur [...] ; le semi-conducteur le plus utilisé est le silicium.
[...] Le fait d'ajouter des impuretés en très faible quantité au silicium pur permet de modifier ses propriétés de conductivité, c'est ce qu'on appelle le dopage. Il en existe deux types : le dopage de type n qui consiste à produire des excès d'électrons (chargés négativement) par insertion de phosphore (symbole P), et le dopage de type p qui se base sur la production d'un déficit d'électrons (appelé trou) par insertion de bore (symbole B) dans les mailles du cristal de silicium. [Ceci augmente le rendement du matériau.]

Source : www.encyclopedie-energie.org

Les rendements en conversion d'énergie des cellules sont variés. Celles au germanium (Ge), un élément rare sur Terre, ont un rendement de 15 %, tandis que celles au silicium (le deuxième élément le plus abondant, après l'oxygène, sur Terre) montent à 27 %. Les cellules à l'arséniure de gallium (GaAs), deux éléments très rares sur Terre, ont un rendement de 30 %.

SCIENCES

DOCUMENT 2 **Le choix d'un semi-conducteur**

Tous les semi-conducteurs n'absorbent pas le rayonnement solaire de la même façon. La capacité d'absorber le rayonnement solaire dépend de la nature du semi-conducteur.
La figure 1 (page suivante) est la représentation graphique de la capacité d'absorption de différents semi-conducteurs en fonction de la longueur d'onde du rayonnement reçu.
L'énergie radiative du Soleil, quant à elle, est présentée sur la figure 2 (page suivante).

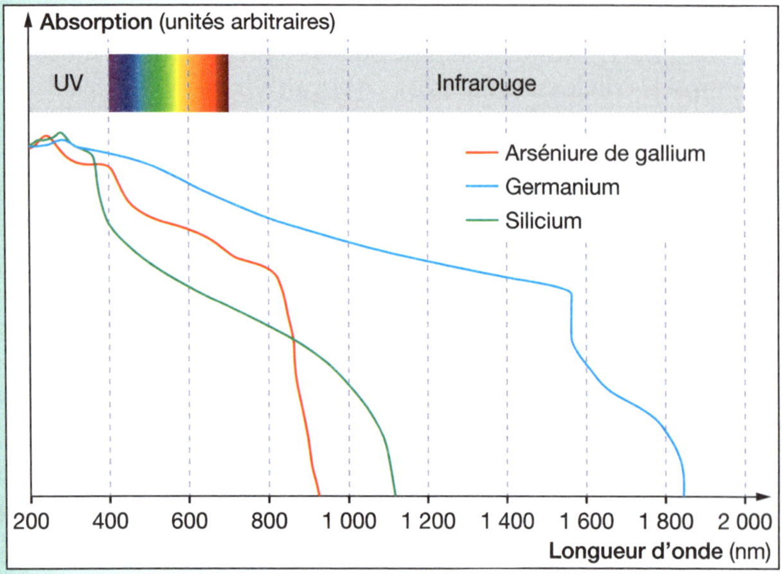

Figure 1

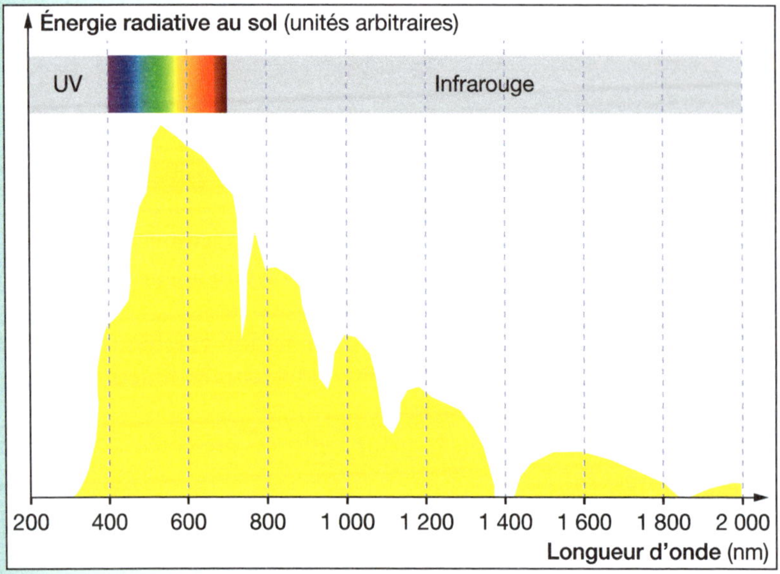

Figure 2

À partir de vos connaissances et des informations apportées par les documents 1 et 2, répondre aux questions suivantes.

▶ **1. a)** Représenter le diagramme des conversions d'énergies d'une cellule photovoltaïque.

b) On fabrique des cellules photovoltaïques en mettant en contact du silicium dopé p et du silicium dopé n. Une fois la cellule éclairée, les électrons et les trous s'éloignent de la jonction. Si on relie les deux faces dopées à l'aide d'un fil, un courant se met à circuler dans celui-ci.
Compléter le schéma ci-dessous en y indiquant le sens conventionnel du courant dans les fils électriques, ainsi que chaque type de silicium : type n et type p.

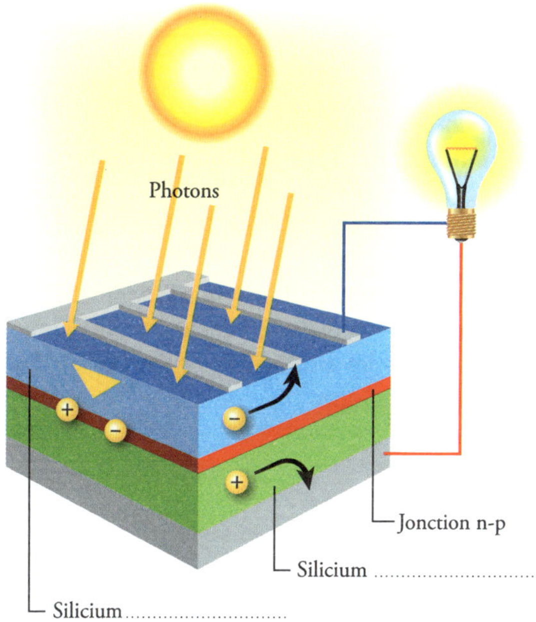

c) Quel est le but du dopage du silicium ?

▶ **2.** Proposer une explication argumentée au choix du silicium pour la construction des capteurs photovoltaïques.

PARTIE 2 • FONCTIONNEMENT D'UN CAPTEUR PHOTOVOLTAÏQUE DANS UN CIRCUIT ÉLECTRIQUE

DOCUMENT 3 La caractéristique courant-tension

La puissance électrique P (exprimée en W) délivrée par une cellule photovoltaïque est le produit de la tension U (en V) et du courant I (en A) qu'elle génère. Ces deux grandeurs dépendent des propriétés de la cellule, de l'éclairement, mais aussi de la résistance R (en Ω) aux bornes du module.

Le **rendement** des cellules, d'environ 15 % dans la pratique, est donné par :

$$\eta = \frac{P_{max}}{\varepsilon \times S}$$

Avec : P_{max} : puissance maximale fournie par la cellule

ε : éclairement en $W \cdot m^{-2}$ (100 lux correspondent à 1,0 $W \cdot m^{-2}$)

S : aire de la cellule en m^2

La **caractéristique courant-tension** d'un dipôle est la représentation graphique de l'intensité du courant en fonction de la tension aux bornes de ce dipôle.

Le **point de fonctionnement** d'un circuit composé de deux dipôles s'obtient par l'intersection de leurs caractéristiques courant-tension.

On peut ainsi obtenir les **conditions optimales** de fonctionnement d'un capteur photovoltaïque.

DOCUMENT 4 Une cellule solaire

Petite cellule solaire KSOL (0,5 V/500 mA)

- Module solaire : silicium polycristallin
- Tension : 0,5 V
- Courant : 500 mA
- Connecteur : câbles
- Longueur de câble : 20 cm
- Dimensions : 5,4 cm × 10 cm
- Poids : 15 g
- Courant de court-circuit : I_{cc} = 52 mA lorsque U = 0 V

© Seeed Studio

À partir de vos connaissances et des informations apportées par les documents 3 et 4, répondre aux questions suivantes.

▶ **3.** On dispose d'une cellule photovoltaïque KSOL placée dans un circuit contenant une résistance variable.

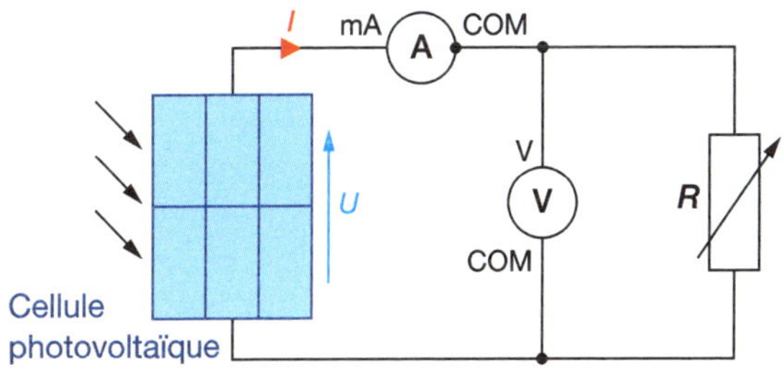

La cellule est éclairée par une lampe à incandescence fournissant un éclairement de 2 300 lux. On obtient le tableau de valeurs mesurées suivant.

R (en Ω)	1	2	3	5	6	7	8	9	10	20
U_R (en V)	0,126	0,164	0,199	0,257	0,280	0,299	0,314	0,325	0,339	0,388
I (en mA)	45,3	43,2	41,6	37,7	35,5	33,9	31,9	30,1	28,6	17,6
$U_R \times I$ (en mW)	5,71	7,08	8,28	9,69	9,94	10,1	10,0	9,78	9,70	6,83

R (en Ω)	30	40	50	60	70	80	90	100	200
U_R (en V)	0,405	0,413	0,417	0,421	0,424	0,425	0,426	0,427	0,431
I (en mA)	12,6	9,70	8,00	6,70	5,80	5,10	4,60	4,10	2,10
$U_R \times I$ (en mW)	5,10	4,01	3,34	2,82	2,46	2,17	1,96	1,75	0,905

a) Tracer la caractéristique courant-tension de la cellule photovoltaïque étudiée (graphique 1).

b) Tracer la représentation graphique de la puissance électrique aux bornes de la cellule en fonction de la résistance (graphique 2). Déduire de ce graphique, en expliquant, la valeur de la résistance R à prendre pour un fonctionnement optimal de la cellule.

▶ **4.** La loi d'Ohm donne la tension aux bornes d'une résistance R, parcourue par un courant d'intensité I : $U_R = R \times I$

Son expression correspond à l'équation de la caractéristique tension-courant de la résistance.

a) Donner la loi d'Ohm pour la résistance R déterminée dans la question **3. b.**
b) Tracer cette droite sur le graphique 1.
c) Trouver le point de fonctionnement du circuit : (U_m ; I_m). Il faudra vérifier que la valeur trouvée vérifie bien la loi d'Ohm.

▶ **5.** Calculer le rendement de la cellule étudiée et dire si cette valeur est conforme aux informations données dans le document 3.

LES CLÉS DU SUJET

Comprendre les documents

Document 1 Le silicium	• Le document explique le fonctionnement d'un semi-conducteur comme le silicium et donne le principe du « dopage ». • Soulignez la nature des porteurs de charges des deux types p et n du silicium.
Document 2 Le choix d'un semi-conducteur	• Le document présente le graphique de la capacité d'absorption du rayonnement solaire par trois semi-conducteurs et celui de l'énergie radiative. • Notez que tous deux portent les longueurs d'ondes sur l'axe des abscisses.
Document 3 La caractéristique courant-tension	• Le document donne les formules de la puissance électrique, ainsi que celle du rendement d'une cellule et définit ce qu'on appelle « la caractéristique » d'un dipôle et le point de fonctionnement d'un circuit. • C'est un condensé de définitions et de formules qui seront utiles pour la résolution des questions **3** à **5**.
Document 4 Une cellule solaire	• Le document présente une cellule photovoltaïque et ses caractéristiques. • Notez, dans ce document, les dimensions de la cellule.

Répondre aux questions

Coups de pouce

▶ **1. b)** Utilisez le document 1 en prenant garde de ne pas confondre le dopage p et le symbole P du phosphore.
▶ **3.** Notez que les deux graphiques demandés ne sont pas fonction de la même grandeur physique (portée sur l'axe des abscisses).
▶ **4. a)** Le but de cette question est de mettre en évidence la relation de proportionnalité qui sera utile pour la représentation graphique.
b) Attention à placer la bonne grandeur en abscisses.
▶ **5.** Utilisez la formule donnée dans le document 3.

Aide à la résolution de la question 2

Argumenter en faveur du choix du silicium pour la fabrication des cellules photovoltaïques.

1. Comparez, à l'aide des figures 1 et 2 du document 2, les capacités d'absorption de l'énergie solaire des trois semi-conducteurs avec l'énergie radiative du Soleil.

2. Montrez en comparant les rendements et l'abondance des éléments Si, Ge et ceux de l'arséniure de gallium, que le silicium est un choix objectif, malgré sa faiblesse en absorption de l'énergie solaire.

3. Concluez en insistant sur la disponibilité du silicium sur Terre.

23 CORRIGÉ GUIDÉ

PARTIE 1 • DE L'ATOME À LA CELLULE PHOTOVOLTAÏQUE

▶ **1. a)** Le diagramme des conversions des énergies d'une cellule photovoltaïque est :

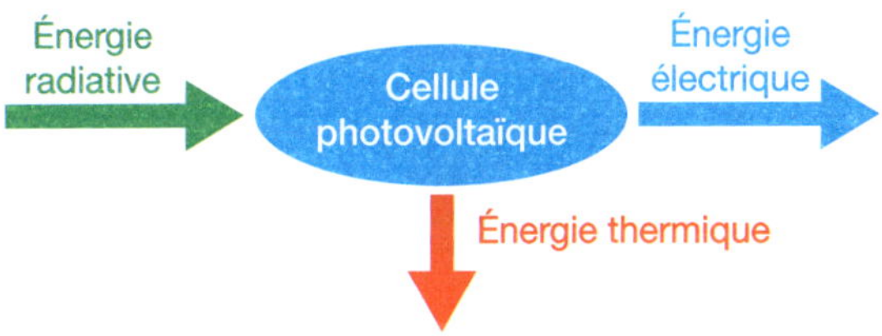

b) Les charges négatives indiquent la présence des électrons libres : c'est donc un dopage n. Les charges positives correspondent au dopage p.

Le sens conventionnel du courant est de la borne + vers la borne –. Il est donc dirigé du silicium type p vers le silicium type n.

c) En dopant le silicium, on augmente sa conductivité. On améliore donc son rendement.

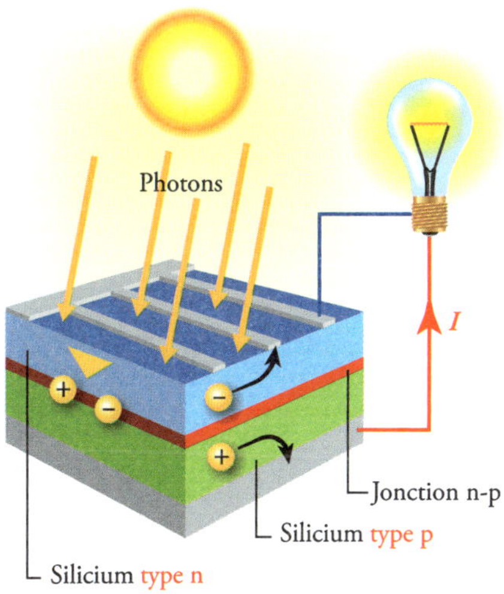

▶ **2.** L'énergie solaire disponible au sol est portée par des photons de longueurs d'onde allant de 350 nm à 1 200 nm. On constate sur la figure 1 du document 2 que la capacité d'absorption du germanium est supérieure à celle de l'arséniure de gallium et à celle du silicium. De plus, le germanium couvre un champ de longueurs d'onde, allant de 350 nm à 1 800 nm, bien plus large que le silicium. L'arséniure de gallium couvre moins de longueurs d'onde mais absorbe l'énergie solaire bien davantage que le silicium.

Néanmoins, bien que supérieurs au silicium en matière d'absorption de l'énergie solaire, ses deux concurrents sont des éléments extrêmement rares sur Terre, ce qui augmente leur coût et pose le problème de leur disponibilité à long terme. De plus, le germanium a un rendement en conversion d'énergie faible (seulement 15 %) par rapport au silicium (27 %). Quant à l'arséniure de gallium, il a un rendement de 30 %, à peine supérieur à celui du silicium qui le surpasse en disponibilité sur notre planète. En effet, le silicium est le deuxième élément disponible sur Terre ce qui le rend disponible pour longtemps et abordable en prix.

Ces avantages font donc du silicium le meilleur candidat pour fabriquer les cellules photovoltaïques.

PARTIE 2 • FONCTIONNEMENT D'UN CAPTEUR PHOTOVOLTAÏQUE DANS UN CIRCUIT ÉLECTRIQUE

▶ **3. a)** On trace les variations de I ($\times 10^{-3}$ A) en fonction de U_R (en V) :

À NOTER
La courbe coupe l'axe des ordonnées en $I_{cc} = 52$ mA lorsque $U_R = 0$ V. Ceci vérifie les caractéristiques de la cellule, données dans le document 4.

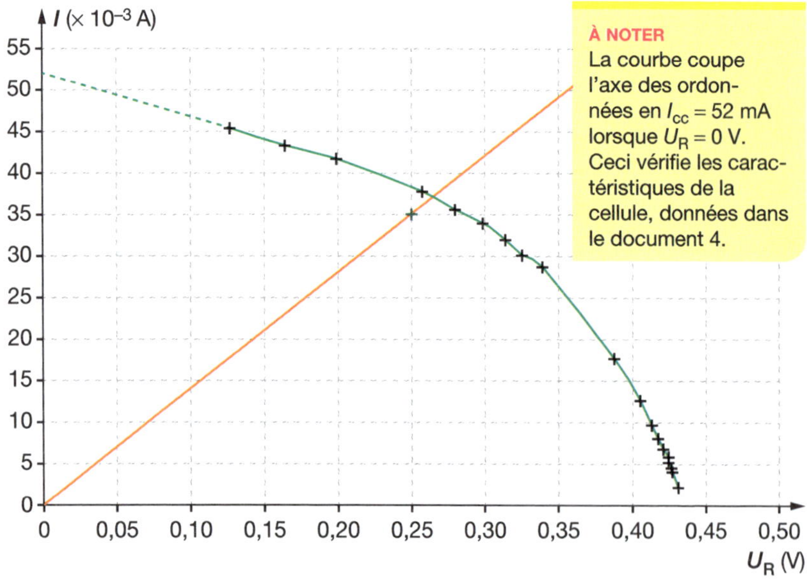

Figure 1. **Caractéristique courant-tension de la cellule KSOL**

b) On trace les variations de $P = U_R \times I$ en fonction de R :

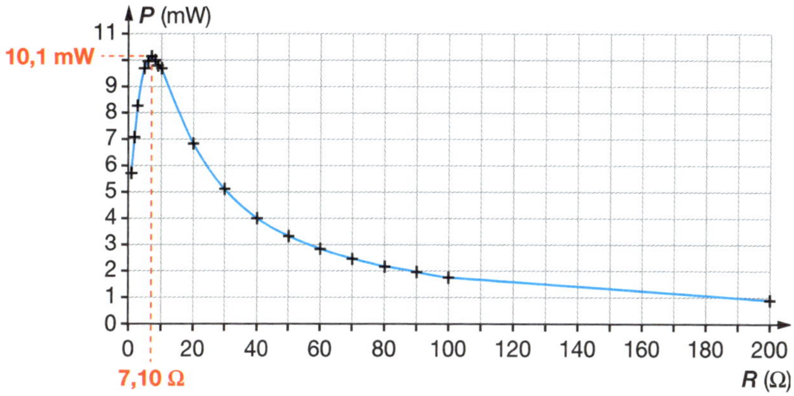

Figure 2.

Le fonctionnement de la cellule est optimal lorsque sa puissance est maximale. On repère donc sur le graphique la valeur de R lorsque P est maximum. $R = 7{,}10\ \Omega$ pour $P_{max} = 10{,}1$ mW.

À NOTER
Ne pas donner plus de 3 chiffres significatifs pour les valeurs de R et de P_{max}.

▶ **4. a)** L'expression de la loi d'Ohm est l'équation d'une droite passant par l'origine de type $y = ax$ où a est le coefficient directeur de la droite.

On peut donc écrire : $U_R = 7{,}10 \times I$ Ici, $a = R$.

b)

▶ Le conseil de méthode

Comme $U_R = R \times I$ ou $I = \frac{1}{R} \times U_R$, les grandeurs U_R et I sont proportionnelles. Pour tracer la droite représentative, il faut en définir deux points (il y a l'origine, il ne reste qu'à en trouver un deuxième) : on choisit une valeur de U_R qui entre sur le graphique, on calcule la valeur de I correspondante avec la formule. Le point de fonctionnement est le point d'intersection de la droite et de la courbe. Il faut s'assurer que le point soit bien sur la droite avec un calcul.

D'après la loi d'Ohm $U_R = R \times I$, ou alors $I = \frac{1}{R} \times U_R = 0{,}14 \times U_R$.

On cherche deux points de la droite représentant I en fonction de U_R. Par exemple :

– pour $U_R = 0$ V, on a bien sûr $I = 0$ A $= 0$ mA ;

– pour $U_R = 0{,}25$ V, alors $I = 0{,}14 \times 0{,}25 = 0{,}035$ A $= 35$ mA.

On place les deux points correspondant à ces calculs et on trace la droite sur le graphique 1.

SCIENCES

c) Graphiquement, le point de fonctionnement semble être atteint pour $I \approx 37$ mA. On calcule alors la valeur de U_R correspondante :

$$U_R = 7{,}10 \times 37 \times 10^{-3} \approx 0{,}26 \text{ V}$$

Le point de fonctionnement a donc pour coordonnées (0,26 V ; 37 mA).

▶ **5.** Le rendement est donné par la relation $\eta = \dfrac{P_{max}}{\varepsilon \times S}$.

Avec $P_{max} = 10{,}1 \times 10^{-3}$ W, $\varepsilon = 2\,300$ lux $= 23$ $\text{W} \cdot \text{m}^{-2}$

D'autre part, $S = 5{,}4 \times 10 = 54$ $\text{cm}^2 = 54 \times 10^{-4}$ m^2

D'où : $\eta = \dfrac{P_{max}}{\varepsilon \times S} = 0{,}081 = 8{,}1\ \%$

On constate que $8{,}1\ \% < 15\ \%$. Le rendement est donc bien plus faible que celui donnée dans le document 3.

MOT CLÉ
La formule du rendement est donnée mais il faut **convertir** certaines unités. Utilisez le fait que $1\ \text{W} \cdot \text{m}^{-2} = 100$ lux et convertissez l'aire en m^2.

Transport et optimisation de l'électricité

1 heure
10 points

INTÉRÊT DU SUJET • Il suffit d'appuyer sur un interrupteur et le courant électrique circule ! À tout moment, dans nos foyers, l'énergie électrique est disponible. Elle nous parvient parfois de loin. Mais les étapes du transport de l'électricité sont semées d'embûches.

Les sites de production d'électricité sont parfois très éloignés des utilisateurs et des foyers. Le transport de l'électricité et sa distribution ne peuvent se dérouler sans pertes d'énergie électrique, qu'il faut alors minimiser.

PARTIE 1 • LE RÉSEAU ÉLECTRIQUE FRANÇAIS

DOCUMENT 1 Un réseau de plus d'un million de kilomètres

Pour transporter l'électricité, il faut bien évidemment des câbles conducteurs. Ceux-ci sont composés d'un conducteur en métal, d'une couche d'isolation et d'une gaine de protection. On distingue :

– les lignes à très haute tension, utilisées sur le réseau de grand transport et soutenues par des pylônes électriques. La longueur cumulée de ce réseau en France représente environ 100 000 kilomètres ;

– les lignes à basse et moyenne tension, utilisées pour la distribution. La longueur cumulée de ce réseau est d'environ 1,3 million de kilomètres.

D'après : www.particuliers.engie.fr

DOCUMENT 2 Quel câble pour le transport ?

Les câbles électriques qui transportent puis distribuent l'électricité sont en général composés de cuivre ou, pour les nouvelles générations, d'aluminium. Ces deux métaux présentent en effet le triple avantage d'être d'excellents conducteurs, d'être légers et malléables.

On peut également utiliser, pour les lignes aériennes, un alliage d'aluminium, de magnésium et de silicium qui offre une meilleure résistance aux conditions climatiques.
Le classement des 5 métaux les plus conducteurs, par ordre de conductivité décroissante est : argent ; cuivre ; or ; aluminium ; zinc.

Source : www.particuliers.engie.fr

À partir de vos connaissances et des informations apportées par les documents 1 et 2, répondre aux questions suivantes.

▶ **1.** Pourquoi n'utilise-t-on pas le métal le plus conducteur pour fabriquer les fils conducteurs ?

▶ **2.** Un fil électrique se comporte comme un dipôle ohmique : il résiste. La résistance R (en Ω) d'un fil électrique dépend de sa longueur l (en m), de sa section S (en m^2) et de la résistivité ρ (en Ω · m) du métal qui le constitue, c'est-à-dire la capacité de ce dernier à résister au passage du courant.

On peut écrire : $R = \rho \times \frac{l}{S}$

a) Comparer, en justifiant, les résistances de deux fils de cuivre de même longueur mais de deux sections S_1 et S_2 telles que $S_2 > S_1$. Conclure.

b) La centrale nucléaire de Nogent est située dans la commune de Nogent-sur-Seine. Elle se situe à 50 km à l'ouest de Troyes.
Calculer la résistance d'un fil en cuivre d'une section de 20 mm^2 qui transporterait le courant de la centrale jusqu'à la ville de Troyes.
On donne la résistivité du cuivre : $\rho_{(Cu)} = 1{,}7 \times 10^{-8}\ \Omega \cdot m$

c) Estimer la résistance totale des lignes de haute tension du réseau en France si elles étaient semblables au fil précédent.

PARTIE 2 • MINIMISER LES PERTES D'ÉNERGIE

DOCUMENT 3 **De la centrale aux usagers**

Le transport de l'énergie électrique sur de longues distances, comme l'exige le réseau français, engendre des pertes par effet Joule. En effet, les fils conducteurs se comportent comme des résistances obéissant à la loi d'Ohm ($U = R \times I$, avec U en volts, I en ampères et R en ohms). Une partie de la puissance utile P_u se dissipe, on l'appelle la puissance dissipée par effet Joule, notée P_J. Pour des raisons économiques et écologiques, il faut minimiser ces pertes pour optimiser l'acheminement de l'énergie électrique.

Le schéma ci-dessous représente un réseau de distribution entre deux centrales (sources) et deux zones d'habitations (cibles) que sont les immeubles en périphérie et les lotissements d'une ville. Le distributeur ajuste la production en fonction des besoins. Sur la partie entre le poste de distribution et les utilisateurs, les pertes par effet Joule sont évaluées à 5 % de la puissance utile des cibles.

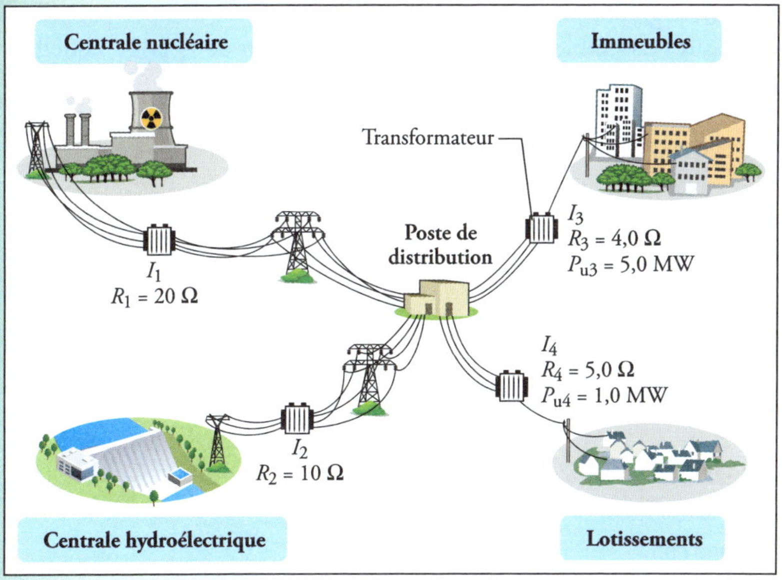

À partir de vos connaissances et des informations apportées par le document 3, répondre aux questions suivantes.

▶ **3. a)** Qu'est-ce que l'effet Joule et quelle en est la conséquence directe au sein du réseau électrique ? Quel est le rôle des transformateurs placés à la sortie des deux centrales sur le schéma du document 3 ?

b) Donner l'expression de la puissance électrique pour un conducteur de résistance R, soumis à une tension U et traversé par un courant d'intensité I. Démontrer à l'aide de la loi d'Ohm que la puissance dissipée par effet Joule peut s'écrire en fonction de R et I.

▶ **4.** Représenter le réseau du document 3 sous la forme d'un graphe orienté.

▶ **5.** Calculer les puissances dissipées par effet Joule dans les câbles qui acheminent l'électricité jusqu'aux cibles et en déduire les intensités I_3 et I_4.

▶ **6.** À partir des contraintes sur le nœud (distributeur), justifier que $I_2 = 350 - I_1$.

▶ **7.** Vérifier que la puissance dissipée par effet Joule P_J sur l'ensemble du réseau s'exprime en fonction de I_1 de la façon suivante :

$$P_J(I_1) = 20\,I_1^2 + 10 \times (350 - I_1)^2 + 300\,000$$

▶ **8. a)** Le graphique ci-dessous donne la puissance dissipée par effet Joule sur l'ensemble du réseau. Estimer la valeur de I_1 pour laquelle celle de P_J est minimale.

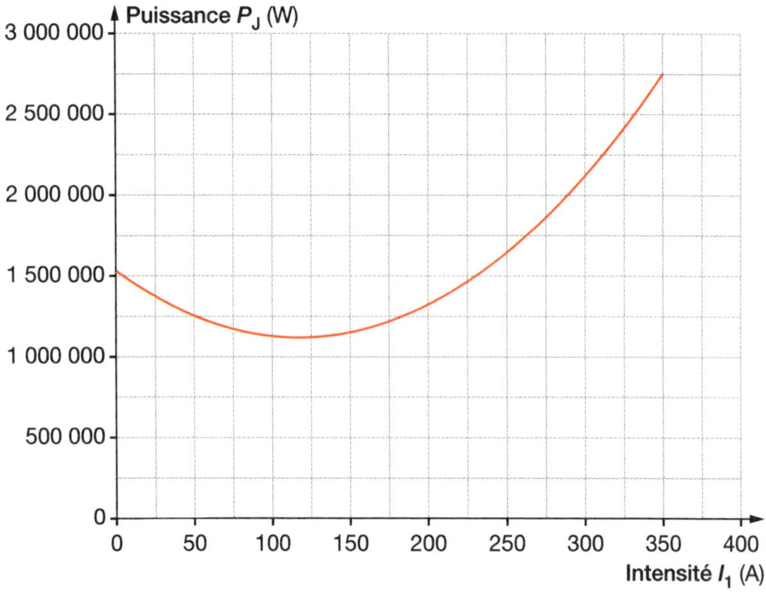

b) Avec un logiciel de calcul formel, on obtient différentes formes du polynôme P_J :

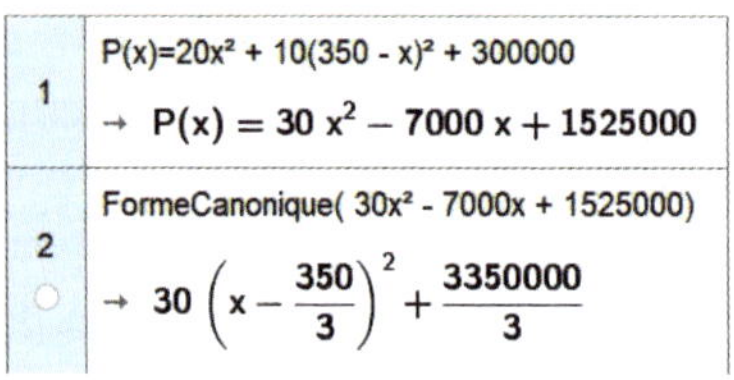

Utiliser l'une des deux expressions proposées par le logiciel de calcul formel pour déterminer la valeur exacte pour laquelle la puissance P_J est minimale. Justifier la réponse.

LES CLÉS DU SUJET

Comprendre les documents

Document 1 **Un réseau de plus d'un million de kilomètres**	• Le document présente le réseau électrique français de haute tension dédié au transport de l'électricité et celui de moyenne et basse tension utilisé pour sa distribution. • Notez les longueurs de ces réseaux.
Document 2 **Quel câble pour le transport ?**	• Ce texte donne la nature et les propriétés des métaux constituant les câbles électriques. • Notez le classement des métaux les plus conducteurs.
Document 3 **De la centrale aux usagers**	• Ce document montre un réseau de distribution de l'électricité allant de la source jusqu'à la cible. • Soulignez, dans le texte du document, la loi d'Ohm et l'information sur l'effet Joule.

Répondre aux questions

Coups de pouce

▶ **2. a)** Il s'agit d'une comparaison qualitative. Utilisez la formule donnée au début de la question.

▶ **5.** Servez-vous de la formule démontrée dans la question **3. b**.

▶ **7.** Calculez la puissance perdue par effet Joule sur l'ensemble du réseau et non pas sur une seule branche.

Aide à la résolution de la question 8. b

Trouver le minimum d'un polynôme du second degré.

❶ Écrire le polynôme sous forme canonique (ici, la forme est donnée), c'est-à-dire $f(x) = a(x - \alpha)^2 + \beta$.

❷ Repérer l'expression élevée au carré : $(x - \alpha)$, expliquer que le minimum/maximum de la fonction est atteint lorsque cette expression s'annule.
À noter que la fonction admet un minimum lorsque le coefficient a est positif et un maximum lorsque a est négatif.

❸ Conclure qu'il faut prendre $x = \alpha$. La valeur de la fonction est alors β.

24 CORRIGÉ GUIDÉ

PARTIE 1 • LE RÉSEAU ÉLECTRIQUE FRANÇAIS

▶ **1.** D'après le document 2, le métal le plus conducteur est l'argent. Mais si on confectionnait les fils conducteurs d'un réseau aussi vaste que le réseau français en argent, le prix d'un tel réseau serait exorbitant. Ceci conduit à choisir un autre métal pour la fabrication des fils.

▶ **2. a)** La longueur ℓ des deux fils est la même et ils sont tous deux en cuivre. On peut donc exprimer les résistances R_1 et R_2 des deux fils :

$$R_1 = \rho \times \frac{\ell}{S_1} \quad \text{et} \quad R_2 = \rho \times \frac{\ell}{S_2}$$

D'autre part, on constate que la résistance R est inversement proportionnelle à la section S d'un fil : plus S est grand et plus R sera faible. D'où :

Puisque $S_2 > S_1$, alors on peut écrire : $\frac{1}{S_2} < \frac{1}{S_1}$ et $\frac{\rho\ell}{S_2} < \frac{\rho\ell}{S_1}$

D'où finalement : $R_2 < R_1$

Un fil de section plus élevée résiste donc moins qu'un fil plus fin.

b) $R_{(Cu)} = \rho_{(Cu)} \times \frac{\ell}{S}$

$$R_{(Cu)} = 1{,}7 \times 10^{-8} \times \frac{50 \times 10^3}{20 \times 10^{-6}} = 43\ \Omega$$

La résistance d'un tel fil est de $43\ \Omega$.

> **À NOTER**
> Il faut convertir certaines données avant d'effectuer les calculs. Il faut aussi donner la réponse avec deux chiffres significatifs.

c) Les lignes de haute tension du réseau électrique français ont une longueur $L = 100\ 000$ km.

On applique la formule donnée pour la résistance :

$$R = \rho_{(Cu)} \times \frac{L}{S} = 1{,}7 \times 10^{-8} \times \frac{100 \times 10^6}{20 \times 10^{-6}} = 85 \times 10^3\ \Omega$$

La résistance du réseau de haute tension français serait de $85 \times 10^3\ \Omega$.

PARTIE 2 • MINIMISER LES PERTES D'ÉNERGIE

▶ **3. a)** L'effet Joule est la conversion de l'énergie électrique en énergie thermique dans un conducteur. Il résulte des résistances des fils électriques du réseau. Sa conséquence est la baisse de la tension électrique entre la source (la centrale) et la cible (le consommateur), lors du transport de l'énergie électrique.

Pour remédier à cette baisse de tension, on utilise des transformateurs « élévateurs de tension » placés juste après les sources. Une fois l'énergie électrique arrivée à proximité du consommateur, on utilise des transformateurs « abaisseurs de tension » pour que la tension électrique qui lui est fournie soit adaptée à ses besoins (230 V).

b) La puissance P est donnée par la formule suivante : $P = U \times I$

D'autre part, pour un conducteur ohmique de résistance R, la loi d'Ohm s'écrit : $U = R \times I$

En remplaçant l'expression de la tension U dans la formule de la puissance P par la loi d'Ohm, on obtient la puissance dissipée par effet Joule P_J :

$P_J = U \times I = R \times I \times I = R \times I^2$

D'où finalement : $P_J = R \times I^2$

▶ **4.** On représente le réseau par le graphe orienté suivant, où S_1 et S_2 sont les deux centrales (les sources) et C_3 et C_4 les immeubles et le lotissement (les cibles). Le distributeur joue le rôle du nœud dans ce graphe.

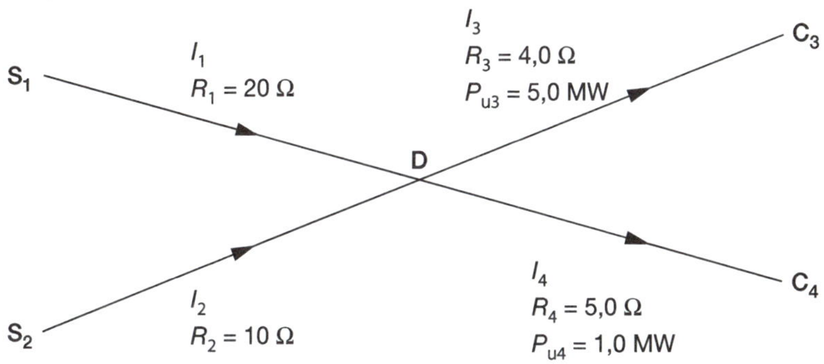

▶ **5.** D'après le document 3, les pertes par effet Joule sont évaluées à 5 % de la puissance utile, donc :

$$P_{J3} = \frac{5}{100} \times 5{,}0 \times 10^6 = 2{,}5 \times 10^5 \text{ W}$$

$$P_{J4} = \frac{5}{100} \times 1{,}0 \times 10^6 = 5{,}0 \times 10^4 \text{ W}$$

On utilise l'expression de la puissance dissipée par effet Joule trouvée dans la question **3** pour calculer les intensités.

$$I_3 = \sqrt{\frac{P_{J3}}{R_3}} = \sqrt{\frac{2{,}5 \times 10^5}{4{,}0}} = 250 \text{ A}$$

$$I_4 = \sqrt{\frac{P_{J4}}{R_4}} = \sqrt{\frac{5{,}0 \times 10^4}{5{,}0}} = 100 \text{ A}$$

MOT CLÉ
Il faut d'abord déduire la valeur de la puissance dissipée par effet Joule de celle de la puissance utile pour chaque cible en se référant au document 3.

▶ **6.** D'après la loi des nœuds en D : $I_1 + I_2 = I_3 + I_4$

D'où : $I_1 + I_2 = 250 + 100 = 350$ A

Et : $I_1 = 350 - I_2$

▶ **7.** La puissance perdue par effet Joule sur l'ensemble du réseau est égale à la somme des puissances perdues par effet Joule sur chaque branche du circuit :

$$P_J(I_1) = P_{J1} + P_{J2} + P_{J3} + P_{J4}$$

D'après l'énoncé et les expressions et valeurs trouvées aux questions **5** et **6**, on obtient :

$$P_J(I_1) = 20I_1^2 + 10 \times (350 - I_1)^2 + 300\ 000$$

▶ **8. a)** D'après le graphique, la puissance dissipée par effet Joule serait minimale pour $I_1 \approx 120$ A.

b) D'après le logiciel de calcul formel, on obtient :

$$P_J(I_1) = 30\left(I_1 - \frac{350}{3}\right)^2 + \frac{3\ 350\ 000}{3}$$

La fonction P est minimale lorsque $\left(I_1 - \frac{350}{3}\right)^2$ est minimal, c'est-à-dire lorsque $I_1 - \frac{350}{3} = 0$ soit $I_1 = \frac{350}{3} \approx 117$ A.

> **MOT CLÉ**
> La forme canonique est la forme du polynôme du second degré qui fait apparaître les coordonnées du sommet de sa parabole.

On a alors une puissance dissipée par effet Joule :

$$P_J = \frac{3\ 350\ 000}{3} \approx 1{,}12 \times 10^6 \text{ W} = 1{,}12 \text{ MW}$$

Remarque : Pour les élèves ayant suivi l'enseignement de spécialité Mathématiques en Première, pour la dernière question, il aurait aussi été possible de dériver la fonction P pour le minimiser et trouver I_1.

$P_J(I_1) = 30I_1^2 - 7\ 000I_1 + 1\ 525\ 000$

Ainsi : $P_J'(I_1) = 60I_1 - 7\ 000$

En égalisant P_J' à zéro, on trouve $I_1 = 117$ A.

I_1	0		$\frac{350}{3}$		350
Signe de $P_J'(I_1)$		+	0	–	
Variations de P_J		↘		↗	

Produire de l'électricité sans combustion pour protéger les coraux

1 heure
10 points

INTÉRÊT DU SUJET • Les récifs coralliens sont des édifices riches en biodiversité, mais aussi très fragiles. L'humain doit adapter sa production d'énergie pour sa propre survie, mais aussi pour préserver les coraux.

Les émissions de CO_2 liées à la combustion des énergies fossiles ont des conséquences désastreuses sur l'environnement et la biodiversité, comme la destruction des récifs coralliens. Les centrales solaires thermiques répondent à la nécessité de produire de l'électricité sans émission de CO_2.

PARTIE 1 • CO_2 ET CORAUX

DOCUMENT 1 Coraux et blanchissement

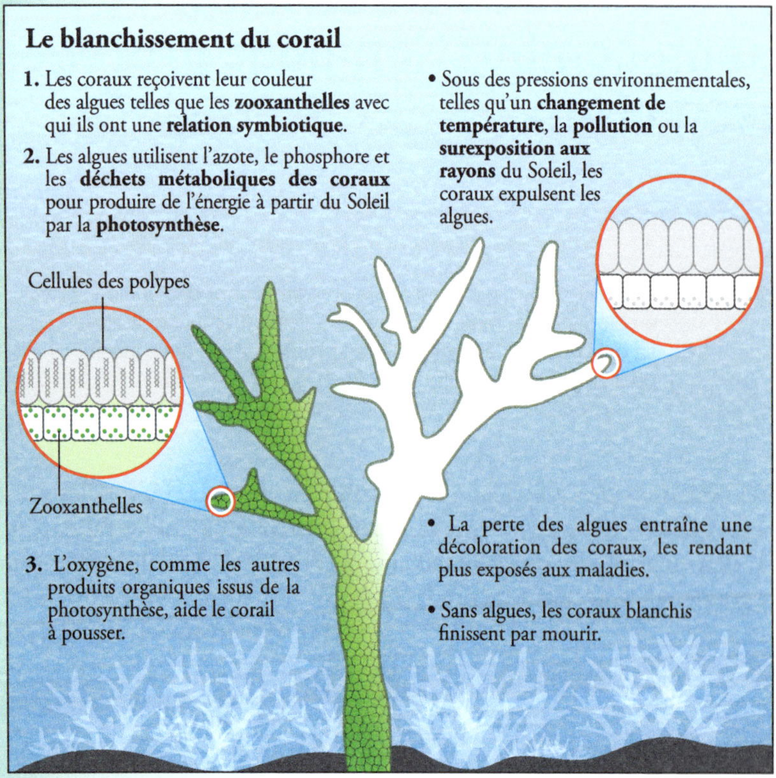

D'après : globalcoralbleaching.org

Les coraux sont des organisations symbiotiques d'animaux (polypes) et d'algues vertes microscopiques (zooxanthelles).

La lumière est indispensable à la photosynthèse des zooxanthelles, par conséquent les coraux seront présents majoritairement dans les eaux peu profondes (l'éclairement diminue avec la profondeur) et transparentes.

La température de l'eau pour le développement des coraux est optimale entre 25 et 30 °C.

Les polypes de corail construisent leur squelette de carbonate de calcium en utilisant des ions carbonate présents dans l'eau. Quand l'eau s'acidifie, ces ions s'épuisent et les coraux ne peuvent plus construire de nouveaux récifs.

DOCUMENT 2 CO_2 et conditions océaniques

a. CO_2 et réchauffement des océans

Le graphique suivant montre l'évolution du taux de CO_2 atmosphérique et de la température de la surface de la mer à Hawaï, entre 1945 et 2015.

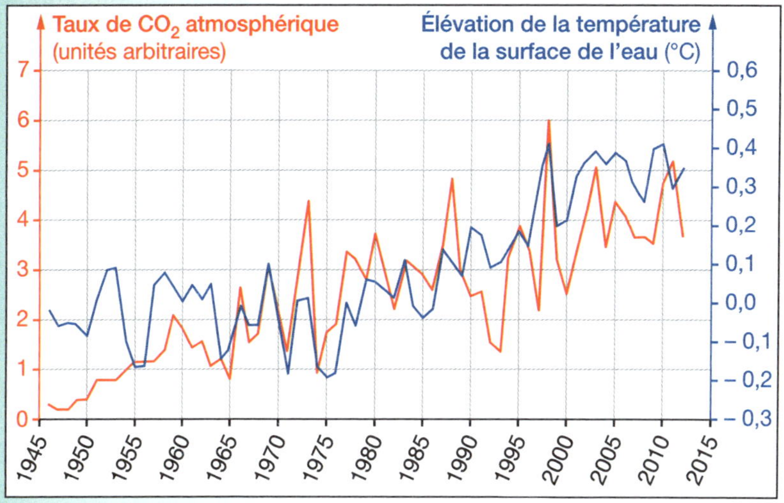

Le CO_2 fait partie des gaz à effet de serre (GES) dont la particularité est d'absorber les rayonnements infrarouges dans l'atmosphère et d'entraîner son réchauffement.

b. CO_2 et acidification des océans

Une partie du CO_2 atmosphérique se dissout au contact de l'océan. On le retrouve ensuite dans l'eau sous différentes formes, dont l'acide carbonique. Cette réaction chimique est à l'origine des changements dans les équilibres chimiques de l'eau de mer. Il en résulte, d'une part, une augmentation en ions hydrogène H^+, responsables de l'acidification et, d'autre part, une diminution des ions carbonate, des éléments essentiels aux végétaux et animaux marins pour fabriquer leurs squelettes et autres structures calcaires.

À partir de vos connaissances et des informations apportées par les documents 1 et 2, répondre aux questions suivantes.

▶ **1.** Quels sont les bénéfices réciproques de l'association symbiotique des deux organismes qui composent le corail ?

▶ **2.** Quelles sont les causes de la destruction et du blanchissement des coraux ?

▶ **3. a)** D'après la lecture du graphique du document 2, l'augmentation de la température des océans précède-t-elle ou succède-t-elle à l'augmentation du taux de CO_2 atmosphérique ?
b) D'après la lecture du texte du document 2, à quoi l'acidification des océans est-elle due ?

▶ **4.** Démontrer que l'augmentation du taux de CO_2 atmosphérique liée à l'activité humaine est une cause du blanchissement des coraux.

PARTIE 2 • PRODUCTION D'ÉLECTRICITÉ SANS COMBUSTION

DOCUMENT 3 Centrales solaires thermiques

Le fonctionnement des centrales solaires thermiques repose sur la technique suivante :
1. Des miroirs captent le rayonnement solaire et le réfléchissent en un point, de façon à générer des températures très élevées (de 400 à 1 000 °C).
2. L'eau se vaporise dans une chaudière.
3. La vapeur sous pression fait tourner une turbine qui entraîne un alternateur.
4. L'alternateur produit un courant électrique alternatif.

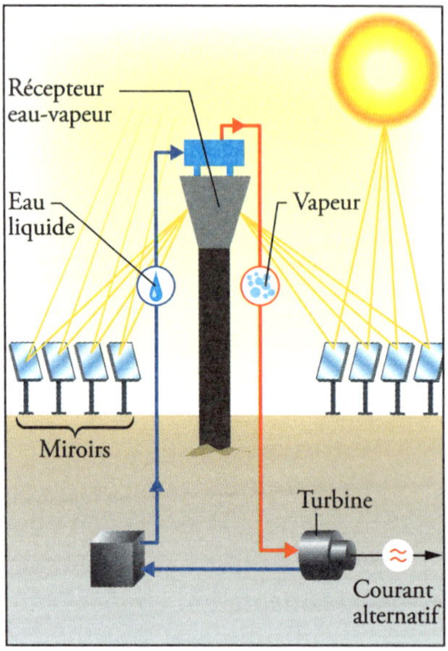

Source : www.edf.fr

La puissance brute moyenne de rayonnement solaire par mètre carré est d'environ 110 W/m^2 sur un toit orienté au sud, et d'environ 100 W/m^2 sur un sol horizontal. Le solaire thermique est en effet une technologie de production d'énergie thermique présentant peu d'inconvénients et avec un rendement moyen de transformation de l'énergie solaire incidente de l'ordre de 40 à 50 % dans les meilleurs cas.

DOCUMENT 4 **Une centrale solaire qui se passe du Soleil**

En fonctionnement depuis octobre 2018 au Maroc, Noor III, la tour à énergie solaire concentrée (CSP) est actuellement la plus puissante au monde, avec une puissance fournie de 150 mégawatts (MW). Et grâce à un système de stockage de l'énergie thermique (45 000 tonnes de sel de potassium fondu où peut être stockée l'énergie thermique, pour une utilisation ultérieure), elle peut fabriquer de l'électricité même la nuit. Ses 7 400 miroirs (héliostats) peuvent pivoter sur leurs deux axes. Leur contrôle, individuel, est mû par un algorithme qui dicte leur angle d'inclinaison en fonction de la position exacte du Soleil. Ainsi, les rayons solaires sont focalisés continuellement sur le récepteur, en haut de la tour.

Source : www.sciencesetavenir.fr

DOCUMENT 5 **Le solaire n'a-t-il que des avantages ?**

Comme toutes les technologies, les centrales solaires thermiques présentent des avantages et des inconvénients. Le principal inconvénient réside dans le calendrier et les conditions météorologiques qui ne permettent pas de générer une quantité constante d'énergie électrique. D'autre part, l'entretien de ces installations implique de nettoyer constamment de grandes surfaces de réflecteurs. Pour cette raison, la consommation d'eau et de produits chimiques est abondante. La partie diffuse de la lumière solaire, c'est-à-dire la partie de la lumière diffusée par les nuages et les particules dans l'atmosphère, ne peut pas être regroupée et n'est donc pas utilisée par ce type de système. En conséquence, les systèmes solaires thermiques ne conviennent que pour les zones avec peu de nuages. Mais il y a suffisamment d'énergie solaire dans les tropiques et dans le sud de l'Espagne, l'Italie et la Grèce. Théoriquement, les centrales à miroir au Sahara peuvent fournir la consommation énergétique mondiale actuelle. Cependant, des obstacles tels que les transports d'électricité entre les continents freinent les investisseurs.

D'après : www.lenergie-solaire.net

À partir de vos connaissances et des informations apportées par les documents 3, 4 et 5, répondre aux questions suivantes.

▶ **5. a)** Quelle est la forme d'énergie utilisée dans la chaudière d'une centrale solaire ?

b) Compléter le diagramme de conversion énergétique pour la centrale solaire thermique.

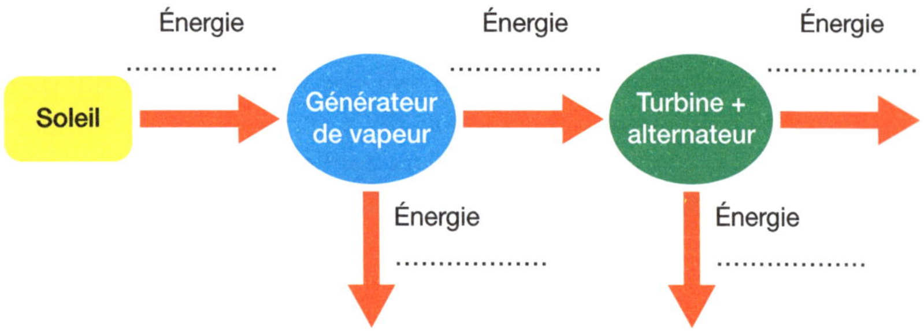

▶ **6.** À l'aide des documents 3 et 4, expliquer pourquoi on dit que la centrale Noor III peut se passer du Soleil pour produire de l'électricité.

▶ **7. a)** Dire ce qu'est un héliostat et expliquer en quoi il participe à améliorer le rendement d'une telle centrale.

b) Calculer la puissance du rayonnement solaire reçue par l'ensemble des miroirs de la centrale.

▶ **8.** Développer quelques arguments qui pourraient défavoriser l'installation d'une centrale solaire thermique.

LES CLÉS DU SUJET

Comprendre les documents

Document 1 Coraux et blanchissement	• Le schéma et le texte présentent l'association à l'origine des coraux et expliquent leur blanchissement. • N'oubliez pas les informations présentes dans le texte, qui sont nécessaires pour répondre aux questions **2** et **4**.
Document 2 CO_2 et conditions océaniques	• Le graphique décrit l'évolution du taux de CO_2 atmosphérique et de la température de la surface de la mer entre 1945 et 2015. • Le texte explique l'impact de la quantité de CO_2 atmosphérique sur l'acidité des océans. • Ces documents permettent de relier taux de CO_2, température et acidité des océans.

Document 3 **Centrales solaires thermiques**	• Le texte et le schéma décrivent le fonctionnement d'une centrale solaire. • Utilisez le schéma pour répondre à la question sur le fonctionnement de la centrale solaire Noor III.
Document 4 **Une centrale solaire qui se passe du Soleil**	• Le document présente la centrale solaire thermique Noor III et donne ses propriétés. • Attention, toutes les informations ne seront pas utilisées, il faut les trier pour ne pas s'y perdre.
Document 5 **Le solaire n'a-t-il que des avantages ?**	• Ce document liste les inconvénients d'une centrale solaire thermique. • Très dense et complet, il faut utiliser ce document dans sa totalité pour répondre à la question **8**.

Répondre aux questions

Coups de pouce

▶ **1.** Commencez par déterminer les deux organismes présents et cherchez ce qu'ils s'apportent mutuellement.

▶ **2.** Commencez par surligner ou entourer toutes les informations liées au blanchissement dans les documents 1 et 2.

▶ **3. a)** Cette question ne demande pas de rédaction, mais implique une bonne maîtrise de la lecture du graphique. Prenez le temps de bien identifier les unités des axes et de distinguer les deux courbes.

▶ **6.** Lisez bien le document 4 : une centrale ne peut se passer de l'énergie qu'elle reçoit que si elle la stocke.

▶ **8.** Il ne suffit pas de lister seulement les inconvénients cités dans le document 5, il faut les développer tout en gérant son temps.

Aide à la résolution de la question 4

Démontrer que l'augmentation du taux de CO_2 atmosphérique liée à l'activité humaine est une cause du blanchissement des coraux.

❶ Posez la problématique en faisant le lien entre taux de CO_2 atmosphérique et causes du blanchissement des coraux. Pour cela, vous devez relier les informations données par le document 2 à celles du document 1.

❷ Montrez la relation entre augmentation du taux de CO_2 et réchauffement de l'eau.

❸ Montrez la relation entre augmentation du taux de CO_2 et acidification de l'eau.

❹ Faites le bilan en reliant augmentation du taux de CO_2 et blanchissement des coraux.

25 CORRIGÉ GUIDÉ

PARTIE 1 • CO_2 ET CORAUX

▶ **1.** Les deux organismes en présence sont :

– un animal, le polype, capable de produire un squelette calcaire ;

– une algue verte microscopique, la zooxanthelle, capable d'effectuer la photosynthèse.

Une symbiose est une association où chaque organisme tire un bénéfice de son association avec l'autre.

La zooxanthelle produit par photosynthèse des nutriments et du dioxygène que le polype peut utiliser.

Le polype protège les zooxanthelles présentes dans son corps, leur fournit du CO_2 et les nourrit des déchets de son métabolisme.

▶ **2.**

> **▶ Le conseil de méthode**
> Notez tout d'abord les conditions idéales pour le développement des coraux afin de comprendre les modifications qui peuvent entraîner leur mort et le blanchissement.

D'après le document 1, le corail, pour bien se développer, doit être dans une eau peu profonde, transparente et à une température entre 25 et 30 °C.

Le blanchissement des coraux est dû à l'expulsion des algues en symbiose avec les polypes au sein du corail à cause des changements de température de l'eau, à sa pollution et à la surexposition aux rayons du soleil. Le corail est alors décoloré, plus exposé aux maladies, mais surtout le polype n'est plus nourri par les produits de la photosynthèse de l'algue et dépérit.

Le texte ajoute que le polype du corail est incapable de construire son squelette lorsque l'eau est trop acide.

Les causes de la destruction et du blanchissement des coraux sont donc liées à la pollution et aux changements de température de l'eau, mais aussi à l'acidification de l'eau qui empêche la formation du squelette par le polype.

On peut ajouter :

– la baisse du niveau de l'eau qui entraîne une exposition aux rayons solaires trop forte ;

– l'élévation du niveau de l'eau ou la perte de sa transparence qui entraînent une exposition aux rayons solaires trop faible pour assurer la photosynthèse et la survie des coraux.

▶ **3. a)** L'augmentation de la température des océans succède à l'augmentation du taux de CO_2 atmosphérique. Le taux de CO_2 commence à augmenter dès 1945, la température à partir de 1975.

b) L'acidification des océans est due à l'augmentation du taux de CO_2 atmosphérique. En effet, celui-ci se dissout dans l'eau et entraîne une augmentation en ions hydrogène H^+ responsables de l'acidité de l'eau.

▶ **4.** Le blanchissement des coraux est principalement dû au réchauffement de l'eau et à son acidification. Nous cherchons à relier ces phénomènes à l'augmentation du taux de CO_2 atmosphérique due à l'activité humaine.

D'après le graphique du document 2 a., l'augmentation du taux de CO_2 atmosphérique et celle de la température de l'eau suivent une même évolution avec une augmentation surtout depuis les années 1970. Le texte rappelle que le CO_2 fait partie des gaz à effet de serre et que l'augmentation de sa quantité dans l'atmosphère entraîne un réchauffement à la surface de la Terre. Une part de l'énergie thermique est absorbée par l'eau et la température des océans augmente aussi.

> **À NOTER**
> L'humain utilise la combustion des énergies fossiles pour le transport, le chauffage, la production d'électricité, ce qui génère la libération d'une grande quantité de CO_2 et entraîne l'augmentation de son taux dans l'atmosphère.

Le texte du document 2 b. explique que le CO_2 atmosphérique se dissout dans l'eau et forme de l'acide carbonique. Cette réaction entraîne la formation d'ions hydrogène, ce qui se traduit par une acidification de l'eau. L'augmentation de la quantité de CO_2 atmosphérique entraîne donc l'augmentation de l'acidité de l'eau.

Nous avons vu précédemment que le blanchissement des coraux était dû au réchauffement et à l'acidification de l'eau. Comme ceux-ci sont provoqués par l'augmentation du taux de CO_2 atmosphérique, nous avons donc démontré que l'augmentation du taux de CO_2 atmosphérique liée à l'activité humaine est une cause du blanchissement des coraux.

SCIENCES

PARTIE 2 • PRODUCTION D'ÉLECTRICITÉ SANS COMBUSTION

▶ **5. a)** L'énergie apportée par les rayons solaires est thermique. Cette énergie chauffe l'eau de la chaudière qui se vaporise.

b) Le diagramme de conversion énergétique de la centrale est :

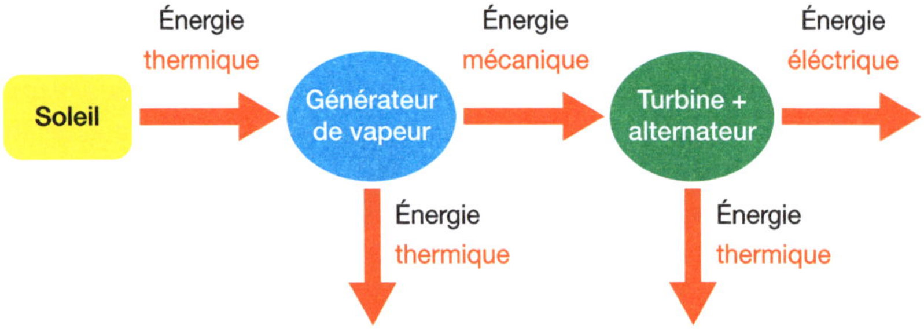

▶ **6.** La centrale solaire thermique Noor III utilise le mode de fonctionnement expliqué dans le document 3 : l'énergie solaire est concentrée en un point en haut de la tour. Puis, comme l'explique de document 4, elle accumule cette énergie thermique reçue du rayonnement solaire dans un récipient de stockage contenant du sel fondu. Cette énergie peut être utilisée la nuit en l'absence du Soleil pour engendrer de la vapeur d'eau. C'est pourquoi on peut en effet confirmer que Noor III peut se passer du Soleil pour produire de l'électricité.

▶ **7. a)** Un héliostat est un miroir capable de pivoter sur ses axes pour suivre le déplacement du Soleil et capter ainsi son rayonnement sans, ou avec un minimum de pertes. En effet, la puissance des rayonnements reçus est maximale lorsque l'angle d'incidence des rayons est minimal, ce qui est possible si les miroirs pivotent et suivent le Soleil dans son mouvement. Ceci participe à l'optimisation du rendement de la centrale.

b) Le rendement d'une centrale est donné par :

$$\eta = \frac{P_{\text{utile}}}{P_{\text{reçue}}}$$

Nous cherchons la puissance reçue par les miroirs. Sachant que $P_{\text{utile}} = 150$ MW et en considérant que $\eta = 50$ % pour une telle centrale, on obtient :

$$P_{\text{reçue}} = \frac{P_{\text{utile}}}{\eta} = \frac{150}{0{,}50} = 300 \text{ MW}$$

La puissance reçue par les miroirs de la centrale est de 300 MW.

À NOTER
Cette centrale reçoit le rayonnement solaire que ses miroirs renvoient vers la tour. On peut raisonner en termes d'énergie ou de puissance pour le rendement η.

▶ **8.** Une centrale solaire thermique ne produit pas de CO_2 certes, mais elle possède quelques inconvénients :

La restriction géographique : il n'est pas possible de construire une telle centrale dans les régions où il y a peu d'ensoleillement (par exemple, où les nuages diffusent la lumière solaire et la rendent inutilisable par les miroirs de ces centrales). Elles sont en effet placées dans les régions désertiques ou les pays à fort ensoleillement, comme le Maroc ou les pays du sud de l'Europe.

L'intermittence : l'énergie solaire reste intermittente, ce qui réduit sa capacité productive. Une centrale comme Noor III qui se passerait du Soleil utilise des procédés de stockage qui, certes, remédient à cet inconvénient en partie, mais ces procédés sont eux aussi polluants (produits chimiques comme les sels de potassium).

L'entretien et le nettoyage des miroirs : pour maintenir le rendement, de grandes quantités d'eau, pas toujours disponibles dans les zones désertiques, sont nécessaires ainsi que des produits chimiques qui sont polluants.

Le transport de l'électricité : les sites géographiques propices à ces centrales sont situés au Sud ou dans les déserts comme le Sahara. Il faut transporter l'électricité de ces sites jusqu'aux pays destinataires ce qui augmenterait le prix de cette électricité.

On constate, en effet, que malgré une très faible empreinte carbone lors de sa phase de fonctionnement, une centrale solaire thermique n'est pas encore une solution parfaite pour produire de l'énergie partout, à moindre coût et sans aucune pollution.

La place de l'éolien dans le mix énergétique français

1 heure
10 points

INTÉRÊT DU SUJET • Face au dérèglement climatique indéniable, les gouvernements ont dû réorienter leurs politiques en matière d'énergie. Mais comment choisir sa production énergétique en alliant efficacité et enjeux écologiques ?

Dans nos sociétés modernes de plus en plus énergivores et face au changement climatique, dont les premières conséquences néfastes sont déjà visibles, certains États ont conclu au maintien du nucléaire et certains ont effectué d'autres choix. Mais il faut des énergies sans risque, plus propres et inépuisables : un mix auquel seule la science peut apporter la réponse.

PARTIE 1 • LE MIX ÉNERGÉTIQUE EN FRANCE

La région des Hauts-de-France abrite la centrale nucléaire de Gravelines, dotée de six réacteurs délivrant une puissance de 900 MW chacun, ainsi que les parcs éoliens de Fruges. C'est un excellent exemple de mix énergétique choisi par la France pour sa transition écologique.

DOCUMENT 1 Les parcs éoliens de Fruges

Les parcs éoliens de Fruges sont situés dans le département du Pas-de-Calais. Grâce à leurs 70 éoliennes Enercon E-70, d'une capacité nominale d'environ 2,0 MW chacune, ces parcs représentent aujourd'hui le plus grand ensemble éolien terrestre de France. Les éoliennes sont réparties sur 16 parcs et 9 communes et s'élèvent entre 63 m et 84 m. La production énergétique totale des parcs est estimée à 350 GWh par an.

D'après : fr.wikipedia.org

DOCUMENT 2 **Fiche technique d'une éolienne**

Enercon, une entreprise allemande, donne les caractéristiques d'une éolienne E-70 :

- puissance nominale (conditions optimales) : 2,3 MW
- diamètre du rotor : 71 m
- vitesse de rotation du rotor : 6 à 21,5 tours par minute

La puissance du vent (en W) est donnée par :

$$P_V = \frac{1}{2} \times S \times \rho_{air} \times v^3$$

où S est l'aire balayée par les pales de l'éolienne (en m^2), ρ_{air} est la masse volumique de l'air ($1{,}2\ kg \cdot m^{-3}$ à 20 °C) et v la vitesse du vent (en $m \cdot s^{-1}$).

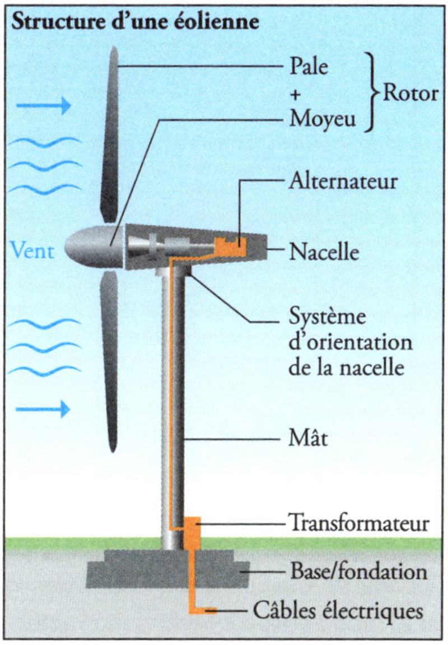

Plus on monte en altitude et plus la vitesse des vents augmente.
D'après la loi de Betz, on ne peut pas récupérer 100 % de la puissance du vent, mais au maximum une proportion C_p. Pour une éolienne tripales, $C_p = 0{,}49$. La puissance d'une éolienne est donnée par :

$$P = C_p \times P_V$$

Les éoliennes se mettent à tourner lorsque le vent atteint une vitesse de démarrage, en général 14 km/h, et s'arrêtent automatiquement quand les vents dépassent la vitesse d'arrêt, à savoir 90 km/h car cela rendrait l'éolienne (une structure haute) instable et comporterait un danger.
Il serait possible de construire de petites éoliennes capables d'exploiter la moindre brise, mais elles ne produiraient que peu de puissance. En effet, la puissance produite est proportionnelle au carré de la longueur des pales.
Une éolienne offshore (implantée au large des côtes) est de très grande dimension (le diamètre du rotor mesure plus de 125 mètres) et elle peut produire environ 5 MW (voir page suivante). Mais en mer, quelle que soit la hauteur, la vitesse du vent est à peu près la même et il n'est pas nécessaire de monter les nacelles très haut. En revanche, plus on s'éloigne des côtes et plus le vent est fort et stable.

SCIENCES

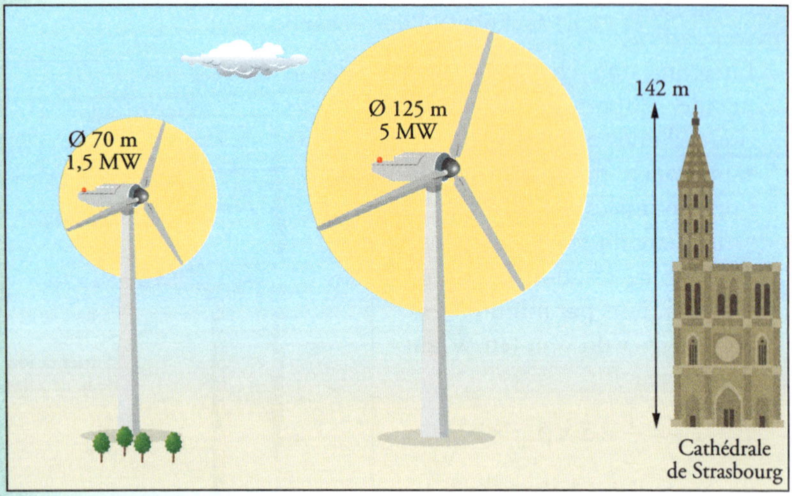

À partir de vos connaissances et des informations apportées par les documents 1 et 2, répondre aux questions suivantes.

▶ **1. a)** Calculer la puissance totale délivrée par l'ensemble des parcs éoliens de Fruges, puis celle de la centrale nucléaire de Gravelines.
b) Calculer le nombre d'éoliennes nécessaire pour produire autant de puissance que la centrale nucléaire de Gravelines.

▶ **2. a)** D'après le document 2, de quelle caractéristique technique la puissance produite par une éolienne dépend-elle ?
b) Calculer la puissance d'une éolienne E-70 exposée à un vent de $45\ km \cdot h^{-1}$ à 20 °C.

▶ **3.** Trouver, à l'aide des réponses aux questions précédentes et à l'aide des documents, des arguments en faveur des parcs éoliens offshore.

PARTIE 2 • L'ÉOLIEN, UNE ÉNERGIE VERTUEUSE ?

Les éoliennes sont reconnues pour faire partie des énergies propres et renouvelables, à l'image du biométhane et des panneaux solaires. Certains détracteurs clament le contraire. Quels sont les avantages et les inconvénients de l'éolien ?

DOCUMENT 3 Empreinte carbone comparée de sources d'énergie

La production d'électricité, sans combustion, par une éolienne n'émet pas de CO_2, mais qu'en est-il de sa construction, son transport, sa mise en place, son entretien et son démantèlement ?

Une **analyse du cycle de vie (ACV)** réalisée pour l'ADEME (Agence de l'environnement et de la maîtrise de l'énergie) en 2017, a permis de fournir des données précises sur les impacts environnementaux de la production éolienne avec les spécificités du parc français installé sur terre et prévu en mer. Elle prend en compte les impacts écologiques de l'extraction des matières premières, de l'utilisation au recyclage et au retraitement, en les rapportant à un coût en équivalent CO_2 par kilowattheure produit (g CO_2 eq/kWh).

	Éolien terrestre	Éolien offshore	Photo-voltaïque	Nucléaire	Charbon
Émission CO_2 directe pendant l'exploitation (g CO_2 eq/kWh)	0	0	0	0	345
ACV (g CO_2 eq/kWh)	14,1	15,6	5,5	6	1 060

D'après : www.bilans-ges.ademe.fr

DOCUMENT 4 Impacts environnementaux de l'éolien

Matières premières

Les neuf principales ressources utilisées pour construire les éoliennes sont : l'aluminium, l'argent, le cobalt, le cuivre, le dysprosium, le fer, le néodyme, les sables et les granulats.

Le socle en béton et le mât en acier sont produits à partir de ressources encore disponibles. Les pales sont formées de composites, un mélange de résines et de fibres de verre (donc du sable), qu'on peine à recycler pour l'instant.

L'électronique utilise quelques composants précieux, comme le silicium, l'aluminium ou des plastiques polypropylènes (pétrole). La plupart de ces éléments sont recyclables – il reste à organiser ce recyclage.

Des « terres rares » car difficiles à extraire (néodyme, dysprosium…) et non rares dans la nature, sont utilisées pour certains aimants permanents dans 5 % du parc éolien, principalement en offshore. Leur extraction et leur purification produisent des métaux lourds toxiques qui posent de véritables problèmes environnementaux et sociaux, notamment en Chine.
Autre matière critique : le cuivre, qui sert dans les bobines de l'alternateur. Largement utilisée dans le secteur de l'énergie, cette ressource pourrait s'épuiser à moyen terme, si le recyclage n'est pas développé.

Faune

Les éoliennes ont un impact sur la mortalité des oiseaux et des chauves-souris, même si, pour la mortalité des oiseaux, l'éolien vient loin derrière les prédateurs naturels, les collisions avec les immeubles, les fenêtres des constructions et des voitures, les travaux agricoles et les lignes haute tension.
Quant aux chauves-souris, elles sont affectées par la collision directe avec la machine mais aussi, comme on l'a découvert récemment, par un effet de changement brutal de pression de l'air à proximité des pales de l'éolienne qui peut provoquer une hémorragie interne et entraîner leur chute.
Avant toute implantation d'éolienne, il est aujourd'hui obligatoire de réaliser une étude d'impact puis de mettre en œuvre des mesures afin d'éviter, réduire et enfin compenser les éventuels impacts résiduels. Comme les chauves-souris ont une activité de chasse et de vol concentrée et réduite dans la journée et dans l'année, de plus en plus d'entreprises équipent leurs éoliennes avec des dispositifs de détection et d'effarouchement, qui arrêtent automatiquement l'éolienne en période de forte activité ou de migration. Selon leurs développeurs, ces systèmes diminueraient de 50 à 70 % la mortalité des chiroptères en réduisant la production seulement 0,5 % du temps.

D'après : www.reporterre.net

À partir de vos connaissances et des informations apportées par les documents 3 et 4, répondre aux questions suivantes.

▶ **4. a)** Rappeler le rôle du CO_2 dans l'effet de serre et l'implication de sa production par l'être humain dans le réchauffement climatique actuel.
b) À l'aide du document 3, discuter de l'impact de la production d'énergie éolienne sur le réchauffement climatique.

▶ **5. a)** D'après le document 4, la production d'électricité par l'éolien peut-elle entraîner l'épuisement de ressources naturelles ?
b) Discuter de l'importance de l'impact de l'éolien sur la biodiversité.

▶ **6.** Faire un tableau présentant les arguments des défenseurs et des détracteurs de l'éolien, qui peuvent être tirés des documents. Discuter de l'expression « énergie vertueuse » appliquée à l'énergie éolienne.

LES CLÉS DU SUJET

Comprendre les documents

Document 1 Les parcs éoliens de Fruges	• Ce document informe sur le nombre et la puissance des éoliennes des parcs de Fruges. • Notez ces valeurs qui vous serviront pour des calculs.
Document 2 Fiche technique d'une éolienne	• C'est un document qui donne des caractéristiques d'une éolienne et la puissance qu'elle développe. • Extrêmement dense et fournissant formules et informations techniques, ainsi que des propriétés, il faut souligner la plupart des données de ce texte.
Document 3 Empreinte carbone comparée de sources d'énergie	• Le texte définit l'ACV et son importance pour connaître l'empreinte carbone d'une production d'énergie. Le tableau compare les ACV de l'éolien à d'autres productions d'énergie. • Comparez les données de l'éolien à d'autres énergies renouvelables ou non.
Document 4 Impacts de l'éolien	• Ce document liste les différents impacts de l'éolien sur les matières premières et sur la biodiversité. • Le texte est dense. Lisez auparavant les questions afin de savoir ce qu'il faut y rechercher.

Répondre aux questions

Coups de pouce

▶ **1. a)** et **b)** Utilisez les informations du document 1 mais aussi celles du texte d'introduction de la partie 1.

▶ **2. a)** Cherchez où peut apparaître la longueur d'une pale dans la formule donnée dans le document 2.

▶ **3.** Listez par mots-clés, sur un brouillon, les arguments en faveur d'un parc éolien sur l'eau. N'oubliez pas de considérer le calcul effectué dans la question **1. b**.

▶ **4. a)** Il s'agit ici de restituer vos connaissances.

▶ **5.** Sélectionnez les informations sur les impacts sur les ressources naturelles (matières premières) puis ceux sur la biodiversité (faune).

Aide à la résolution de la question 6

Discuter de l'expression « énergie vertueuse » appliquée à l'éolien.

1. Surlignez de deux couleurs différentes les arguments des défenseurs et des détracteurs de l'éolien.
2. Faites un tableau reprenant ces informations et les trier par catégories.
3. Concluez en discutant de l'expression « énergie vertueuse » applicable ou non à l'éolien.

26 CORRIGÉ GUIDÉ

PARTIE 1 • LE MIX ÉNERGÉTIQUE EN FRANCE

▶ **1. a)** La centrale nucléaire de Gravelines est constituée de 6 réacteurs de 900 MW chacun, donc : $P_N = 6 \times 900 = 5\,400$ MW

Pour les parcs éoliens de Fruges qui possèdent 70 éoliennes de 2,0 MW chacune, on a : $P_e = 70 \times 2{,}0 = 140$ MW

b) Chaque éolienne fournissant une puissance de 2,0 MW, on obtient le nombre N d'éoliennes : $N = \dfrac{5\,400}{2{,}0} = 2\,700$

Il faudrait 2 700 éoliennes pour fournir la puissance équivalente à celle de la centrale nucléaire de la région.

▶ **2. a)** La puissance produite par une éolienne est donnée par :

$$P = C_p \times P_V = C_p \times \frac{1}{2} \times \rho_{air} \times S \times v^3$$

À 20 °C et pour une éolienne tri-pales, ρ_{air} et C_p sont donnés. P ne dépend donc que de la vitesse v du vent et de l'aire S balayée par les pales. Si v est constante, on peut dire que P est proportionnelle à S.

Or $S = \pi R^2$ où R est le rayon de l'aire balayée par les pales, c'est-à-dire la longueur des pales.

La puissance $P = \text{cste} \times R^2$ d'une éolienne est donc proportionnelle au carré de la longueur des pales. Plus les pales d'une éolienne sont grandes, plus la puissance qu'elle produit sera grande, comme le montre l'exemple de l'éolienne géante de 125 m de diamètre qui produit 5 MW.

MOT CLÉ
La longueur des pales, dans l'expression développée de la puissance P d'une éolienne, n'apparaît pas directement. C'est à vous de la faire apparaître pour montrer la proportionnalité.

b)

> **▶ Le conseil de méthode**
> Pour répondre à la question **2. b**, procédez par étapes :
> • Calculez d'abord la surface S et convertissez la vitesse en $m \cdot s^{-1}$.
> • Calculez ensuite la valeur de P_V en écrivant sa formule, puis celle de la puissance P produite par l'éolienne.

Calcul de la puissance du vent d'après la formule :

$$P_V = \frac{1}{2} \times \rho_{air} \times S \times v^3$$

Avec $S = \pi R^2 = \pi\left(\frac{D}{2}\right)^2 = \pi\left(\frac{71}{2}\right)^2 = 3\,959 \text{ m}^2$

$v = 40 \text{ km} \cdot \text{h}^{-1} = \frac{45}{3{,}6} = 12{,}5 \text{ m} \cdot \text{s}^{-1}$

D'où : $P_V = \frac{1}{2} \times 1{,}2 \times 3\,959 \times 12{,}5^3 = 4{,}6 \times 10^6 \text{ W} = 4{,}6 \text{ MW}$

La puissance P de l'éolienne est donc : $P = C_p \times P_v = 0{,}49 \times 4{,}6 = 2{,}3 \text{ MW}$

On trouve en effet une valeur proche de celle donnée dans le document 1, qui est celle de la puissance nominale de l'éolienne.

▶ **3.** Les éoliennes offshores peuvent avoir des pales bien plus grandes que les éoliennes terrestres et produire plus d'énergie car celle-ci augmente avec la taille des pales. Ceci est possible sur mer car la force du vent est presque identique en surface et en hauteur, et plus stable en s'éloignant des côtes. Il n'est donc plus nécessaire d'utiliser des mâts très haut qui rendraient ces éoliennes plus vulnérables.

De plus, on constate d'après la réponse à la question **1. b** que pour développer une puissance plus élevée, il faut augmenter le nombre des éoliennes, ce qui n'est pas gênant loin des côtes car le bruit engendré par ces structures et la pollution visuelle ne sont plus perceptibles.

Ainsi, en augmentant la taille des pales, on diminue leur nombre et l'espace occupé, sans diminuer leur production d'énergie mais en diminuant les nuisances sonores et visuelles.

PARTIE 2 • L'ÉOLIEN, UNE ÉNERGIE VERTUEUSE ?

▶ **4. a)** Le CO_2 est un gaz à effet de serre (GES). Sa présence dans l'atmosphère piège le rayonnement infrarouge et élève la température terrestre. L'activité humaine, en particulier certains modes de production d'électricité, émet de grandes quantités de CO_2 dans l'atmosphère et amplifie l'effet de serre entraînant le réchauffement climatique.

b) D'après le document 3, la production d'électricité par les éoliennes n'émet pas de CO_2 car elle ne s'accompagne pas de combustion. Cependant, on note qu'en prenant en compte tout leur cycle de vie, elles émettent 14,1 g CO_2 eq/kWh pour l'éolien terrestre et 15,6 g CO_2 eq/kWh pour l'éolien offshore. C'est plus que le photovoltaïque ou le nucléaire mais bien moins que la combustion du charbon. L'énergie éolienne produit donc peu de CO_2 et participe peu au réchauffement climatique.

À NOTER
Le développement des énergies renouvelables telles que l'éolien est un enjeu mondial afin de lutter contre le réchauffement climatique en réduisant les émissions de GES liées à l'activité humaine.

▶ **5. a)** La construction d'une éolienne nécessite de nombreuses matières premières puisées dans les ressources naturelles, dont certaines sont limitées. C'est surtout le cas pour le cuivre utilisé dans les bobines des alternateurs de tout le secteur énergétique et qui pourrait s'épuiser à moyen terme. Même si leur nom prête à confusion, les ressources en « terres rares », dont l'extraction est difficile et coûteuse, ne sont pas menacées d'épuisement.

Le développement du recyclage de toutes les matières premières rares ou non permettra de limiter l'épuisement des ressources naturelles.

b) Le fonctionnement des éoliennes a un impact négatif sur les oiseaux et les chauves-souris qui peuvent entrer en collision avec les mâts et les pales en mouvement. De plus, les chauves-souris sont perturbées par les changements de pression à proximité des pales. Il y a augmentation de la mortalité des oiseaux et des chauves-souris aux abords des champs d'éoliennes.

Pour les oiseaux, cette mortalité est limitée par rapport à celle entraînée par des collisions avec des vitres de bâtiments ou de voitures, par exemple.

Avant d'implanter de nouvelles éoliennes, une étude écologique est effectuée, afin de choisir les zones où l'impact sur la faune est le plus faible et pour limiter au maximum cet éventuel impact.

Par exemple, l'étude des chauves-souris a permis de connaître leurs périodes de vol au cours d'une journée mais aussi au cours d'une année. Pour éviter la plupart des collisions (baisse de 50 à 70 % de la mortalité), il suffit alors de programmer l'arrêt automatique des pales pendant ces périodes d'activité intense, ce qui ne représente finalement que 0,5 % du temps de fonctionnement de l'éolienne.

▶ 6.

	Arguments détracteurs	Arguments défenseurs
Production de CO_2	CO_2 émis avant et après la période de production d'électricité	Pas de CO_2 émis pendant la production électrique Très faible empreinte carbone
Pollution	Métaux lourds toxiques Problèmes environnementaux et sociaux sur les lieux d'extraction et de traitement	Terres rares dans seulement 5 % du parc Aucune pollution sur le site d'exploitation
Exploitation des ressources naturelles	Épuisement du cuivre Faible recyclage pour certains matériaux	Filières de recyclage en cours de développement
Impact sur les oiseaux et les chauves-souris	Mortalité aux abords des champs d'éoliennes	Mortalité faible et qui peut être réduite

L'éolien en produisant très peu de CO_2 est une alternative très intéressante aux énergies tirées des combustibles fossiles. Bien qu'il utilise certaines ressources en quantité limitée, le développement de la filière de recyclage permettra de ne pas épuiser leurs stocks. L'impact sur la faune est faible et surtout réductible avec des études écologiques et les nouvelles technologies.

On peut donc considérer l'éolien comme une énergie vertueuse car elle participe peu au réchauffement climatique, perturbe peu l'environnement et la biosphère.

L'intelligence artificielle au service des centrales : le *smart grid*

1 heure
10 points

INTÉRÊT DU SUJET • Une centrale photovoltaïque dépend d'une ressource d'énergie intermittente : le Soleil. Un traitement rapide des informations météorologiques à l'aide d'un « *smart grid* », une intelligence artificielle, peut permettre des économies considérables.

Comme on ne dispose que d'informations partielles en matière de météorologie, il est possible de les traiter sous forme de probabilités. Un *smart grid* est un réseau de distribution de l'électricité, utilisant des dispositifs de mesures et réalisant des calculs de probabilités, afin d'adapter au mieux la production en fonction des fluctuations de consommation.

PARTIE 1 • UNE CENTRALE SOLAIRE PHOTOVOLTAÏQUE

DOCUMENT 1 Comment fonctionne une cellule photovoltaïque ?

Une cellule photovoltaïque est un composant électronique qui, exposé aux photons de la lumière, produit de l'électricité (un courant électrique). Cet effet photovoltaïque fut découvert en 1839 par le physicien français Édmond Becquerel. Le fonctionnement de la cellule photovoltaïque est fondé sur les propriétés des matériaux semi-conducteurs qui, percutés par les photons, mettent en mouvement un flux d'électrons. Les photons sont des particules élémentaires qui transportent l'énergie solaire à 300 000 km/s et qu'Albert Einstein appelait dans les années 1920 les « grains de lumière ». Lorsqu'ils frappent un matériau semi-conducteur* comme le silicium, ils arrachent des électrons à ses atomes.

Source : www.planete-energies.com

* Matériau isolant qui peut devenir un conducteur si on excite les électrons de sa bande de valence, qui deviennent alors mobiles. Ceci est possible si on l'éclaire. Les cellules photovoltaïques sont le plus souvent constituées de silicium.

À partir de vos connaissances et des informations apportées par le document 1, répondre aux questions suivantes.

▶ **1. a)** Sur quel phénomène physique le fonctionnement d'une cellule photovoltaïque est-il basé ? Le définir et l'expliquer.
b) Expliquer ce qu'est un semi-conducteur et identifier la propriété de la lumière qui permet à un tel matériau de devenir conducteur.

DOCUMENT 2 **L'énergie solaire, propre ou pas ?**

Selon la technologie, un panneau photovoltaïque dont le rendement est de 20 % environ produira en trois ans l'énergie qui aura été nécessaire à sa production. C'est ce que l'on appelle le « temps de retour énergétique ». Sachant que la durée de vie de ces panneaux est entre 25 et 30 ans, le solaire reste donc une énergie durable !
Les technologies permettant la transition énergétique reposent parfois sur l'utilisation des matières premières qualifiées de « critiques » ou « rares ». D'après Greenpeace :
« Contrairement aux idées reçues, **la grande majorité des panneaux photovoltaïques ne contiennent pas de « terres rares »**, ces groupes de métaux (utilisés notamment dans des smartphones…) dont l'extraction et le raffinage sont très polluants. La très grande majorité des **panneaux solaires sont constitués de silicium cristallin**, élément que l'on extrait du sable ou du quartz et qui, comme le verre, est 100 % recyclable. Ces panneaux solaires contiennent aussi des éléments en argent, en aluminium ou en cuivre (tous trois extraits des panneaux et revalorisés en électrochimie) et, selon les modèles, du plastique. »

Source : www.greenpeace.fr

DOCUMENT 3 **Une centrale photovoltaïque flottante à Piolenc**

Les 47 000 panneaux photovoltaïques qui flottent sur l'ancienne carrière remplie d'eau brillent sous le soleil de plomb. Les cygnes et les canards naviguent autour des panneaux solaires qui s'étendent sur 17 hectares du plan d'eau. O'Mega1, la plus grande centrale photovoltaïque flottante d'Europe selon son concepteur, produira jusqu'à 17 mégawatts, soit la consommation annuelle d'électricité de 4 700 foyers.

© Akuo Energy

Le record mondial détenu par la Chine reste néanmoins encore loin : sa centrale solaire flottante fait 86 hectares (l'équivalent de 120 terrains de football) et est équipée de 160 000 panneaux pour une puissance de 40 MW. « L'eau permet de refroidir les panneaux et d'améliorer de 5 à 10 % le rendement par rapport à des panneaux solaires classiques », explique la société Akuo qui a repris le projet développé par l'entreprise Ciel et Terre. [Il ne faut pas oublier non plus le rôle de la réflexion des rayons sur l'eau, dans le rendement d'une telle centrale.]

Source : www.futura-sciences.com

À partir de vos connaissances et des informations apportées par les documents 2 et 3, répondre aux questions suivantes.

▶ **2. a)** On se propose de comparer les panneaux solaires photovoltaïques français avec les panneaux chinois. En supposant que le nombre de panneaux est proportionnel à la surface occupée, combien de panneaux solaires sont censés occuper les 86 hectares de la centrale flottante en Chine ?
b) Comparer le nombre de panneaux trouvés par le calcul avec celui donné par le document 3 et expliquer les possibles raisons de cette différence.

▶ **3.** Selon la société Akuo, il existerait en France « plus de 33 000 plans d'eau de 10 à 50 hectares » sur lesquels pourraient être installées des centrales photovoltaïques flottantes avec un « potentiel exploitable de 10 GW à court terme », à l'énergie décarbonée et « minimisant les impacts sur l'écosystème ». Pourtant, ce dernier argument ne fait pas consensus auprès des associations de protection de l'environnement. Présenter les avantages des centrales à panneaux photovoltaïques flottantes et donner les éléments qui pourraient constituer un frein à leur exploitation.

PARTIE 2 • *SMART GRID*

Les réseaux intelligents ou *smart grids* sont des systèmes d'intelligence artificielle permettant d'optimiser des réseaux d'électricité en ajustant les flux d'électricité entre fournisseurs et consommateurs.

DOCUMENT 4 Consommation journalière en fonction de la température

Le graphique présente la consommation électrique en France en fonction de la température en 2019 (pour les jours où la température est inférieure à 16 °C).

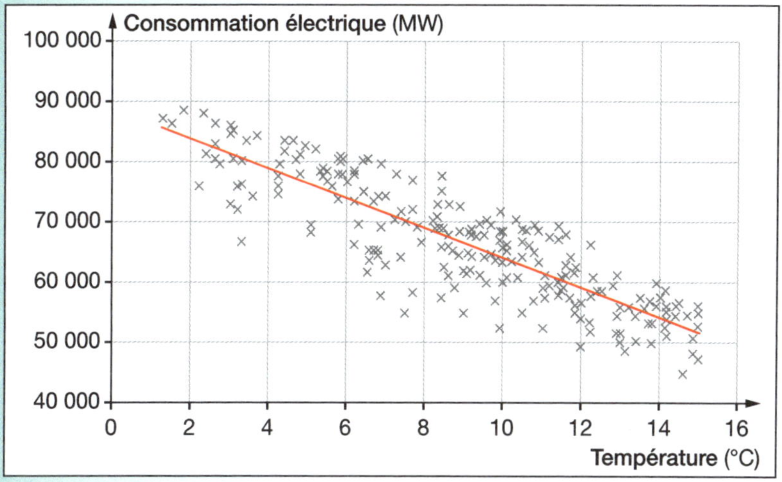

Source : RTE-France.

À partir de vos connaissances et des informations apportées par le document 4, répondre aux questions suivantes.

▶ **4. a)** Y a-t-il corrélation entre la consommation électrique et la température extérieure ?

b) En France, en moyenne, la consommation électrique pour une température extérieure de 1 °C est $8{,}6 \times 10^4$ MW et cette consommation est $5{,}1 \times 10^4$ MW pour 15 °C.

Pour les jours froids, quelle est l'évolution (moyenne) de la consommation d'électricité quand la température extérieure baisse de 1 °C ?

c) Expliquer pourquoi il est important que les *smart grids* reçoivent en temps réel des informations météorologiques (données brutes et prévisions) et soient eux-mêmes équipés de capteurs de températures.

▶ **5.** Non seulement, le *smart grid* permet de mieux gérer la production électrique en fonction de la demande des consommateurs et de l'intermittence des énergies renouvelables (éoliennes, photovoltaïque), mais il permet également de détecter les différents problèmes du réseau grâce à des capteurs. Le système informatique collecte donc des données sur le réseau et détecte les anomalies, à différents degrés de gravité.
On considère la situation suivante :
• Le test du *smart grid* est dit positif lorsqu'il signale une anomalie.
• Le test du *smart grid* détecte 90 % des anomalies.
• Lorsqu'il n'y a pas d'anomalie, le test donne un résultat positif dans 5 % des cas.
On considère 10 000 tests. On estime qu'il y a 1 000 anomalies lors de ces tests.

	Anomalie	**Pas d'anomalie**	**Total**
Test positif			
Test négatif			
Total			

a) Recopier et compléter le tableau.
b) Quelle valeur numérique dans le tableau correspond à la dénomination « vrai négatif » ? Quelle valeur correspond aux « faux positifs » ?
c) Quand un test est positif, un technicien se déplace. À quelle fréquence, le technicien se déplace-t-il pour une anomalie réelle ? Le résultat obtenu est appelé la valeur prédictive positive.

▶ **6. a)** Après une révision complète du réseau, celui-ci présente moins d'anomalies : seulement 200 anomalies lors des 10 000 tests. Quelle est alors la valeur prédictive positive ?
b) Que se passe-t-il quand le réseau devient plus performant ? Quelle amélioration proposeriez-vous ?

LES CLÉS DU SUJET

Comprendre les documents

Document 1 Comment fonctionne une cellule photovoltaïque ?	• Le document explique en détail le fonctionnement d'une cellule photovoltaïque et celui du matériau qui le constitue : le semi-conducteur. • Soulignez les parties importantes de ce texte que vous devez mettre en lien avec vos connaissances.
Document 2 L'énergie solaire : propre ou pas ?	• Ce texte informe sur la durabilité des panneaux et sur les matières premières dont sont constituées les cellules photovoltaïques. • C'est un document très dense. Notez bien ce qui est écrit sur les terres rares et soulignez les autres données.
Document 3 Une centrale photovoltaïque flottante à Piolenc	• Ce document présente deux centrales solaires flottantes. • Très complet, il apporte des informations sur leur fonctionnement. Soulignez les différences entre ces deux centrales.
Document 4 Consommation journalière en fonction de la température	• Le graphique présente l'évolution de la consommation électrique en fonction de la température extérieure. • Une droite d'ajustement est tracée pour nous aider dans la lecture.

Répondre aux questions

Coups de pouce

▶ **1. a)** et **b)** Lisez les deux questions plusieurs fois si nécessaire. La réponse à ces questions est dans le document 1 mais soyez vigilant à ne pas vous disperser : apportez des réponses précises à chaque question.

▶ **2. a)** Utilisez les données chiffrées du document 3 pour faire votre calcul.

▶ **3.** Il faut argumenter et rédiger une réponse complète. Appuyez-vous sur les apports des documents 2 et 3, mais aussi sur le texte d'introduction de cette question.

▶ **4.** Regardez bien l'allure de la courbe de la consommation d'électricité avant de répondre aux questions.

▶ **5.** et **6.** Lisez bien l'énoncé pour appliquer correctement les pourcentages.

27 CORRIGÉ GUIDÉ

PARTIE 1 • UNE CENTRALE SOLAIRE PHOTOVOLTAÏQUE

▶ **1. a)** Une cellule photovoltaïque est constituée de silicium, un matériau semi-conducteur. Lorsqu'il est éclairé par la lumière solaire, les électrons de valence du silicium se mettent en mouvement et engendrent un courant électrique : c'est l'effet photovoltaïque. Le silicium devient ainsi un conducteur.

b) La lumière est constituée de photons qui sont des « grains » ou des « paquets d'énergie » : c'est cet aspect qui est mis en jeu dans ce phénomène. Cette énergie « arrache » les électrons de la bande de valence d'un semi-conducteur qui, devenus mobiles, constituent un courant électrique et rendent ce matériau conducteur.

MOT CLÉ
Un photon, initialement appelé « grain de lumière », transporte de l'énergie par « paquets ».

▶ **2. a)** Il faut calculer le nombre de panneaux N sachant que 47 000 de ces panneaux occupent 17 ha. On effectue un produit en croix :

$$N = \frac{86 \times 47\,000}{17} = 237\,765 = 2{,}4 \times 10^5$$

Il faut donc environ $2{,}4 \times 10^5$ panneaux. (On donne le résultat avec 2 chiffres significatifs.)

b) On constate que N est très différent du nombre réel de panneaux installés en Chine : $N > 160\,000$. Nous pouvons émettre l'hypothèse que les panneaux installés en Chine fournissent une puissance bien plus élevée que les panneaux français. Ainsi, 160 000 panneaux fourniraient les 40 MW souhaités en « n'occupant que » 86 ha de surface. On peut s'interroger également sur la taille des panneaux. La proportionnalité n'est donc pas de rigueur ici.

▶ **3.**

▶ Le conseil de méthode

Énumérez d'abord les points positifs des centrales photovoltaïques flottantes. Listez ensuite leurs inconvénients. Utilisez les informations apportées par les documents 2 et 3 et ajoutez-y vos connaissances par endroits. N'oubliez pas les différentes introductions avant les questions de ce sujet. Concluez à la fin.

D'après le document 2, les panneaux des centrales photovoltaïques (PV) flottantes ou terrestres ne contiennent pas de terres rares, ressources épuisables sur Terre. Ils contiennent certes des métaux comme l'argent, l'aluminium et le cuivre, mais ces métaux sont extraits des panneaux et réutilisés. Le recyclage des panneaux ne serait donc plus un problème.

L'énergie solaire est aussi durable et décarbonée car les panneaux PV vivent environ 30 ans et effacent leur empreinte carbone au bout de 3 ans. Les centrales PV flottantes ont un rendement de 5 à 10 % plus élevé que les centrales PV terrestres car les cellules fonctionnent dans un environnement plus frais du fait de la proximité de l'eau. De même, l'eau réfléchit la lumière solaire plus qu'un sol, ce qui apporterait une énergie lumineuse plus élevée et améliorerait encore plus le rendement des centrales flottantes.

Néanmoins quelques arguments s'opposent à l'exploitation de ces centrales :

- L'énergie solaire est intermittente et n'est pas toujours disponible.
- Le rendement des centrales photovoltaïques flottantes est amélioré mais de façon générale, le rendement de ces centrales reste faible : 20 % environ.
- De plus, comme on le constate dans le document 3, ces centrales flottantes occupent une surface considérable et pourraient perturber l'écosystème (en apportant plus d'ombre, par exemple) et les fonds des plans d'eau qui les accueillent.

L'énergie photovoltaïque flottante n'est donc pas une solution tout à fait optimale pour résoudre le problème de la transition énergétique.

PARTIE 2 • LE *SMART GRID*

▶ **4. a)** Le graphique permet de voir qu'il y a corrélation négative entre la consommation d'électricité et la température extérieure, puisque l'on trouve une droite d'ajustement qui semble convenable.

MOT CLÉ
On dit qu'il y a corrélation entre deux variables lorsque l'on peut modéliser la situation par une courbe de tendance, ici une droite d'ajustement.

b) La pente de la droite est donnée par :

$$\frac{\Delta y}{\Delta x} = \frac{\text{variation de consommation électrique}}{\text{variation de température}}$$

$$= \frac{5{,}1 \times 10^3 - 8{,}6 \times 10^3}{15 - 1} = -2{,}5 \times 10^3$$

À NOTER
Le résultat est forcément négatif car la fonction affine est décroissante.

La consommation électrique augmente en moyenne de $2{,}5 \times 10^3$ MW lorsque la température baisse de 1 °C.

c) La consommation d'électricité est liée à la température extérieure : plus il fait froid, plus on consomme d'électricité. Le *smart grid* qui doit ajuster le flux d'électricité en temps réel s'aide donc d'informations météorologiques et de capteurs pour adapter la production à la demande.

▶ **5. a)**

	Anomalie	Pas d'anomalie	Total
Test positif	900	450	1 350
Test négatif	100	8 550	8 650
Total	1 000	9 000	10 000

b) La valeur du tableau correspondant à la dénomination « vrais négatifs » est 8 550.

La valeur du tableau correspondant à la dénomination « faux positifs » est 450.

c) Dans la situation considérée, le technicien se déplace 1 350 fois. L'anomalie est réelle dans 900 cas. Le technicien se déplace donc pour une anomalie réelle à une fréquence de $\frac{900}{1\,350} = \frac{2}{3} \approx 0{,}67 \approx 67\ \%$.

MOT CLÉ
Les « vrais négatifs » correspondent aux cas où le test est négatif à bon escient. Les « faux positifs » correspondent aux cas où le test est positif mais se trompe.

▶ **6. a)** Le nouveau tableau est le suivant :

	Anomalie	Pas d'anomalie	Total
Test positif	180	490	670
Test négatif	20	9 310	9 330
Total	200	9 800	10 000

La valeur prédictive positive est environ 0,27 car $\frac{180}{670} \approx 0{,}27$.

Le technicien se déplace alors pour une anomalie réelle dans seulement 27 % des cas, soit beaucoup de déplacements inutiles !

b) Quand le réseau devient performant, le test n'est plus adapté : dans cette situation, le technicien se déplace inutilement environ 3 fois sur 4. Il va donc falloir faire évoluer le test pour le rendre plus pertinent.

On peut également remarquer que, quand le nombre d'anomalies est divisé par 5, le nombre d'interventions du technicien n'est divisé que par 2 (environ).

Mesure et préservation de la biodiversité

1 heure
10 points

INTÉRÊT DU SUJET • Préserver la biodiversité est indispensable pour maintenir l'équilibre de notre environnement. Quels sont les outils qui permettent de la mesurer et de suivre son évolution afin d'agir pour la préserver ?

Évaluer la biodiversité et l'abondance d'espèces en un lieu permet de connaître l'évolution des populations animales ou végétales au cours du temps. On peut alors mettre en évidence des déséquilibres et entreprendre des mesures de protection si des populations sont en danger.

PARTIE 1 • MÉTHODES DE COMPTAGE SELON LES ESPÈCES

DOCUMENT 1 La population d'hirondelles en Bretagne

Au printemps 2018, un comptage des hirondelles a été effectué dans les départements de Bretagne par la Ligue pour la protection des oiseaux (LPO).
Dans le Finistère, il a été décidé d'effectuer un comptage rigoureux dans la commune de Névez, située sur le littoral du Sud Finistère à l'est de Concarneau. La commune s'étend sur 25 km^2 et possède un littoral de 10 km.
On compte alors 98 nids d'hirondelles rustiques occupés.

D'après : Bulletin LPO Info Finistère, janvier 2019.

DOCUMENT 2 **Le principe de capture-marquage-recapture (CMR)**

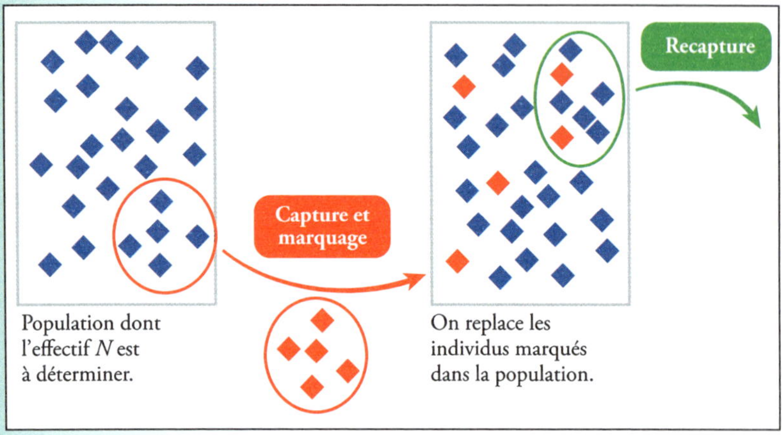

À partir de vos connaissances et des informations apportées par les documents 1 et 2, répondre aux questions suivantes.

▶ **1. a)** Le département du Finistère a une superficie de 6 733 km^2. On fait l'hypothèse que les hirondelles rustiques s'installent de façon indifférente sur l'ensemble des terres du département.
Estimer alors le nombre de nids d'hirondelles rustiques dans le Finistère, en l'arrondissant à la centaine près.
b) Discuter de l'hypothèse choisie pour réaliser cette estimation.

▶ **2.** Pour d'autres animaux plus faciles à attraper que les oiseaux, d'autres méthodes de comptage existent comme la méthode « CMR » pour capture-marquage-recapture. Il faut travailler sur un milieu fermé et avec une population stable, c'est-à-dire à effectif constant (ni mortalité, ni natalité, ni migrations).
Considérons par exemple que, sur une île, on capture 200 rats surmulots, on les marque en leur mettant une bague dans l'oreille puis on les relâche et on les laisse se mélanger aux autres. On suppose que les rats marqués se sont répartis sur l'ensemble de la population des rats de l'île.
Ultérieurement, on recapture $R = 150$ rats surmulots et on remarque que $n = 42$ d'entre eux ont une bague.
a) Justifier que la fréquence de rats marqués parmi les rats capturés est $f = 0{,}28$.
b) Donner une estimation de la population N de rats sur cette île.

c) Le nombre de rats bagués lors de la recapture dépend forcément de l'échantillon attrapé, la valeur de N n'est alors pas certaine. Plutôt que de donner une valeur précise de N, on va chercher à quel intervalle il devrait appartenir en utilisant un outil : l'intervalle de confiance I_C de la fréquence f. Le rayon de cet intervalle est donné par la formule :

$$r = 1{,}96\sqrt{\frac{f(1-f)}{R}}$$

Calculer r. On arrondira les résultats au millième près.

d) L'intervalle de confiance I_C est donné par la formule :

$$I_C = [f - r\,;\, f + r]$$

On estime (avec un niveau de confiance de 95 %) que la proportion de rats bagués est dans cet intervalle de confiance.

Calculer les bornes de cet intervalle de confiance. On arrondira les résultats au millième près.

e) Dans cette question, nous estimerons que l'intervalle de confiance de la fréquence f est $I_C = [0{,}20\,;\, 0{,}35]$.

En déduire un encadrement de la population N de rats sur cette île.

f) Que pourrait-on changer dans la méthode de capture-marquage-recapture pour obtenir un meilleur encadrement du nombre de rats ?

SCIENCES

PARTIE 2 • IMPACT HUMAIN SUR LA BIODIVERSITÉ

DOCUMENT 3 La faune de l'île de Trielen

L'île de Trielen est une petite île isolée au large de la Bretagne qui fait partie de la réserve naturelle nationale d'Iroise (créée en 1992).

Elle abrite des espèces d'oiseaux variées, telles que le **pipit maritime** et l'**hirondelle rustique** qui trouvent leur nourriture sur place et restent sur l'île de génération en génération. Les pipits construisent leur nid constitué d'herbes sèches, de feuilles et d'algues, dans une crevasse ou une petite cavité entre les rochers. Les hirondelles rustiques nichent en hauteur sur les poutres des toitures des quelques bâtiments présents sur l'île. Leur nid est constitué de boue et de brindilles sèches.

ph © tom / stock.adobe.com

Pipit maritime

ph © LFRabanedo / stock.adobe.com

Hirondelle rustique

L'humain a introduit accidentellement sur cette île le **rat surmulot** présent dans les cales de ses bateaux. Cette espèce de rat est omnivore, mais se nourrit principalement d'œufs et de poussins à sa portée sur l'île.

ph © creativenature.nl / stock.adobe.com

Rat surmulot

DOCUMENT 4 **Dératisation et population aviaire**

Afin de préserver les populations d'oiseaux locales, les biologistes ont capturé tous les rats de l'île en 1996. Ils ont comptabilisé les couples de différentes espèces d'oiseaux nichant sur l'île entre 1992 et 2001, afin de connaître l'impact de la dératisation.

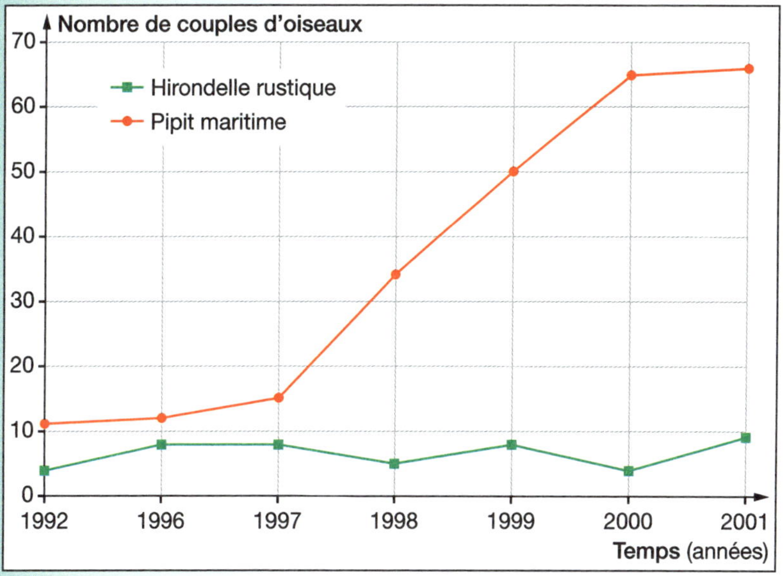

Évolution du nombre de couples d'oiseaux sur l'île de Trielen entre 1992 et 2001

À partir de vos connaissances et des informations apportées par les documents 3 et 4, répondre aux questions suivantes.

▶ **3.** Comment déduire l'impact de la présence du rat surmulot sur la population des oiseaux à partir de l'étude du document 4 ?

▶ **4.** Après avoir mis en évidence l'impact du rat surmulot sur les deux espèces d'oiseaux, expliquer les raisons de ces différences.

▶ **5.** Une espèce invasive (aussi appelée espèce envahissante) est une espèce soit végétale, soit animale, introduite dans un nouveau milieu, volontairement ou non, par l'humain et susceptible d'occasionner des dégâts pour les espèces locales.
Montrer que l'évolution des populations d'oiseaux de l'île de Trielen est liée à l'activité humaine, en prenant soin de définir l'espèce invasive.

LES CLÉS DU SUJET

Comprendre les documents

Document 1 La population d'hirondelles en Bretagne	• Le texte donne des informations sur le comptage des hirondelles rustiques dans le Finistère. • Notez la superficie de la commune étudiée.
Document 2 Le principe de capture-marquage-recapture	• Le schéma explique les étapes de cette méthode de comptage. • Notez que l'on trouve des individus marqués lors de la recapture.
Document 3 La faune de l'île de Trielen	• Les documents présentent une partie de la faune de l'île. • Différenciez les trois espèces présentes et identifiez leurs interactions possibles.
Document 4 Dératisation et population aviaire	• Le graphique illustre l'évolution du nombre de couples de pipits maritimes et d'hirondelles rustiques sur l'île de 1992 à 2001. • Repérez le moment de la dératisation sur le graphique pour en comprendre l'impact.

Répondre aux questions

Coups de pouce

▶ **1.** C'est une question de proportionnalité, certaines données sont dans le document 1.

▶ **2.** Il faut bien différencier toutes les variables, les questions sont très calculatoires.

▶ **5.** Notez qu'il y a eu deux impacts de l'humain sur les populations d'oiseaux.

Aide à la résolution de la question 4

Mettre en évidence l'impact différent du rat surmulot sur les deux espèces d'oiseaux.

❶ Mettez en évidence l'impact du rat sur les deux populations d'oiseaux à l'aide du graphique du document 4.

❷ Expliquez la différence entre les deux espèces d'oiseaux à l'aide du document 3.

❸ Concluez en résumant l'impact différent du rat sur les deux espèces d'oiseaux.

28 CORRIGÉ GUIDÉ

PARTIE 1 • MÉTHODES DE COMPTAGE SELON LES ESPÈCES

▶ **1. a)** On commence par faire un tableau de proportionnalité :

	Zone étudiée	Département
Surface (en km²)	25	6 733
Nombre de nids	98	?

On cherche la quatrième proportionnelle en effectuant le calcul :

$$\frac{98 \times 6\,733}{25} \approx 26\,400$$

On estime que le nombre de nids d'hirondelles dans le Finistère est environ de 26 400.

b) L'ensemble du Finistère ne peut être considéré comme la commune de Névez. Il faudrait affiner l'hypothèse afin qu'elle prenne en compte la variété des territoires (urbanisés, agricoles, naturels, etc.).

MOT CLÉ
La fréquence d'une partie d'effectif n dans un ensemble de d'effectif R est $f = \frac{n}{R}$.

▶ **2. a)** Il y a 42 rats marqués sur 150 rats capturés soit une fréquence $f = \frac{42}{150} = 0{,}28$.

b)

▶ Le conseil de méthode
Il existe ici deux méthodes pour trouver le nombre de rats dans l'île.
Première méthode : avec un tableau de proportionnalité.
Deuxième méthode : en utilisant le résultat de la question précédente.
La deuxième méthode se rapproche de la méthode utilisée à la question **2. e.**

• **Première méthode**

Pour répondre à cette question, on fait un tableau de proportionnalité :

	Rats marqués	Tous les rats
Échantillon des rats recapturés	42	150
Île entière	200	?

On calcule la quatrième proportionnelle : $\frac{150 \times 200}{42} \approx 714$

Il y aurait 714 rats dans l'île.

• **Deuxième méthode**

On cherche le nombre total de rats N. Or on suppose que la proportion de rats marqués est $f = 0{,}28$ sur toute l'île. Ainsi, $f \times N = 200$ ou $N = \frac{200}{f} = \frac{200}{0{,}28}$.

On trouve également $N \approx 714$.

c) $r = 1{,}96\sqrt{\frac{f(1-f)}{R}} = 1{,}96\sqrt{\frac{0{,}28 \times 0{,}72}{150}}$ soit $r \approx 0{,}072$

d) $I_C = [0{,}208 \,;\, 0{,}352]$

e) La fréquence des rats bagués sur l'île est comprise entre 0,20 et 0,35.

Ainsi, le nombre total de rats est compris entre 571 et 1 000 rats car $\frac{200}{0{,}35} \approx 571$ et $\frac{200}{0{,}20} = 1\,000$.

f) Pour obtenir un meilleur encadrement du nombre de rats, il faudrait que le rayon de l'intervalle de confiance de la fréquence soit plus petit et donc que R soit plus grand. Il s'agirait donc de recapturer un plus grand nombre de rats.

PARTIE 2 • IMPACT HUMAIN SUR LA BIODIVERSITÉ

▶ 3.

> **▶ Le conseil de méthode**
>
> Indiquez l'année de la dératisation sur le graphique afin de délimiter les périodes de présence et d'absence du rat surmulot.

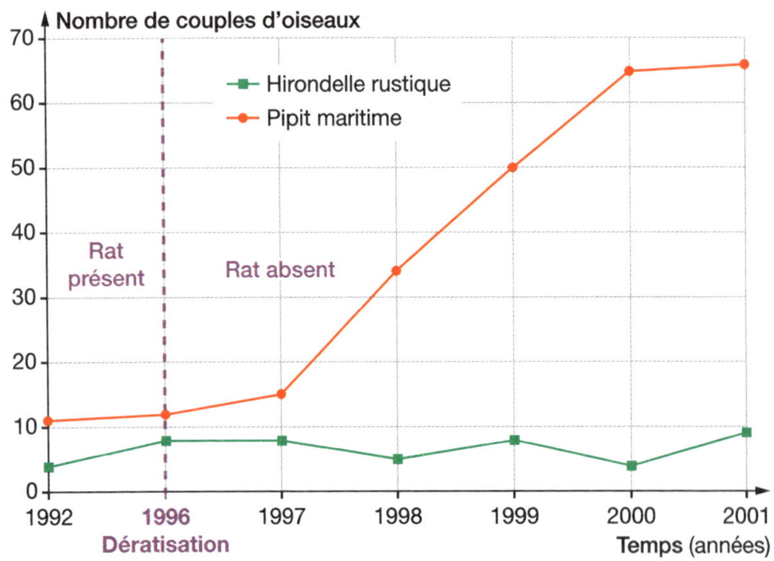

Le document 4 présente la population d'oiseaux principalement après la dératisation, car le rat surmulot n'est plus présent à partir de 1996. Cependant, on peut comparer les populations d'oiseaux avant (entre 1992 et 1996) et après la dératisation (entre 1996 et 2001), afin de connaître l'impact de la présence du rat avant 1996.

▶ **4.** L'étude des documents nous permet de connaître l'impact du rat surmulot sur deux populations d'oiseaux de l'île de Trielen.

D'après le document 4, entre 1996 et 2001, le nombre de couples de pipits a été multiplié par 6 (il est passé de 12 à 65). Dans le même temps, le nombre de couples d'hirondelles est resté stable entre 5 et 10. On voit donc qu'à partir de 1996, le nombre de couples de pipits augmente fortement, alors que celui des hirondelles reste stable. La dératisation de 1996 permet l'augmentation de la population de pipits, les rats avaient donc sur eux un impact négatif. Par contre, comme la population d'hirondelles ne change pas, le rat n'avait pas d'impact sur elles. On en déduit que les rats surmulots s'attaquaient préférentiellement aux pipits car la population de ceux-ci profite de sa disparition.

Dans le document 3, il est noté que le rat surmulot se nourrit d'œufs et de poussins à sa portée. Le pipit maritime niche au sol dans une crevasse ou une petite cavité entre les rochers, alors que l'hirondelle rustique installe ses nids en hauteur sur les poutres des toitures. Le rat surmulot s'attaque donc plus facilement aux œufs et petits du pipit car ils sont à sa portée, alors que ceux de l'hirondelle sont protégés en hauteur.

Sur l'île avant 1996, le rat surmulot était donc un prédateur important des pipits car il mangeait leurs œufs et poussins non protégés au sol. Par contre, il n'affectait pas les hirondelles hors de portée, en hauteur.

▶ **5.** L'humain a eu un premier impact sur les populations d'oiseaux en introduisant le rat qui est une espèce invasive, susceptible d'occasionner des dégâts. Ceci a entraîné une mortalité élevée chez les pipits maritimes dont la population a sensiblement diminué.

Ensuite, en 1996, l'intervention de l'humain avec la dératisation a eu un second impact sur les populations d'oiseaux en permettant l'augmentation de la population de pipits maritimes en l'absence de leur prédateur.

Ces documents ne montrent pas d'impact de l'activité humaine sur la population d'hirondelles rustiques.

SCIENCES

Bactéries et antibiotiques

1 heure
10 points

INTÉRÊT DU SUJET • Alors que certaines bactéries nous rendent de bons et loyaux services, d'autres, dites « pathogènes », sont à l'origine d'infections graves. Les antibiotiques peuvent aider notre corps à lutter contre elles.

Le développement des bactéries dans l'organisme peut être rapide et entraîner des symptômes importants. Les antibiotiques peuvent aider l'organisme à se défendre contre ces intrus. Encore faut-il les utiliser à bon escient.

PARTIE 1 • POPULATIONS BACTÉRIENNES

DOCUMENT 1 Les infections bactériennes

Le schéma ci-après présente les différentes infections bactériennes en cause dans les pathologies de 80 089 admissions dans 19 hôpitaux américains.

Le camembert central précise l'organe touché et chacun des camemberts périphériques donne les bactéries responsables de l'infection.

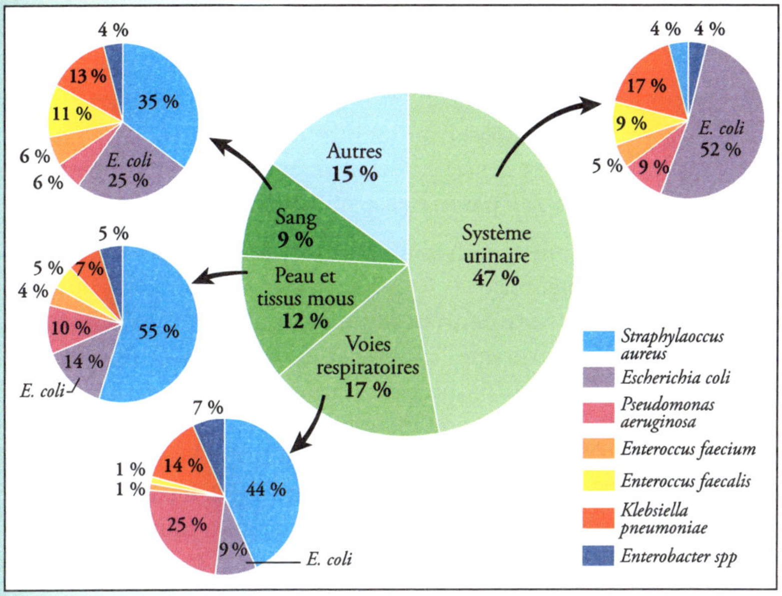

D'après V. Templier, 2016, Exploration de méthodes alternatives pour la détection de bactéries dans le sang, HAL.

DOCUMENT 2 **Évolution d'une population bactérienne**

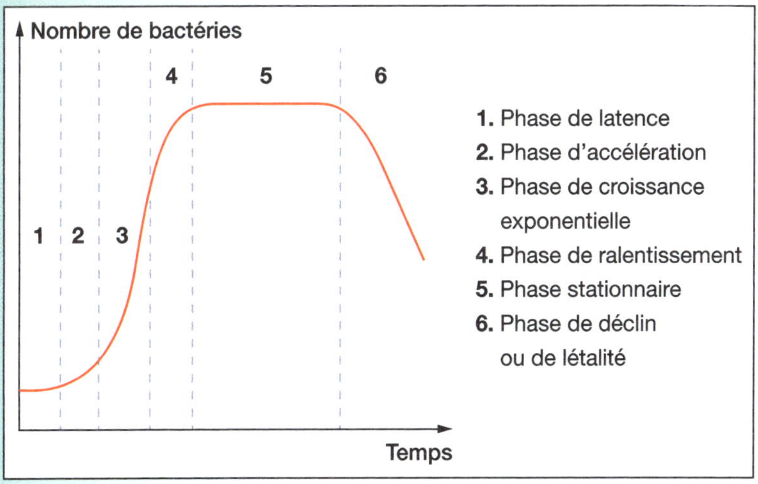

À partir de vos connaissances et des informations apportées par les documents 1 et 2, répondre aux questions suivantes.

▶ **1.** On considère que les infections dues aux bactéries *Escherichia coli* (ou *E. coli*) sont négligeables dans les infections « autres » (la zone bleu pâle dans le camembert central). Déterminer la fréquence des infections dues aux bactéries *E. coli* parmi l'ensemble des infections bactériennes.

▶ **2.** On considère une population des bactéries *E. coli* pendant la phase de croissance exponentielle.

a) Quelle nature de suite pourrait représenter une telle croissance ?

b) Dans un milieu favorable, la population de bactéries *Escherichia coli* double en 22 minutes. Montrer par un calcul que la population d'*Escherichia coli* augmente alors de 3,2 % par minute.

c) On considère une population initiale de 1 000 bactéries *Escherichia coli*. On modélise la situation décrite à la question **2. b** par une suite u. Le terme $u(n)$ donne la population de bactéries après n minutes.

Quels sont les éléments caractéristiques de cette suite ? Donner alors l'expression de $u(n)$ en fonction de n.

d) On propose l'algorithme suivant qui permet de déterminer quand la suite u dépasse un certain seuil :

```
def suite(seuil):
  n=0
  u=1000
  while u<seuil:
     u=
     n=
  return(n)
```

Recopier et compléter cet algorithme.

e) On utilise cet algorithme. Voici un résultat affiché à l'écran :

```
>>> suite(5000)
52
```

Interpréter ce résultat dans le contexte de l'exercice.

PARTIE 2 • LES ANTIBIOTIQUES ET LEURS LIMITES

DOCUMENT 3 **Action et limites des antibiotiques**

On a mis en culture deux types d'organismes pathogènes : une population de bactéries (**a**) et une population de virus infectant des cellules (**b**). On a testé l'action d'un antibiotique sur ces deux cultures. Les résultats sont représentés ci-dessous.

a. Culture bactérienne sans et avec antibiotique

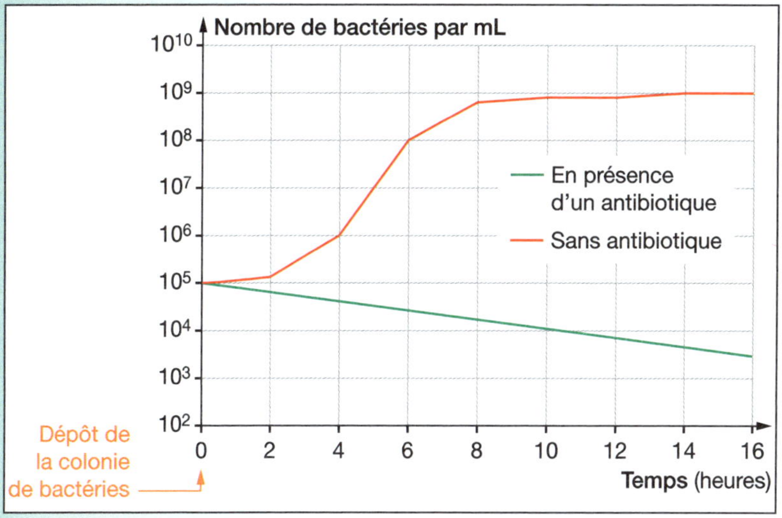

b. Culture de cellules infectées par un virus sans et avec antibiotique

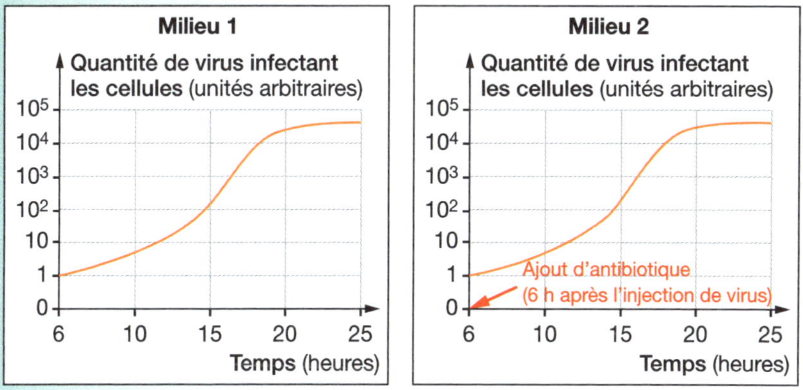

DOCUMENT 4 **Principe de l'antibiogramme**

Afin de connaître l'efficacité d'un antibiotique dans le traitement d'une infection, on effectue un prélèvement chez le patient et on le teste avec un **antibiogramme**.

Pour cela, on étale le prélèvement sur une gélose qui permet le développement des bactéries. On dépose des pastilles imbibées de différents antibiotiques sur la gélose. Ils diffusent alors dans la gélose autour de la pastille et peuvent former une auréole, signe de la destruction des bactéries. Plus l'auréole est étendue, plus l'antibiotique est efficace contre les bactéries du prélèvement. On dit alors que la bactérie est sensible à l'antibiotique.

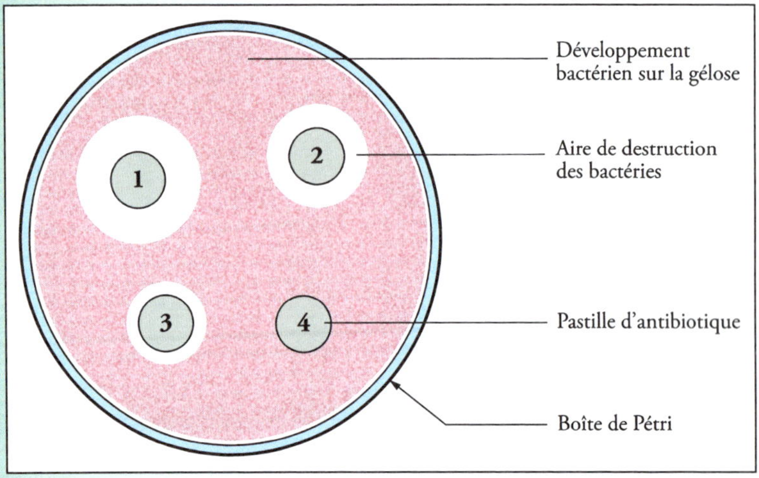

Résultats de l'antibiogramme pour une bactérie X

DOCUMENT 5 **La résistance bactérienne aux antibiotiques**

Les antibiotiques sont une des découvertes les plus importantes de la médecine, qui a sauvé et qui sauve des millions de vies chaque année, mais leur efficacité est menacée car les bactéries peuvent s'adapter en mutant et résister au traitement. Les bactéries résistantes sont devenues insensibles au traitement antibiotique. Elles provoquent chez l'humain des infections plus difficiles à traiter et sont à l'origine d'infections nosocomiales (acquises en milieu de soin de santé, en particulier les hôpitaux et les cliniques).
L'utilisation abusive des antibiotiques dans l'élevage et la médecine entraîne une sélection des bactéries résistantes qui sont les seules à survivre et leur fréquence devient de plus en plus importante. Comme la pression de sélection est très importante en milieu hospitalier, la proportion de bactéries résistantes et difficiles à traiter y explose.

À partir de vos connaissances et des informations apportées par les documents 3, 4 et 5, répondre aux questions suivantes.

▶ **3.** Sachant que les angines peuvent être d'origine virale ou bactérienne, est-il obligatoire de prescrire des antibiotiques pour les soigner ?

▶ **4.** Cocher la proposition exacte pour chaque question du questionnaire à choix multiple ci-dessous et justifier la réponse.

a) La bactérie X est très sensible à l'antibiotique :

❑ 1 ❑ 2 ❑ 3 ❑ 4

b) Sachant que l'utilisation inutile d'antibiotiques peut entraîner des résistances des bactéries, le meilleur traitement à utiliser sur la bactérie X est :

❑ l'association des antibiotiques 1 et 2.

❑ l'antibiotique 4. ❑ l'antibiotique 3. ❑ l'antibiotique 1 seul.

▶ **5.** Montrez l'intérêt de l'antibiogramme dans la lutte contre les bactéries et contre le développement de la résistance bactérienne.

LES CLÉS DU SUJET

Comprendre les documents

Document 1
Les infections bactériennes

- Le diagramme donne la répartition des infections bactériennes selon la partie du corps infectée puis selon la bactérie.
- Notez que l'*E. coli* apparaît dans chaque camembert.

Document 2 **Évolution d'une population bactérienne**	• Le graphique donne l'évolution d'une population de bactéries au cours du temps. • Notez la façon dont est qualifiée la croissance bactérienne.
Document 3 **Action et limites des antibiotiques**	• Les graphiques illustrent l'évolution de cultures de bactéries ou de cellules infectées par un virus en présence ou non d'antibiotique. • Les évolutions des populations bactériennes et virales, en présence d'antibiotiques, sont à comparer pour répondre à la question **3**.
Document 4 **Principe de l'antibiogramme**	• Le texte et le schéma expliquent le principe de l'antibiogramme. • Tirez les informations utiles du texte, afin de pouvoir interpréter les résultats de l'antibiogramme.
Document 5 **La résistance bactérienne aux antibiotiques**	• Le texte présente la résistance bactérienne, ses causes et ses conséquences. • Surlignez différemment dans le texte les causes et les conséquences de la résistance bactérienne.

Répondre aux questions

Coups de pouce

▶ **1.** Le diagramme permet de lire dans chaque catégorie d'infection, la proportion des *E. coli*. Pensez à utiliser des pourcentages de pourcentages.

▶ **2.** Tenez bien compte des données du document 2 pour mettre en place la bonne suite.

▶ **3.** Partez de la comparaison de l'action de l'antibiotique sur les bactéries et sur les virus, afin d'argumenter votre réponse.

Aide à la résolution de la question 5

Montrer l'intérêt de l'antibiogramme dans la lutte contre les bactéries et contre le développement de résistance bactérienne.

❶ Expliquez l'intérêt de l'antibiogramme pour choisir le traitement contre les bactéries.

❷ Montrez l'impact de l'utilisation abusive des antibiotiques grâce au document 5.

❸ Expliquez l'intérêt de l'antibiogramme pour lutter contre la résistance bactérienne aux antibiotiques.

❹ Concluez en résumant ces deux grandes idées.

29 CORRIGÉ GUIDÉ

PARTIE 1 • POPULATIONS BACTÉRIENNES

▶ **1.**

> **▶ Le conseil de méthode**
> Pour calculer des pourcentages de pourcentages, il faut multiplier les pourcentages entre eux. Les pourcentages obtenus pour des sous-populations distinctes peuvent ensuite être additionnés.

La bactérie *E. coli* représente :

- 52 % des infections du système urinaire soit 52 % de 47 % des infections :
$\frac{52}{100} \times \frac{47}{100} = 0{,}2444$ soit 24,44 % des infections.
- 9 % des infections des voies respiratoires soit 9 % de 17 % des infections :
$\frac{9}{100} \times \frac{17}{100} = 0{,}0153$ soit 1,53 % des infections.
- 14 % des infections de la peau et des tissus soit 14 % de 12 % des infections :
$\frac{14}{100} \times \frac{12}{100} = 0{,}0168$ soit 1,68 % des infections.
- 25 % des infections du sang soit 25 % de 9 % des infections :
$\frac{25}{100} \times \frac{9}{100} = 0{,}0225$ soit 2,25 % des infections.

Au total, les bactéries *E. coli* sont donc responsables de 29,9 % des infections bactériennes car 24,44 + 1,53 + 1,68 + 2,25 = 29,9.

▶ **2. a)** Comme on parle de croissance exponentielle, la suite permettant de modéliser cette croissance est une suite géométrique.

> **MOT CLÉ**
> On parle de croissance exponentielle quand le taux de variation (souvent exprimé en pourcentage) est constant et positif.

b) Quand la population d'*E. coli* augmente de 3,2 % par minute, cela signifie que, chaque minute, elle est multipliée par $1 + \frac{3{,}2}{100} = 1{,}032$. Ainsi, après 22 minutes, la population est donc multipliée par $1{,}032^{22} \approx 2$.

La population d'*E. coli* qui double en 22 minutes augmente donc bien de 3,2 % par minute.

c) En faisant le bilan des données des documents et des résultats aux questions précédentes, on peut dire que cette suite est une suite géométrique de premier terme $u(0) = 1\ 000$ et de raison $q = 1{,}032$.

On a alors $u(n) = 1\ 000 \times 1{,}032^n$.

d)

```
def suite(seuil):
  n=0
  u=1000
  while u<seuil:
    u=u*1,032
    n=n+1
  return(n)
```

e) D'après le résultat affiché, on peut conclure que la population de bactéries a été multipliée par 5 (elle a atteint le seuil de 5 000 individus) après 52 minutes.

PARTIE 2 • LES ANTIBIOTIQUES ET LEURS LIMITES

▶ **3.** Comme les angines sont causées par des infections bactériennes ou virales, on se demande s'il est utile de prescrire des antibiotiques pour soigner toutes les angines. Pour répondre, il faut d'abord connaître l'action des antibiotiques sur chaque agent pathogène, bactéries et virus.

L'étude des graphiques du document 3 permet de connaître l'action d'un antibiotique sur les bactéries (document 3 a.) et sur les virus (document 3 b.).

On voit qu'en l'absence d'antibiotique, la population passe de 10^5 bactéries par mL à 10^9 en 8 heures. Il y a multiplication des bactéries. En présence de l'antibiotique, la population passe de 10^5 bactéries par mL à moins de 10^3 en 16 heures. Il y a disparition des bactéries. On en déduit que l'antibiotique a détruit les bactéries, il est donc efficace pour lutter contre les maladies bactériennes.

On voit qu'en absence aussi bien qu'en présence de l'antibiotique, la population de virus passe de 1 unité arbitraire de virus à 10^5 en 20 heures. Il y a multiplication des virus. On en déduit que l'antibiotique ne détruit pas les virus, il est donc inefficace pour lutter contre les maladies virales.

Les antibiotiques ne permettent de lutter que contre les angines bactériennes. En cas d'infection virale, ils sont inutiles.

À NOTER
Il existe des tests rapides permettant de savoir si l'origine de l'angine est bactérienne ou virale. Un prélèvement dans la gorge suffit et le médecin peut alors prescrire des antibiotiques seulement si l'origine est bactérienne.

▶ **4. a)** La bactérie X est très sensible à l'antibiotique 1 car l'auréole est la plus large, ce qui montre une destruction plus importante des bactéries X.

b) Sachant que l'utilisation inutile d'antibiotiques peut entraîner des résistances des bactéries, le meilleur traitement à utiliser sur la bactérie X est l'antibiotique 1 seul. En effet, l'utilisation conjointe de l'antibiotique 2 est superflue et risque de développer des résistances chez les bactéries.

▶ 5.

> **▶ Le conseil de méthode**
> Une phrase d'introduction posant la problématique et une conclusion résumant votre réponse montreront votre application et la structuration de votre réponse.

Les antibiogrammes sont un outil intéressant. Nous cherchons en quoi l'utilisation des antibiogrammes permet de mieux lutter contre les bactéries mais aussi contre la résistance bactérienne pour améliorer les traitements antibiotiques. Ils permettent, en effet, de choisir le bon antibiotique et de réduire ainsi la résistance bactérienne.

Les antibiogrammes permettent de mettre en évidence l'antibiotique le plus efficace pour détruire la bactérie responsable de l'infection. Le médecin peut alors adapter le traitement et ne donner que l'antibiotique ou les antibiotiques efficaces. Il n'y a ainsi pas d'essai infructueux de plusieurs antibiotiques et les chances de guérison sont augmentées, car le traitement est ciblé.

L'utilisation abusive d'antibiotiques augmente la sélection des bactéries résistantes qui deviennent majoritaires et contre lesquelles nous n'avons pas ou peu de traitements efficaces. L'utilisation des antibiogrammes permet de mettre en évidence le bon antibiotique et donc d'en utiliser moins. La pression sélective est moins importante sur les populations bactériennes et les mutants résistants sont moins favorisés.

L'usage des antibiogrammes permet donc de choisir le bon antibiotique, ce qui a pour conséquence à la fois d'adapter les traitements pour qu'ils soient plus efficaces et de réduire le développement de résistance bactérienne.

4 De l'atmosphère primitive à l'atmosphère actuelle

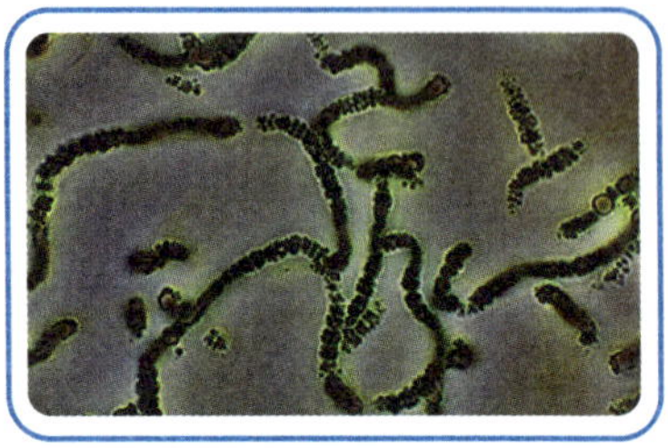

Formation de la Terre
– 4,6

Refroidissement de l'atmosphère avec condensation de l'eau à l'origine des océans, puis piégeage de la quasi-totalité du CO_2 atmosphérique dans les roches calcaires de l'océan
– 4,2

Des cyanobactéries photosynthétiques à l'origine des stromatolithes libèrent du dioxygène dans les océans
– 3,5

Atmosphère primitive :
$H_2O \approx 80\ \%$,
$CO_2 \approx 15\ \%$,
$N_2 \approx 5\ \%$,
$O_2 \approx 0\ \%$

– 4 Ga

– 3 Ga

1760 1770 1780 1790 1800 1810 1820 1830 1840 1850 1860 1870 188

1760
Début de la révolution industrielle avec utilisation du charbon comme combustible

1850
Augmentation sensible du taux de CO_2 atmosphérique, qui deviendra exponentielle au XXe siècle

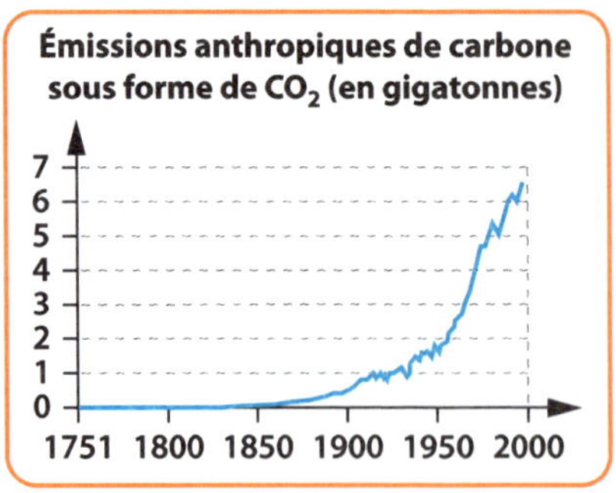

Ga = milliards d'années

Des roches rouges continentales témoignent de la présence de dioxygène dans l'atmosphère
– 2,2

Dessin d'un Ichthyostega

Mise en place de la couche d'ozone à partir du dioxygène atmosphérique
– 0,6

Colonisation du milieu aérien par les végétaux (– **0,5**) puis par les animaux (– **0,4**)

– 2 Ga

– 1 Ga

Atmosphère actuelle :
H_2O = traces,
CO_2 = 0,04 %,
N_2 = 78 %,
O_2 = 21 %

Période actuelle

1910 1920 1930 1940 1950 1960 1970 1980 1990 2000 2010 2020

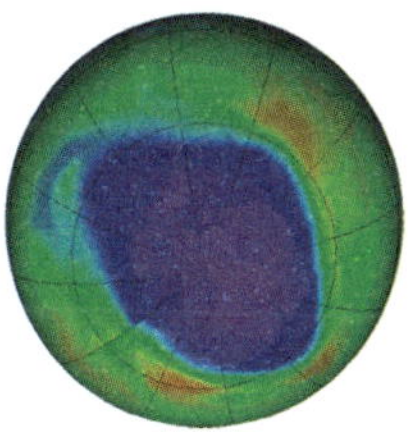

1987 Protocole de Montréal pour la protection de la couche d'ozone

1988 Création du GIEC

2014 Prévisions du GIEC à l'horizon 2100

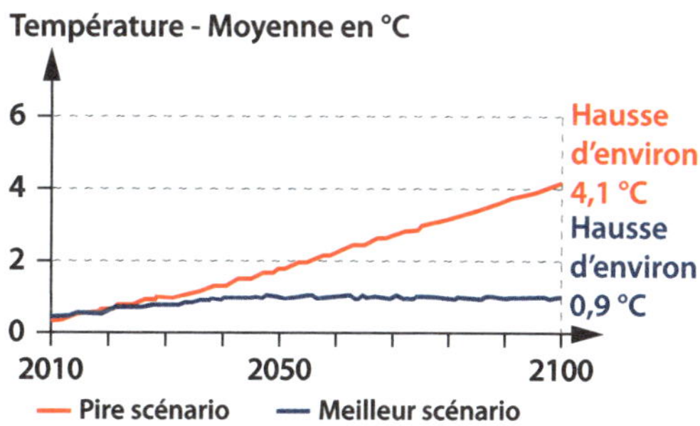

5 Le climat du futur

La modélisation du climat terrestre

Les modèles climatiques

- **Représentation numérique simplifiée** du climat terrestre.
- **Trois réservoirs terrestres** (atmosphère, océans et surfaces continentales).
- Des **équations mathématiques** pour décrire ce qui se passe dans et entre les réservoirs.
- Des **mailles** pour lesquelles on détermine les paramètres (température, rayonnement, humidité).

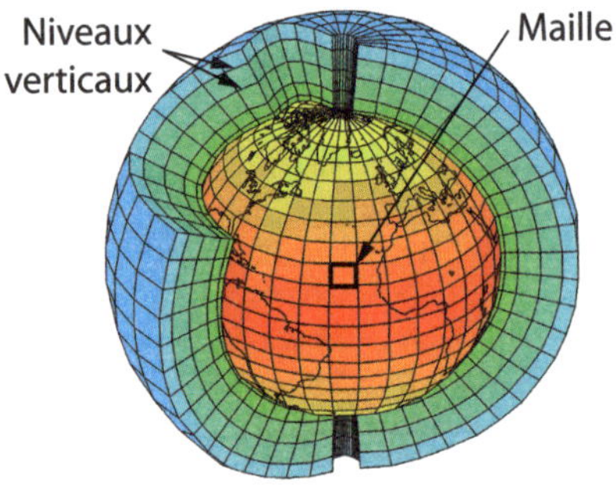

Du passé au futur

- Les modèles sont de plus en plus fiables.
- Ils intègrent les conditions initiales et l'évolution des **gaz à effet de serre.**
- Ils permettent de comprendre le **climat actuel** et d'anticiper **le climat futur.**

LE CLIMAT

Un réchauffement confirmé par tous les modèles

Une responsabilité humaine attestée

- Depuis 1850, on constate une **augmentation de 1 °C** à l'échelle du globe.
- Les activités humaines intégrées dans les modèles sont :
  – celles qui augmentent les gaz à effet de serre ;
  – celles qui diminuent l'albédo et s'accompagnant d'une rétroaction positive.

Les quatre scénarios du GIEC

- **Quatre scénarios d'évolution du climat** dits RCP 8.5, RCP 6.0, RCP 4.5 et RCP 2.6 établis par le GIEC.
- Ces scénarios sont **plus ou moins optimistes.**
- Des **actualisations** régulières.

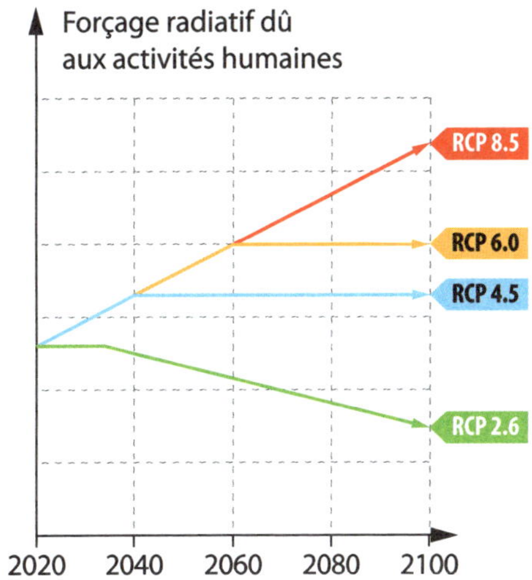

Émissions de GES croissantes

RCP 8.5 On ne change rien. Les émissions de GES continuent d'augmenter au rythme actuel. C'est le scénario le plus pessimiste.

RCP 6.0 Scénario avec stabilisation des émissions avant la fin du XXIe siècle à un niveau moyen.

RCP 4.5 Scénario avec stabilisation des émissions avant la fin du XXIe siècle à un niveau faible.

RCP 2.6 Scénario à très faibles émissions avec un point culminant avant 2050. C'est le scénario le plus optimiste.

DU FUTUR

Les scénarios climatiques du futur

Les conséquences du réchauffement climatique

- Augmentation de la **température** globale.
- Augmentation du **niveau des océans.**
- Modification des **régimes des pluies.**
- **Acidification** des océans.
- **Conséquences économiques et sociales.**

6 Développement des générateurs d'électricité et évolution de la consommation d'énergie

Pile Volta
à courant continu
1799

Centrale électrique
à courant continu de T. Edison
1882

Usine hydr
à courant a
de N. Tesla
1896

1800 — 1900

1826
G. Ohm établit le lien
entre courant et tension
dans un conducteur

1831
Lois de M. Faraday sur
l'induction électromagnétique

1841
Lois de J.P. Joule sur
le dégagement de chaleur
dans un conducteur

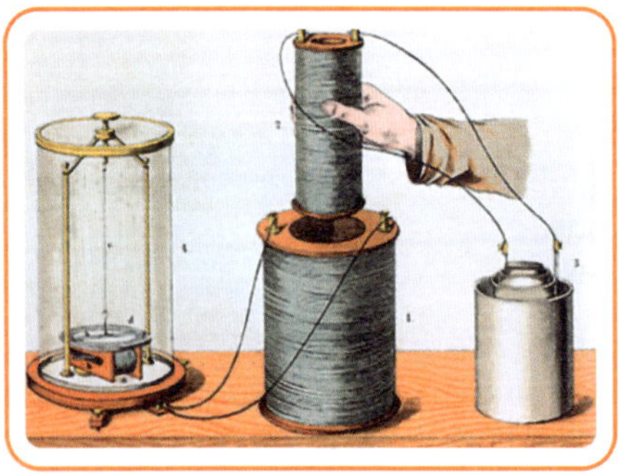

Énergies fossiles
Énergies nucléaire
Énergies renouvela

* En millions de tonnes
équivalent pétrole
** Géothermie, biomas
éolien, solaire et autres

Centrale électrique nucléaire de Obninsk (ex-URSS)
1954

Prototype industriel de pile à combustible de F.T. Bacon
1953

Usine marémotrice de la Rance (France)
1966

Premier smart grid européen qui ajuste l'offre à la demande électrique
2000

2000

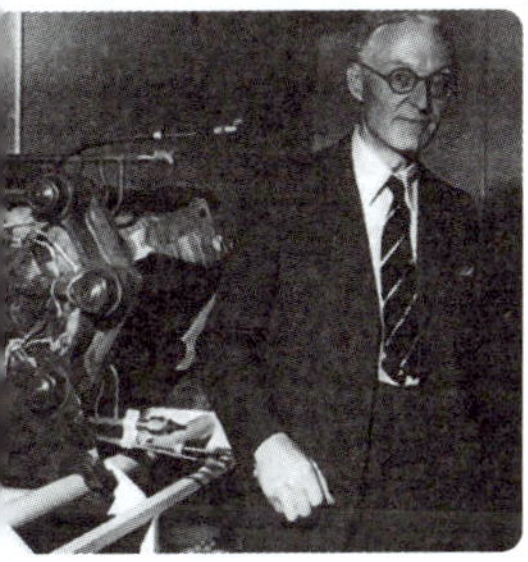

1988 - 2020
Prise de conscience des conséquences du réchauffement climatique et augmentation de la part des énergies renouvelables dans la consommation d'énergie

Évolution de la consommation mondiale d'énergie primaire par source entre 2008 et 2018*

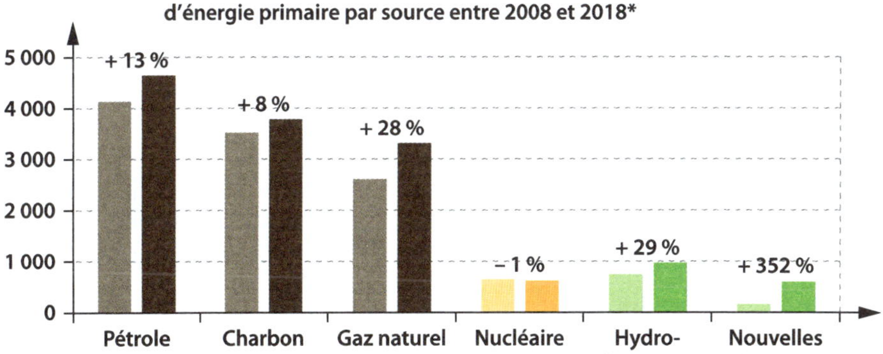

7 Les atouts de l'électricité

Les dispositifs pour obtenir de l'électricité

Par conversion d'énergie mécanique

Le groupe **turbine-alternateur** convertit une énergie mécanique en énergie électrique de manière directe (éoliennes) ou indirecte (centrales thermiques).

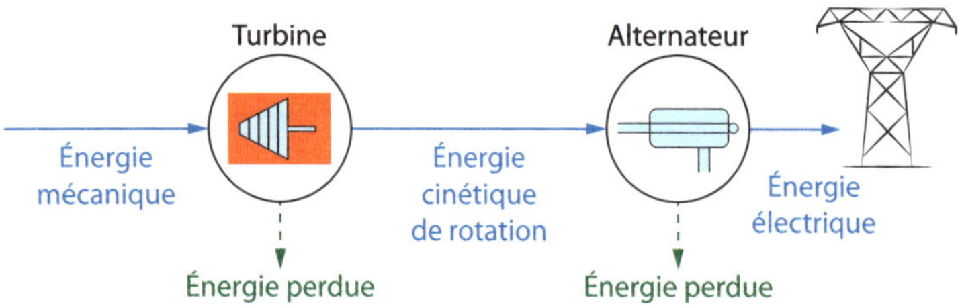

Par conversion d'énergie radiative solaire

Les panneaux photovoltaïques, constitués de **semi-conducteurs**, convertissent les radiations solaires en électricité.

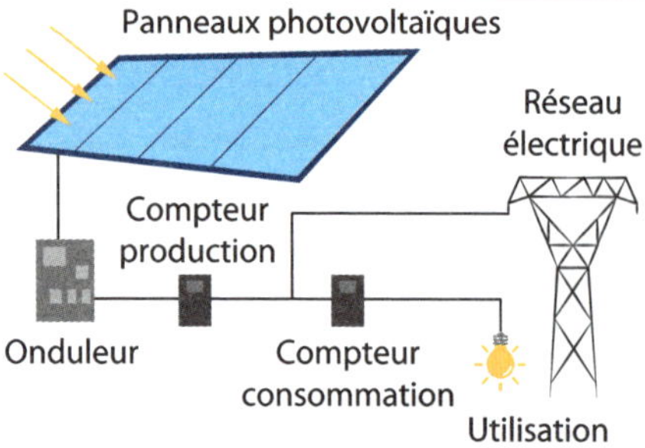

L'ÉLECTRICITÉ,

Par conversion d'énergie électrochimique

Un **accumulateur** (appelé aussi batterie) est un système qui transforme de manière réversible l'énergie chimique en énergie électrique à partir de réactions chimiques.

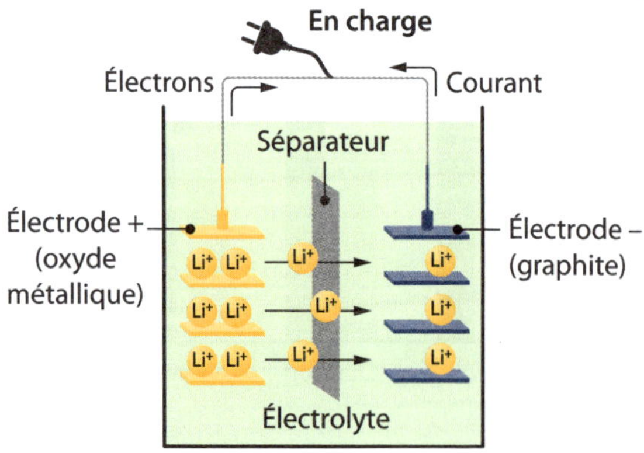

Les dispositifs de stockage

La nécessité du stockage

Dans un contexte de réchauffement climatique, le développement des énergies renouvelables intermittentes et le besoin de mobilité poussent nos sociétés à développer et à optimiser les capacités de stockage de l'électricité.

Les formes de stockage

Elles exploitent :

- l'énergie chimique (accumulateurs) ;
- l'énergie électrique (supercondensateurs) ;
- l'énergie potentielle (comme ci-dessous dans une step offshore).

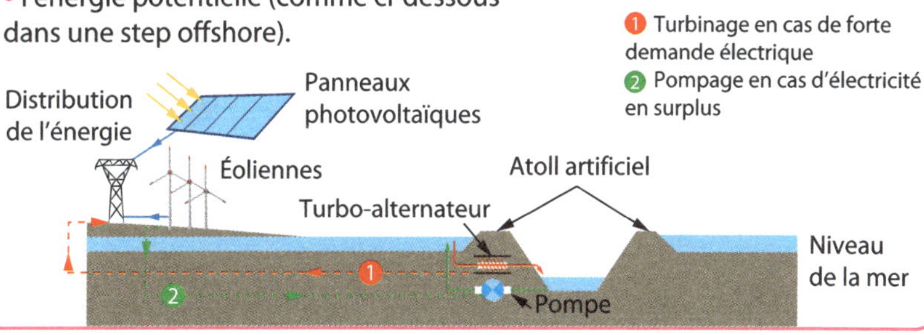

UN VECTEUR INCONTOURNABLE

Les impacts environnementaux de l'électricité « bas-carbone »

L'exploitation de ressources géologiques

L'extraction et le traitement des matières premières (métaux, terres rares, silicium…) utilisées dans les technologies de la transition écologique sont consommateurs de beaucoup d'énergies, d'eau et de produits chimiques toxiques.

Effluents provenant des usines de traitement des terres rares en Mongolie intérieure (Chine)

8 L'optimisation du transport de l'électricité

L'OPTIMISATION DU TRANSPORT

Lignes électriques

Puissance transportée

- **Monophasé** (2 câbles) : $P = U \times I$

matière × 1,5 — puissance × 1,73

- **Triphasé** (3 câbles) : $P = U \times I \times \sqrt{3}$

U dimensionne les pylônes (h et H)
I dimensionne le diamètre des câbles (D)

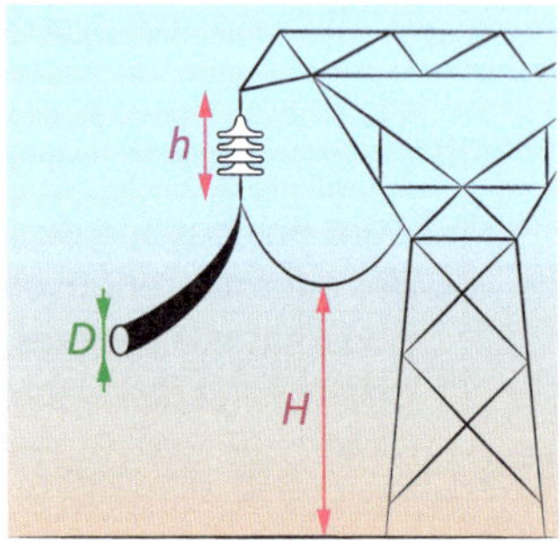

Modèle électrique d'une ligne à haute tension

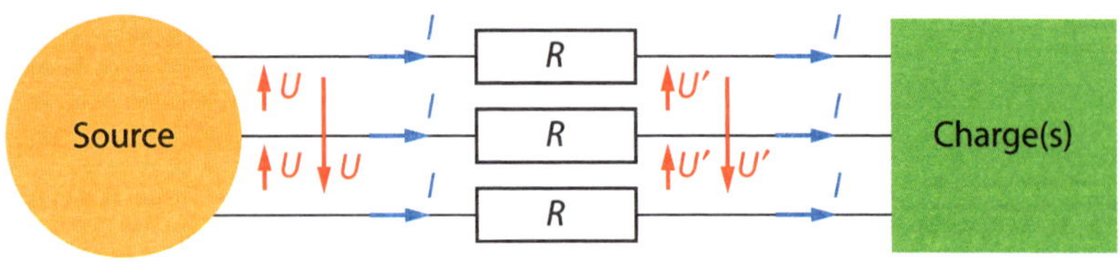

Pertes en ligne par effet Joule

- L'effet Joule produit un **échauffement** dû à la circulation du courant dans les fils et :
- provoque une **perte d'énergie** ;
- **limite** physiquement **la puissance** transportée par une ligne, sous peine de dégâts dus à l'échauffement.
- Les **pertes d'énergie** pour une ligne à 3 câbles ont pour expression :

$$P_J = 3 \times R \times I^2$$

Augmenter U permet de diminuer I, et donc de limiter P_J

Modèle topologique d'un réseau électrique

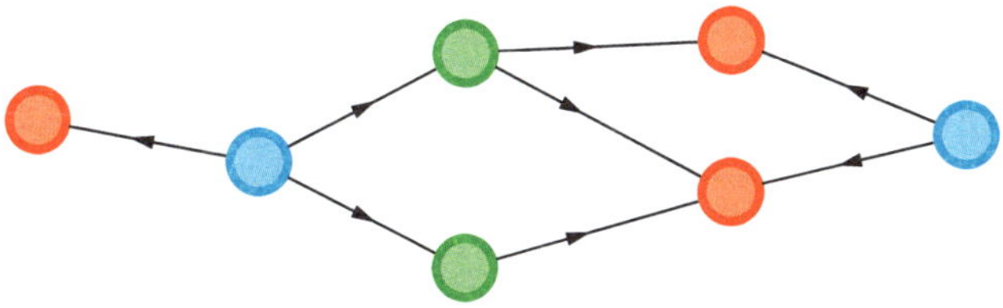

- Les **nœuds** représentent les sources distributrices, les postes électriques intermédiaires et les cibles destinatrices.
- Les **arêtes entre les nœuds** représentent les **lignes de transport**.
- Les **flèches** sur les arêtes représentent le **sens de circulation de l'énergie**.

DE L'ÉLECTRICITÉ

Réseaux de transport

Gestion du réseau

Objectif principal : assurer l'équilibre production-consommation.

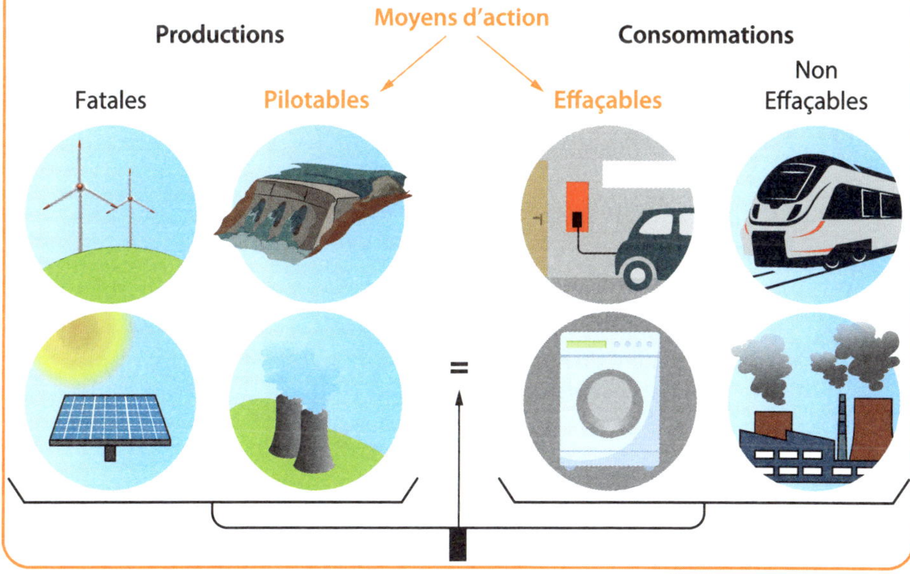

9 Les modèles démographiques

LES MODÈLES

Le choix d'un modèle

Le modèle logistique de Verhulst

- **Croissance de la population** qui s'accompagne d'une **baisse de la natalité** et d'une **hausse de la mortalité**.
- **Taille limite** pour chaque population.
- Représentation de l'évolution de la population par une **courbe en S** :

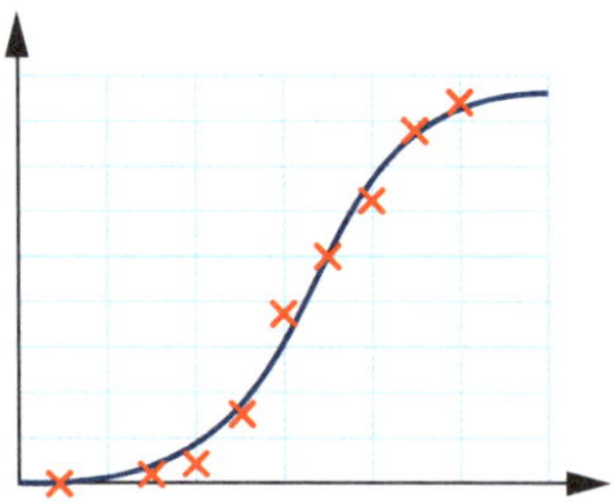

Le modèle de Leslie « structuré en âges »

- **Taux de reproduction** variable avec l'âge des individus.
- Utilisation du **calcul matriciel**.

Des modèles plus élaborés

Utilisation de multiples paramètres et de calculs complexes.

Le modèle linéaire

Variation absolue
$u(n+1) - u(n)$ constante.

Suite de terme général $u(n)$ **arithmétique**.

Ajustement du nuage de points par une **droite** :

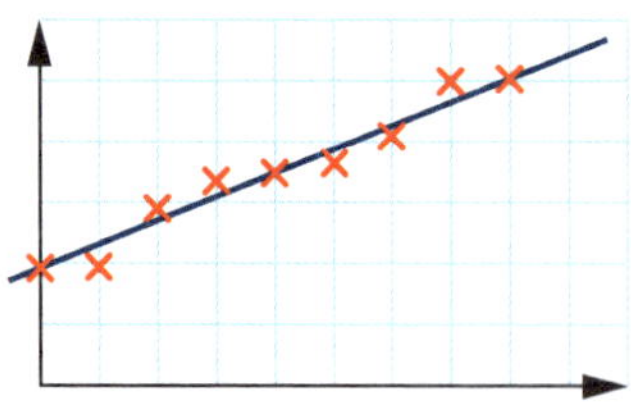

Le modèle exponentiel

Taux de variation $\frac{u(n+1) - u(n)}{u(n)}$ constant.

Suite de terme général $u(n)$ **géométrique**.

Ajustement du nuage de points par la courbe représentative d'une **fonction exponentielle :**

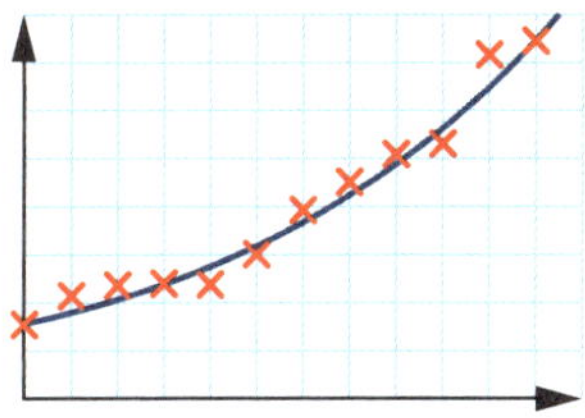

DÉMOGRAPHIQUES

Le modèle de Malthus :

- **Croissance exponentielle de la population** et **croissance linéaire des ressources**, d'où des catastrophes démographiques prévisibles.
- **Taux de natalité** et **taux de mortalité constants**
- Ne tient pas compte de facteurs extérieurs.
- Peu réaliste sur le long terme.

Anglais

INFOS et CONSEILS sur l'évaluation

Compréhension de l'oral
Compréhension écrite
Expression écrite

Expression orale

Le lexique des axes culturels

1 Réussir l'évaluation en langues

L'évaluation de Terminale se déroule en deux temps : une évaluation écrite et une évaluation orale individuelle. Elle couvre les quatre compétences.

A Les deux temps de l'évaluation

L'évaluation de langues en Tle

1er temps
- **Quand ? au 3e trimestre**
- **Durée : 1 h 30**
- **Structure : compréhension de l'oral + compréhension de l'écrit + expression écrite**
- **Barème : 30 points (10 + 10 + 10)**

2e temps
- **Quand ? au 3e trimestre**
- **Durée : 10 minutes de préparation + 10 minutes de passage**
- **Structure : expression orale**
- **Barème : 10 points**

● Pour le 1er temps de l'évaluation, l'intégralité du sujet vous est remise **dès le début** de l'examen. Vous disposez de 5 minutes pour en prendre connaissance. Après les trois écoutes du document audio ou vidéo, vous êtes libre d'**organiser votre temps** pour traiter toutes les questions.

● Les documents supports et les questions posées sont toujours **en lien avec l'un des 8 axes culturels** :
- Identités et échanges
- Espace privé et espace public
- Art et pouvoir
- Citoyenneté et mondes virtuels
- Fictions et réalités
- Innovations scientifiques et responsabilité
- Diversité et inclusion
- Territoire et mémoire

B Les différents types d'exercices

1. La compréhension de l'oral

● Un document audio ou vidéo d'1 minute 30 maximum vous est présenté **trois fois**. Il s'écoule **une minute** après chaque écoute ou visionnage.

● Vous rendez compte par écrit, **en français**, de ce document.

2. La compréhension de l'écrit

- Votre sujet comprend **un ou deux documents**.
- Vous répondez en français ou en langue cible, selon la consigne indiquée, de manière libre ou guidée.
- L'énoncé peut prendre l'une des deux formes ci-dessous.

Type n° 1	Type n° 2
Plusieurs questions portant sur le(s) document(s).	Une seule question demandant d'établir un lien entre les documents de la compréhension orale et écrite et l'axe culturel.

3. L'expression écrite

- Les sujets, à traiter en langue cible, se fondent sur **une ou deux questions**, en lien avec la thématique générale des documents supports de la compréhension de l'oral et de l'écrit.
- Deux sujets vous sont proposés : vous devez en choisir un et répondre en 120 mots minimum. Vous avez généralement le choix entre un **sujet de réflexion ou d'analyse** et un **sujet d'invention**. Le sujet peut prendre appui sur un document iconographique.

> CONSEIL **Pensez à vous appuyer sur le lexique présent dans les documents. Vous montrerez ainsi votre capacité à réutiliser le vocabulaire essentiel pour traiter le sujet choisi.**

4. L'expression orale

- L'examinateur vous donne le **choix** entre trois axes culturels du programme. Sur celui que vous retenez, il vous propose des **pistes de discussion** : deux documents iconographiques, ou deux citations, ou un document iconographique et une citation.
- Vous devez **expliquer** pendant 5 minutes maximum, en langue cible, quel document ou quelle citation illustre selon vous le mieux l'axe choisi.
- Ensuite, vous vous **entretenez** avec l'examinateur pendant 5 minutes.

2 Réussir la compréhension de l'oral

Déjà évaluée en Première, la compréhension de l'oral l'est de nouveau en Terminale. Elle repose sur l'écoute d'un document audio ou vidéo dont vous devez rendre compte en français.

A Anticiper les caractéristiques du document

- La consigne est toujours la même : rédiger un compte rendu, en **français**.
- Le **titre** du document oral est indiqué sur le sujet, parfois sa **source** : ces indications peuvent vous aider à anticiper ce dont il va être question.

B Tirer parti des 3 écoutes

Munissez-vous d'une feuille pour **prendre des notes**, que vous compléterez pendant et entre les écoutes ou visionnages du document.

- La **1re écoute** vous permet d'appréhender l'enregistrement dans sa globalité. Concentrez-vous sur ce que vous comprenez pour suivre le fil du propos. Déterminez la nature du document (entretien, reportage, conversation…), identifiez le thème abordé, la situation et les intervenants.
- La **2e écoute** affine votre compréhension. Relevez les mots clés et les données factuelles, repérez les enchaînements d'idées et, le cas échéant, les différents points de vue. Notez autant de détails que possible.
- Lors de la **3e écoute**, vérifiez vos hypothèses et précisez quelques détails.

> CONSEIL **Ne prenez jamais en note des phrases entières : privilégiez les mots clés qui font sens.**

C Rédiger le compte rendu en français

- Construisez votre compte rendu autour des informations rassemblées.

1. **Présentez brièvement le document : nature, thème, enjeu.**
2. **Résumez le propos, de préférence dans l'ordre chronologique : informations, intervenants, points de vue…**
3. **Soulignez la portée du document : informer, convaincre, dénoncer…**
4. **Terminez par une brève conclusion.**

- Exprimez-vous dans une langue correcte et claire. Écrivez des **phrases courtes**, allez à l'essentiel. Relisez-vous pour ne pas laisser de fautes.

> À NOTER **L'exercice consiste à synthétiser le contenu du document oral : vous ne devez pas le commenter ni donner votre avis.**

3 Réussir la compréhension de l'écrit

La compréhension de l'écrit prend appui sur un ou deux documents. Ceux-ci peuvent être informatifs, descriptifs, narratifs ou argumentatifs.

A Comprendre le(s) document(s)

● Lisez une première fois chaque document pour identifier son genre et découvrir son sens général. Lisez ensuite les questions : elles vous aideront à mieux comprendre les textes et leur portée.

● Relisez chaque document, crayon en main, pour **noter** et **souligner** : l'époque et le lieu de l'action, le nom et la qualité des personnages, les liens qui les unissent, les articulations logiques, les mots et phrases clés.

> À NOTER **Pour chaque document, vous devez être capable de répondre aux questions : Qui ? Quoi ? Quand ? Où ? Comment ? Pourquoi ?**

B Organiser ses réponses

Vous devez répondre aux questions dans la langue cible (anglais, espagnol, etc.). Le questionnaire peut prendre deux formes :
– **plusieurs questions** portant sur un ou plusieurs documents ;
– **une seule question** vous demandant d'établir un lien entre les documents (y compris celui ayant servi à la compréhension orale) et l'axe culturel auquel ils se rapportent.

1. Répondre à plusieurs questions

● En général, on vous demande d'abord de **rendre compte de chaque document**. La question peut être guidée, pour attirer votre attention sur les lieux de l'action, le thème, les personnages, les sentiments exprimés…

● On vous invite ensuite à **comparer les documents** (points communs, différences, point de vue, etc.). On peut aussi vous demander d'expliquer une phrase de l'un des documents, à la lumière de l'ensemble du dossier.

2. Faire le lien avec l'axe

Vous devez dire en quoi ou de quelle manière les documents peuvent être mis en relation avec l'axe culturel. Pour cela, vous pouvez procéder ainsi :

1. Remémorez-vous les thèmes étudiés dans l'année autour de cet axe.
2. Listez les points communs entre les documents et ce qui les relie à l'axe.
3. Construisez un plan puis développez votre réponse.

4 Réussir l'expression écrite

Vous avez toujours le choix entre deux sujets d'expression écrite, tous deux en lien avec la thématique générale des documents supports. Vous devez traiter l'un deux en 120 mots minimum.

A Choisir le sujet

- Les sujets au choix sont la plupart du temps :

– un **sujet de réflexion ou d'analyse**, qui vous demandera par exemple d'expliquer un aspect du dossier, de commenter une citation ou de donner votre opinion ;

– un **sujet d'invention**, qui pourra vous proposer d'écrire une lettre, un article de presse ou de blog, ou encore une suite de texte.

- Choisissez le sujet en fonction de l'intérêt et des idées immédiates qu'il éveille en vous, de vos aptitudes à réussir un écrit d'invention/de réflexion, et enfin de votre connaissance personnelle du thème.

> CONSEIL **Le jour de l'évaluation, organisez-vous de manière à garder du temps pour bien vous relire et traquer la moindre faute dans votre rédaction.**

B Rédiger un texte argumentatif

1. **Rassemblez vos idées sur l'axe abordé par le sujet.**
2. **Trouvez des arguments et ordonnez-les ; expliquez avant de commenter ou de donner votre avis.**
3. **Justifiez votre propos en citant les documents.**
4. **Terminez par une brève conclusion.**

C Rédiger un écrit d'invention

1. **Lisez attentivement la consigne pour bien produire le type de texte demandé et tenir compte des éléments de départ.**
2. **Respectez les règles de présentation : en-tête, adresse au destinataire et signature s'il s'agit d'une lettre ; titre s'il s'agit d'un article, etc.**
3. **Préparez une trame au brouillon.**
4. **Rédigez à l'aide de phrases courtes.**

5 Réussir l'expression orale

L'évaluation de l'expression orale dure 10 minutes, précédées de 10 minutes de préparation. Elle comprend la présentation d'un document ou d'une citation, en lien avec l'un des axes du programme, et un entretien.

A La présentation individuelle (5 minutes)

1. Commenter un document iconographique

Le document peut être de nature variée : photographie, publicité, tableau, dessin, affiche...

1. Présentez le document : nature, thème, source, date.
2. Décrivez le document : son organisation, les éléments qui le composent, son texte le cas échéant (information, slogan, etc.).
3. Dites en quoi le document illustre l'axe culturel choisi.
4. Concluez en reformulant brièvement votre démonstration.
5. Ouvrez sur une idée nouvelle en lien avec l'axe et permettant un échange avec l'examinateur.

2. Commenter une citation

1. Explicitez la citation : dégagez sa teneur et soulignez les questions sur lesquelles elle invite à réfléchir.
2. Expliquez en quoi la citation se rattache à l'axe culturel choisi. Donnez des exemples pour argumenter votre propos.
3. Concluez en reformulant brièvement votre démonstration.
4. Ouvrez en évoquant un aspect de l'axe que la citation n'a pas permis d'aborder.

B L'entretien (5 minutes)

- L'examinateur vous pose ensuite quelques questions pour prolonger votre présentation ou pour évoquer votre travail sur cet axe pendant l'année.

> CONSEIL **Essayez d'anticiper les questions.**

- Ne vous contentez pas de réponses courtes : efforcez-vous au contraire de **développer** vos réponses. **Justifiez** vos affirmations et n'hésitez pas à exprimer votre **point de vue**.

Between America and Africa

COMPRÉHENSION DE L'ORAL • COMPRÉHENSION DE L'ÉCRIT • EXPRESSION ÉCRITE

1 h 30
30 points

INTÉRÊT DU SUJET • Il est courant d'étudier les mouvements migratoires, mais on se penche rarement sur les mouvements de retour au pays d'origine, et la façon dont ils sont vécus ! C'est ce que propose ce sujet.

Vous disposez d'abord de 5 minutes pour prendre connaissance de l'intégralité du sujet. Puis vous écouterez 3 fois le document 1. À l'issue de la 3e écoute, vous organiserez votre temps comme vous le souhaitez pour traiter la compréhension de l'oral, la compréhension de l'écrit et un sujet d'expression écrite.

DOCUMENT 1 Returning home to Ghana

© Newsy / DR

bit.ly/3fdoWAE (jusqu'à 1'33)

Source: *Newsy*, 16 February 2017

DOCUMENT 2

I was in Africa now. It was heady, draining, and wholly new to me. Auma[1]'s sky-blue car was so old that it often needed to be pushed in order to get the engine into gear. I'd ill-advisedly bought new white sneakers to wear on the trip, and within a day, after all the pushing we did, they'd turned reddish brown, stained with the cinnamon-hued dust of Nairobi.

Barack was more at home in Nairobi than I was, having been there once before. I moved with the awkwardness of a tourist, aware that we were outsiders, even with our black skin. People sometimes stared at us on the street. I hadn't been expecting to fit right in, obviously, but I think I arrived there naively believing I'd feel some visceral connection to the continent I'd grown up thinking of as a sort of mythic motherland as if going there would bestow[2] on me some feeling of completeness. But Africa, of course, owed us nothing. It's a curious thing to realize, the in-betweenness one feels being African American in Africa. It gave me a hard-to-explain feeling of sadness, a sense of being unrooted in both lands.

Michelle Obama, *Becoming*, 2018 (adapted)

1. Auma is Barack's half-sister.
2. bestow on me: give me.

ANGLAIS

DOCUMENT 3

After 15 years in the USA, Ifemelu is back in her home city, Lagos. This is one of her posts on her blog.

Lagos has never been, will never be, and has never aspired to be like New York, or anywhere else for that matter. Lagos has always been indisputably itself, but you would not know this at the meeting of the Nigerpolitan Club, a group of young returnees who gather every week to moan about the many ways that Lagos is not like New York as though Lagos had ever been close to being like New York. Full disclosure: I am one of them. Most of us have come back to make money in Nigeria, to start businesses, to seek government contracts and contacts. Others have come with dreams in their pockets and a hunger to change the country, but we spend all our time complaining about Nigeria, and even though our complaints are legitimate, I imagine myself as an outsider saying: go back where you came from! If your cook cannot make the perfect Panini, it is not because he is stupid. It is because Nigeria is not a nation of sandwich-eating people and his last oga[1] did not eat bread in the afternoon. So he needs training and practice. And Nigeria is not a nation of people with food allergies, not a nation of picky eaters for whom food is about distinctions and separations. It is a nation of people who eat beef and chicken, and cow skin and intestines and dried fish in a single bowl of soup, and it is called assorted and so get over yourselves and realize that the way of life here is just that, assorted.

Chimamanda Ngozi Adichie, *Americanah*, 2003

1. his oga: his employer, his boss.

COMPRÉHENSION DE L'ORAL — 10 POINTS

Vous rendrez compte du document 1 (vidéo), en français, en prêtant particulièrement attention aux points suivants :

– sa nature et son thème principal ;
– les personnes qui s'expriment et leur témoignage ;
– la fonction et la portée du document (relater, informer, convaincre, critiquer, dénoncer, etc.).

COMPRÉHENSION DE L'ÉCRIT — 10 POINTS

Answer the following questions in English.

▶ **1. Document 2.** Give an account of document 2 in English and in your own words, paying particular attention to the nature of the text, the situation (place and main action), the writer's feelings and the reasons why she feels that way.

▶ **2. Document 3.** Give an account of document 3 in English and in your own words, paying particular attention to:
– the main topic,
– the differences between the two cities mentioned,
– Ifemelu's opinion and feelings about the place she has moved to.

▶ **3. Documents 1, 2 et 3.** Consider the three documents (1, 2 and 3) and explain briefly what the different situations have in common.

EXPRESSION ÉCRITE 10 POINTS

▶ Vous traiterez, en anglais, un seul des deux sujets suivants, au choix. Répondez en 120 mots au moins.

Sujet A

You are going on a gap year and have to choose between two possibilities. Which one would you choose? Explain why.

ph © MBI / Alamy Stock Photo

1. Volunteering as a schoolteacher in Ghana

ph © Matt Champlin / Getty Images

2. Backpacking in New Zealand

Sujet B

Comment on the following statement by American writer Robin Hobb: "Home is people. Not a place."

LES CLÉS DU SUJET

Compréhension de l'oral

Identifier les caractéristiques clés du document (1re écoute)

Caractéristiques du document

- **Genre :** extrait d'un reportage télévisé
- **Thème :** migrations et retour au pays
- **Enjeu :** est-ce facile de revenir au Ghana lorsqu'on est américain d'origine africaine ?
- **Intervenants :** un journaliste (voix off) et trois femmes d'origine africaine qui sont nées et ont grandi aux États-Unis

Affiner sa compréhension (2e et 3e écoutes)

1. Repérage des informations données par le journaliste

- Concentrez-vous sur la phase d'accroche. Trouvez les deux mots clés. L'un d'eux doit vous paraître paradoxal.
- Notez l'information communiquée sur l'initiative du gouvernement ghanéen et repérez le nombre de personnes concernées par ce projet.
- Identifiez les caractéristiques des personnes interviewées.

2. Interviews suivantes

- Relevez quelle était la situation des femmes aux États-Unis et leur ressenti.
- Repérez comment elles sont qualifiées par la population locale.
- Indiquez aussi quelles réactions ont les villageois à leur égard.

3. Partie conclusive

- Relevez le fait migratoire entre les deux pays, évoqué par la voix off.
- Notez la réaction générale des individus face à ces retours en Afrique.
- Trouvez quel constat est donné sur les opportunités existant au Ghana, comparé aux États-Unis.

Compréhension de l'écrit

Comprendre les documents

	Document 2	Document 3
Genre	Autobiographie (2018)	Roman (2003)
Auteur	Michelle Obama, femme de Barack Obama, président des États-Unis de 2009 à 2017	Chimamanda Ngozi Adichie, auteure nigériane reconnue
Idée principale	Déception lors de son arrivée au Kenya : l'auteure ne se sent pas chez elle	Comparaison entre New York, où habitait Ifemelu, et Lagos, où elle est revenue

Organiser ses réponses

▶ **1.** Veillez à indiquer tous les éléments mentionnés dans la consigne, notamment en commençant par les attentes par rapport à ce voyage, qui sont d'autant plus grandes que la déception va l'être.

▶ **2.** Après avoir présenté la situation d'Ifemelu, vous pouvez énumérer ce qui différencie les deux villes, puis nuancer puisque si au départ l'une est vivement critiquée, c'est finalement pour mieux mettre en avant ses particularités.

▶ **3.** Analysez quel mouvement est décrit dans chaque document, et quel est le ressenti des personnes, qui relève d'un certain paradoxe. Utilisez des mots de liaison exprimant la similarité.

Expression écrite

Sujet A • Key ideas and a few tools

If you choose the 1st possibility

- As English is spoken in Ghana, this allows you to improve in English.
- Besides, teaching enables you to mix with the population more easily, as is the case when you work with a community, and it is both gratifying and useful.
- Moreover, the landscapes are gorgeous, and you can easily go backpacking.

If you choose the 2nd possibility

- New Zealand is full of natural places and magnificent mountains which were the setting for *The Lord of the Rings* film trilogy.
- But not only that: backpacking is an interesting physical experience, which enables you to meet people on the way and change places all the time.

Sujet B

• **Key ideas.** What do you have in mind when you hear the word "home"? Both ideas mentioned by Hobb (people and place) can occur to you. Maybe they are the two sides of the same coin! As the subject is related to the theme of migration and travelling back to one's roots (*racines*), you may use the examples in the document to support your point.

• **A few tools.** In the first part, you can see to what extent (*dans quelle mesure*) "home" can be defined as a place in the usual sense. Then, you can show that without the people we love, there is no real home. A sentence to conclude could draw the two ideas together.

ANGLAIS

30 CORRIGÉ GUIDÉ

COMPRÉHENSION DE L'ORAL

Script

ZHINGA POWEL: I feel like a foreigner here, because you are a foreigner here. They still consider me to be "white".

JOURNALIST (voice over): The Ghanaian government is encouraging people of African descent to return home to Ghana – an opportunity 3,000 Americans have taken. We spoke with three black women who were born and raised in America and immigrated to Ghana, about their experience.

LOIS OKUDZETO: I used to just get totally fed up with everything being somehow connected to race in America. I always found it oppressive, personally, and so I wanted to get away from that. That didn't quite happen because when you are too fair they say you're "white" here!

ZHIGA POWEL: They'll say a "obruni" like, they call me a "obruni", I think that's how you say, when they are saying like, "white person".

LOIS OKUDZETO: When I go to the village, these people have never been out of the village and done many things. Immediately, you know, little children are calling me "yevu", that means "white person".

MONICA AMPONSAH: Some things are pushed on you here, ok, you can afford it. You have to be able to afford it. You may say, "no, I don't want that", "yes you do, Madam, yes."

JOURNALIST (voice over): For Ghanaians, the US is the second most common destination to emigrate to, which makes the idea of leaving America all the more puzzling to some.

LOIS OKUDZETO: It's difficult to convince people that there's a life outside the United States.

ZHINGA POWEL: There's not only opportunity in America, you can also come here and get the same opportunities, or even better.

Proposition de compte rendu en français

- Cet extrait d'un reportage télévisé américain présente un phénomène migratoire qui ne concerne pour l'heure que 3 000 personnes : le gouvernement ghanéen incite des Américains d'origine africaine à venir s'installer au Ghana.

DES POINTS EN +
Le Ghana est indépendant depuis 1957. La langue officielle est l'anglais, ce qui explique la facilité des migrations.

• Le journaliste interviewe trois femmes qui ont tenté l'expérience, parfois depuis des années. Leur ressenti principal est un sentiment d'exclusion : elles se sentent étrangères dans ce pays, étant qualifiées de « blanches » même si elles sont noires. L'une explique qu'elle est poussée à la consommation sous prétexte qu'elle en aurait forcément les moyens. Une autre regrette de devoir à nouveau vivre ce qu'elle avait cherché à fuir : la stigmatisation par la couleur de peau.

• Enfin, le journaliste note que ce phénomène est surprenant pour les Ghanéens car les États-Unis sont pour eux la deuxième destination d'émigration afin d'y trouver une vie meilleure. Pourtant, les femmes interrogées assurent qu'il y a autant d'opportunités, voire plus, au Ghana.

CONSEIL
Ce document répète certains mots clés : *foreigner, white, opportunities*… Cela facilite le repérage.

COMPRÉHENSION DE L'ÉCRIT

▶ **1.** In this extract from her autobiography, Michelle Obama relates her arrival in Nairobi, Kenya, with her husband to meet her sister-in-law. As this is her first time there, she is all the more disconcerted by her lack of sense of belonging that she expected to feel. Although she is black, she stands out and feels sad that, as an African American, she seems to belong to neither of the two places.

VOCABULAIRE
• *disconcerted* : décontenancé
• *sense of belonging* : sentiment d'appartenance
• *to fit in* : s'intégrer

▶ **2.** The narrator has come from New York to live in Lagos, Nigeria. She is full of professional expectations, but she complains about how different the place is from the US, along with her group of expatriates – a difference exemplified by food. In spite of this, she is aware that the cities are not comparable, because their way of life is intrinsically different, and is just in accordance with the respective continents.

▶ **3.** The three documents stage people of African origin who decide to go back to Africa – and they all convey a sense of loss and an in-betweenness, as all the characters express that they somehow can't fit in.

ANGLAIS

EXPRESSION ÉCRITE

Sujet A (1st possibility)

• If I had to choose how to spend a gap year, I would volunteer as a school-teacher in Ghana. As this is an English-speaking country, I could improve my English and speak more fluently, and this would also enable me to learn about Ghanaian culture, which I know very little about.

• But of course, the idea of teaching would prevail in my choice. What better way to learn about a country than to educate children? Moreover, teaching would be gratifying and fulfilling. It could prove useful in my CV for a future job.

VOCABULAIRE
- *to prevail :* prévaloir
- *to prove useful :* s'avérer utile

• However, this choice wouldn't prevent me from discovering the country. Indeed, I could undertake journeys backpacking during my spare time. Thus I could combine business with pleasure!

(120 words)

Sujet B

• The word "home" is usually represented by a house. And indeed, it is true that home refers to the place where you belong, where you feel at ease, the place you miss when you are far from home, and you feel "homesick".

• Yet, what would any place be without the people we care for? For when we miss home, it is not only the building where we live that we miss, but also those we cherish: our parents, our siblings, our friends, even our pets. Hence the saying, "home is where the heart is".

VOCABULAIRE
- *to belong :* appartenir
- *to feel homesick :* avoir le mal du pays
- *siblings :* les frères et sœurs

• Consequently, I share Robin Hobb's viewpoint. There is no comfort if there is no love, and there is no home if there are not the people we love there.

(123 words)

What is art for?

COMPRÉHENSION DE L'ORAL • COMPRÉHENSION DE L'ÉCRIT • EXPRESSION ÉCRITE

1 h 30
30 points

INTÉRÊT DU SUJET • Les musées sont souvent considérés comme des annexes culturelles périphériques à la ville. Et si on les plaçait au centre, en les faisant participer activement à la vie de la cité ?

Vous disposez d'abord de 5 minutes pour prendre connaissance de l'intégralité du sujet. Puis vous écouterez 3 fois le document 1. À l'issue de la 3e écoute, vous organiserez votre temps comme vous le souhaitez pour traiter la compréhension de l'oral, la compréhension de l'écrit et un sujet d'expression écrite.

DOCUMENT 1 What is art for?

© Axisweb / DR

bit.ly/3ydbSEi (jusqu'à 1'43)

Source: Axisweb.org, 26 July 2015

DOCUMENT 2 The Manchester galleries using art to try to change the world

What use is art? For the boss of Manchester's two main civic galleries, art isn't just for looking at, or for buying and selling – it can improve our lives in some unexpected ways.

"I want people to say, 'Oh yeah, art's actually quite useful, art's actually really important.'"

Alistair Hudson has given Manchester Art Gallery and sister venue[1] the Whitworth a new mission – to be useful.

Hudson wants to harness the power of art for the good of the city. The Whitworth was named the Museum of the Year in 2015 and Hudson has given it a new mission statement – to "use art for social change".

It says: "Art should address what matters in people's lives, respond to current urgencies and propose solutions to the issues around us."

The gallery will "value art for what it can do, not how much it is worth", it adds.

Hudson explains: "The art market serves a very small number of people in society. Museums in the modern, contemporary era – their programmes have been really driven by the contemporary art market, not necessarily by public interest."

Artistic ideas, creative thinking and the transformative power of making stuff can play a big part in solving problems in areas like education, health, politics, technology, economics and the environment, he believes.

Hudson took over the Manchester galleries in 2017 and has launched their new era with an exhibition at the Whitworth titled *Joy For Ever: How To Use Art To Change The World And Its Price In The Market.*

The title and exhibition are both influenced by 19th-century thinker John Ruskin, whose ideas about creative freedom, craftsmanship and architecture went on to influence politics, education and the conservation movement.

Hudson wants to update those ideas for the 21st century. "What that means is you start to get involved in shaping and contributing to the infrastructure of society and how it works, not just creating a leisure resource or a tourist attraction."

Future plans include an exhibition called *Economics: The Blockbuster*, which will attempt to demystify the financial world and propose alternative economic models.

"And we're talking about creating a Whitworth Business School, where we will teach economics through the medium of art," he says.

Hudson moved to Manchester from the Middlesbrough Institute of Modern Art (Mima), where he also put his ideas into practice.

They included a regular free lunch in the gallery for people from across the city. It wasn't an artwork as such, but it harnessed the power of a gallery, he explains.

"We redirected our exhibitions budget to pay for cooking for people every week. Around that table you would have gallery goers, homeless people, refugees, the police, the mayor, dementia groups… The most amazing range of people all gathered around this meal."

They would meet new people and have the chance to raise issues with people in authority.

"It became this moment in the week where you could start to galvanise opinion and energy that could then be directed in very positive ways," Hudson says.

"But it also became the place where a lot of these groups who didn't have a voice could have recourse to power. They could use the gravitas[2] of the public institution in order to talk up to power – whether that's the mayor or the council. That became a very interesting way of working. It started to affect a lot of decisions."

Ian Youngs, www.bbc.com,
9 April 2019 (adapted)

1. a sister venue: another gallery of the same museum.
2. gravitas: prestige.

COMPRÉHENSION DE L'ORAL — 10 POINTS

▶ Vous ferez le compte rendu en français du document vidéo (document 1).

COMPRÉHENSION DE L'ÉCRIT — 10 POINTS

Answer the following questions in English.

1. Document 2. Using your own words, give an account of the text, focusing particularly on:
– Alistair Hudson's occupation,
– his opinion on art and on the role of museums,
– the initiatives and actions he has developed and his future plans.

2. Documents 1 et 2. Drawing information from both the text (document 2) and the video (document 1), explain the meaning of this statement: "The gallery will 'value art for what it can do, not how much it is worth'" (l. 15).

EXPRESSION ÉCRITE — 10 POINTS

Vous traiterez, en anglais, un seul des deux sujets suivants, au choix. Répondez en 120 mots au moins.

Sujet A

On a blog, you read three different reactions by visitors to the Manchester galleries. Which one corresponds best to your own experience of museums? Why?

Going to the museum was great! The food was gorgeous and I enjoyed the gift shop!	I am sick of the crowds coming to the museum for the fun and the shops! You can't enjoy a peaceful visit to your favourite works of art!	The best part was the sculpture workshop! I loved sharing this artistic experience with my friends.

Sujet B

You want to promote art in your town. Here are three possible events. Choose one and write an email to the mayor to explain what you want to do in your town and why.

Art for all: An exhibition in the town hall of works of art by the local people.	Old and young in harmony: A singing event involving school children and old age pensioners.	Dancing for a cause! A contest to raise funds to build a new youth centre.

LES CLÉS DU SUJET

Compréhension de l'oral

Identifier les caractéristiques clés du document (1re écoute)

Caractéristiques du document

- **Genre :** interview
- **Thème :** redéfinition de la place des musées dans la société actuelle
- **Problématique :** ne faut-il pas inverser les missions des musées pour les placer au cœur de la société ?
- **Intervenant :** Alistair Hudson, directeur du Mima (*Middlesbrough Institute of Modern Art*)

Affiner sa compréhension (2e et 3e écoutes)

1. Organisation interne du musée	• Identifiez les mots clés qui résument l'objectif d'Alistair Hudson. • Listez tous les éléments cités qui composent le musée, et repérez, grâce à un mot clé répété plusieurs fois, comment il bouscule l'ordre établi.
2. Rôle du musée dans la ville	• À nouveau, identifiez les deux catégories d'éléments en interaction dans cette partie du discours, et comment leur hiérarchie est bousculée. • Faites attention à la formulation des phrases : s'agit-il de phrases affirmatives ou interrogatives ?
3. Utilité du musée	• Notez la question répétée plusieurs fois. • Énumérez les éléments qui suivent cette question et apportent une forme de conclusion.

Compréhension de l'écrit

Comprendre le document

Caractéristiques du document

- **Genre :** article tiré d'un site Internet publié en 2019
- **Source :** BBC (*British Broadcasting Corporation*), société de diffusion publique
- **Idée principale :** considérer l'art pour ce qu'il peut nous apporter, et non pour sa valeur fiduciaire
- **Point de vue :** selon A. Hudson, l'art peut et doit avoir un impact sur la société

ANGLAIS

Organiser ses réponses

▶ **1.** En partant de la définition de l'utilité de l'art et du rôle des musées, développez les actions déjà entreprises (par le Mima avec l'organisation d'un déjeuner gratuit jusqu'à Manchester et l'exposition sur la joie) ainsi que celles à venir (sur l'économie).

▶ **2.** Les deux documents ont le même objectif : montrer que l'art n'est pas un placement mais qu'il dispose d'une mission pour améliorer et influencer le monde. Listez les éléments sur lesquels cette influence peut s'exercer.

Expression écrite

Sujet A • Key ideas and a few tools

If you agree with the 1st opinion

- Choose this subject if you are interested not by the artistic experience but by what surrounds it.
- Explain how traditionally organised exhibitions look dull to you compared with shops in which you can find games or gifts that make exhibits more concrete.

If you agree with the 2nd opinion

- Here, you may consider museums as a place of reverence and contemplation, sometimes incompatible with the crowds in popular galleries.
- If art for you is a serious and solitary matter, explain why some quietness is necessary to apprehend techniques or to fully admire works of art.

If you agree with the 3rd opinion

- Choose this subject if artistic practice is for you inextricably linked with aesthetic experience, and visits, a sharing moment.
- Mention some workshops you have attended and explain how they have been useful to make you better understand how to create.

Sujet B • Key ideas and a few tools

If you choose the 1st event

- The idea is to help to make links within the community on a local level.
- Use arguments showing that it will create links and make artists known to citizens. You may invent artists' names and refer to fictitious works or styles.

If you choose the 2nd event

- Again, the main argument is to make bonds and bridges, this time between generations.
- Insist on the universality of music, and the importance of having people work together: old people would find comfort in working with children.

If you choose the 3rd event

- This project has a very concrete goal, and art is a means to achieve it.
- The idea of a contest is fun and could be very popular with young people, especially as the project would directly benefit them.

31 CORRIGÉ GUIDÉ

COMPRÉHENSION DE L'ORAL

Script

Alistair Hudson (director of Mima): One of the things, we said is, in a way, that everything should become a project. We should, in a way, to, kind of… in order to reprogramme the museum, we need to make the museum more useful to people. So rather than just looking at, say, the galleries and the collections being the main focus of activity, the things like the café, the education space, the community program, and everything else supporting that – what if we flipped it round? And said the main job of the museum, the main job of the institution, is the café, the shop, the education programme, the community programme, the work we do with different constituencies… All these different aspects which normally, the stuff that floats around the core activity – if we flip this around and say that programme, in a way the human programme, is the main activity, and the exhibitions and the collections support that. So you flip the way of working around. Then, also, you think about that in terms of the museum: rather than the state, the superstructure supporting the museum, what if the museum supports the superstructure? What if we become – make the museum involved in everything that's going on in the town? If we get the museum to take part in what's already happening? So could we get involved in housing? Could we get involved in health care? Could we get involved in schools, education? Could we get involved in any aspect of life? What is it the institution, what is it that art can do in the world, that would make a difference?

Proposition de compte rendu en français

- Dans cette vidéo, Alistair Hudson – directeur du Mima – explique qu'à son arrivée à la tête du musée, son équipe et lui ont cherché à redéfinir la mission du musée, ce qui a consisté à mettre non plus les expositions et les galeries au cœur du dispositif comme traditionnellement, mais, paradoxalement, ce qui est généralement considéré comme « annexe » : café, espace éducation, programme de travail avec la communauté.

> **CONSEIL**
> Pour ce sujet, les 5 minutes préparatoires pour découvrir le dossier peuvent vous permettre d'identifier le locuteur comme le sujet principal du document 2.

- Ils se sont également penchés sur l'inversion des rôles entre le musée et la ville : l'idée était que le musée soutienne la ville et ses activités, et non l'inverse.

ANGLAIS

• Il s'est demandé comment le musée pourrait jouer un rôle dans des domaines qui généralement ne sont pas en lien avec lui, tels que le logement, le système de santé ou l'éducation, afin que l'art puisse changer le monde qui l'entoure, dans une certaine mesure.

DES POINTS EN +
Le Mima est le *Middlesbrough Institute of Modern Art*, situé dans le North Yorkshire (voir document 2).

COMPRÉHENSION DE L'ÉCRIT

▶ **1.** Alistair Hudson, who is a museum director, explains that to him, art should not just be a financial investment, but should be useful to society, by offering solutions to the problems we encounter. He has already implemented this strategy in the Mima, by organising a free lunch event, thereby contributing to mixing people from different walks of life. He intends to continue in Manchester, where he has already launched an exhibit about joy that focuses on the practicalities of art and intends to set up one about economics. His objective seems to be to make people realise how useful art can be contrary to popular opinion.

▶ **2.** Most people believe that a work of art is something you pay for or you admire in a gallery and has a value only in itself. On the contrary, Alistair Hudson considers that the importance of art lies in its potential effect on the world and society – and he intends to do so by flipping round our conception of the place of the museum, to be at the service of the community.

DES POINTS EN +
John Ruskin (1819-1900), écrivain, peintre et critique d'art, pensait qu'un artiste devait être « fidèle à la nature » et a influencé le mouvement préraphaélite.

EXPRESSION ÉCRITE

Sujet A (3rd opinion)

• It is all very well going to a museum, but most of the time, it is a very intellectual process which often leaves you frustrated. You queue for hours before reaching a painting that you don't even have enough time to look at properly because a crowd is pressing around you. I find this very unsatisfactory, and even stressful.

• Yet, I have had memorable experiences in workshops organised around the theme of an exhibition. They offer the advantage of introducing us to something concrete, that helps us understand better what an artist went through during the creative process. Moreover, it enables us to share this moment with our friends, and we have something to bring home other than a memory or a photo.

• I remember taking part in such a sculpture workshop, working with specific tools such as a mallet and a chisel. It was awesome!

(146 words)

VOCABULAIRE
- *a mallet* : un maillet
- *a chisel* : un ciseau (pour la pierre)

Sujet B (2nd event)

Dear Sir,

• I am writing to you today in order to make a suggestion that could make our town more lively and unite the community around a common project.

• The idea would be to organise a singing event for Christmas, which would bring together children and elderly people. I thought we could for instance ask the primary school in Fleet Street and the retirement home in the same street, if they'd accept to work together.

VOCABULAIRE
- *to bring together* : rassembler
- *a retirement home* : une maison de retraite
- *a choirmaster* : un chef de chœur

• This would certainly benefit both groups, as the elderly often tend to enjoy having young people around and act as grandparents, and the children would discover something new, and become more open-minded. I already have a potential choirmaster who has volunteered to join us – the one in charge of the church choir. Please let me know if you are interested.

Best regards.

(137 words)

Hacking for better or for worse

COMPRÉHENSION DE L'ORAL • COMPRÉHENSION DE L'ÉCRIT • EXPRESSION ÉCRITE

1 h 30
30 points

INTÉRÊT DU SUJET • Les hackers sont généralement perçus comme des hors-la-loi. Et s'ils mettaient au contraire leurs talents au service des entreprises et du public ?

Vous disposez d'abord de 5 minutes pour prendre connaissance de l'intégralité du sujet. Puis vous écouterez 3 fois le document 1. À l'issue de la 3e écoute, vous organiserez votre temps comme vous le souhaitez pour traiter la compréhension de l'oral, la compréhension de l'écrit et un sujet d'expression écrite.

DOCUMENT 1 White Hat Hackers

© CBC / DR

bit.ly/3vTqpTB (jusqu'à 1'31)

Source: CBC, 31 March 2010

DOCUMENT 2 Would you click for a free gift? Businesses phish their own workers

"A Gift for You," the email said. "All WakeMed employees and contractors are eligible for a holiday gift. Please using the link below to claim your gift!"

It was among the thousands of surprise emails that land in employee in-boxes throughout the region on a clockwork time-table, offering something for free or requiring an urgent response from a bank or government agency. These time-sensitive messages are crafted and sent to workers by the companies themselves, often mimicking suspicious email trapped in spam filters, to see how many employees are caught off-guard and potentially vulnerable to data breaches.

Data security experts say that large organizations routinely spam their own employees to test their systems for human vulnerability. Several North Carolina employers described the process to *The News and Observer* and explained the rationale behind it.

The companies stressed that their intention is not to embarrass or punish the employees, but to make sure they are properly trained in data security precautions. Workers who fall for the ploy are required to take online training or participate in some other activity to hone their skills.

At WakeMed Health & Hospitals, the Christmas gift offer was sent to all 9,600 employees on Dec. 4 at 10:08 a.m. One clue that the message was fishy was the clumsy grammatical error: "Please using the link…"

Sloppy grammar is one of the weaknesses of cyber-thieves, and a clue that your email is not friendly.

Most of WakeMed's health care workers knew better than to claim their gift, according to company officials. But hundreds did click on the link.

Those employees are none too happy about getting outed.

John Murawski, www.newsobserver.com,
25 January 2019 (adapted)

DOCUMENT 3

In the worldwide community of hackers, Hiro is a talented drifter. This is the kind of lifestyle that sounded romantic to him as recently as five years ago. But in the bleak light of full adulthood, which is to one's early twenties as Sunday morning is to Saturday night, he can clearly see what it really amounts to: he's broke and unemployed. And a few short weeks ago, his tenure as pizza deliverer – the only pointless dead-end job he really enjoys – came to an end. Since then, he's been putting a lot more emphasis on his auxiliary emergency backup job: freelance stringer for the CIC, the Central Intelligence Corporation of Langley, Virginia.

The business is a simple one. Hiro gets information. It may be gossip, videotape, audiotape, a fragment of a computer disk, a copy of a document. It can even be a joke based on the latest highly publicized disaster.

He uploads it to the CIC database – the Library, formerly the Library of Congress[1], but no one calls it that anymore. Most people are not entirely clear on what the word "congress" means. And even the word "library" is getting hazy. It used to be a place full of books, mostly old ones. Then they began to include videotapes, records, and magazines. Then all of the information got converted into machine-readable form, which is to say, ones and zeroes.

And as the number of media grew, the material became more up to date, and the methods for searching the Library became more and more sophisticated, it approached the point where there was no substantive difference between the Library of Congress and the Central Intelligence Agency (CIA). Fortuitously, this happened just as the government was falling apart anyway. So they merged.

Millions of other CIC stringers are uploading millions of other fragments at the same time. CIC's clients, mostly large corporations and Sovereigns, rifle through the Library looking for useful information, and if they find a use for something that Hiro put into it, Hiro gets paid.

Neal Stephenson, *Snow Crash*, 1992 (adapted)

---

1. The Library of Congress is the research library that serves the United States.

COMPRÉHENSION DE L'ORAL — 10 POINTS

▶ Vous ferez le compte rendu en français du document 1 (vidéo).

COMPRÉHENSION DE L'ÉCRIT — 10 POINTS

▶ Answer the following questions in English.

▶ **1. Documents 2 et 3.** Give an account of the two texts, in English.

▶ **2. Documents 1, 2 et 3.** Consider the three documents (1, 2 and 3) and compare the uses of hacking that are presented in the dossier.

EXPRESSION ÉCRITE — 10 POINTS

▶ Vous traiterez, en anglais, un seul des deux sujets suivants, au choix. Répondez en 120 mots au moins.

Sujet A

A company wants to hire Hiro to protect its data against hacking. Write the recruiter's e-mail.

Sujet B

These are some of the reactions collected in street interviews about data protection. Which one corresponds best to your own views? Justify your choice.

Robin: The internet should remain a global free space. No need for regulation!	Leslie: The internet is useful but is risky. Regulation and education are absolutely necessary.	Kim: The internet is part of our lives, but I hate the commercial invasion of my cyber space.

LES CLÉS DU SUJET

Compréhension de l'oral

■ **Identifier les caractéristiques clés du document (1re écoute)**

Caractéristiques du document

- **Genre :** extrait d'un journal télévisé de CBS News
- **Thème :** les pirates éthiques
- **Problématique :** peut-on être un pirate informatique et œuvrer pour le bien d'autrui ?
- **Intervenants :** Gloria Macarenko et Theresa Lalonde (journalistes), Aaron Portnoy (chercheur en sécurité informatique)

Affiner sa compréhension (2e et 3e écoutes)

1. Introduction	• Repérez la dualité mise en exergue par la journaliste dans son introduction : qu'est-ce qui s'oppose ?
2. Définition de *White Hat*	• Relevez l'opposition notée entre les films et la vraie vie, selon la journaliste. • Listez les mots positifs qu'elle emploie, et la raison. • Notez la définition de *White Hats* selon la personne interviewée, et en quoi ce travail consiste.
3. Événement	• Concernant l'événement mentionné, notez le nombre de participants, le lieu, l'organisation… • Repérez le nom et son explication, puis en quoi cet événement consiste. • Pour cet événement, trouvez les récompenses, y compris pour le public.

Compréhension de l'écrit

Comprendre les documents

	Document 1	Document 2
Genre	Article de journal en ligne, publié en janvier 2019	Roman de science-fiction publié en 1992
Auteur / source	Newsobserver.com, journal régional américain basé en Caroline du Sud	Neal Stephenson (1959-), auteur américain
Idée principale	Entreprises envoyant des spams à leurs employés pour tester la sécurité	Pirater pour enrichir une base de données potentiellement utile à la CIA

Organiser ses réponses

▶ **1.** Commencez en évoquant le problème auquel certaines entreprises font face : certains employés sont à l'origine de failles du système de sécurité car ils se laissent tenter par des mails d'hameçonnage. Puis, évoquez le cas précis de WakeMed, qui piège ses propres employés pour trouver les maillons faibles.

▶ **2.** Le texte, roman de science-fiction publié il y a 30 ans, aborde des faits de société actuels. Résumez les informations que vous trouvez sur le personnage principal, puis décrivez son activité avec (pour l'implicite) l'utilisation que peut faire un organisme comme la CIA de données aussi personnelles que celles qu'Hiro hacke.

Expression écrite

Sujet A

• **Key ideas.** Use the information you already have about Hiro: who he works for, what he is good at, what motivates him. Think about the arguments that may be used to attract him. The ethical one may prove unexpected, but money is obviously his main motivation.

• **A few tools.** Start by introducing yourself as the writer of the email, then explain how you heard about Hiro, what your problem is and how you think he can help you solve it.

■ Sujet B • Key ideas and a few tools

If you agree with the 1st opinion	• This argument is libertarian: freedom at all costs. Incidentally, don't misread the meaning of "free" here! Find arguments to counter the fact that cyberbullying and fake news are inherent to total freedom. • Start with a case for liberty, then anticipate what may be opposed to this position.
If you agree with the 2nd opinion	• This is somehow the mainstream line of thought. Think about who should educate and regulate – is it the role of parents? The state? The social networks themselves? • This is typically a pro-then-con plan: you can start by explaining the advantages of the internet, then mention some of the negative issues encountered on the web, to eventually consider the means to restrict them.
If you agree with the 3rd opinion	• This choice focuses on marketing: cookies, targeted ads made possible thanks to tracers… Is it a fatality or are there means to fight it? You can mention the GDPR for instance. • Explain what you use the internet for, and also illustrate how your cyber space is full of targeted ads, especially on social networks. It questions our privacy.

32 CORRIGÉ GUIDÉ

COMPRÉHENSION DE L'ORAL

Script

GLORIA MACARENKO: Their intellectual powers are often used for evil, but there is a whole world of hackers out there using their skills for good. Here's online and interactive reporter, Theresa Lalonde

THERESA LALONDE (voice over): In the movies, hacking looks easy: a few key-strokes and the secrets are out. In real life, computer security experts spend countless hours learning all they can about the systems we use.

THERESA LALONDE: They don't wear white hats or capes, but they are cyber-heroes. These are the hacking elite finding new ways to keep your laptop and your mobile phone safe.

AARON PORTNOY: White hats would be considered the security researchers who work on a defensive side, or who responsibly disclose vulnerabilities, which means, you find the way to hack into someone's computer, and instead of using it, you report it to Microsoft, you say "please patch this, I'm not going to tell anyone until you're done".

THERESA LALONDE (voice over): This week, 500 security researchers from all over the world are here in Vancouver for a conference, and there is a contest called "Pwn2Own". Pwn is a video gaming term meaning to conquer, its aim is to see who can find the most holes in today's popular systems in mobile phones.

AARON PORTNOY: This contest attempts to show to vendors, to the public, to pretty much the community at large that, pretty much exactly how unsafe they really are.

THERESA LALONDE (voice over): The winner gets $100,000. They also get the laptop and the phone they hacked. But the real winner? All of us! All the holes in this software are reported to the companies, so they can be patched up.

Proposition de compte rendu en français

- Les hackers sont souvent perçus négativement. Pourtant, certains œuvrent pour le bien commun.

- Être pirate informatique est bien plus difficile dans la vraie vie que dans les films. Ainsi, certains traquent sans relâche les failles dans les systèmes, et agissent comme des cyber-héros, en révélant aux entreprises ces failles pour qu'elles puissent améliorer les systèmes, au lieu d'en tirer un profit personnel.

- À Vancouver, 500 experts du monde entier sont réunis pendant une semaine autour d'une conférence et d'un concours nommé « Pwn2Own » qui verra récompensé de 100 000 dollars, d'un ordinateur et d'un portable, celui qui aura détecté le plus de failles. Mais le vrai gagnant est le public, qui gagne en sécurité sur les systèmes qu'il utilise.

DES POINTS EN +

PWN (prononcer comme *pawn*, le pion) est une entreprise de jeu canadienne. Le nom est un jeu de mots : *pawn to own* (« pion à posséder »).

COMPRÉHENSION DE L'ÉCRIT

▶ **1.** As some companies face weaknesses in their security systems, WakeMed recently launched a phishing campaign in order to test its employees' vulnerability. Indeed, in spite of a grammatical mistake that should have acted as a warning, hundreds of them clicked on the link in the email, thus falling into the trap; yet their only risk is retraining.

▶ **2.** After having a string of part time jobs most of his time, Hiro is now a hacker who browses the net in his spare time to make money. His goal is to find documents to upload to the "CIC" database – an organisation into which the Library of Congress and the CIA merged. He only gets paid if someone finds a use for the information he finds. This questions our data privacy and the complete disregard for it shown in Hiro's mentality.

EXPRESSION ÉCRITE

Sujet A

Dear Hiro,

• Let me introduce myself: I work in Human Resources at BigDataBiz. I would like to expand our team of experts as we are facing more and more external threats, and I want to offer you a job.

• Indeed, a CIC member has told me about you and how efficient you are. This is exactly what we need in our company. We would like you to use your skills working for us, and for the security of our system.

• We recognise how frustrated someone with your talent must feel with the limited financial gain you currently receive, but BigDataBiz can change all that! Of course, you could work from home, as you have always done. But the best thing would probably be to meet if you are interested. Let me know asap.

Mr Churn

(135 words)

> **VOCABULAIRE**
> • *to expand* : élargir
> • *skills* : compétences
> • *asap (as soon as possible)* : dès que possible

Sujet B (2nd opinion)

• Nowadays, the internet plays a big part in our lives. It is useful and convenient for trivial as well as serious activities such as job hunting, research, etc.

• However, it is also dangerous. Our data is monitored constantly, which questions our privacy. Moreover, some people are victims of cyberbullying. Besides, algorithms allow fake news to expand exponentially, and we can no longer make the difference between what is true and what isn't.

• Therefore, it is necessary to inform and educate people, so that they know more about online dangers, and also to put more regulations into place, be it by the state, by organisations (like the CNIL with its GDPR) or by the social networks themselves – so that the internet remains a safe virtual place.

(124 words)

> **DES POINTS EN +**
> Le RGPD (GDPR en anglais) est un règlement de l'UE de 2016 qui régit l'utilisation des données numériques.

ANGLAIS

Teleworking or open space?

EXPRESSION ORALE

20 min
10 points

INTÉRÊT DU SUJET • Avec l'essor des technologies et des stratégies managériales, deux façons de travailler sont apparues : le télétravail et l'*open space*. Quel est l'impact sur le quotidien des employés ?

▶ **Choisissez un document et expliquez en quoi il illustre le mieux, selon vous, l'axe « Espace privé et espace public ».**

DOCUMENT A

"I can't remember—do I work at home or do I live at work?"

© David Sipress/The New Yorker Collection/The Cartoon Bank

« I Can't Remember – Do I Work At Home Or Do I Live At Work? », Cartoon by David Sipress, First published in *The New Yorker*, 8 May 2017

DOCUMENT B

ph © United Artists / The Kobal Collection / Aurimages

Actor Jack Lemmon (1925-2001) in the role of C.C. Baxter, an employee at a corporate insurance company in New York City in the film *The Apartment*, directed by Billy Wilder, 1960

LES CLÉS DU SUJET

Comprendre les documents

Document A

- **Genre :** cartoon publié en 2017 par David Sipress, dessinateur pour *the New Yorker*, célèbre magazine américain
- **Idée principale :** caricature dénonçant l'empiètement du télétravail sur la vie privée
- **Lien avec l'axe d'étude :** avec le télétravail, vies privée et professionnelle sont difficiles à distinguer

Document B

- **Genre :** image extraite de *The Apartment*, film réalisé en 1960 par Billy Wilder
- **Idée principale :** C. C. Baxter travaille en *open space* et est en conversation téléphonique animée
- **Lien avec l'axe d'étude :** conserver de l'intimité est impossible dans un *open space*

Préparer sa présentation

Si vous choisissez le document A

- L'ambiance de la pièce évoque celle d'un bureau (*office*) ; on ne perçoit aucune trace de vie intime.
- Le télétravail permet d'être actif sans quitter son domicile, surtout si une pièce peut lui être consacrée.
- La présence de la femme, qui semble atterrée, et la légende montrent que la frontière entre le travail et la vie privée a disparu.

Si vous choisissez le document B

- Cette scène illustre le travail dans un *open space* : tous les employés sont sous le regard permanent de leur employeur et de leurs collègues, et ne peuvent pas s'octroyer de pause.
- Le personnage principal sort de ce cadre : passe-t-il un appel téléphonique professionnel ou personnel ? L'intimité existe-t-elle encore dans ce cadre de travail ?
- Dans ce genre de situation, les abus peuvent être commis par certains faisant étalage de leur vie privée sans contrôle.

33 CORRIGÉ GUIDÉ

Présentation

Voici un exemple de présentation orale à partir du document A.

To me, the document that best illustrates the notion of public versus private sphere is the first. It is a cartoon drawn by David Sipress and published in *the New Yorker* in 2017.

CONSEIL
Il peut être judicieux de commencer par une description du document, pour vous mettre en confiance, avant de passer à des idées plus abstraites.

Working in an office or a study?

First, let's see how this cartoon illustrates a specific way of working: teleworking.

• At first sight, the man who is working behind a computer screen seems to be in an office building: papers are scattered on the floor, a cork board hangs behind him… We can immediately grasp that what is at stake here is professional. No element whatsoever testifies that this scene is set somewhere other than in an office.

• Yet, thanks to the woman who is standing at the door, and the caption we can understand that somehow we were wrong, and that the scene actually takes place in the man's house. The man is teleworking, that is to say that he works from his home.

VOCABULAIRE
• *at first sight* : à première vue
• *a caption* : une légende

The advantages of teleworking

Indeed, teleworking is a practice that has developed recently, and offers a number of advantages.

• Although some employers are still reluctant to have their employees telework it has become common practice in a lot of countries. Globally, it reduces absenteeism, tensions between employees and the costs of having someone on the spot. And the Covid crisis has facilitated the development of this practice which has become the new norm for many people.

VOCABULAIRE
reluctant : réticent

• Teleworking also has advantages for workers, as their work becomes more flexible. They spend less time commuting and theoretically have more time to spend with their families, hence a better quality of life.

The drawbacks of teleworking

In spite of this, teleworking also has undeniable drawbacks.

- Indeed, we come to grasp how this interferes with someone's private life, it is not always so. Very often, as this cartoon illustrates, the worker's private life can't be distinct from their job because the boundaries are blurred. Because this way of working makes you available to your boss at any time, and because you can't just close the door and move on to something else.

> VOCABULAIRE
> *the boundaries are blurred* : les limites sont floues

- Therefore, unlike the promises granted by teleworking, this method often leads to more stress and tensions within the family, which is in a way very paradoxical.

Conclusion

To put it in a nutshell, teleworking seems to be the epitome of how public and private life can blend nowadays, which leads us to wonder if this is a desirable form of evolution.

Entretien

Voici quelques questions que l'examinateur pourrait vous poser.

▶ You seem to be critical of teleworking. Would you refuse a job if you had to telework?

Honestly, I don't think this is a sufficient reason to refuse a job. But if I had the choice, I'd rather go to work than stay at home – provided I didn't work too far from home of course. At any rate, I think it is crucial to have social interactions with colleagues and real people. I don't think staying at home all the time is healthy.

> VOCABULAIRE
> *provided* :
> à condition que

▶ What role should the family play if one of its members has to telework?

Well, obviously, I guess everyone should try to let this person work at peace. It's easier when the flat or the house is big, but not so when it is small and you have to be careful and make no noise all day long… Now that I think of it, the family may also help by encouraging the worker to put limits, and not mix the private and the public sphere.

Hollywood in the 30s

EXPRESSION ORALE

20 min
10 points

INTÉRÊT DU SUJET • Hollywood, le berceau de l'industrie cinématographique, illustre bien l'usage d'artifices et de décors permettant de créer un monde irréel.

Choisissez un document et expliquez en quoi il illustre le mieux, selon vous, l'axe « Fictions et réalités ».

DOCUMENT A

© T.H. and R.P. Benton Testamentary Trusts/Adagp, Paris 2021 – ph © Jameson Miller. Courtesy of the Nelson-Atkins Museum of Art

Hollywood, 1937-38, Thomas Hart Benton (1889-1975), The Nelson-Atkins Museum of Art, Kansas City, Missouri

DOCUMENT B

© Selznick International Pictures / DR – Collection Christophel / Prisma

1939 original US poster for *Gone with the Wind*

LES CLÉS DU SUJET

Comprendre les documents

Document A

- **Genre :** tableau de Thomas Hart Benton (1889-1975), peintre représentant la vie aux États-Unis
- **Thème :** Hollywood à son apogée, les dessus et les dessous des films
- **Lien avec l'axe d'étude :** le cinéma représente la réalité à travers un filtre artistique

Document B

- **Genre :** affiche du film *Gone with the Wind* (*Autant en emporte le vent*), film d'amour culte de 1939
- **Thème :** romance hollywoodienne
- **Lien avec l'axe d'étude :** film basé sur une fiction, mais se déroulant durant la guerre de Sécession (réelle)

Préparer sa présentation

Si vous choisissez le document A	• Le cinéma est ici incarné par Hollywood, un mythe en lui-même. À son âge d'or, on y tournait jusqu'à 600 films par an. C'est ce qu'illustre le document : les décors, le devant et le derrière de la caméra. • Le 7e art est à la croisée de la fiction et de la réalité : en dehors des biopics, la plupart des films sont basés sur des fictions. • Pourtant, même si les films « racontent des histoires » fictives, elles peuvent faire écho avec nos vies.
Si vous choisissez le document B	• Ce poster est celui d'un film relatant une grande histoire d'amour ayant lieu durant une période historique épique, et tourné durant l'âge d'or d'Hollywood. • Il illustre comment un film historique fait fusionner fiction et réalité. Mais cela est aussi vrai du cinéma en général, qui mêle la réalité de nos vies à des scénarios souvent inventés.

34 CORRIGÉ GUIDÉ

Présentation

Voici un exemple de présentation orale à partir du document A.

Art is a major conveyor of emotions. By blending reality and fiction it appeals to the general public in a personal and cultural way. Along with literature, cinema exemplifies this and has done since its invention.

VOCABULAIRE
- *to blend* : mélanger
- *climax* : apogée
- *to bustle* : grouiller

The myth of Hollywood

When we think of the cinematographic industry, we immediately think of Hollywood.

• As is depicted in the painting, Hollywood reached a climax in the late 1930s, when more than 600 films were produced every year. This was a Golden Age, as actors became celebrities (like Clark Gable or Vivien Leigh).

• The canvas itself shows a studio bustling with activity: several films are shot at the same time, thanks to pasteboard settings. We can see behind the scenes, which brings to light the people working in this industry. That's why this document shows what is before and behind the camera: the settings, the actors, as well as the cameramen and sound engineers "behind the scenes".

The blending of fiction and reality

Furthermore Hollywood illustrates what cinema at large is capable of.

- Indeed, cinema has always used the material of reality to transform it into fiction – apart from biopics or historic films which let us see what we couldn't otherwise, as if we actually witnessed past events.

> **CONSEIL**
> Le document B suggère l'atmosphère du cinéma hollywoodien des années 1930 : romance, périodes historiques…

- Some scenarios are original, others are adaptations based on novels. Most of the time we go to the cinema to escape reality and enter an imaginary world that enables us to dream and forget about our worries for a while.

What the cinema tells us about ourselves

Like with literature, we tend to identify with the characters. But not only.

> **VOCABULAIRE**
> • *to identify with* : s'identifier à
> • *to overwhelm* : submerger

- If we sometimes get the impression that what happens in films is very different from our everyday lives, we also realise that some of the problems we encounter are part of the human condition, and that's what cinema reflects.
- But this image of reality is transcended, because cinema is art. That's why, apart from the emotions that overwhelm us when watching a wonderful film, we also come to learn and think about common subjects such as family relationships, love, destiny… things that are deeply rooted in our reality.

Conclusion

To conclude, I firmly believe that the image of Hollywood portrayed on the painting best illustrates this connection between reality and fiction.

Entretien

Voici quelques questions que l'examinateur pourrait vous poser.

▶ **How different is it for you to watch a film at the cinema?**

Well, I don't often go to the cinema, as it is much easier to watch a film on my mobile phone… But I try to go there once in a while, because it is really different, you are much more immersed. And I noticed that when you leave the cinema, you feel like talking about the film with your friends, whereas it's not the case when you watch it on TV.

▶ **Do you like a film better if you know its story is drawn from a true story?**

Honestly, I don't think I care, as long as the plot itself is interesting. But it's true that it's different when I watch a documentary or a biopic. I know that what I'm watching has actually taken place, and the information could be useful later. It deepens my general knowledge.

35 Scientific innovations and responsibility
Sujet zéro 2020

The reality of climate change

EXPRESSION ORALE

20 min
10 points

INTÉRÊT DU SUJET • Ces documents abordent l'axe sous l'angle écologique : quand certains effets du changement climatique sont indéniables, comment pouvons-nous encore remettre en question notre responsabilité ?

▶ Choisissez un document et expliquez en quoi il illustre le mieux, selon vous, l'axe « Innovations scientifiques et responsabilité ».

DOCUMENT A

Joel Pett Editorial Cartoon used with permission of Joel Pett and the Cartoonist Group. All rights reserved.

This Joel Pett cartoon for *USA Today* appeared on 7 December 2009, the opening day of COP 15, the United Nations Climate Change Conference in Copenhagen

DOCUMENT B

ph © Darren Staples/Reuters

Flooding in York city centre, 28 December 2015
Photograph by Darren Staples/Reuters

LES CLÉS DU SUJET

Comprendre les documents

- **Document A**
  - **Genre :** caricature de Joel Pett publiée dans *USA Today,* quotidien national américain
  - **Idée principale :** critique des responsables politiques démentant le changement climatique
  - **Lien avec l'axe d'étude :** pour assumer nos responsabilités environnementales, certaines innovations technologiques offrent des solutions
- **Document B**
  - **Genre :** photographie de Reuters, agence de presse britannique
  - **Thème :** la ville de York, inondée lors des crues de l'hiver 2015
  - **Lien avec l'axe d'étude :** face aux conséquences sur le climat, quelles solutions ?

Préparer sa présentation

Si vous choisissez le document A	• Ce dessin se réfère à un sommet international sur le climat. Il liste plusieurs solutions technologiques et objectifs à fixer aux États. • Si les citoyens peuvent améliorer leur impact écologique, certaines décisions ne peuvent être prises que par les États, qui doivent assumer leurs responsabilités.
Si vous choisissez le document B	• Cette photographie présente le nouveau quotidien de nombreux individus suite au dérèglement climatique : il est indéniable que les ouragans, inondations, sécheresse sont de plus en plus fréquents. Ironiquement, le pub inondé s'appelle « the Watergate Inn »… • Face à ces catastrophes naturelles, il faut réfléchir aux découvertes et technologies à développer pour rétablir l'environnement, mais aussi à ce qui nous a conduits là.

35 CORRIGÉ GUIDÉ

Présentation

Voici un exemple de présentation orale à partir du document A.

To my mind, the document that best illustrates the idea of scientific innovations and responsibility is the first, and I'm going to explain why.

CONSEIL
Privilégiez le document A si vous suivez un peu l'actualité et que vous avez suffisamment de vocabulaire sur l'environnement pour donner des exemples précis.

The reality of climate change

First of all, one aspect of this document tackles the reality of climate change.

• The scene in this cartoon takes place during a climate summit, obviously referring to the COP 15 here. During this conference, talks revolved around environmental issues, global warming and the consequent natural disasters.

• But not only that: the aim of such conferences is to consider the various solutions states have to implement to curb greenhouse gas emissions. And this doesn't go without encouraging scientific innovations in the fields of renewable energy, recycling, etc.

VOCABULAIRE
• *to implement* : mettre en œuvre
• *to curb* : réduire

Climate change denial

But, on the other hand, this document also shows that the reality of climate change is denied by some.

• Indeed, in the audience, we notice the presence of a climate change sceptic. He is questioning aloud the reality of global warming, as well as how worthwhile it is to try to improve the situation.

• This is a criticism of some politicians that refuse to acknowledge the responsibility of governments and to assume it in terms of interaction with industries. This attitude is consistent with the defence of the current economic model.

DES POINTS EN +
Le mouvement « *Fridays for the Future* », lancé par Greta Thunberg, pousse les jeunes à se mobiliser pour faire pression sur les responsables politiques.

Individual v. states' responsibility

Therefore, this document illustrates two levels of responsibility.

• Indeed, very often, citizens are encouraged to act for a better environment – for instance, to buy electric cars (even though their batteries are not recyclable), or to sort and reduce household waste.

• However, we soon reach a limit at the individual level, if states don't act through legislation. We can give the example of single-use plastic straw bans, already implemented in many countries and American states. It is possible to replace plastic straws with decomposable materials like paper and bamboo. But such research must be developed.

VOCABULAIRE
- *to sort* : trier
- *single-use plastic straw bans* : interdictions des pailles en plastique à usage unique

Conclusion

In other words, this cartoon highlights the fact that individuals may change their habits, but what matters in term of improvement of global warming is the implication at a national level in terms of responsibility and decisions.

Entretien

Voici quelques questions que l'examinateur pourrait vous poser.

▶ Do you personally do things for the environment?

Yes of course. It's difficult to do a lot, as I'm not in charge of the shopping, even if I tell my parents to avoid buying plastic-packaged food… But I sort things using the correct bin, I try to avoid using too much paper.

▶ How could we make climate change sceptics eventually change their minds about global warming?

Honestly, I don't think this is possible. The scientific evidence is there, and yet they refuse to admit it. Yet I wonder how some people can be so blind as to what's happening to our planet. Maybe the younger generations are those who will make the world a better place. At least I hope so.

London: embracing or excluding cultures?

EXPRESSION ORALE

20 min
10 points

INTÉRÊT DU SUJET • La ville de Londres, multiculturelle par excellence, incarne-t-elle l'intégration des différentes cultures ? C'est ce que cherchent à définir ces deux photographies.

▶ Choisissez un document et expliquez en quoi il illustre, selon vous, l'axe « Diversité et inclusion ».

DOCUMENT A

© Greater London Authority

Cover of Mayor Sadiq Khan's *Equality, diversity and inclusion strategy*, Published by Greater London Authority, May 2018, 166 pages

DOCUMENT B

ph © Chris J. Ratcliffe/Getty Images *via* AFP

The statue of Winston Churchill in London's Parliament Square defaced during a Black Lives Matter protest on 7 June 2020. Photograph by Chris J. Ratcliffe/Getty Images

LES CLÉS DU SUJET

Comprendre les documents

Document A

- **Genre :** couverture d'un rapport sur la diversité à Londres de Sadiq Khan, maire de Londres, dont la famille est en partie d'origine pakistanaise
- **Idée principale :** la couverture du rapport illustre la diversité culturelle des Londoniens
- **Lien avec l'axe d'étude :** référence directe aux idées de diversité et d'inclusion appliquées à la capitale britannique

Document B

- **Genre :** photographie publiée par Getty Images, agence de photographie et banque d'images américaine
- **Thème :** statue de Churchill déboulonnée par des manifestants lui reprochant son racisme
- **Lien avec l'axe d'étude :** les mouvements contre le racisme remettent en question les grandes figures non inclusives

Préparer sa présentation

Si vous choisissez le document A

- La couverture du rapport illustre le multiculturalisme de Londres : un maire en partie d'origine paskistanaise, entouré d'élèves d'origines multiples.
- Le titre du rapport souligne l'importance d'une stratégie inclusive, qui permette à tous les habitants d'exister.
- Le port de l'uniforme par les écoliers peut être emblématique de cette inclusion dans le système britannique.

Si vous choisissez le document B

- Certaines figures, comme Churchill, sont des icônes britanniques. Pourtant, le mouvement « *Black Lives Matter* », qui critique la déconsidération des minorités ethniques, remet en cause ces icônes lorsqu'elles n'ont pas eu une attitude éthique en matière de racisme.
- Pour ces mouvements, les icônes choisies par la société doivent être suffisamment inclusives pour que chacun puisse se reconnaître, surtout que la perspective historique sur la colonisation a changé.

36 CORRIGÉ GUIDÉ

Présentation

Voici un exemple de présentation orale à partir du document B.

I have chosen the photograph of Churchill's statue, defaced in 2020, because I think it reflects the various aspects of the problems of diversity and inclusion.

DES POINTS EN +
Winston Churchill, Premier ministre durant la Seconde Guerre mondiale, avait comme la plupart de ses contemporains une perception hiérarchique des « races ».

Churchill and imperialism

- Prime Minister Winston Churchill embodies one vision of the UK: that of a strong nation, linked to the idea of the British Empire which developed until the 20th century before becoming the Commonwealth.

- Somehow, this is reflected in London itself, where this photo was taken. London is acknowledged as a multicultural city, where more than 150 languages are spoken. Many communities coexist there.

VOCABULAIRE
- *to embody* : incarner
- *to acknowledge* : reconnaître

The Black Lives Matter movement

But diversity doesn't always mean inclusion.

- This is why some movements like "Black Lives Matter" exist. This movement was founded in 2013 in the US, after a series of outrageous murders of Black people by American police officers. It aims at taking action in order to condemn such acts and achieve greater inclusion within society. The murder of George Floyd in 2020 shows that this fight is unfortunately not over yet.

- Even though it is an American movement, some of its activists can also be found in the UK. In spite of London's multiculturalism, the photo illustrates the denunciation of racism in the UK too. We are becoming more and more "woke" to the systemic racism that exists in both of these countries.

The need for inclusion

So, all in all, this document emphasises the need for minorities to feel integrated, included.

VOCABULAIRE
to emphasise : mettre l'accent sur

- Indeed, the photo shows that to feel included, minorities must find icons with whom they can identify within society. The time has come to have emblematic figures who embody values which everyone can acknowledge.

• Statues are more than just references to historic figures – they assert values. That's why there's a new need to redefine values in which everyone can feel included, which questions whether statues of former figures of authority like Churchill, people who were basically racist but also embody a part of common history, should still be celebrated and acknowledged in the public sphere.

Conclusion

In conclusion, this document shows the necessity for society to change so that everyone can fit in; or else, protests may arise, and violence as well.

Entretien

Voici quelques questions que l'examinateur pourrait vous poser.

▶ Do you think defacing statues can be an efficient means of protest?

Well, of course it is mostly symbolic. But it is graphic, and it strikes people's minds. It conveys the message that "this is no longer acceptable". But it may be criticised as well: some of the icons that have been defaced, have also played a major part in literature or politics…

▶ To what extent do you think we can find the roots of the BLM movement in the history of the US?

This dates back to slavery, and its abolition in 1865. Segregation still prevailed due to the Jim Crow laws in the late 19th century, until the civil rights movement led by Rosa Parks and Martin Luther King. But with the many videos showing American cops shooting Black people or choking them to death, the movement has become increasing popular and supported by minorities and the white majority alike.

Native Americans

EXPRESSION ORALE

20 min.
10 points

INTÉRÊT DU SUJET • Ces deux formes d'art permettent de rappeler que le territoire américain était au départ habité par les Amérindiens, spoliés ensuite de leurs terres par les colons.

▶ Choisissez un document et expliquez en quoi il illustre le mieux, selon vous, l'axe « Territoire et mémoire ».

DOCUMENT A

ph © DR

Trail of the Iron Horse, 1924, Charles Marion Russell (1864-1926), Private collection, since 2003

DOCUMENT B

© Jaque Fragua – DR

This Is Indian Land, July 2016, temporary painting on construction wall by Native American street artist Jaque Fragua, Los Angeles, corner of South Eighth Street and Main Street

LES CLÉS DU SUJET

Comprendre les documents

Document A

- **Genre :** tableau de Charles Russell, un des peintres de l'Ouest américain
- **Idée principale :** les Amérindiens découvrent des rails sur leur territoire
- **Lien avec l'axe d'étude :** illustration de l'appropriation du territoire *via* le chemin de fer

Document B

- **Genre :** photographie de Jaque Fragua, artiste américain d'origine amérindienne, représentant du *street art*
- **Thème :** le territoire où s'est construite l'Amérique appartenait avant aux Amérindiens
- **Lien avec l'axe d'étude :** promouvoir le devoir de mémoire sur les origines du territoire

Préparer sa présentation

Si vous choisissez le document A

- Le tableau montre des Indiens à cheval découvrant une voie ferrée sur leur territoire. Tous sont circonspects et méfiants. Il s'agit d'un clash des cultures.
- Ce clash est illustré par le titre : *the Iron Horse* se réfère au train. La supériorité des colons apparaît ici évidente.
- Ceci reflète l'appropriation du territoire par les colons, et anticipe les guerres indiennes et le développement des réserves. Ce tableau commémore cette histoire.

Si vous choisissez le document B

- L'arrière-plan du document et sa légende montrent qu'il s'agit des États-Unis (signalisation, feux…). Le tag ajouté par l'artiste rappelle que cette terre appartenait – et appartient toujours – aux Amérindiens.
- Derrière ce tag on sent une revendication : dépouillés de leurs terres, les Amérindiens, vaincus par le passé, rappellent qu'ils sont toujours les premiers habitants et possesseurs de l'Amérique.

37 CORRIGÉ GUIDÉ

Présentation

Voici un exemple de présentation orale à partir du document A.

To illustrate the idea of territory and memory, I have chosen the first document, because it seems to me the most interesting.

CONSEIL
Commencez par décrire le document pour vous mettre à l'aise à l'oral.

Description of the document

Let's start with the description of this document.

- This painting represents a party of Native Americans discovering a railroad on their territory. Although it was painted in 1924, the scene represented must have taken place before, probably in the 19th century, at the time of the expansion of railways in the US. The men and the horses look both surprised and wary.

VOCABULAIRE
- *railroad/railway line* : des voies ferrées
- *wary* : soupçonneux

- Indeed, this painting illustrates a clash of cultures, between the Native Americans who had lived close to nature for centuries, and the settlers who arrived on the continent and changed it utterly.

A lost territory

What is at the core of this clash is a struggle for the land.

- This clash of cultures is hinted at with the title: the *Trail of the Iron Horse* refers to the railways, as if it were being seen from the Native Americans' perspective. But the superiority of the Americans is here asserted: the railroads would surpass horses.
- This superiority echoes what would later happen in terms of territory: during the Indian wars in the second half of the 19th century, Native Americans were gradually defeated and lost their territory, sent to live in reservations, most of them doomed to disease and alcoholism.

VOCABULAIRE
reservations : des réserves

ANGLAIS

Remembering history

Obviously, this painting works as a testimony of the past.

- Even when it was painted, the watercolour depicts something that already belonged to the past. Therefore, it is a sort of snapshot that aims to show us something few have witnessed.

> **VOCABULAIRE**
> - *a testimony* : un témoignage
> - *relevant* : pertinent

- With the hindsight of history, when we look backward, we can only grasp the extent of the Native Americans' loss. History is written by the winners; hence the necessity to provide elements of remembrance for the losers as well. Even though they still live in reservations, Native Americans still claim that the American continent was theirs before anyone else's.

Conclusion

So, all in all, I find this document very relevant because it links the idea of territory (crucial at the time of colonisation) and that of memory, through a specific visual medium: art.

Entretien

Voici quelques questions que l'examinateur pourrait vous poser.

▶ You said that history is written by the winners. Can you explain?

What I meant was, when two cultures clash, there is always one that submits to the other. And when historical accounts are made, it is often the voice of the winner that counts, not that of the losers. That's why in the past, some tribes were crushed and we know very little about them nowadays. But to be fair, this notion of history has changed. In modern History classes we are more and more confronted with both sides of the story which is a real sign of progress.

▶ In the case of Native Americans, do you think remembering matters for them only?

Obviously not, since the painter, Charles Russell, was a white settler. Despite this, he felt the need to represent this scene. Somehow the situation is ironic, as this white painter is expressing the Native Americans' loss of territory. Obviously he takes the side of the Indians here.

6 Identities and exchanges

Populations have always migrated, but with the development of transport, mass tourism has increased the movement of people around the globe. But is our identity questioned in this global world?

A Going global or local?

globalisation: la mondialisation
global issues:
les problèmes mondiaux
developed/developing countries:
les pays développés/en voie de développement
a blend: un mélange
trade: le commerce
fair trade: le commerce équitable
at the crossroads of: au carrefour de
to bring together: rassembler
to threaten: menacer
to expand: s'étendre
to supply/provide: fournir

B Wanted and unwanted migrations

a host country: un pays d'accueil
home country: le pays d'origine
a foreigner: un étranger
an illegal immigrant:
un immigré clandestin
exile: l'exil
a smuggler: un passeur
an asylum seeker:
un demandeur d'asile
climate migrations:
les migrations climatiques
undocumented: sans papiers
uprooted: déraciné
hospitable: accueillant, hospitalier
to settle down: s'installer
to be deported: être expulsé
to flee: fuir
to cross the border:
franchir la frontière

C Travels far and wide

a gap year: une année sabbatique
abroad: à l'étranger
the travelling bug: le virus du voyage
accommodation: l'hébergement
to widen one's horizons:
élargir son horizon
to go on a trip: faire un voyage
to be homesick: avoir le mal du pays

DID YOU KNOW?

More than 1.8 billion people work in the tourist industry, but the environmental impact and recent pandemics show how fragile most countries are when they depend entirely on mass tourism. This phenomenon may affect our capacity to organise cultural exchanges in the short term, and make some people cling to their national identity as they will distrust foreigners. Time will tell!

7 Private sphere and public sphere

The public and the private spheres were originally separate, but things have evolved and it is no longer so: be it at work or in the street, they tend to merge, which raises the issue of privacy.

A Women: from the private to the public sphere

the gender gap: le fossé hommes/femmes
the glass ceiling: le plafond de verre
domestic violence: les violences conjugales
sexual harrassment: le harcèlement sexuel
equal pay: l'égalité des salaires
parity: la parité
a menial job: un emploi subalterne
a single mother: une mère célibataire
a housewife: une femme au foyer
to improve: améliorer

B Remote working or commuting?

teleworking: le télétravail
an office: un bureau (lieu de travail)
home schooling, remote learning: l'enseignement à distance
a work schedule: les horaires de travail
a means of transport: un moyen de transport
lunch break: la pause déjeuner
privacy: l'intimité
to work from home: travailler à domicile
to schedule: planifier, programmer
to blend: mélanger
to save time: gagner du temps

C More security or more dictatorship?

CCTV cameras: caméras de surveillance
anti-social behaviour: les comportements antisociaux
dystopian: dystopique
utopian: utopique
the crime rate: le taux de criminalité
mass surveillance: la surveillance de masse
to deter: dissuader
to monitor: surveiller
to feel safe: se sentir en sécurité
to track: pister
to watch: regarder, observer

DID YOU KNOW?

The United Kingdom is the world's most watched country, with 1% of the world's population and 20% of the world's CCTV cameras, most of them owned by councils (*les municipalités*). Some NGOs like Big Brother Watch wonder if they are used properly regarding the issue of privacy.

8 Art and power

Art is a form of power in itself as it conveys emotions and makes us reflect about life. It is also a means to protest, often against more traditional forms of power – and thus may work as a counter-power.

A Art's mission

a work of art: une œuvre d'art
a painting: un tableau
a workshop: un atelier
an exhibition: une exposition
a performance: une représentation
art for art's sake: l'art pour l'art
freedom of speech: la liberté d'expression
committed: engagé
the crowd: la foule
to break with: rompre avec
to move: toucher
to share: partager
to draw attention to: attirer l'attention sur
to raise awareness: sensibiliser

B When art supports power

true-to-life: fidèle à la réalité
to launch an event: lancer un événement
to support: soutenir
to promote: promouvoir
to praise: louer, glorifier
to contribute to Ving: contribuer à
to emphasise: mettre l'accent sur
to abide by the rules: se conformer aux règles
to identify with: s'identifier à
to commission: commander (une œuvre)

C When art is a form of protest

censorship: la censure
satire: la satire
criticism: la critique
satirical: satirique
to convey: véhiculer
to struggle: lutter
to question: remettre en question
to blame s.o. for sth: reprocher quelque chose à quelqu'un
to undermine: saper, déstabiliser
to name and shame: dénoncer et condamner

DID YOU KNOW?

Banksy is among the most famous and influential street artists. No one knows who hides behind this pseudonym, but this artist, who started his satirical street art in Bristol, uses murals (*des fresques murales*) to depict for instance Steve Jobs, the Apple founder, as a migrant in the Calais jungle (*The Son of a Migrant*, 2015).

ANGLAIS

9 Citizenship and virtual worlds

The virtual worlds created thanks to the Internet blur boundaries and enable us to cross borders more easily. Therefore, they question the notion of citizenship, as frontiers are now erased by technological devices.

A Acting as a citizen

civil rights: les droits civiques
a ballot: un scrutin, un vote
a politician: un homme/une femme politique
a proxy vote: un vote par procuration
the counting of votes: le dépouillement
the turnout: la participation
an election campaign: une campagne électorale
the mayor: le maire
to run for office: se présenter
to get informed: s'informer
to demonstrate: manifester

B Social networks

the Internet: Internet
a topic: un sujet
a user: un utilisateur
targeted ads: des publicités ciblées
hacking: le piratage
a post: un message
a laptop: un ordinateur portable
crowdfunding: le financement participatif
a customer database: une base de données de clients
cyberbullying: le harcèlement sur Internet
to go viral: devenir viral

C Whistleblowers: heroes or traitors?

a threat: une menace
wrongdoing: un acte répréhensible
a leak: une fuite
an oath: un serment
to blow the whistle on: alerter sur
to reveal: révéler
to spy on: espionner
to jeopardise: mettre en danger
to tap: mettre sur écoute
to betray: trahir

DID YOU KNOW?

Julian Assange is an Australian who founded Wikileaks in 2006. After publishing leaks (*avoir divulgué des informations*) concerning the US Army and its action in Afghanistan, Assange had to flee and take asylum in the Ecuador embassy in London, from which he was expelled in 2019 and sent to prison. The US wants to charge Assange with espionage.

10 Fictions and realities

A myth usually defines something many people believe, but that is actually untrue. It illustrates the fine line between fiction and reality. But with the development of social networks, the truthfulness of what is presented as fact is now questioned as well.

A Legends and myths

a heroic figure: une figure héroïque
a role model: un modèle
an ordeal: une épreuve
an outstanding achievement: une réussite exceptionnelle
to embody: incarner
to dare: oser
to praise: faire l'éloge de
to stand out: se distinguer
to debunk a myth: briser un mythe

B Imaginary worlds

evil: le mal
the villain: le méchant
special effects: les effets spéciaux
behind the scenes: derrière le décor
escapism: l'évasion
a time machine: une machine à voyager dans le temps
a space flight: un vol spatial
a tale: un conte
a wizard: un magicien
to blur the boundaries: brouiller les limites
to conquer: conquérir
to unfold: se dérouler
to air, to broadcast: diffuser

C Truth or "alternative facts"?

fake news: les fausses informations
truthfulness: la véracité
a conspiracy theory: une théorie du complot
propaganda: la propagande
fact checking: la vérification des faits
disclosure: une révélation
reliable: fiable
to distort the truth: déformer la vérité
to mislead: induire en erreur
to set up a hoax: monter un canular
to ban: interdire
to spread: se répandre
to outweigh: peser plus lourd que

DID YOU KNOW?

It is more and more difficult to make out real facts from fake news. Due to algorithms, it is proven that fake news spread much faster than reality. Fact checking is necessary to make news reliable, but is reliability still what people expect?

11 Scientific innovations and responsibility

Progress is inherently scientific. Scientists conduct research about genetics, A.I., energy, diseases. If some people consider that science is at the root of the issues we are now encountering in our modern world, others believe it is the solution.

A Human activity and climate change

global warming: le réchauffement climatique
greenhouse gas emissions: les émissions de gaz à effet de serre
a concern: une préoccupation
renewable energy: les énergies renouvelables
a natural disaster: une catastrophe naturelle
nuclear waste: les déchets nucléaires
fertilizers: les engrais
environmental: écologique
to raise awareness of: sensibiliser à

B Progress: boon or bane for mankind?

a vaccine: un vaccin
a cure: un traitement
I.T. (Information Technology): l'informatique
a piece of software: un logiciel
the swine/bird flu: la grippe porcine/aviaire
a threat: une menace
to outperform: surpasser
to predict: prévoir
to ensure: s'assurer que
to endanger: mettre en danger
to account for: expliquer
to harm: faire du mal à

C Ethical issues

a scientist: un scientifique
an experiment: une expérience
a sample: un échantillon
a breakthrough: une découverte capitale
genetic engineering: la manipulation génétique
DNA: l'ADN
GMOs: les OGM (organismes génétiquement modifiés)
consent: le consentement
cloning: le clonage
hazardous: risqué
to disrupt: perturber

DID YOU KNOW?

Some renowned scientists like Stephen Hawking who died in 2018 worry about the potential dangers of A.I. which may one day surpass human beings. Yet some "transhumanists" advocate the enhancement of the human body thanks to technology.

12 Diversity and inclusion

The notion of diversity encompasses ethnic minorities, sexual identity, the generation gap and how we deal with handicap. Increasingly, all parts of society demand inclusion and integration on an equal footing with the rest of the population.

A Minorities: second-class citizens?

bias: un préjugé
prejudices: des préjugés
a conflict: un conflit
ableism: la discrimination fondée sur les capacités physiques
ageism: la discrimination fondée sur l'âge
the generation gap: le fossé des générations
the elderly: les personnes âgées
young people: les jeunes
gender: le genre
femininity: la féminité
racism: le racisme
the colour bar: la discrimination raciale
a disability: un handicap
the disabled: les handicapés
a disease: une maladie
an impairment: une déficience
prior to: antérieur à
outdated: dépassé
under-represented: sous-représenté
blind: aveugle
to be discriminated against: subir une discrimination
to come out: faire son *coming out*
to be reluctant: être réticent
to be biased: avoir des préjugés
to pigeonhole s.o.: mettre qqn dans une case

B From discrimination to integration

equal opportunities: l'égalité des chances
a scholarship: une bourse (d'études)
affirmative action: la discrimination positive
a wheelchair: un fauteuil roulant
a prosthetic leg: une jambe artificielle
alternative (keyboard): (clavier) adapté
adjustable: réglable
to implement quotas: mettre en place des quotas
to be entitled to: avoir le droit légal de

DID YOU KNOW?

The American Obesity Association fights against all forms of obesity discrimination or stigmatisation, be it at work or in healthcare settings. In a country where 36% of people are obese, this association struggles to combat biases and make people consider obesity as a disease.

13 Territory and memory

Throughout history, borders between countries have changed, populations have migrated; some territories have been settled in, colonised, and peoples have been displaced. But does it matter to keep track of the past?

A History and remembrance

an event: un événement
a landmark event: un moment important
the timeline: la chronologie
an anniversary: un anniversaire (d'un événement)
a historic building: un bâtiment historique
a world heritage site: un site classé au patrimoine mondial
a memorial: un monument commémoratif
a war memorial: un monument aux morts
duty of remembrance: le devoir de mémoire
oblivion: l'oubli
to remind of: rappeler
to commemorate: célébrer (un événement)
to pay tribute to: rendre hommage à
to erect: ériger
to acknowledge the past: reconnaître le passé

B Remembering oppression

a settler: un colon
a reservation: une réserve
a tribe: une tribu
the breaking up of families: la désintégration des familles
a slave: un esclave
triangular trade: le commerce triangulaire
civil rights: les droits civiques
human rights: les droits de l'homme
an apology: des excuses
a scar: une cicatrice
a reminder: un rappel
to free: libérer
to abolish: abolir
to own: posséder
to evict: mettre dehors
to remove: retirer

DID YOU KNOW?

Between 1905 and 1967, the Australian government removed mixed-race Australian Aboriginal children from their families (one third of them were concerned), which led to the breaking up of families and a loss of Aboriginal customs. In 2008, the Australian Prime Minister presented an apology to Indigenous Australians for these "Stolen Generations".

Espagnol

INFOS et CONSEILS sur l'évaluation

Compréhension de l'oral
Compréhension écrite
Expression écrite

Expression orale

Le lexique des axes culturels

Retrouvez les informations et les conseils pour réussir l'évaluation en espagnol au début de la section consacrée à l'anglais.

→ pages 216-221.

Viajar, ¿sueño o pesadilla?

COMPRÉHENSION DE L'ORAL • COMPRÉHENSION DE L'ÉCRIT • EXPRESSION ÉCRITE

1 h 30
30 points

INTÉRÊT DU SUJET • Le sujet invite à réfléchir sur le voyage, les formes différentes qu'il peut prendre et les sentiments qu'il provoque.

Vous disposez d'abord de 5 minutes pour prendre connaissance de l'intégralité du sujet. Puis vous écouterez 3 fois le document 1. À l'issue de la 3e écoute, vous organiserez votre temps comme vous le souhaitez pour traiter la compréhension de l'oral, la compréhension de l'écrit et un sujet d'expression écrite.

DOCUMENTO 1 La laguna de Rocha

© Uruguay natural – Ministerio de turismo / DR

bit.ly/33yRL5b

Fuente: Uruguay natural
– Ministerio de turismo y deporte, 5 de junio 2014

DOCUMENTO 2 Las gentes que viajan

Las gentes que viajan adquieren una
forma fragilísima de belleza.
Por algunas horas se transforman en algo
singular, y viven agudamente;
descubren extraños sentimientos
que no sospechaban que pudieran
tenerse, y caminan como dichosos.
En las estaciones de los trenes,
mientras esperaba, he vivido
horas melancólicamente ricas.

He visto partir a las gentes,
y no estaban solas: se sumergían
en su larga noche de viaje,
llevando en su sangre la pureza
que dan las distancias y los adioses;
pobladas de bocas y de miradas,
se purificaban como si fueran
a entrar en un templo o en un combate. [...]

Rubén Bonifaz Nuño (Veracruz, México 1923-2013),
De otro modo lo mismo, 1979

DOCUMENTO 3 Volver a Salas

Daniel Mantovani es argentino, pero vive en Barcelona. Acaba de recibir una carta y habla de ello con su asistente, Nuria.

— Hace mucho que no va, ¿no? –pregunta Nuria. Y me saca de la carta, donde he estado sumergido hasta ahora. Proviene de mi pueblo, Salas[1].

— Sí, casi cuarenta años –le contesto–. Me fui a los veinte y nunca volví... Creo que hice una única cosa en mi vida: escapar de ese lugar. Mis personajes nunca pudieron salir de ahí, yo nunca pude volver. ¿Para cuándo es la invitación?

— A ver –Nuria toma la carta–: quieren invitarlo para el aniversario del pueblo, nombrarlo ciudadano ilustre y que dé unas charlas[2]... Es para la semana que viene —dice y sonríe. A mí también me causa gracia, y un poco de ternura, ciertamente.

— ¿La semana que viene? –digo, incrédulo. Pensar que puedo disponer de ese tiempo a tan corto aviso es desconocer por completo cómo funciona el mundo por fuera de los límites del pueblo. [...]

— ¿Piensa ir? –la voz de Nuria me trae de vuelta aquí, a la realidad, a la reunión en la que reviso mi agenda con mi asistente, en mi casa en Barcelona.

Nuria levanta la agenda y continúa recitando la lista de invitaciones, premios, homenajes que constituyen, desde hace años, mis únicas actividades; una especie de feria itinerante, un circo del cual soy la única y estelar atracción. No puedo dejar de pensar en la carta de Salas. En esa invitación absurda, que llega ahora cuando, muy a mi pesar, me he convertido en una persona famosa. Mi contacto con Salas se limitó a llamados telefónicos a mi padre, que duraron hasta su muerte, y al intercambio esporádico de cartas con algunos amigos –cosa que tampoco se prolongó mucho tiempo. [...]

Desde el balcón miro los tejados de las casas de Pedralbes, más abajo los edificios, atrás la silueta de las grúas del puerto, al fondo el mar Mediterráneo y un cielo gris que se funden sin solución de continuidad. Esta ciudad que, por sus formas, por su tamaño, por su historia, por la gente que la habita, pareciera ser el opuesto exacto de Salas: una copia en positivo. La ciudad en la que he escrito mis últimos libros. Atrás, Aida, mi única compañía, limpia los vidrios de las ventanas. Hay demasiadas ventanas en esta casa. Quizás por eso todo se siente tan vacío. Fijo mis ojos en el horizonte: es un avión que despega; que lleva a sus pasajeros quién sabe a dónde. Cuando me fui de Salas, la idea de convertirme en escritor, de ser un verdadero escritor, me mantuvo a flote durante muchos años, porque lograr eso no fue fácil. Recuerdo aquel primer viaje: los nervios, la sensación de estar saltando al vacío que se mezclaba con la convicción de estar haciendo lo correcto. Nunca había salido de Salas, pero era como si mi vida hubiera transcurrido sólo para prepararme para mi partida; para acumular una energía que debía servirme para ser escritor, para poder decir algo importante con mi obra. Una energía que se ha extinguido.

A. Duprat, M. Cohn y G. Duprat,
Daniel Mantovani, el Ciudadano ilustre, 2016

1. Salas es un pueblo modesto de la provincia de Buenos Aires.
2. dar una charla: *donner une conférence*.

ESPAGNOL

COMPRÉHENSION DE L'ORAL — 10 POINTS

▶ Vous rendrez compte librement, en français, de ce que vous avez compris du document 1 (vidéo).

COMPRÉHENSION DE L'ÉCRIT — 10 POINTS

▶ Vous rendrez compte librement, en français, de ce que vous avez compris de chacun des textes (documents 2 et 3) et vous veillerez à établir un lien entre l'axe 1 du programme « Identités et échanges », ces deux textes et le document vidéo (documents 1, 2 et 3).

EXPRESSION ÉCRITE — 10 POINTS

▶ Vous traiterez, en espagnol, un seul des deux sujets suivants, au choix. Répondez en 120 mots au moins.

Sujet A

Tras mucho cavilar, Daniel Mantovani ha decidido ir a Salas. Prosiga el texto (documento 2), explicando las razones que le mueven a aceptar la invitación. Redacte el relato en primera persona.

Sujet B

Explique y comente la evocación del viaje que Rubén Bonifaz Nuño propone en el documento 1. ¿Comparte usted su visión?

LES CLÉS DU SUJET

Compréhension de l'oral

■ **Identifier les caractéristiques clés du document (1re écoute)**

Caractéristiques du document

- **Genre :** reportage télévisé
- **Thème :** une nouvelle forme de tourisme
- **Enjeu :** informer sur le tourisme responsable
- **Intervenants :** la coordinatrice de Turismo Slow et une guide touristique

Affiner sa compréhension (2e et 3e écoutes)

1. Une nouvelle forme de tourisme	• Comment les visiteurs pourront-ils découvrir cette zone ? • Que s'est-il passé en 2010 ?
2. Une visite respectueuse de la zone	Notez les conseils que la guide touristique donne aux visiteurs pour respecter la zone.
3. Changer de rythme	Pourquoi la coordonnatrice de Turismo Slow voit-elle son projet comme une manière de ralentir le rythme effréné du monde actuel ?

Compréhension de l'écrit

Comprendre les documents

	Document 1	Document 2
Genre	Poème	Extrait du scénario d'un film
Auteur	Rubén Bonifaz Nuño	A. Duprat, M. Cohn et G. Duprat
Idée principale	Le voyage vécu comme un bonheur	Une invitation dans son village natal provoque la nostalgie du personnage
Point de vue	La beauté et le bonheur des voyageurs	Montrer que, parfois, le voyage peut être une réelle nécessité pour construire sa vie

Organiser sa réponse

• Dans la première partie, présentez le poème et la vision qu'il donne du voyage et des voyageurs.

• Ensuite, montrez en quoi cette vision du voyage est abordée de façon très différente dans le document 3, où elle est présentée à la fois comme une nécessité et comme un synonyme de nostalgie.

• Enfin, concluez en reliant les trois documents du dossier avec l'axe « Identités et échanges ».

Expression écrite

Sujet A

• **Analyser le sujet.** Dans ce sujet, vous êtes invité à imaginer une suite au texte. Utilisez la première personne du singulier, appuyez-vous sur les idées développées dans le document et respectez le ton du texte.

• **Organiser ses idées.** Dans la première partie, expliquez que vous, Daniel, avez accepté de revenir dans votre village car vous êtes heureux d'être nommé citoyen d'honneur. Dans la deuxième partie, parlez des sentiments que ce voyage provoque : crainte, angoisse, bonheur ?

■ Sujet B

• **Analyser le sujet.** Il s'agit ici de commenter l'évocation du voyage présentée dans le poème. Vous devez donc en premier lieu analyser le poème et montrer comment le voyage est idéalisé, présenté comme une forme de bonheur.

• **Organiser ses idées.** Dans la première partie, analysez le poème pour montrer que le voyage est décrit comme un réel bonheur. Dans la deuxième partie, donnez votre avis : dites si vous aimez également voyager ou si, au contraire, le voyage vous procure un sentiment de nostalgie, comme Daniel dans le document 3.

38 CORRIGÉ GUIDÉ

COMPRÉHENSION DE L'ORAL

Script

MALVINA SÁNCHEZ, coordinadora Turismo Slow: Bueno, Turismoslowrocha es una propuesta turística nueva. La idea es trasladar a la gente desde La Paloma a la laguna de Rocha con un traslado en un vehículo, un vehículo abierto, panorámico como los que ingresan al Polonio, eso le da un atractivo en el paseo. La laguna Rocha es un área protegida que ingresó al sistema nacional de áreas protegidas en el 2010. Todavía el plan de manejo no ha sido aprobado y mientras tanto, como la infraestructura que hay para visitantes de la laguna no es muy amplia, nosotros queremos darle el servicio de ser visitante.

> À NOTER
> El Polonio est un parc national près de La Paloma.

ALICIA ACOSTA, guía de turismo de Naturaleza: La visita del área debe ser amigable con la naturaleza por eso siempre les pedimos a los turistas que no se deje nada en el área, ni se traiga nada del área.

MALVINA SÁNCHEZ, coordinadora Turismo Slow: Un paseo lento, un paseo despacio, esa es la idea, es para bajar un cambio, justamente es darle al visitante esa alternativa de bajar el ritmo de vida que tenemos hoy. Entonces ya desde el paseo, ir a un ritmo que nos permita apreciar y ver el paisaje.

Proposition de compte rendu en français

• Ce reportage télé, réalisé par le ministère du Tourisme et du Sport en Uruguay, présente une nouvelle proposition touristique pour découvrir la lagune « Rocha » d'une autre façon. Tout d'abord, la coordinatrice de l'entreprise « Turismo Slow » intervient pour expliquer que les touristes pourront se déplacer de La Paloma à la lagune Rocha en bus panoramique. Elle indique également que la lagune est une zone protégée depuis 2010.

CONSEIL
Utilisez les 5 minutes au début de l'épreuve pour bien regarder l'ensemble du sujet. Cela vous permettra de remobiliser le vocabulaire en lien avec le sujet et vous aidera à mieux comprendre la vidéo.

• Une guide touristique prend ensuite la parole. Elle explique que, comme la zone est protégée, les visiteurs doivent être respectueux de l'environnement. Pour cela, ils ne doivent rien jeter dans la nature ni emporter des plantes ou autre chose.

• La coordinatrice conclut le reportage en expliquant que ce voyage en bus panoramique à travers la lagune se fait à un rythme lent, comme une alternative au rythme effréné du monde actuel et pour profiter du paysage.

COMPRÉHENSION DE L'ÉCRIT

• Les deux textes sont de nature différente. Le premier est un poème qui aborde le thème du voyage et les sentiments qu'il provoque. Ainsi, le voyage est décrit comme quelque chose qui fait naître des sentiments opposés : du bonheur mais aussi un peu de mélancolie. Si le voyage apparaît idéalisé dans le poème, le sentiment qui ressort le plus est la mélancolie, la nostalgie.

DES POINTS EN +
L'analyse d'un poème est souvent plus difficile à mener. Appuyez-vous sur les figures de style (comparaisons, oppositions…) pour vous aider à déduire le sens.

• Le document 3 présente un écrivain qui reçoit une invitation à se rendre dans son village natal, qu'il a quitté depuis presque 40 ans, afin d'y être nommé citoyen d'honneur. Cette invitation le replonge dans ses souvenirs et les raisons qui l'ont amené à entreprendre ce long voyage d'un village argentin à Barcelone. Son départ a été vécu comme une réelle nécessité pour réaliser son rêve, devenir écrivain. Les souvenirs qu'il évoque de son premier voyage sont empreints d'une certaine nostalgie : l'énergie qu'il avait vécue à cette époque s'est éteinte.

• Ces documents illustrent l'axe « Identités et échanges » puisqu'ils mettent en exergue les divers sentiments des personnes lorsqu'elles sont amenées à voyager, à passer d'un mode de vie à un autre, c'est-à-dire à échanger.

EXPRESSION ÉCRITE

Sujet A

• A pesar del poco tiempo que tenía para organizar el viaje, decidí lanzarme y volver a Salas. En efecto, me pareció un honor muy grande que quisieran nombrarme ciudadano ilustre y debía mostrarles que tenía conciencia de la importancia que mi trabajo de escritor había cobrado para los habitantes. Había huido literalmente de Salas, pero quizás este nuevo viaje fuera diferente…

> **VOCABULAIRE**
> • *cobrar* : prendre
> • *huir* : fuir
> • *dichoso-a* : heureux

• Si bien me había sentido un poco nervioso al salir de Salas hace cuarenta años, pero también con una energía desbordante a la idea de realizar mi sueño de ser escritor, los sentimientos eran muy distintos con este nuevo viaje. Me sentía feliz, dichoso a la idea de recibir tan importante recompensa. Pero seguro que era porque sabía que iba a volver a Barcelona, que el viaje no iba a durar mucho.

(133 palabras)

> **DES POINTS EN +**
> Même si le sujet porte sur le document 3, montrez que vous avez bien compris l'ensemble du sujet en réutilisant des mots ou expressions du document 2.

Sujet B

• En el poema *Las gentes que viajan*, Rubén Bonifaz Nuño evoca en primera persona los viajes y los viajeros. Nos explica en la primera estrofa que los viajeros parecen ser felices. La idea de irse les llena de sentimientos que no podían imaginar y les hace guapos y felices. Explica también que los viajeros no están solos: es como si llevaran con ellos a las personas que dejan atrás (… *las distancias y los adioses; pobladas de bocas y de miradas*). Los dos últimos versos evocan la idea de serenidad y también de lucha, lo que puede hacer referencia a la dificultad de dejar atrás a la familia o los amigos.

> **VOCABULAIRE**
> • *llenar* : remplir
> • *atrás* : en arrière
> • *soler + infinitivo* : avoir l'habitude de

• A mí me gusta mucho viajar y normalmente no me siento nervioso o inquieto. Suelo sentirme, como evoca el poema, feliz y dichoso con lo que voy a descubrir en el viaje. En efecto, para mí, viajar significa descubrir nuevas culturas y esta idea provoca curiosidad y entusiasmo.

(158 palabras)

Huertos en la ciudad

COMPRÉHENSION DE L'ORAL • COMPRÉHENSION DE L'ÉCRIT • EXPRESSION ÉCRITE

1 h 30
30 points

INTÉRÊT DU SUJET • Comment penser et créer une nouvelle ville et de nouvelles habitudes pour les habitants afin de développer le partage et le vivre-ensemble ?

Vous disposez d'abord de 5 minutes pour prendre connaissance de l'intégralité du sujet. Puis vous écouterez 3 fois le document 1. À l'issue de la 3e écoute, vous organiserez votre temps comme vous le souhaitez pour traiter la compréhension de l'oral, la compréhension de l'écrit et un sujet d'expression écrite.

DOCUMENTO 1 **Madrid regulariza 12 huertos urbanos de los 40 que hay**

© Zoomin / DR

bit.ly/3tAMeG0

Fuente: zoomin.tv, 16 de febrero 2015

DOCUMENTO 2 **Cómo los huertos urbanos están recuperando las zonas degradadas y olvidadas de las ciudades**

Ahora mismo, el cultivo y las huertas se asocian directamente al campo. La ciudad es el espacio para los edificios, el hormigón y los ruidos, pero no para el cultivo de vegetales, frutas y plantas variadas, a menos, claro está, que pensemos en un ordenado jardín para el disfrute más bien ornamental. Sin embargo, las cosas están cambiando. Las ciudades se están abriendo al cultivo y están recuperando espacios sin uso para que sus habitantes se encarguen de llenarlos con esos vegetales y frutales

En Santiago de Compostela, siguiendo con el ejemplo del principio, ya han convertido unos 12.000 metros cuadrados en huertas urbanas en las que trabajan unos 200 vecinos y las autoridades municipales tienen planes de extender el modelo a todavía más zonas y más barrios. Pero Santiago no es más que una entre muchas: Sevilla, Madrid, Vitoria o Valencia cuentan también con huertos en medio de la ciudad.

Lo que ha llevado al crecimiento de los huertos urbanos.

Pero ¿por qué han crecido tanto las huertas urbanas y por qué están cada vez más presentes? Parte de su éxito está marcado por el contexto socioeconómico. Los ciudadanos están cada vez más concienciados y quieren un entorno más verde. Buscan, por así decirlo, vivir más cerca de la naturaleza, aunque estén en el centro de las ciudades.

Además, la crisis económica también hizo que se fuese más consciente de este tipo de posibles acciones. Se empezó a valorar el poder acceder directamente a esa producción agrícola que en años de bonanza se buscaba sin grandes complicaciones en el supermercado.

Recuperando los espacios degradados.

Pero, además, las huertas urbanas se han convertido en una herramienta para recuperar el espacio por y para los ciudadanos, que se 'apropian' de él, y para reinventar espacios que muchas veces estaban vacíos, abandonados y degradados.

Los huertos urbanos han logrado que muchas zonas muertas de las ciudades tengan nueva vida. Uno de los casos más populares en España es el de EstoEsUnaPlaza, en el barrio madrileño de Lavapiés, que recuperó un espacio urbano que llevaba unas cuantas décadas sin uso y abandonado para convertirlo en un huerto y en un espacio comunitario abierto a los ciudadanos. En este caso, la iniciativa partió de los propios habitantes de la zona, aunque en ocasiones son las propias autoridades y organismos públicos los que usan los huertos urbanos como motor de cambio para zonas que necesitan reinventarse.

Los beneficios de los huertos urbanos no se limitan además a 'lavar la cara' de la zona y a convertir un espacio lleno hasta el momento de maleza y basura en un lugar agradable visualmente. Los expertos creen que este tipo de espacios generan mucho más sentimiento de comunidad. Hacen, por así decirlo, barrio.

Además, ayudan a generar una mayor conciencia en términos de dieta saludable y hacen que los ciudadanos en cierto modo aprendan a comer mejor y lo hagan. Al fin y al cabo, no se trata de que la ciudad se vaya a convertir en autosostenible en términos de alimentación, sino más bien de que sus habitantes tengan una relación diferente con la comida y con la naturaleza.

https://twenergy.com

COMPRÉHENSION DE L'ORAL — 10 POINTS

▶ Vous rendrez compte librement, en français, de ce que vous avez compris du document 1 (vidéo).

COMPRÉHENSION DE L'ÉCRIT — 10 POINTS

▶ Vous rendrez compte librement, en français, de ce que vous avez compris du texte (document 2) et vous veillerez à établir un lien entre l'axe 2 du programme « Espace privé et espace public », le texte et le document vidéo (documents 1 et 2).

EXPRESSION ÉCRITE — 10 POINTS

▶ Vous traiterez, en espagnol, un seul des deux sujets suivants, au choix. Répondez en 120 mots au moins.

Sujet A

Usted acaba de leer el texto "Cómo los huertos urbanos están recuperando las zonas degradadas y olvidadas de las ciudades". Dé su opinión sobre el tema redactando un comentario para subirlo en internet.

Sujet B

Comente esta afirmación sacada del texto: "Los expertos creen que este tipo de espacios generan mucho más sentimiento de comunidad. Hacen, por así decirlo, barrio".

LES CLÉS DU SUJET

Compréhension de l'oral

Identifier les caractéristiques clés du document (1re écoute)

Caractéristiques du document
- **Genre** : reportage télévisé
- **Thème** : les potagers urbains
- **Enjeu** : informer sur l'intérêt des potagers dans les grandes villes
- **Intervenants** : un journaliste, un membre de la commission des potagers urbains, deux utilisateurs

Affiner sa compréhension (2e et 3e écoutes)

1. La multiplication des potagers et leur régularisation	• Prêtez attention aux chiffres et aux lieux pour déterminer l'importance des potagers à Madrid. • Relevez les raisons pour lesquelles la mairie de Madrid a régularisé ces potagers urbains.
2. L'intérêt des potagers pour les habitants	• Notez les arguments qui montrent que ces potagers sont des lieux de vivre-ensemble. • Comment les témoignages des utilisateurs mettent-ils en avant l'idée de partage entre tous ?
3. Une bonne pratique récompensée	• Notez qui a récompensé cette bonne pratique. • Montrez la visée de ce reportage.

Compréhension de l'écrit

Comprendre le document

Caractéristiques du document
- **Genre** : article de presse publié en ligne
- **Source** : twenergy.com, communauté web qui promeut le développement durable
- **Idée principale** : les citadins utilisent des espaces vides pour y créer des potagers
- **Point de vue** : le journaliste présente le contexte de création des potagers urbains

Organiser sa réponse

• Le sujet ne propose qu'un seul article de presse, composé de trois parties. Suivre ce découpage peut faciliter le compte rendu. La première partie expose l'origine des potagers urbains, la deuxième explique les raisons de leur croissance et, enfin, la troisième analyse les bénéfices pour la ville et les habitants.

• Après ce compte rendu, montrez le lien entre l'article, la vidéo et l'axe « Espace privé et espace public ».

Expression écrite

Sujet A

• **Analyser le sujet.** On vous demande votre avis sur la récupération des espaces vides pour la création de potagers en ville. Deux positions sont possibles : il s'agit d'une initiative positive (récupération d'espaces abandonnés, convivialité, etc.) ; mais elle présente certains inconvénients (pollution…).

• **Organiser ses idées.** Commencez par présenter les potagers urbains. Ensuite, indiquez si vous trouvez qu'il s'agit d'une pratique positive ou si elle présente des inconvénients. L'utilisation d'expressions de l'opinion est indispensable (*yo creo que… / en mi opinión…*).

Sujet B

• **Analyser le sujet.** Les potagers urbains génèrent chez les habitants des grandes villes un sentiment de communauté et des liens plus forts se créent entre les habitants d'un même quartier. Pour commenter cette affirmation, appuyez-vous sur les arguments développés dans la vidéo et dans le texte.

• **Organiser ses idées.** Vous pouvez justifier l'affirmation avec les éléments suivants : amélioration de l'esthétique des espaces abandonnés, resserrant ainsi les liens entre les habitants ; espaces où les citadins peuvent échanger ; prise de conscience qu'un nouveau mode de vie est possible et bon pour la santé, donc appropriation de l'espace public pour la vie privée.

39 CORRIGÉ GUIDÉ

COMPRÉHENSION DE L'ORAL

Script

VOZ EN OFF (PERIODISTA): El ayuntamiento de Madrid acaba de regularizar 12 huertos urbanos en la capital de los cerca de 40 que existen. Es una tendencia muy de moda en otras ciudades europeas y de EE.UU. que poco a poco va calando en España. En Madrid, asociaciones vecinales y colectivos ecologistas llevaban años sembrando parcelas públicas abandonadas con hortalizas, frutas y verduras. Pero siempre estaban a expensas de que la policía municipal les echase de un día para otro. Bien sabido que las cosas de palacio van despacio, pero en Madrid parecen ir muy despacio. Hace 4 años ya que la Federación Regional de Asociaciones Vecinales de Madrid instó al ayuntamiento de la capital a regularizar la situación de esos huertos.

JOSÉ LUIS FERNÁNDEZ, Comisión Huertos Urbanos de la FRAVM: Lugares de convivencia generacional, es decir que hay gente mayor, gente que ha tenido huerto, gente que ha venido del pueblo y que, digamos, que al principio sobre todo era gente que tenía el conocimiento un poco más agrícola. Así que ha habido ese intercambio de saberes y de motivaciones, no, en el espacio del huerto y se sigue dando.

VOZ EN OFF (PERIODISTA): Los huertos urbanos son una afición para miles de personas en Madrid, desde mayores a familias enteras.

JOSÉ, vecino de Las Tablas, Madrid: Pues mira, estamos con los niños y está bien, aunque es muy poquito pero suficiente para que se pueda mostrar para enseñárselo.

BANARMINO, vecino de Las Tablas, Madrid: Me parece extraordinario para que personas puedan venir aquí a aprender un poco de lo que es la agricultura, en estado menor, y también puedan tener compañía con personas que puedan asociarse.

VOZ EN OFF (PERIODISTA): Esta iniciativa de huertos urbanos fue elegida en 2012 como buena práctica por el comité hábitat de Naciones Unidas en las categorías de gestión ambiental, arquitectura y diseño urbano y participación ciudadana y riqueza natural.

Proposition de compte rendu en français

• Ce reportage télévisé présente la régularisation des potagers urbains à Madrid. Un journaliste explique tout d'abord l'origine de ces potagers : il s'agit d'une tendance qui vient d'Europe et des États-Unis et qui prend de l'ampleur en Espagne. Depuis plusieurs années, ces potagers se sont multipliés (il en existe environ 40) et la mairie de Madrid a décidé d'en régulariser 12 à la demande d'une association d'habitants usagers des potagers.

• Deux usagers et un membre de l'association montrent ensuite que ces potagers sont des lieux de partage de connaissance de l'agriculture et de savoir-faire. Ils expliquent également que les potagers sont devenus une passion pour des personnes très différentes : des personnes qui habitaient la campagne ou des familles avec leurs enfants. Les plus anciens peuvent ainsi partager leur savoir avec les plus jeunes.

• Enfin, le journaliste conclut que cette initiative a été récompensée en 2012 par le comité habitat des Nations unies comme une « bonne pratique » pour l'environnement, le design urbain, l'architecture…

CONSEIL
Lorsque plusieurs personnes interviennent, regroupez les interventions en fonction des thématiques abordées. Ici, ce que disent les deux usagers et le membre de l'association peut être regroupé car ils expriment des idées sensiblement identiques.

COMPRÉHENSION DE L'ÉCRIT

• Dans l'imaginaire collectif, l'agriculture et les potagers sont associés à la campagne et les buildings à la ville. Mais un changement s'opère aujourd'hui : les villes s'approprient les zones non occupées pour y créer des potagers. En Espagne, de nombreuses villes connaissent ce phénomène.

• Le succès de ces potagers urbains s'explique par le fait que les habitants veulent de plus en plus vivre dans un environnement plus vert tout en restant dans le centre-ville. À cela s'ajoute une raison économique : la crise a provoqué une prise de conscience et les citadins souhaitent un accès direct aux fruits et légumes.

• Enfin, les habitants veulent se réapproprier leur espace afin de redonner de la vie. Ces espaces deviennent des lieux communautaires où les habitants réapprennent à avoir une alimentation saine. On peut voir une pointe d'humour à la fin de l'article, lorsque le journaliste explique que le but n'est pas que les villes deviennent « autosuffisantes ».

DES POINTS EN +
Si vous réussissez à repérer le ton du document que vous analysez, signalez-le : cela peut faire la différence avec d'autres candidats.

• Le lien avec l'axe « Espace privé et espace public » est évident : avec ces potagers, certaines zones urbaines deviennent alors des espaces privés puisque les habitants eux-mêmes gèrent les potagers et profitent des fruits et légumes cultivés. De plus, comme la vidéo l'a très bien montré, ces espaces permettent à tous de partager leurs savoir-faire et de mieux vivre ensemble.

EXPRESSION ÉCRITE

DES POINTS EN +
Dans les deux sujets, vous devez donner votre avis. Pour cela, privilégiez les expressions, suivies du subjonctif, telles que « *Me parece increíble que … / me parece genial que … / me sorprende que …* ».

Sujet A

• Acabo de leer un artículo sobre los huertos urbanos. Los habitantes de las ciudades recuperan los espacios abandonados para implantar en ellos verdaderos huertos. Me parece genial que la gente haga este tipo de cosas.

• Primero, permite mejorar el aspecto "físico" de la ciudad, embelleciendo los espacios vacíos. Además, los usuarios comparten su saber y aprenden a comer de manera más sana y respetando su entorno.

VOCABULAIRE
• *embellecer* : embellir
• *compartir* : partager

• Sin embargo, creo que hay inconvenientes también ya que la contaminación de los coches puede estropear la calidad de las plantas cultivadas. De hecho, puede ser muy malo para la salud de los que comen las frutas. Me sorprende que no hayan pensado en este problema.

VOCABULAIRE
• *estropear* : abîmer, gâcher
• *te basta con* : il te suffit de

• En fin, si quieres saber más sobre este tema, te basta con ir en internet y escribir en un buscador "huertos urbanos", encontrarás mucha información.

(137 palabras)

Sujet B

• La cita del texto expresa el hecho que los huertos urbanos generan en los habitantes el sentimiento de pertenencia a una comunidad. Se crean vínculos más fuertes entre los habitantes de un barrio.

• Para justificar esta idea, podemos explicar primero que, al crear esos huertos, los habitantes mejoran el aspecto estético de los espacios abandonados en el seno de su barrio. Sienten que forman parte de este nuevo lugar que acaban de crear, casi podemos decir que se adueñan de su barrio para embellecerlo.

VOCABULAIRE
• *la pertenencia* : l'appartenance
• *un vínculo* : un lien
• *adueñarse de* = *apropiarse de*
• *un vecino* = *un habitante*

• Además del aspecto estético, los vecinos del barrio mejoran sus condiciones de vida. En efecto, aprenden a compartir sus conocimientos, sus prácticas y mejoran su alimentación. Toman conciencia que un nuevo modo de vida es posible y, sobre todo, bueno para la salud.

• Me parece increíble que la vuelta a un modo de vida más natural pueda crear esas relaciones entre los habitantes de un barrio.

(150 palabras)

Arte y contracultura

COMPRÉHENSION DE L'ORAL • COMPRÉHENSION DE L'ÉCRIT • EXPRESSION ÉCRITE

1 h 30
30 points

INTÉRÊT DU SUJET • Comment l'art, qu'il soit « classique » comme la peinture ou « moderne » comme les graffitis, permet-il de transmettre des idées ?

Vous disposez d'abord de 5 minutes pour prendre connaissance de l'intégralité du sujet. Puis vous écouterez 3 fois le document 1. À l'issue de la 3e écoute, vous organiserez votre temps comme vous le souhaitez pour traiter la compréhension de l'oral, la compréhension de l'écrit et un sujet d'expression écrite.

DOCUMENTO 1 Arte durante la Transición: antifranquismo y contracultura

© RTVE / DR

bit.ly/3uzkG50

Fuente: TVE 1, 3 de diciembre 2018

DOCUMENTO 2 El grafiti es la guerrilla del arte

Sniper, un grafitero famoso, está hablando con la narradora.

— Imagina –añadió [...]– una ciudad donde no hubiera policías ni críticos de arte ni galerías ni museos... Unas calles donde cada cual pudiera exponer lo que quisiera, pintar lo que quisiera y donde quisiera. Una ciudad de colores, de impactos, de frases, de pensamientos que harían pensar, de mensajes reales de vida. Una especie de fiesta urbana donde todos estuvieran invitados y nadie quedase excluido jamás... ¿Puedes imaginarlo?

— No.

La sonrisa ancha y franca volvió a iluminarle la cara.

— A eso me refiero. Esta sociedad te deja pocas opciones para coger las armas. Así que yo cojo botes de pintura... Como te dije antes, el grafiti es la guerrilla del arte.

— Es un enfoque demasiado radical –protesté–. El arte aún tiene que ver con la belleza. Y con las ideas.

— Ya no... Ahora el único arte posible, honrado, es un ajuste de cuentas. Las calles son el lienzo. Decir que sin grafiti estarían limpias es mentira. Las ciudades están envenenadas. Mancha el humo de los coches y mancha la contaminación, todo está lleno de carteles con gente incitándote a comprar cosas o a votar por alguien, las puertas de las tiendas están llenas de pegatinas de tarjetas de crédito, hay vallas publicitarias, anuncios de películas, cámaras que violan nuestra intimidad... [...]

Puso una mano en mi hombro. Lo hizo de un modo natural casi agradable. Y me quedé parada y en silencio como una estúpida, a la manera de una boba cualquiera aturdida por el discurso del jefe de una secta.

— El grafiti es el único arte vivo –sentenció–. Hoy, con Internet, unos pocos trazos de aerosol pueden convertirse en ícono mundial a las tres horas de ser fotografiados en un suburbio de Los Ángeles o Nairobi... El grafiti es la obra de arte más honrada, porque quien la hace no la disfruta. No tiene la perversión del mercado. Es un disparo asocial que golpea en la médula. Y aunque más tarde el artista se acabe vendiendo, la obra hecha en la calle sigue allí y no se vende nunca. Se destruye tal vez, pero no se vende.

Arturo Pérez-Reverte (escritor español),
El francotirador paciente, 2013

DOCUMENTO 3 **Acción ortográfica: los grupos que corrigen la ortografía de los grafitis**

Grupos autodenominados de acción ortográfica usan muros y paredes en ciudades como Quito o Madrid para dar a los transeúntes pequeñas lecciones de ortografía del español.

El grupo ecuatoriano es misterioso: hace algunos meses surgieron grafitis corregidos [...] Como las frases de las distintas paredes están escritas en letras parecidas, los grafiteros sospechan que la misma persona que hace los grafitis realiza, en seguida, las correcciones.

Aún así, en las redes sociales los correctores fueron elogiados como "vengadores" y "superhéroes" de la ortografía por personas que piden "un mundo con grafitis bien escritos". [...]

La acción ecuatoriana acabó inspirando la "Acción ortográfica de Madrid", grupo lanzado hace unas semanas en Facebook para potenciar la corrección de frases mal escritas en lugares públicos de la capital española.

Ellos dicen que otra fuente de inspiración son los grupos de "acción poética" que pintan frases de poesía en paredes y asfaltos de distintas ciudades de diversos países de América Latina.

Paula Idoeta, www.bbc.com, 19 de febrero de 2015

COMPRÉHENSION DE L'ORAL — 10 POINTS

▶ Vous rendrez compte librement, en français, de ce que vous avez compris du document 1 (vidéo).

COMPRÉHENSION DE L'ÉCRIT — 10 POINTS

▶ Vous rendrez compte librement, en français, de ce que vous avez compris de chacun des textes (documents 2 et 3) et vous veillerez à établir un lien entre l'axe 3 du programme « Art et pouvoir », ces deux textes et le document vidéo (documents 1, 2 et 3).

EXPRESSION ÉCRITE — 10 POINTS

▶ Vous traiterez, en espagnol, un seul des deux sujets suivants, au choix. Répondez en 120 mots au moins.

Sujet A

En el documento 1, Sniper declara: "el grafiti es la guerrilla del arte" y la narradora le replica que "El arte aún tiene que ver con la belleza. Y con las ideas". Diga qué opinión comparte usted y explique por qué.

Sujet B

¿Le parece que solo el arte del grafiti puede ser comprometido, suscitar emociones y reflexión en el público?

LES CLÉS DU SUJET

Compréhension de l'oral

Identifier les caractéristiques clés du document (1re écoute)

Caractéristiques du document

- **Genre** : reportage télévisé de TVE (Televisión Española)
- **Thème** : présentation d'une exposition au musée Reina Sofía
- **Enjeu** : parler de l'art antifranquiste et de la contreculture
- **Intervenants** : un journaliste ; Rosario Peiró et Ana Romero, deux responsables de l'exposition

Affiner sa compréhension (2e et 3e écoutes)

1. La 1re partie de l'exposition : l'art antifranquiste

- Le musée Reina Sofía présente une exposition. Indiquez de quel type d'art il s'agit. Que dénonçait cet art ?
- Notez les thèmes que l'exposition présente.

2. La 2e partie : la contreculture

- Quel est le thème de la 2e partie de l'exposition ?
- Qui était à l'origine de cet art ?
- Que dénonçait cet art nouveau pour l'époque ? Et quel aspect positif montrait-il ?

Compréhension de l'écrit

Comprendre les documents

	Document 1	Document 2
Genre	Extrait de roman	Article de presse en ligne
Auteur et source	Arturo Pérez-Reverte	Paula Idoeta, bbc.com
Idée principale	Le graffiti comme œuvre d'art « honnête »	Les graffeurs utilisent leur art pour donner des leçons d'orthographe

Organiser sa réponse

• Centrez la première partie de votre compte rendu sur la définition du graffiti selon Sniper, le personnage de l'extrait de roman (document 2).
• Dans la deuxième partie, présentez un exemple d'utilisation du graffiti : donner des leçons d'orthographe, comme l'explique le document 3.
• Dans la troisième partie, expliquez que les documents présentent deux aspects différents du graffiti mais que les deux montrent des formes de pouvoir. Indiquez également que le graffiti est l'art du peuple car il est exposé dans la rue. Établissez ainsi le lien avec la vidéo (document 1) et avec l'axe d'étude.

Expression écrite

Sujet A • Analyser le sujet et organiser ses idées

Vous pensez comme Sniper que le graffiti est la revendication de l'art	• Montrez que vous considérez le graffiti comme une façon de revendiquer quelque chose. • Commencez par expliquer que le graffiti est un art du peuple qui prend ainsi le pouvoir et utilise les graffitis pour mettre en avant une revendication.
Vous pensez que l'art est lié à la beauté et qu'il permet de transmettre des idées	• Montrez que le graffiti peut être considéré comme un art à part entière et que, dans ce sens, il est beau. • Le graffiti peut, d'une certaine façon, « décorer » les murs abandonnés des villes tout en transmettant des messages : la protection de l'environnement, la lutte contre le racisme…

Sujet B

• **Analyser le sujet.** Le sujet vous invite à donner votre avis sur l'art du graffiti : est-ce le seul art engagé permettant de transmettre des émotions et de faire réfléchir les citoyens ?
• **Organiser ses idées.** Dans la première partie, expliquez en quoi le graffiti peut être un art engagé et comment il invite les individus à la réflexion. Dans la deuxième partie, parlez d'autres formes d'art qui suscitent le même type d'émotions. La poésie est en ce sens un exemple intéressant.

40 CORRIGÉ GUIDÉ

COMPRÉHENSION DE L'ORAL

Script

VOZ EN OFF (PERIODISTA): 1976 – El Abrazo de Genovés. Amnistía de Ibarrola. Ronda de noche con porras de Eduardo Arroyo. El arte antifranquista protagoniza la bienal de Venecia. El Reina Sofía reproduce casi arqueológicamente la exposición de aquellas piezas que clamaban por la libertad.

ROSARIO PEIRÓ, comisaria de la exposición: Tratan temas como la represión, el encarcelamiento, la muerte, los presos políticos.

VOZ EN OFF (PERIODISTA): Aquella bienal no oficial, enfrentada a la dictadura en su gestación, inaugurada con Franco muerto después, forman la primera parte de esta exposición.

ANA ROMERO: La segunda parte de esta exposición se asoma a la contracultura juvenil y ciudadana. Una nueva generación que se enfrenta a instituciones ya consolidadas como el Ejército, la Religión o la Familia.

ROSARIO PEIRÓ, comisaria de la exposición: Gente joven que no entiende la práctica artística desde un punto de vista tradicional están saliendo a la calle y están, de una manera improvisada, trabajando colectivamente.

VOZ EN OFF (PERIODISTA): Un trabajo colectivo en el que está la lucha política, la denuncia de la brutalidad, los primeros partidos democráticos, el feminismo, pero también la parte más lúdica: la Movida, los conciertos, una panorámica general y en detalle de ese tiempo de cambio que transformó todo un país.

Proposition de compte rendu en français

- Le reportage présente une exposition au musée Reina Sofía à Madrid. Celle-ci montre des tableaux de 1976 et l'art antifranquiste de la Transition. Le musée reprend de façon très précise l'exposition de ces œuvres qui clamaient la liberté. La première partie de l'exposition évoque la répression, l'emprisonnement, la mort et les prisonniers politiques.

- La deuxième partie a pour thème la contreculture, l'art des jeunes et des citoyens. Une nouvelle génération s'oppose à l'armée, à la religion et à la famille et travaille de façon collective, dans la rue. Cette génération dénonce la brutalité ou les partis politiques mais expose également des aspects plus positifs tels que la Movida, les concerts, tout ce qui a changé l'Espagne d'alors.

CONSEIL
Le document est une vidéo, mais on évalue la compréhension de l'oral. Aucune description des images n'est attendue. Concentrez-vous sur ce que vous entendez.

COMPRÉHENSION DE L'ÉCRIT

• L'extrait de roman (document 1) présente les réflexions de Sniper, un graffeur réputé. Il imagine une ville où chacun pourrait exposer ce qu'il voudrait, une ville pleine de couleurs, de pensées. Sniper explique qu'il utilise ses pots de peinture parce que la société ne laisse que peu de possibilités pour « prendre les armes ». Selon lui, le graffiti est « la guérilla de l'art » : les rues sont la toile sur laquelle il expose ses idées. Pour lui, le graffiti est un art honnête puisqu'il ne se vend pas, même s'il parvient à être reconnu, grâce à Internet notamment. Pour la narratrice, le graffiti est un art qui a trait à la beauté et qui permet de transmettre des idées.

> **CONSEIL**
> Pour étudier deux documents, prêtez une attention particulière à la façon dont ils se complètent ou s'opposent. Le document 2 peut ainsi également illustrer ce qui est expliqué dans le document 1.

• L'article de presse (document 2) présente des groupes de graffeurs qui s'appellent eux-mêmes « groupes d'action orthographique ». Ils utilisent les murs de grandes villes comme Quito ou Madrid pour donner des leçons d'orthographe. Ils défendent des graffitis bien écrits et disent s'inspirer des groupes d'action poétique qui peignent des vers de poèmes sur les murs des villes.

• Les documents présentent donc deux aspects différents du graffiti mais les deux représentent des formes de pouvoir. Nous pouvons dire que le graffiti est l'art du peuple car il est fait par le peuple et exposé dans la rue, étant alors accessible à tous. Nous voyons bien le lien avec la vidéo (document 1) qui présente la contreculture comme l'art des jeunes qui revendiquent une façon de penser et avec l'axe d'étude « Art et pouvoir ».

EXPRESSION ÉCRITE

Sujet A (opinion 2)

• Sniper considera que el grafiti es la guerrilla del arte mientras que la narradora dice que tiene que ver con la belleza y que permite transmitir ideas. Estoy de acuerdo con ella ya que, para mí, los grafitis pueden embellecer las ciudades. En efecto, en muchas ciudades, los grafiteros pintan en los muros inutilizados. También utilizan los grafitis para hacer trampantojos. Por ejemplo, en los muros de un inmueble, hacen como si una persona se asomara a la ventana. Pero los grafitis no son mera decoración.

> **VOCABULAIRE**
> • *un trampantojo :* un trompe-l'œil
> • *asomarse :* se pencher
> • *rescatar = salvar, recuperar*

ESPAGNOL

• Además de embellecer las ciudades, los grafitis suelen servir para denunciar algún defecto de la sociedad. Por ejemplo, los grafiteros pueden denunciar el racismo, los prejuicios, o mostrar cómo luchan por la protección del medioambiente. En América Latina, utilizan su arte para defender los derechos de los pueblos minoritarios o para rescatar su esencia cultural.

(141 palabras)

DES POINTS EN +
Lorsqu'un phénomène existe aussi en Amérique latine, mentionnez-le pour montrer que votre culture inclut l'ensemble de l'aire hispanophone.

Sujet B

• Los dos documentos del dosier nos muestran cómo el arte del grafiti puede ser un arte comprometido, que suscita emociones y reflexión en quien lo admira. En efecto, con lo que denuncian, los grafitis invitan a la reflexión. Por ejemplo, si una persona ve un grafiti que trata de la lucha contra el racismo o los prejuicios, no puede permanecer sin reacción. Se siente conmovida y se hace preguntas sobre la validez del grafiti. Pero cabe señalar que no es el único arte que provoca tales sentimientos.

• El artículo de prensa, que nos habla de los grupos de acción ortográfica, explica que una fuente de inspiración fueron los grupos de "acción poética" que pintan frases en las paredes de las ciudades. Creo que la poesía también tiene este poder de hacer reflexionar a la gente. Un verso, que por cierto también tiene que ver con la belleza, por su ritmo, invita a la reflexión, como los haikus japoneses, por ejemplo.

(160 palabras)

VOCABULAIRE
- *conmovido-a* : ému
- *la validez* : le bien-fondé
- *cabe señalar que* : il faut souligner que
- *una fuente* : une source

El poder de la literatura

COMPRÉHENSION DE L'ORAL • COMPRÉHENSION DE L'ÉCRIT • EXPRESSION ÉCRITE

1 h 30
30 points

INTÉRÊT DU SUJET • Quand la littérature est une véritable passion, peut-elle être un refuge pouvant influencer nos vies ?

Vous disposez d'abord de 5 minutes pour prendre connaissance de l'intégralité du sujet. Puis vous écouterez 3 fois le document 1. À l'issue de la 3e écoute, vous organiserez votre temps comme vous le souhaitez pour traiter la compréhension de l'oral, la compréhension de l'écrit et un sujet d'expression écrite.

DOCUMENTO 1 **Hoy, 23 de abril, se celebra el Día Internacional del Libro**

© 12tv

bit.ly/3o8z3L2

Fuente: Noticies 12, 23 de abril 2019

DOCUMENTO 2 Mujercitas

Las dos protagonistas están hablando de la novela de la escritora estadounidense Louisa May Alcott, Mujercitas, *de 1868.*

— Ya sé que su valor literario no es comparable al de muchas otras obras, no se trata de eso, ambas lo sabemos. Se trata de belleza, de delicadeza, de seguridad. Cuando se hagan mayores y la vida les golpee (y tenga por seguro que la vida les golpeará), siempre podrán volver la vista atrás y refugiarse unas horas en esa vieja obra sentimental. Llegarán cansadas del trabajo, agobiadas por el tráfico, doloridas por la tensión y los problemas y allí, en el fondo de sus cerebros, encontrarán una puerta que les permitirá trasladarse al viejo salón de Orchard House, con su trascendentalismo puritano y dulzón, su piano, su alegre chimenea y su bendito árbol de Navidad.

— Yo siempre quise ser como Jo March — murmuró con nostalgia Herminia Treaumont.

— Pues es mejor que no le diga quién quise ser yo.

— ¿Por qué?

— Porque demuestra la clase de infancia que tuve.

— Vamos, Prudencia. ¿Meg?

— No.

— ¿Amy?

— No.

— ¿La pobre Beth?

— No.

— ¿No será la tía March?

— No, la tía March, no. La señora March.

— ¿La señora March? ¿De verdad? ¿Por qué? […]

— Siempre he sido una mujer realista, Herminia, y las mujeres realistas fueron antes niñas realistas. Era bastante pequeña cuando leí el libro. Entonces, no me gustaba mi madre, pero sabía que tenía una madre. No podía fingir que no la tenía. Lo que sí podía hacer era imaginar la clase de madre que sería yo cuando me hiciese mayor. Y esa madre era la querida Marmee March.

Natalia Sanmartín Fenollera,
El despertar de la señorita Prim, 2013

DOCUMENTO 3 **La literatura como refugio**

Quizás por eso se hizo tan honda en mí la pasión por la lectura. Yo forraba las novelas de mi madre para disimularlas como si fueran un libro de texto, y así poderlas llevar al colegio y leer como si estudiara. Leer novelas en español de forma clandestina. La literatura como refugio. Aquel era, quizás, el verdadero lugar en el que yo vivía exiliado.

De niño era muy responsable. Me sentía profundamente mal si no hacia los deberes de la escuela. Tan solo una cosa podía apartarme de mis obligaciones escolares sin que me sintiera culpable: leer los libros de mi madre. No era lo mismo leer literatura francesa. Por lo que fuese, pero no era lo mismo.

Con el tiempo, andando ya por los quince años, coincidí con Chifflet en el lycée, y nos hicimos amigos. No lo había vuelto a ver desde la Escuela Elemental y nunca hicimos mención de la época en que me robaba el almuerzo. Se llamaba Jean y su padre era un médico famoso en la ciudad. Vivía en un piso precioso y tenía muchos libros, le gustaban mucho los cómics y las novelas, así que intercambiamos muchas. La mano de su madre estaba detrás de algunas recomendaciones, y por ella conocí a Dumas, a Selma Lagerlöf y a Dickens, pero fue a él, sin duda, a quien debo haber leído infinidad de novelas de Enid Blyton y todos los cómics de Astérix y Tintín.

José María Pérez Collados, *El tren de cristal*, 2011

COMPRÉHENSION DE L'ORAL — 10 POINTS

▶ Vous rendrez compte librement, en français, de ce que vous avez compris du document 1 (vidéo).

COMPRÉHENSION DE L'ÉCRIT — 10 POINTS

▶ Vous rendrez compte librement, en français, de ce que vous avez compris de chacun des textes (documents 2 et 3) et vous veillerez à établir un lien entre l'axe 5 du programme « Fictions et réalités », ces deux textes et le document vidéo (documents 1, 2 et 3).

EXPRESSION ÉCRITE — 10 POINTS

▶ Vous traiterez, en espagnol, un seul des deux sujets suivants, au choix. Répondez en 120 mots au moins.

Sujet A

Como en el relato de José María López Collados, explique cómo descubrió usted la literatura, qué tipo de lector es y/o con qué personaje se identifica.

Sujet B

Para el escritor Carlos Ruiz Zafón, "los libros son espejos: solo se ve en ellos lo que uno ya lleva dentro". Discuta esta opinión.

LES CLÉS DU SUJET

Compréhension de l'oral

Identifier les caractéristiques clés du document (1re écoute)

Caractéristiques du document

- **Genre** : reportage de Noticies 12 (télévision catalane)
- **Thème** : célébration de la Journée du livre
- **Enjeu** : promouvoir la Journée du livre à travers la présentation d'une tradition catalane
- **Intervenants** : une journaliste en voix off ; Celia González, libraire à Alicante ; une seconde journaliste

Affiner sa compréhension (2e et 3e écoutes)

1. La fête du livre	Prêtez attention à ce qu'explique la journaliste en voix off : que célèbre-t-on le 23 avril ?
2. Le rôle des libraires	• Pourquoi le 23 avril est-il une date clé pour les libraires ? • Lors de l'achat d'un livre, qu'offrent les libraires ?
3. L'origine de la fête du livre	Quelle est l'origine de cette tradition ?
4. Promouvoir la lecture	• Expliquez l'allusion à l'Unesco. • Quelle est la tradition catalane en lien avec la lecture ?

Compréhension de l'écrit

Comprendre les documents

	Document 1	Document 2
Genre	Extrait de roman	Extrait de roman
Auteur	Natalia Sanmartin Fenollera	José María Pérez Collados
Thème	L'influence de la littérature sur le lecteur	La littérature comme refuge

Organiser sa réponse

• Les documents vous incitent à montrer que la littérature peut provoquer divers sentiments chez le lecteur.

• Dans un premier temps, appuyez-vous sur le texte *Mujercitas* pour expliquer comment un livre peut provoquer chez le lecteur une identification avec les personnages et avoir une influence sur sa vie. Ensuite, à partir du document 3, montrez que la littérature peut s'avérer un véritable refuge. Concluez en reliant les deux textes et la tradition de la Journée du livre, qui rend un véritable hommage à la littérature. L'influence de la littérature montre le lien étroit entre la fiction et la réalité.

Expression écrite

Sujet A

• **Analyser le sujet.** Il s'agit d'un sujet ouvert qui, même s'il prend appui sur le dossier, vous invite à parler de votre expérience de lecteur. Indiquez les sentiments que vous procure la lecture : évasion, bien-être…

• **Organiser ses idées.** Dans la première partie, vous pouvez parler du livre qui vous a permis de découvrir les pouvoirs de la littérature. Dans la seconde partie, expliquez les sentiments que le livre a provoqués en vous et avec quel personnage vous vous identifiez.

Sujet B

• **Analyser le sujet.** Ce sujet vous invite à analyser une citation d'un célèbre auteur espagnol, Carlos Ruiz Zafón (1964-2020). Selon lui, les livres sont des miroirs et le lecteur ne voit en eux que ce qu'il ressent déjà.

• **Organiser ses idées.** Montrez d'abord que cette citation illustre le dialogue entre les personnages du document 2, qui s'identifient aux protagonistes de leur livre préféré. Ensuite, expliquez que, lorsque nous lisons, nous projetons nos sentiments ou notre vécu sur les personnages. Concluez sur le rôle de la littérature pour avoir une meilleure connaissance de soi.

41 CORRIGÉ GUIDÉ

COMPRÉHENSION DE L'ORAL

Script

Voz en off (periodista): Muchos son los que creen que el día del libro es solo una fiesta asociada a San Jordi. Pero lo cierto es que este es un día que celebra la cultura y los libros en todo el mundo, gracias a dos autores mundialmente conocidos, Miguel de Cervantes y William Shakespeare. Hoy las librerías se llenan de apasionados de la lectura.

Celia González, librería Pynchon&Co, Alicante: Es una de las fechas clave en lo que es la agenda de una librería y nosotros además también intentamos animar a la gente a que venga, a que vaya a librerías, a bibliotecas y que sea un poco la fiesta del libro. Es una tradición que todos los años hemos intentado implantar. El libro lo pone el cliente viniendo, comprándolo, haciendo una compra en librería independiente y nosotros, pues..., una manera de premiar o elogiar a aquellos que eligen comprar en comercios de proximidad, pues bueno, qué menos que regalar nosotros la rosa.

Voz en off (periodista): El origen de la fiesta del día del libro en España surgió por parte del escritor y editor valenciano afincado en Barcelona, Vicent Clavel Andrés. Él fue el encargado de hacer llegar la propuesta a la cámara oficial del libro de Barcelona. Y ésta la que se haría eco de ella y establecería la celebración de un día que con el tiempo se acabó convirtiendo en internacional.

Periodista: Por este motivo esta fecha fue la escogida por la conferencia general de la Unesco para rendir homenaje al libro y a sus autores. Y para fomentar la lectura entre todos, sobre todo entre los más jóvenes, el placer de leer. Además, también es tradicional, al concluir una lectura, regalar una rosa y un libro, sobre todo entre los enamorados y las personas queridas.

Proposition de compte rendu en français

- Une journaliste, en voix-off, explique que le 23 avril correspond à la Journée du livre qui célèbre notamment deux auteurs mondialement connus : Miguel de Cervantes et William Shakespeare.
- Pour les libraires, le 23 avril est une date clé et ils cherchent ce jour-là à impulser la lecture. Ils invitent les clients à acheter des livres dans des librairies indépendantes. En échange de l'achat d'un livre, les clients se voient offrir une rose.

CONSEIL
Lorsque les idées s'enchaînent, retranscrivez au plus près cet enchaînement. N'hésitez pas dans ce cas à faire une présentation en plus de trois parties.

• La voix-off intervient de nouveau pour expliquer que c'est un auteur barcelonais, Vicent Clavel Andrés, qui a proposé d'organiser une fête du livre à la chambre officielle du livre de Barcelone, ce qui a permis que cette fête devienne internationale.

• C'est pour cette raison que l'Unesco a choisi cette date pour rendre hommage aux livres et aux écrivains. En Catalogne, pour encourager la lecture chez les plus jeunes surtout, la tradition veut que, dès que l'on termine une lecture, on offre un livre et une rose aux personnes qu'on aime.

COMPRÉHENSION DE L'ÉCRIT

• Le premier texte est un dialogue autour du roman *Les Quatre Filles du docteur March*. Les deux femmes expliquent l'influence que ce livre a eu sur leur vie et les personnages avec lesquels elles se sont identifiées. Elles analysent les points communs qu'elles ont avec les personnages du livre.

• Le document 3 présente la littérature comme un refuge. Le narrateur explique comment la lecture est devenue une réelle passion pour lui. Il a découvert la littérature espagnole, enfant, grâce à sa mère, en lisant des livres en cachette. Puis, un de ses amis d'enfance, qu'il a retrouvé lorsqu'il avait 15 ans, lui a fait découvrir la littérature française. Avec cet ami, ils avaient l'habitude d'échanger des livres.

> **DES POINTS EN +**
> Montrez que vous avez repéré de quel roman les deux personnages du premier texte parlent et citez-le dans votre compte rendu. Il s'agit d'une œuvre très connue, mais c'est toujours un plus de montrer que vous la connaissez.

• Les deux textes du dossier sont en lien direct avec la vidéo puisque celle-ci met en exergue, à travers la Journée du livre, l'importance des livres, et donc de la littérature. Le dossier montre clairement que la fiction peut avoir un lien direct avec la réalité. En effet, les lecteurs s'identifient souvent avec les personnages des livres qu'ils lisent, ce qui peut avoir une influence sur leur vie.

EXPRESSION ÉCRITE

Sujet A

• Descubrí el placer de la lectura gracias a mis padres que se pasaban el tiempo leyendo. Cuando tuve 14 años, me regalaron el *Señor de los Anillos* que, para mí, es maravilloso. Cuando lo leí, me identifiqué con Aragorn porque representa la lucha contra el mal.

> **VOCABULAIRE**
> *pasarse el tiempo + gérondif* : passer son temps à + infinitif

ESPAGNOL

Me siento un poco como él, no me gustan las injusticias y quiero que el bien reine en la tierra.

• Para mí, la literatura permite escapar de la vida cotidiana entrando en un mundo de magia, de sueño. Este libro representa perfectamente esta idea y la literatura fantástica es la que más me gusta. Además, este libro es conocido mundialmente y creo que es tan famoso como los libros de Shakespeare o de Cervantes. Todo el mundo lo conoce y si quiero hablar de literatura con alguien, seguro que podré intercambiar ideas sobre el *Señor de los Anillos*.

> **VOCABULAIRE**
> • *escapar de* : échapper à
> • *intercambiar* : échanger

(144 palabras)

Sujet B

• La cita de Carlos Ruiz Zafón retoma las ideas desarrolladas en el documento 2. En efecto, las dos protagonistas dialogan sobre cómo una novela influyó sus vidas. Nos explican con qué personaje se identificaban de niñas, después de leer una novela mundialmente conocida. De hecho, cada una de ellas se identificaba con un personaje diferente según lo que representaba en la novela, en función de su carácter o de sus acciones. Pero esta identificación también puede hacerse al revés.

> **CONSEIL**
> Pour l'expression écrite, appuyez-vous sur les textes du dossier mais montrez également vos connaissances personnelles. Ici, expliquez que la littérature peut être un moyen d'évasion et citez, par exemple, des œuvres que vous avez étudiées.

• Cuando leemos una novela, podemos proyectar en la historia, en sus personajes, lo que ya vivimos antes. Los sentimientos que experimentamos frente a una situación, puede que intentemos proyectarlos en los personajes de nuestro libro. Por ejemplo, si ya vivimos una experiencia de miedo intenso, esperamos que el personaje de nuestro libro sienta lo mismo frente a la misma situación.

> **VOCABULAIRE**
> • *retomar* : reprendre
> • *influir = influenciar*
> • *experimentar un sentimiento* : éprouver des sentiments

• Por todas esas razones, creo que la literatura, además de ser un placer intenso, es un verdadero espejo que nos revela a nosotros mismos.

(163 palabras)

La tecnología al servicio de la alimentación

EXPRESSION ORALE

20 min
10 points

INTÉRÊT DU SUJET • Pouvons-nous utiliser la technologie pour protéger notre planète ? Est-ce un rêve ou déjà la réalité ?

Choisissez un document et expliquez en quoi il illustre le mieux, selon vous, l'axe « Innovations scientifiques et responsabilité ».

DOCUMENTO A

ph © Lamyai / stock.adobe.com

Gestionando la agricultura con el smartphone, Bahia Blanca, Argentina, 17 de enero de 2019
www.agroempresario.com.ar

DOCUMENTO B

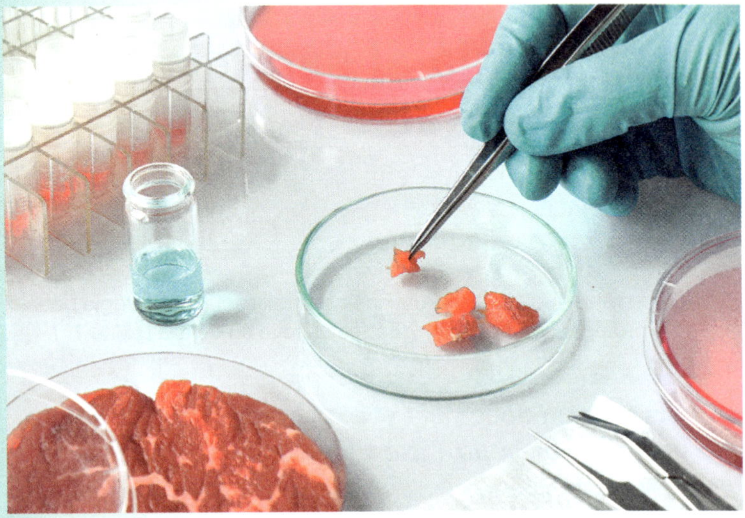

ph © tilialucida / stock.adobe.com

Argentina ya produce su carne cultivada sin sufrimiento animal, 25 de noviembre de 2019.
Photo accompagnant un article publié sur le site infobae.com

LES CLÉS DU SUJET

Comprendre les documents

Document A

- **Genre :** infographie provenant du site web du journal argentin *Agroempresario*, spécialisé en agriculture
- **Idée principale :** l'utilisation de la technologie au service de l'agriculture
- **Lien avec l'axe d'étude :** meilleure gestion des ressources grâce à la technologie

Document B

- **Genre et source :** photographie issue d'un article publié en ligne par le journal *Infobae*
- **Idée principale :** la fabrication de viande en laboratoire
- **Lien avec l'axe d'étude :** innovation permettant une meilleure gestion de l'alimentation mondiale et la protection de l'environnement

Préparer sa présentation

Si vous choisissez le document A

- Cette technologie appliquée à l'agriculture permet une surveillance accrue des plantations : besoin en eau, en engrais…
- Elle permet aussi à l'agriculteur de suivre en direct la pousse de ses plantations : il peut réagir plus rapidement et récolter dès que cela est nécessaire.
- De plus, l'agriculteur n'a ainsi plus besoin de se déplacer tous les jours pour surveiller et il peut donc gérer des parcelles plus grandes.

Si vous choisissez le document B

- Cette innovation permettrait de régler en partie les problèmes de manque de nourriture (meilleure régulation de la consommation) et participerait à la protection de l'environnement (moins de gaz à effet de serre, moins de pollution, production moindre de nourriture pour les élevages traditionnels…).
- Cette technique permettrait également de lutter contre la violence faite aux animaux.
- Cependant, il s'agit d'une technologie encore trop onéreuse.

42 CORRIGÉ GUIDÉ

Présentation

Voici un exemple de présentation orale à partir du document B.

- La foto representa cuencos, tubos, pinzas…, elementos típicos de un laboratorio. En uno de los cuencos podemos ver pedazos de carne. El título confirma que se trata de carne cultivada en laboratorio.
- La foto nos invita a reflexionar sobre esta tecnología. Veremos primero cómo esta innovación participa a la protección del medioambiente. Luego, explicaremos que permite proteger los animales, y por fin, que es una tecnología muy cara todavía, lo que puede ser un inconveniente.

CONSEIL
Pour capter l'attention de l'examinateur, présentez le document avant de préciser sur quoi il invite à réfléchir. Enfin, en quelques phrases, exposez le plan choisi.

Una innovación que protege la naturaleza…

- Sabemos que el ganado produce gases de efecto invernadero lo que provoca la desaparición de la capa de ozono. Si reducimos los ganados haciendo carne en laboratorio, la protegemos.
- Además, con la disminución de la ganadería, se disminuye también la producción de alimentos para la ganadería tradicional. Entonces contribuimos a la protección del medioambiente, y también de los animales.

VOCABULAIRE
- *gases de efecto invernadero* : des gaz à effet de serre
- *la ganadería* : l'élevage

… los animales,

- En efecto, si reducimos el número de ganaderías, colaboramos a la reducción de la cría intensiva y protegemos los animales. De hecho, en las crías intensivas, el maltrato a los animales es frecuente ya que se crían con una alta población en espacios muy reducidos. La meta de este tipo de cría es maximizar la producción minimizando los costos.
- Existe un debate en cuanto a la ética de la cría intensiva de animales: se pone en tela de juicio los riesgos para la salud y el impacto ambiental.

DES POINTS EN +
Pour bien structurer la présentation, utilisez des connecteurs. L'examinateur suivra plus facilement votre exposé : *Además / en efecto / de hecho / entonces / pero…*

… pero que es todavía muy cara

La tecnología utilizada para crear carne en un laboratorio todavía es muy innovadora y representa altos costos. Si bien representa una alternativa a la cría intensiva, no se puede difundir en la sociedad ya que nadie sería capaz de comprar esta carne por el precio muy alto que tiene. Este es pues un inconveniente importante.

Conclusión

Para concluir, podemos decir que el vínculo con el eje "Innovaciónes científicas y responsabilidad" aparece claramente en la mejor gestión de la alimentación, así como en el intento de contribuir a la protección de la naturaleza. Pero tiene un inconveniente mayor por el precio de venta de esta carne. Creo que existen otras alternativas menos costosas de proteger nuestro entorno.

Entretien

Voici quelques questions que l'examinateur pourrait vous poser.

▶ **Dice usted que existen otras alternativas para proteger el planeta, ¿puede citarme algunas de ellas?**

Cada uno de nosotros puede ayudar a proteger el planeta de manera cotidiana. Podemos separar las basuras, utilizar el transporte público en vez de ir con nuestro coche, no despilfarrar el agua… Yo por ejemplo vengo al instituto en bicicleta.

VOCABULAIRE
- *las basuras* : les ordures
- *despilfarrar* : gaspiller

▶ **¿Qué innovación científica le parece cumplir con el compromiso de proteger el medioambiente?**

Los coches eléctricos son una buena idea para proteger el medioambiente. En efecto, permiten la utilización de la electricidad en vez de la gasolina que puede contaminar la naturaleza y ser peligrosa para la salud. Creo que debemos aumentar el número de coches eléctricos.

▶ **¿Se siente usted listo-a para probar carne cultivada en un laboratorio?**

Creo que con la tecnología desarrollada, no corremos riesgo al comer carne de laboratorio. Sin embargo, me molesta un poco la idea de comer carne que no sea natural. No sé si realmente me atrevería a hacerlo. Además, de momento, esta carne es demasiado cara y no tengo el dinero necesario.

VOCABULAIRE
- *al* + *infinitivo* = *cuando* + verbe conjugué. Ici, *al comer* = *cuando come*.
- *molestar* : gêner. Ce verbe se conjugue comme *gustar*.

Una diversidad útil para todos

EXPRESSION ORALE

20 min
10 points

INTÉRÊT DU SUJET • Favoriser la diversité et intégrer dans la société tous les individus, quelle que soit leur différence, permet de construire un monde plus juste.

Choisissez une citation et expliquez en quoi elle illustre le mieux, selon vous, l'axe « Diversité et inclusion ».

DOCUMENTO A

"Las personas con necesidades educativas especiales deben tener acceso a la escuela ordinaria [...]. Las escuelas ordinarias con esta orientación integradora representan el medio más eficaz para combatir las actitudes discriminatorias [...] y construir una sociedad integradora."

Unesco, 1995

DOCUMENTO B

"No es la discapacidad lo que hace difícil la vida, sino los pensamientos y acciones de los demás."

Yadiar Julián, doctor en Pedagogía, México
www.universidadviu.com/es/

LES CLÉS DU SUJET

Comprendre les documents

Document A

- **Genre :** citation extraite d'un programme d'aide de l'Organisation des Nations unies pour l'éducation, la science et la culture (Unesco)
- **Idée principale :** intégrer tous les enfants à l'école pour construire une société plus juste
- **Lien avec l'axe d'étude :** l'éducation inclusive, c'est-à-dire l'acceptation de tous à l'école

Document B

- **Genre :** citation de Yadiar Julián, professeur spécialisé en pédagogie à l'université de La Salle (México)
- **Idée principale :** l'acceptation et l'intégration du handicap dans la société
- **Lien avec l'axe d'étude :** l'inclusion des handicapés permet leur intégration dans la société

Préparer sa présentation

Si vous choisissez le document A

• Expliquez tout d'abord que cette citation fait référence à l'école inclusive, thème d'actualité en France comme en Espagne.
• Montrez ensuite que l'école inclusive permet une réelle intégration de toute forme de handicap dans la société, tout en luttant contre les discriminations.
• Enfin, présentez l'enrichissement mutuel qu'implique ce type d'éducation : les handicapés se sentent comme n'importe quels autres enfants, et les autres élèves apprennent et s'enrichissent de cette différence.

Si vous choisissez le document B

• La citation montre que toute personne handicapée peut avoir des difficultés, des obstacles à surmonter dans sa vie quotidienne…
• … mais que, en réalité, les pires difficultés que rencontrent les personnes souffrant d'un handicap sont les pensées et les gestes des autres, c'est-à-dire les préjugés que la société a sur le handicap.

43 CORRIGÉ GUIDÉ

Présentation

Voici un exemple de présentation orale à partir du document A.

La cita es un fragmento de un texto de la Unesco redactado en 1995. La Unesco, Organización de las Naciones Unidas para la Educación, la Ciencia y la Cultura, contribuye a la consolidación de la paz y del respecto mutuo mediante la educación entre otras cosas. Este texto de 1995 revela que la preocupación de la escuela inclusiva no es nada reciente. Actualmente cobra relevancia en los debates sobre la educación.

> **VOCABULAIRE**
> *cobrar relevancia* : prendre de l'importance

Integrar para luchar contra las discriminaciones

• Ser una persona con discapacidad en la sociedad actual significa todavía sufrir de cierta discriminación. La Unesco contribuyó a hacer que tomáramos conciencia de la necesidad de la integración de todos en la sociedad y esto pasa por la integración en la escuela, primera etapa de la vida en sociedad.

> **CONSEIL**
> Afin de fluidifier votre discours, pensez à inclure une phrase de transition entre chaque partie.

• Si aceptamos incluir a los alumnos que sufren de alguna discapacidad, contribuiremos a que los otros comprendan que una discapacidad no es un problema sino una mera diferencia con la que se puede vivir muy bien. Integrar a los discapacitados es una manera de luchar contra las discriminaciones ya que no se verán como diferentes sino como parte íntegra de la escuela. Dicha aceptación es sinónimo de enriquecimiento de todos.

> **VOCABULAIRE**
> • *mero-a = simple*
> • *parte íntegra* : partie intégrante
> • *el enriquecimiento* : l'enrichissement

Integración y enriquecimiento

• Incluir a los alumnos con discapacidad en la escuela es sinónimo de enriquecimiento para ellos ya que se sentirán como los demás, no sentirán ningún sentimiento de exclusión. Tendrán acceso a los mismos contenidos de aprendizaje que los demás lo que les permitirá sentirse "normales".

• Pero tenemos que pensar también en los otros alumnos: ellos también se verán enriquecidos por el contacto con alumnos con diferencias. Se enriquecerán mutuamente ya que la aceptación de la diferencia implica olvidar los prejuicios y las discriminaciones y eso contribuye a la creación de una sociedad más justa e igualitaria, más respetuosa de todos.

Conclusión

Acabo de mostrar que incluir a los alumnos con discapacidad en la escuela es un enriquecimiento para todos. Además, implica la construcción de una sociedad integradora y más igualitaria ya que la escuela es el lugar del aprendizaje por excelencia. Aprender a los niños, desde su más tierna edad, a aceptarse pese a las diferencias es hacer de ellos personas más inteligentes y capaces de comprensión y empatía.

VOCABULAIRE
desde su más tierna edad : depuis leur plus jeune âge

Entretien

Voici quelques questions que l'examinateur pourrait vous poser.

▶ **Usted ha dicho en su conclusión que la escuela inclusiva permite a los alumnos ser capaces de comprensión y empatía. ¿Podría explicar un poco más lo que implica?**

Creo que es muy importante que el ser humano sea capaz de sentir empatía hacia sus iguales. En efecto, es para mí la única forma de ayudarse mutuamente. Si no comprendemos los problemas de nuestros compañeros, no podemos asistirles a superarlos.

DES POINTS EN +
Montrez que vous connaissez d'autres domaines dans lesquels la société a donné un meilleur accès aux personnes souffrant d'un handicap : l'accès aux transports publics ou aux lieux culturels entre autres.

▶ **¿Usted cree que la sociedad ya cambió ciertos aspectos para integrar a las personas con discapacidad en la sociedad?**

Podemos ver que en las ciudades se produjeron muchos cambios en los últimos años para facilitar la inclusión. Por ejemplo, se permite cada vez más el acceso a los medios de transporte como los trenes, el metro. También sé que en algunos museos facilitan el acceso a los discapacitados. Así, en el museo del Prado permiten a los ciegos tocar algunas obras que fueron reproducidas con técnicas en 3D. Esto les da acceso a los ciegos a las obras de ciertos pintores muy famosos.

VOCABULAIRE
- *superar* : dépasser
- *los ciegos* : les aveugles
- *tocar* : toucher

44 Territorio y memoria

Memoria histórica

EXPRESSION ORALE

20 min
10 points

INTÉRÊT DU SUJET • La mémoire historique est-elle nécessaire pour la (re)construction d'un peuple ? Ce sujet invite à réfléchir à son importance : quel intérêt ? Pour quels besoins ?

Choisissez la citation ou le document et expliquez en quoi elle ou il illustre le mieux, selon vous, l'axe « Territoire et mémoire ».

DOCUMENTO A

"No podemos permanecer prisioneros del pasado. El perdón no significa olvido. Una cosa es perdonar… otra es olvidar… no debemos olvidar. Como pueblo que se reconcilia, necesitamos la plenitud de nuestra memoria histórica."

Álvaro Arzú Irigoyen, Político Guatemalteco

DOCUMENTO B

"El día que enjuicien al franquismo", Eneko, 6 de marzo de 2016

LES CLÉS DU SUJET

Comprendre les documents

Document A

- **Genre :** citation d'Álvaro Arzú Irigoyen, homme politique, président du Guatemala de 1996 à 2000
- **Idée principale :** l'importance de la mémoire pour la (re)construction d'un peuple
- **Lien avec l'axe d'étude :** lien entre oubli, pardon et mémoire historique

Document B

- **Genre :** caricature d'Eneko, dessinateur et caricaturiste vénézuélien vivant à Madrid
- **Idée principale :** les fosses communes et le fait que l'Espagne ne doit pas oublier son passé
- **Lien avec l'axe d'étude :** dans le titre, juger les crimes commis sous le franquisme

Préparer sa présentation

Si vous choisissez le document A

- Analysez d'abord la citation qui fait référence aux différentes dictatures latino-américaines et aux choix que les peuples ont fait à leur chute : certains pays ont voté des lois d'amnistie alors que d'autres ont poursuivi les militaires responsables de crimes.
- Comparez ensuite avec la dictature de Franco en Espagne et la loi d'amnistie qui a empêché les responsables d'être jugés.
- Enfin, présentez la différence entre pardon et oubli.

Si vous choisissez le document B

- Commencez par décrire le dessin : dans la partie basse des 4 cases, les fosses communes sortent de terre peu à peu faisant sortir le soleil après un ciel noir.
- Puis faites le lien avec le titre. Le jour où l'Espagne acceptera de déterrer les morts enterrés dans des fosses communes (oubli ou amnistie), elle retrouvera un avenir plus dégagé.
- Concluez en utilisant éventuellement la citation, c'est-à-dire en expliquant que le pardon ne signifie pas l'oubli mais que la mémoire est indispensable.

44 CORRIGÉ GUIDÉ

Présentation

Voici un exemple de présentation orale à partir du document B.

El documento es un dibujo de Eneko publicado el 6 de marzo de 2016 y que se titula "El día que enjuicien al franquismo". El dibujo nos invita a reflexionar sobre los horrores que ocurrieron durante el franquismo y la Guerra Civil y el título permite comprender que con su dibujo Eneko hace un llamamiento a que se haga justicia. Primero describiremos el dibujo, luego precederemos al análisis de su mensaje, apoyándonos en la descripción.

Descripción del dibujo

- El dibujo se compone de cuatro partes. Cada una de estas partes está dividida a su vez de manera horizontal con, en la parte inferior, el suelo con huesos enterrados. En la parte superior vemos una ciudad cualquiera en España.
- En las dos viñetas de la izquierda, el cielo es casi negro, mientras que en las dos siguientes, el sol va despejándose a medida que los huesos salen de tierra. El sol aparece entero al final.

VOCABULAIRE
- *un llamamiento* : un appel
- *un hueso* : un os
- *despejarse* : se dégager
- *a medida que* : au fur et à mesure que

Análisis del mensaje de Eneko

- Los huesos en la tierra remiten a las fosas comunes en las que estuvieron enterrados muchísimos muertos de la Guerra Civil y de la dictadura. Si asociamos esta idea con el título, comprendemos el mensaje de Eneko. En efecto, quiere decirnos que el día en que España decida hacer justicia, desenterrando a todos los muertos de las fosas comunes para devolver los cuerpos a sus familias, entonces el sol volverá.
- Esto remite a la ley de amnistía que sumergió España en un largo periodo de olvido. En la actualidad, el pueblo quiere reparar esos daños para volver a encontrar un porvenir más despejado, más esperanzador. Es lo que representa el sol de la última viñeta.

VOCABULAIRE
- *las fosas comunes* : les fosses communes.
- *esperanzador* : porteur d'espoir

Conclusión

• El dibujo es una crítica de la dictadura franquista y los gobiernos que la siguieron ya que prefirieron "olvidar" los acontecimientos ocurridos durante la Guerra Civil Española y el principio de la dictadura. El vínculo con el eje "Territoire et mémoire" aparece evidente.

• La cita de Irigoyen (documento A) revela que lo ocurrido en España no es caso único, otros países vivieron acontecimientos idénticos. Lo importante para que una sociedad pueda reconciliarse es recordar el pasado y perdonar. La memoria histórica es indispensable y la multiplicación de museos o de eventos relacionados con el pasado histórico de un país pone en evidencia dicha idea. Si no perdonara ni recordara su pasado, ¿podría un país llegar a construir una sociedad justa?

CONSEIL
Soignez la conclusion, dernière impression laissée à l'examinateur. Préparez 1 ou 2 phrases avec des structures grammaticales intéressantes. Terminez par une phrase ouvrant sur un domaine que vous connaissez, afin d'inciter l'examinateur à vous interroger dessus.

Entretien

Voici quelques questions que l'examinateur pourrait vous poser.

▶ ¿Podría usted explicar qué significa "perdonar y recordar su pasado"?

Para mí, es muy importante que un pueblo conozca su pasado para no repetir los mismos errores. Además, pienso que, para llegar a la construcción de una sociedad respetuosa de los derechos humanos, es indispensable perdonar los errores del pasado y para poder perdonar, hay que hacer justicia en memoria de las víctimas.

▶ Ha hecho alusión en su conclusión a museos que recuerdan los horrores del pasado. ¿Podría citar uno?

Podemos pensar en el museo de la ESMA en Buenos Aires. Es un museo de la memoria, que recuerda los acontecimientos ocurridos durante la dictadura argentina. Es un edificio en honor a la defensa de los derechos humanos.

▶ ¿Piensa usted que un artista puede provocar una toma de conciencia?

Creo que sí porque un dibujo permite a todos comprender un mensaje de manera más fácil que un discurso, por ejemplo. Pero existen otras formas artísticas que pueden transmitir un mensaje: la pintura, la poesía o el cine.

6 Identidades e intercambios

La globalización ha cambiado nuestra vida y la movilidad caracteriza el mundo actual e implica la multiplicación de los contactos y de los intercambios. Se trata también de las fronteras que existen en una sociedad entre diferentes grupos.

A Migrar e integrarse

una frontera: une frontière
un obstáculo: un obstacle
el porvenir: le futur
la inserción: l'intégration
un prejuicio: un préjugé
un refugiado: un réfugié
una valla: une clôture
la solidaridad: la solidarité
fronterizo-a: frontalier
peligroso-a: dangereux
valiente: courageux
indocumentado: sans papiers

inmigrar: immigrer
emigrar: émigrer
exiliarse: s'exiler
acoger: accueillir
integrarse: s'intégrer
intercambiar: échanger
menospreciar, despreciar: mépriser
rechazar: rejeter
superar: surmonter
regresar: revenir
cruzar: traverser
mejorar: améliorer

B El español, ¿una lengua global?

la diversidad: la diversité, la mixité
la cultura: la culture
un ciudadano: un citoyen
la cohesión lingüística: la cohésion linguistique
la lucha generacional: la lutte des générations
una cultura híbrida: une culture hybride
el mestizaje: le métissage
oriundo-a: originaire de
peculiar: particulier
forastero-a, extranjero-a: étranger

luchar: lutter
pertenecer a: appartenir à
aceptar: accepter
reivindicar: revendiquer
fomentar: promouvoir, développer
legar: léguer, transmettre
respaldar: épauler, soutenir
afirmar (su identidad): affirmer (son identité)
independizarse: prendre son indépendance
convivir: vivre ensemble
compartir: partager

¿LO SABÍAS?

Tanto en España como en América Latina coexisten diferentes lenguas. Así en la Península, además del español, se habla el catalán, el gallego o el euskera (el vasco). Y en América Latina, muchas lenguas indígenas (el quechua o el mapache, por ejemplo) siguen vigentes. Todas estas contribuyen a una mayor riqueza cultural y fomenta los intercambios a todos los niveles.

7 Espacio privado y espacio público

Estudiar los espacios privados y públicos y la relación que los une permite comprender mejor cómo se estructura una sociedad. ¿Cómo se producen los cambios en dichos espacios? ¿Qué consecuencias pueden tener sobre el papel de cada uno en la sociedad, el de la mujer por ejemplo?

A Igualdad de género

la violencia de género: la violence conjugale
el machismo: le machisme
el feminismo: le féminisme
el techo de cristal: le plafond de verre
el apoyo: l'appui, le soutien
la emancipación: l'émancipation
un logro: un succès, une victoire
un recurso: un recours, un moyen
maltratar: maltraiter, violenter
perjudicar: nuire
comprometerse: s'engager
involucrarse: s'impliquer
fomentar: promouvoir, encourager
lograr, conseguir: réussir
superar(se): surmonter, se dépasser
intentar: essayer
potenciar: stimuler, renforcer
impulsar: encourager, stimuler

B Trabajar desde casa

el teletrabajo: le télétravail
la flexibilidad: la flexibilité
la movilidad: la mobilité
una ventaja: un avantage
un inconveniente: un inconvénient
una oficina: un bureau
un espacio de trabajo colaborativo: un espace de coworking
una modalidad laboral: une méthode de travail
la soledad: la solitude
autónomo-a, independiente: autonome, indépendant
conciliar vida familiar y vida laboral: concilier vie familiale et vie professionnelle
compartir: partager
aislarse: s'isoler
gestionar su tiempo: gérer son temps
desarrollar capacidades: développer des capacités
interactuar: interagir
revisar, controlar: contrôler
separar las tareas: séparer les tâches

¿LO SABÍAS?

En 2004, se votó en España una ley para proteger a las mujeres víctimas de violencia de género. Es la primera y única ley integral contra la violencia de género en Europa. Su objetivo es prestar ayuda judicial, económica y jurídica a las mujeres víctimas y disuadir al agresor. El 016 es un teléfono de ayuda, activo permanentemente, gratuito y que puede atender en 51 idiomas.

8 Arte y poder

Siempre se utilizó el arte y los artistas para celebrar el poder, para legitimarlo, darle más fuerza. El vínculo entre arte y poder da lugar a muchas preguntas: ¿está el arte al servicio del poder? ¿El poder sirve el arte? ¿Puede el arte ser un contrapoder, una forma de expresión política?

A El arte como apoyo al poder

la libertad de expresión: la liberté d'expression
la libertad artística: la liberté artistique
el control ideológico: le contrôle idéologique
difundir una idea: faire circuler une idée
una apología: une apologie
la neutralidad: la neutralité
ser creativo: être créatif
ensalzar: encenser, porter aux nues
rendir culto a: vénérer, rendre un culte à
alabar: vanter, faire l'éloge de
inculcar una idea: inculquer (enseigner) une idée
tener derecho a: avoir le droit
expresar (una opinión): exprimer une opinion
concienciar: sensibiliser
fomentar: promouvoir, encourager

B Arte y contrapoder

el arte de protesta: l'art contestataire
la censura: la censure
una sátira: une satire
un-a transgresor: un transgresseur
la resistencia: la résistance
una protesta: une protestation, une manifestation
la lucha social, cívica: la lutte sociale, civique
una injusticia: une injustice
un compromiso: un engagement
comprometido-a: engagé
subversivo-a: subversif
caricaturizar: caricaturer
burlarse de: se moquer de
ridiculizar: ridiculiser
transgredir: transgresser, enfreindre
perjudicar: nuire, faire du tort
suscitar controversia: susciter une controverse, une polémique
apoyar, defender una causa: soutenir, défendre une cause
reflexionar, pensar: réfléchir
cuestionar(se): (se) poser des questions

¿LO SABÍAS?

La Movida fue un fenómeno artístico social que surgió en la España post franquista, en los años 1980. Fue un fenómeno con espíritu libertador y creativo que vio su mayor expresión en la música, la pintura o el cómic. Contribuyó a la modernización de España y a su integración en la Europa democrática.

9 Ciudadanía y mundos virtuales

En un mundo numérico y ultra conectado que cambió profundamente las relaciones humanas, ¿cómo evolucionan las relaciones entre el ciudadano y el poder? La utilización de los espacios virtuales conduce a interrogarse sobre las consecuencias que tienen en el plano individual y colectivo.

A Educar a los medias

una herramienta digital: un outil numérique
las habilidades digitales: les aptitudes numériques
un bulo, una falsa noticia: une fausse information
los datos personales: les données personnelles
un documento auténtico: un document authentique
un programa informático: un programme informatique
un avance: un progrès
colgar en la red: publier sur Internet
descargar: télécharger
prestar atención a, tener cuidado con: faire attention à
comprobar una fuente: vérifier une source
interactuar: interagir
engañar: tromper
crear adicción: créer de la dépendance
limitar, prohibir: limiter, interdire
aislar: isoler
usurpar la identidad: voler l'identité

B Mundo numérico y colaboración

la inteligencia artificial: l'intelligence artificielle
una innovación: une innovation
el mecenazgo: le mécénat
una donación: un don
un-a mecenas: un mécène, un bienfaiteur
un apoyo económico: un soutien économique
recolectar fondos: collecter des fonds
invertir: investir
patrocinar: parrainer, sponsoriser
colaborar: collaborer
financiar: financer
implementar: mettre en œuvre
cooperar: coopérer
contribuir: contribuer

ESPAGNOL

¿LO SABÍAS?

El Gobierno español ha lanzado en 2020 el programa Educa en Digital para impulsar la transformación tecnológica de la educación en España. Educa en Digital nace de la necesidad de dar respuesta a una realidad que la emergencia sanitaria del Covid-19 ha puesto de manifiesto: el sistema educativo precisa de un impulso para profundizar en la digitalización.

10 Ficciones y realidades

Los relatos son la base del patrimonio cultural y nutren el imaginario colectivo. Los mundos imaginarios permiten evadirse de la realidad, pero también invitan a reflexionar sobre el mundo real. ¿Cómo la realidad nutre la ficción? ¿Cómo la ficción permite una evolución de la realidad?

A La ficción como medio de escapar de la realidad

una novela: un roman
una intriga: une intrigue
un héroe, una heroína: un héros, une héroïne
una utopía, una distopía: une utopie, une dystopie
una leyenda: une légende
una creencia: une croyance
la imaginación: l'imagination
una figura tutelar: une figure tutélaire (protectrice)
la afición por: la passion pour
soñar (con): rêver (de)
escapar(se): (s')échapper
evadirse: s'évader
desconectar: déconnecter
identificarse con: s'identifier à
ensimismarse: se plonger dans, s'enfermer
hundirse en: se plonger dans
enriquecer: enrichir
perder el juicio: perdre l'esprit
confundir con: confondre avec
engancharse: devenir accro

B La ficción como medio de reflexionar

una percepción: une perception
un espejismo: un mirage, un leurre
una ilusión: une illusion
una sátira: une satire
una (auto)biografía: une (auto)biographie
un reto: un défi
(anti)social: (anti)social
(ir)racional: (ir)rationnel
(sur)realista: (sur)réaliste
las convenciones sociales: les conventions sociales
reflexionar, pensar: réfléchir
cuestionar(se): (se) poser des questions
parodiar: parodier
criticar: critiquer
engañar: tromper
influenciar: influencer
abrir la mente: ouvrir l'esprit

¿LO SABÍAS?

Según muchos autores, la escritura no es más que reescritura. Así, cada escritor, si bien escribe con su propio estilo y siguiendo sus propias ideas, basándose en su propia imaginación, se inspira siempre en sus lecturas anteriores. La literatura también se inspira mucho en la historia.

11 Innovaciones científicas y responsabilidad

El progreso científico permite avances positivos para la humanidad, pero interrogan algunos efectos inducidos. La toma de conciencia de los peligros alimenta una reflexión sobre la ética del progreso. ¿Puede el humano prevenir los peligros relacionados con las innovaciones científicas?

A Luchar por el medioambiente

un desafío: un défi
las energías renovables: les énergies renouvelables
las infraestructuras: les infrastructures
la contaminación: la pollution
el entorno natural: l'environnement naturel
los espacios verdes: les espaces verts
el tratamiento de los residuos: le traitement des déchets
una placa solar: un panneau solaire
los recursos: les ressources
el calentamiento global: le réchauffement climatique
el efecto invernadero: l'effet de serre
el desarrollo sostenible: le développement durable
innovar: innover
amenazar: menacer
mejorar: améliorer
recolectar: collecter
reciclar: recycler
gastar: dépenser
ahorrar: économiser
solucionar: apporter une solution

B Innovaciones científicas, medicina y ética

la ética: l'éthique
la deontología: la déontologie
un dilema: un dilemme
una terapia: une thérapie
una prótesis: une prothèse
las nanotecnologías: les nanotechnologies
el genoma: le génome
una célula madre: une cellule souche
el envejecimiento: le vieillissement
ser responsable: être responsable
un ciborg, un robot: un cyborg, un robot
curar, sanar: guérir
mejorar: améliorer
modificar: modifier
investigar: rechercher
evolucionar: évoluer
progresar: progresser
alterar: modifier

¿LO SABÍAS?

El primer verdadero ciborg, Neil Harbisson, es inglés. Se implantó una antena en el cerebro para poder ver los colores. En efecto, nació con una enfermedad: solo veía en escalas de gris. Esta antena transmite las frecuencias que emiten los colores lo que le permite ver los colores.

12 Diversidad e inclusión

Evolución de las relaciones intergeneracionales, inclusión de las personas con discapacidad, papel de las lenguas en la inserción y la cohesión social son unas de las múltiples cuestiones de la diversidad y de la inclusión que permiten una reflexión sobre la relación con el otro.

A Aceptar las diferencias

una discapacidad: un handicap
la accesibilidad: l'accessibilité
la inclusión: l'inclusion
la compasión: la compassion
la empatía: l'empathie
la superación: le dépassement (de soi)
la (in)tolerancia: l'(in)tolérance
el respeto: le respect
el desprecio: le mépris
ser distinto-a: être différent
ser igual: être identique
(in)visibilizar: rendre (in)visible
rechazar: rejeter
proyectarse: se projeter
alentar: encourager
superar(se): (se) dépasser
estigmatizar: stigmatiser
menospreciar, despreciar: mépriser
excluir: exclure
discriminar: discriminer
salir del armario: sortir du placard (faire son *coming-out*)
la homofobia: l'homophobie

B Relaciones intergeneracionales e interculturales

la convivencia: la cohabitation, le vivre-ensemble
una desigualdad: une inégalité
la marginación: la marginalisation
la multicultural: la multiculturalité
la cohesión: la cohésion
el mestizaje: le métissage
compartir: partager
romper barreras: casser les barrières
aprender de los ancianos: apprendre des personnes âgées
intercambiar: échanger
heredar: hériter
valorar: accorder de l'importance à
promover el pluralismo: promouvoir le pluralisme

¿LO SABÍAS?

América Latina ofrece una contradicción en el trato a la comunidad LGBT. Tiene las tasas más altas de violencia contra los LGBT, pero también tiene algunas de las leyes más progresistas para su igualdad y protección. Las leyes sobre el matrimonio entre personas del mismo sexo y la adopción, el cambio de género en los documentos de identidad y las leyes contra la discriminación entraron en vigor en la década pasada, mucho antes de Estados Unidos o Europa.

13 Territorio y memoria

La multiplicación de los lugares de memoria y de las conmemoraciones plantea la cuestión de la relación entre historia y memoria. Las historias individuales suelen confundirse con el destino colectivo, pero ¿qué relación mantiene cada pueblo con su pasado y cómo se proyecta en el futuro?

A Memoria histórica y patrimonio cultural

una conmemoración: une commémoration
un elogio: un éloge
un patrimonio: un patrimoine
las huellas históricas: les traces de l'histoire
una herencia: un héritage
una raíz (raíces): une racine
un lugar de memoria: un lieu de mémoire
los archivos: les archives
un homenaje: un hommage

recordar algo, acordarse de algo: se souvenir de quelque chose
olvidar: oublier
homenajear: rendre hommage
glorificar: glorifier, magnifier
elogiar: faire l'éloge de
celebrar: célébrer, fêter
testimoniar: témoigner
honrar: rendre hommage
investigar: enquêter
silenciar: passer sous silence
esconder, ocultar: cacher

B Aceptar el pasado para construir el futuro

el deber de memoria: le devoir de mémoire
una herida: une blessure
un daño: une plaie, une souffrance
una secuela: une séquelle
un juicio: un jugement
una condena: une condamnation
un testigo: un témoin
una amnistía: une amnistie

padecer, sufrir: souffrir
curar, sanar: guérir, soigner
respaldar: épauler, soutenir
acusar: accuser
juzgar: juger
perseguir: poursuivre
conceder el perdón: octroyer le pardon
pasar página: tourner la page

¿LO SABÍAS?

Después de 24 años en el valle de los Caídos, los restos de Franco fueron extraídos de su tumba el 24 de octubre de 2019. En aplicación de la Ley de Memoria Histórica, el féretro del dictador se trasladó al cementerio de Mingorrubio-El Pardo. Esta exhumación "pone fin a una afrenta moral" que España arrastraba desde 1975, el enaltecimiento de la figura de un dictador en un espacio público.

Crédits photographiques

202 h	ph © Christian Gautier / Biosphoto
202 b	ph © Heritage Images / Oxford Science Archive / Science Photo Library
203 hd	ph © Walter Myers / Science Photo Library / Cosmos
203 hg	ph © Phil Degginger / Science Photo Library
203 b	ph © Photo Researchers / Nasa Ozone Watch / Biosphoto
204 h	© Météo-France
204 b	ph © ImageBroker / Andia
205	ph © Yann Arthus-Bertrand / hemis.fr
206 hg	ph © CCI / Bridgeman Images
206 hd	© Cloudfront
206 b	ph © Rue des Archives / Wha / Bridgeman images
207 h	ph © David Ademas / PhotoPQR / Ouest-France / Maxppp
207 b	© Cdn Britannica
209	ph © Getty-Images
213	ph © Eric Baccega / Age Fotostock

annabac

Révise toute l'année et réussis ton bac avec le n°1

Avec ce livre, accède gratuitement aux 12 000 contenus d'annabac.com pour :

réviser
- Fiches de révisions
- Cours vidéo
- Cours audio

se tester
- Quiz
- Cartes mémo

s'entraîner
- Annales corrigées

+ Des conseils et méthodes pour réussir tes examens et trouver ton orientation

Hatier

EDC PARIS BUSINESS SCHOOL

OPEN UP NEW HORIZONS

DIPLÔME CONFÉRANT GRADE DE MASTER CONTRÔLÉ PAR L'ÉTAT

PROGRAMME GRANDE ÉCOLE

- 4 Parcours d'excellence (French track, English track, Global Mobility track et Luxury management track)
- 110 accords d'échange à l'international et 20 doubles diplômes
- Admission post-bac Parcoursup - Concours SESAME SESAME

#Action learning & Alternance
#Innovation & Digital
#Leadership entrepreneurial
#Transdisciplinarité

DIPLÔME VISÉ CONTRÔLÉ PAR L'ÉTAT

BACHELOR

- Visa Bac +3 généraliste avec spécialisation en dernière année
- English track dès la 1ère année
- 30 accords d'échange à l'international et 3 doubles diplômes (Canada, Irlande, Roumanie)

3 CAMPUS LA DÉFENSE PARIS BARCELONE

18 500 ALUMNI INFLUENTS RÉPARTIS DANS 71 PAYS

6ÈME* CLASSEMENT MASTER GRANDE ECOLE

4ÈME** CLASSEMENT BACHELOR

Bourses au mérite octroyées aux étudiants qui obtiendront une mention "Bien" ou "Très bie[n]" à leur baccalauréat en 2022.

*Classement Le Parisien 2022, Ecoles de commerce post bac.
** Classement Le Parisien 2022, Ecoles de commerce post bac.

AACSB Business Education Alliance Member — EFMD ACCREDITED MASTER — CONFÉRENCE DES GRANDES ÉCOLES — UGEI Union des grandes écoles indépendantes

admissions@edcparis.e
EDCPARIS.ED